A ASCENSÃO DE
KYOSHI

AVATAR
A LENDA DE AANG

A ASCENSÃO DE KYOSHI

F. C. YEE COM O COCRIADOR DE
AVATAR: A LENDA DE AANG
MICHAEL DANTE DIMARTINO

Tradução
Paloma Blanca Alves Barbieri

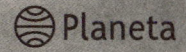

Planeta

Esta é uma obra de ficção. Nomes, personagens, lugares e incidentes são produto da imaginação do autor ou usados de maneira fictícia. Qualquer semelhança com pessoas reais, vivas ou mortas, estabelecimentos comerciais, eventos ou locais é mera coincidência.

© 2022 Viacom International Inc. Todos os direitos reservados.
Nickelodeon, **Nickelodeon Avatar: A lenda de Aang** e todos os títulos, logotipos e personagens relacionados são marcas registradas da Viacom International Inc.
© Editora Planeta do Brasil, 2022
Copyright da tradução © Paloma Blanca Alves Barbieri
Título original: *The Rise of Kyoshi*
Publicado em 2019 pela Amulet Books, selo da ABRAMS.
Todos os direitos reservados. Nenhuma parte desta publicação pode ser reproduzida, arquivada em sistema de busca ou transmitida por qualquer meio, seja ele eletrônico, fotocópia, gravação ou outros, sem prévia autorização do detentor dos direitos.

Preparação: Karina Barbosa dos Santos
Revisão: Bárbara Prince
Diagramação: Vivian Oliveira
Projeto gráfico: Adaptado do projeto gráfico original
Capa: Hana Anouk Nakamura
Adaptação de capa: Beatriz Borges
Imagens de capa: Jung Shan Chang

DADOS INTERNACIONAIS DE CATALOGAÇÃO NA PUBLICAÇÃO (CIP)
ANGÉLICA ILACQUA CRB-8/7057

Yee, F. C.
    A ascensão de Kyoshi / F. C. Yee, Michael Dante DiMartino ; tradução de Paloma Blanca Alves Barbieri. - São Paulo : Planeta do Brasil, 2022.
    384 p. (Coleção Avatar, a lenda de Aang)

    ISBN 978-65-5535-775-2
    Título original: *The Rise of Kyoshi*

    1. Literatura infantojuvenil I. Título II. DiMartino, Michael Dante III. Barbieri, Paloma Blanca Alves IV. Série

22-2028   CDD 028.5

Índice para catálogo sistemático:
1. Literatura infantojuvenil

MISTO
Papel | Apoiando o manejo florestal responsável
FSC® C005648

Ao escolher este livro, você está apoiando o manejo responsável das florestas do mundo

2024
Todos os direitos desta edição reservados à
Editora Planeta do Brasil Ltda.
Rua Bela Cintra, 986 – 4º andar
01415-002 – Consolação
São Paulo-SP
www.planetadelivros.com.br
faleconosco@editoraplaneta.com.br

PREFÁCIO

Qualquer história que precede uma já existente apresenta um grande desafio, mesmo sendo ambientada em um universo fictício como o de *Avatar: a lenda de Aang*. Seria esta uma armadilha comum de histórias introdutórias? Já que os leitores sabem como as coisas se desenrolaram no futuro, eles estão um passo à frente do herói. Se bem desenvolvida, no entanto, uma história prévia pode se expandir e se aprofundar nesse mundo de fantasia tão amado, explorando sua narrativa e seus personagens de novas maneiras. Este é o caso de *A ascensão de Kyoshi*!

Os leitores que já conhecem a série original da Nickelodeon devem se lembrar de que a Avatar Kyoshi era uma lenda, mesmo entre os grandiosos e impressionantes Avatares. Mas como ela se tornou uma mulher dedicada a lutar contra a injustiça no mundo? E por que era tão temida por seus inimigos? Tais questões ainda não foram exploradas. Em minhas primeiras conversas com F. C. Yee, nós discutimos alguns enredos possíveis, mas também nos perguntamos: Que tipo de personagem é Kyoshi, o que a motiva, e quais acontecimentos em seu passado poderiam tê-la transformado em uma figura lendária?

Não invejo o desafio de Yee de ter que lidar com essas questões. Eu sabia que ele precisaria trabalhar dentro dos padrões de um mundo já estabelecido e, ao mesmo tempo, trazer um toque criativo só seu. Além disso, no universo Avatar, as histórias devem contar com alguns elementos essenciais. Primeiro, é preciso ter um Avatar (um ser reencarnado que possui a habilidade de manipular, ou *dominar*, os quatro elementos) que possua uma conexão com o misterioso Mundo Espiritual, e que lide com conflitos entre a Tribo da Água, o Reino da Terra, a Nação do Fogo e os Nômades do Ar. O Avatar não pode lidar com todos os desafios sozinho; ele precisa de um grupo de mestres e amigos – uma equipe Avatar, como gostamos de chamá-la. O conflito político também é um elemento obrigatório nesse universo: seja uma guerra mundial ou uma revolução, o Avatar acaba inevitavelmente no centro do conflito, antes mesmo de estar pronto para enfrentá-lo. E, é claro, nunca podem faltar as batalhas épicas.

Embora todos os Avatares compartilhem certos rituais de passagem – como dominar os quatro elementos –, cada um deve ter uma jornada única e enfrentar diferentes desafios pessoais e políticos em seu caminho para se tornar um Avatar. Em *A ascensão de Kyoshi*, conheceremos uma jovem tão diferente da lenda que ela se tornará, que nos perguntamos como a heroína conseguiu se transformar em uma figura tão notável. A jovem não é uma grande dominadora de terra. As pessoas sequer acreditam que Kyoshi é o Avatar no início do livro – o que é um grande ponto a favor de Yee, pois já gera um conflito para toda a história.

Confiar a outro escritor um mundo e personagens que ajudei a criar é um ato que sempre me causa muita ansiedade. Nas mãos erradas, pode ser uma experiência desanimadora. Mas quando li *A ascensão de Kyoshi* pela primeira vez, fui imediatamente atraído pelo enredo e fiquei fascinado com os novos e intrigantes personagens, além da história propriamente dita. Eu estava ansioso para continuar a leitura e descobrir como Kyoshi superaria todos os obstáculos em seu caminho (e Yee com certeza colocou muitos deles).

Trabalhar neste projeto com todos os envolvidos foi um prazer, e eu não poderia estar mais animado com esta encarnação do universo Avatar.

Michael Dante DiMartino
*Animador, produtor, escritor
e diretor – cocriador de* Avatar: A lenda de Aang

O TESTE

PORTO YOKOYA era uma cidade fácil de ignorar.

Situada na orla do Estreito Cauda de Baleia, *poderia* ter sido um importante ponto de reabastecimento para navios que saem dos muitos portos que abasteciam Omashu. Mas os ventos fortes e constantes tornaram muito mais fácil e rentável para os comerciantes do sul passarem direto por ela e chegarem à Ilha Grande de Shimsom em uma viagem sem escalas.

Jianzhu se perguntava se os habitantes locais sabiam ou se importavam com os navios carregados de riquezas que passavam por ali de forma tentadora, enquanto eles estavam com os braços atolados nas entranhas de outro peixe-elefante-koi. Apenas um ato do destino e o clima impediam que ouro, especiarias, livros valiosos e pergaminhos chegassem às suas portas. Em vez disso, seu destino eram tripas de peixe. Uma riqueza de vísceras e brânquias.

Do outro lado da cidade, a situação era ainda menos promissora. O solo da península se tornava mais fino e rochoso na medida em que se estendia para o mar. Jianzhu ficou perturbado ao ver campos de colheita tão pobres e escassos quando viajou pelo interior da cidade pela primeira vez. As fazendas precisavam muito da abundância selvagem e vulcânica do Vale Makapu ou da produtividade cuidadosamente planejada do Anel Externo de Ba Sing Se, onde o cultivo se dava de acordo com as exigentes determinações do rei. Mas aqui, o agricultor deveria ficar grato por qualquer sustento que conseguisse obter dessa terra ruim.

O povoado ficava na intersecção de três nações diferentes – Terra, Ar e Água. No entanto, ninguém jamais o reivindicou. Os conflitos do mundo exterior tinham pouco impacto na vida diária dos yokoyanos.

Para eles, a devastação causada pela revolta dos Pescoços Amarelos no interior do Reino da Terra era uma história menos interessante que a do bisão voador rebelde que havia fugido do Templo do Ar e derrubado alguns telhados feitos de palha na semana anterior. Apesar de serem marinheiros, eles provavelmente não conseguiriam nomear nenhum dos temidos capitães piratas que navegavam nas águas ocidentais desafiando a marinha de Ba Sing Se.

Resumindo, Porto Yokoya poderia muito bem não estar no mapa. O que, para o terrível e ímpio experimento de Jianzhu e Kelsang, era perfeito.

Jianzhu caminhava penosamente morro acima pela neve molhada e imunda, seu pescoço pinicado pelo manto de palha que levava nos ombros. Passou por um pilar de madeira que marcava o centro espiritual da aldeia sem lhe dispensar um olhar. Não havia nada nas laterais, nem em cima. Era apenas um tronco enfiado no chão de um pátio circular. Não estava sequer esculpido com alguma decoração, o que era vergonhoso para uma cidade onde quase todos os adultos tinham conhecimento em carpintaria.

"Pronto", a mensagem dizia, de má vontade, a qualquer espírito que estivesse por ali. "Espero que esteja feliz."

Casas castigadas pelo tempo margeavam a avenida larga e desgastada, cutucando o ar como pontas de lança. O destino dele era uma sala de reuniões de dois andares, no fim daquela rua. Kelsang havia se instalado lá no dia anterior, dizendo que precisava do máximo de espaço possível para o teste. Ele também tinha afirmado que o local desfrutava de correntes de vento favoráveis, usando o solene e sagrado método de lamber um dedo e apontá-lo para cima.

Qualquer ajuda era bem-vinda. Jianzhu fez uma oração rápida para o Guardião do Tronco Divino, enquanto tirava as botas próprias para neve e as colocava na varanda, e então atravessou as cortinas da porta.

O interior do salão era surpreendente de tão grande, com cantos distantes envoltos em sombras e paredes de tábuas grossas que pareciam ter sido cortadas de árvores enormes e maciças. O ar tinha cheiro de resina. Dez vestimentas amarelas, bem compridas e desbotadas, repousavam sobre as tábuas gastas do assoalho. Uma fileira de brinquedos estendia-se ao lado de cada uma, uniformemente espaçados, como sementes em um canteiro.

Um apito de bisão, uma bola de vime, um objeto deformado que deve ter sido um pato-tartaruga empalhado, uma mola de osso de baleia, um daqueles tambores que fazem barulho quando girados entre as palmas das mãos. Os brinquedos estavam tão surrados e deteriorados pelo tempo quanto o exterior daquele lugar.

Kelsang se ajoelhou nas extremidades das vestimentas. O monge dominador de ar estava ocupado colocando mais bugigangas, com tanto cuidado e precisão que mais parecia um acupunturista manipulando suas agulhas. Como se fizesse diferença se o barco de brinquedo estivesse apontando para o leste ou oeste. Ele ficou apoiado em seus joelhos e suas mãos, movimentando o grande corpo de um lado para o outro. Sua túnica alaranjada esvoaçante e a espessa barba negra pendiam tão para baixo que varriam o assoalho que já estava limpo.

— Eu não sabia que havia tantos brinquedos — disse Jianzhu a seu velho amigo. Ele notou uma grande bolinha de gude branca perto de um dos tecidos e, estendendo graciosamente o punho, levitou-a, mostrando sua dominação de terra, em direção a Kelsang. Ela pairava como uma mosca, à espera de sua atenção.

Kelsang sequer ergueu o olhar enquanto pegava a bolinha de gude do ar e a colocava onde estava antes.

— Há milhares. Eu pediria sua ajuda, mas sei que você não faria o serviço direito.

O comentário não agradou Jianzhu. Nesse ponto, eles não deveriam se preocupar tanto em *fazer direito*.

— Como você convenceu o abade Dorje a lhe dar as relíquias? — ele perguntou.

— Da mesma forma que você convenceu Lu Beifong a nos deixar realizar o teste dos Nômades do Ar no Ciclo da Terra — Kelsang disse calmamente enquanto posicionava um tampo de madeira. — Eu não pedi.

Como um certo amigo deles da Tribo da Água sempre dizia, era melhor pedir perdão do que permissão. E, no que dizia respeito a Jianzhu, o tempo de espera já havia se passado.

Quando o Avatar Kuruk, guardião do equilíbrio e da paz no mundo, a ponte entre os espíritos e os humanos, faleceu aos trinta e três anos – *Trinta e três! A única vez que Kuruk se adiantou em alguma coisa!* – seus amigos, mestres e outros dominadores proeminentes ficaram responsáveis por encontrar o novo Avatar, reencarnado na próxima nação do ciclo elementar. Terra, Fogo, Ar, Água e, depois, Terra novamente, uma ordem tão imutável quanto as estações. Um processo que remonta a quase mil gerações antes de Kuruk, e que se espera que continue por mais mil.

No entanto, desta vez, o processo falhara.

Já haviam se passado sete anos desde a morte de Kuruk. Sete anos de uma busca sem resultado. Jianzhu se debruçara sobre todos os registros disponíveis das Quatro Nações, mas nunca havia sido registrada na história qualquer falha na busca pelo Avatar, em centenas de anos.

Ninguém sabia o motivo, embora os anciãos mais proeminentes fizessem algumas suposições em segredo. O mundo era impuro e havia sido abandonado pelos espíritos. O Reino da Terra carecia de harmonia, ou talvez fossem as Tribos da Água que precisavam se unificar. Os dominadores de ar tiveram que descer de suas montanhas e sujar as mãos em vez de apenas aconselhar. E assim o debate continuou.

Jianzhu pouco se importava em achar um culpado, mas se preocupava com o fato de que ele e Kelsang haviam decepcionado o amigo novamente. O único pedido de Kuruk antes de partir do mundo dos vivos fora que seus companheiros encontrassem o próximo Avatar e o treinassem bem. Mas até então eles haviam falhado. Miseravelmente.

Neste exato momento, deveria haver um Avatar da Terra de sete anos, feliz e cheio de vitalidade, sob os cuidados de uma família amorosa, vigiado por uma equipe com os melhores e mais sábios dominadores do mundo. Uma criança em treinamento, preparando-se para assumir seus deveres aos dezesseis anos. Em vez disso, havia apenas um posto vazio que se tornava mais perigoso a cada dia.

Jianzhu e os outros mestres fizeram o possível para manter em segredo a falta de um Avatar, mas não adiantou. Os malvados, os sedentos de poder, os fora da lei – as pessoas que normalmente mais temem o Avatar – estavam começando a sentir a balança pendendo a seu favor. Como os tubarões respondendo às mais leves vibrações da água por puro instinto, eles testavam seus limites. Sondavam novos terrenos. O tempo estava se esgotando.

Kelsang terminou de organizar tudo quando soaram os gongos do meio-dia. O sol estava forte o suficiente para derreter a neve do telhado, fazendo a água gotejar no chão como uma chuva fraca. As silhuetas dos aldeões e de seus filhos enfileirados para o teste podiam ser vistas do lado de fora através das janelas. O ar estava preenchido por conversas animadas.

Chega de esperar, pensou Jianzhu. *A hora é agora.*

Os Avatares da Terra eram identificados tradicionalmente pela geomancia[1] direcional, uma série de rituais criados para filtrar a maior e mais populosa das Quatro Nações com extrema eficiência. Cada vez que um conjunto especial de trigramas[2] feito de ossos era lançado e interpretado pelos mestres dominadores de terra, metade do Reino da Terra era descartada como a localização do Avatar recém-nascido. Quando lançado novamente, considerando o território restante, outra metade era descartada. E assim por diante. O possível paradeiro da criança que seria o Avatar se tornava cada vez mais específico, até que os buscadores chegassem à sua porta.

Era uma maneira rápida de cobrir todo o terreno e bastante lógica para os dominadores de terra. Uma questão de logística, simples e imparcial. E normalmente funcionava na primeira tentativa.

---

1 "Adivinhação através das figuras formadas por um punhado de terra que se atira ao acaso sobre o chão ou qualquer outra superfície." (*Houaiss*) (N.T.)

2 Desenhos formados por três linhas horizontais que correspondem às oito possibilidades de combinação de *yin* e *yang*. (N.T.)

Jianzhu havia participado de expedições que o levaram a campos improdutivos, cavernas vazias abaixo de Ba Sing Se e algumas partes do Deserto de Si Wong, tão secas que não eram importantes nem para os dominadores de areia. Lu Beifong havia lido os trigramas, o Rei Buro de Omashu fizera uma tentativa, Neliao, a jardineira, havia tentado também. Os mestres deram oportunidades para outros que estavam abaixo na hierarquia de dominadores de terra, até que Jianzhu também teve sua vez de falhar. Sua amizade com Kuruk não lhe deu nenhuma vantagem quando se tratou de encontrar o próximo Avatar.

Depois que a última tentativa o colocara diante de um iceberg no Polo Norte, com apenas focas-tartaruga como possíveis candidatas, Jianzhu se abrira para sugestões mais radicais. Durante uma troca de lamentos com Kelsang, em um momento de embriaguez, surgira uma ideia promissora. Se as estratégias adotadas no Reino da Terra não estavam funcionando, por que não tentar o método de outra nação? Afinal, o Avatar, o único dominador dos quatro elementos, não era um cidadão que servia ao mundo inteiro?

Foi por isso que os dois torceram o nariz para a tradição e resolveram tentar o modo dos Nômades do Ar para identificar o Avatar. Yokoya seria um teste, um lugar seguro longe do tumulto da terra e do mar, onde ambos poderiam tomar notas e corrigir possíveis falhas. Se corresse tudo bem em Yokoya, eles poderiam convencer os anciões a expandir o teste por todo o Reino da Terra.

O método dos Nômades do Ar era simples, em teoria. Dos muitos brinquedos dispostos, apenas quatro pertenciam a Avatares de eras passadas. Cada criança de sete anos da aldeia seria trazida até a deslumbrante variedade de bugigangas. Aquela que fosse atraída para os quatro brinquedos especiais, em uma lembrança de suas vidas passadas, seria o Avatar renascido. Um processo tão elegante e harmonioso quanto os próprios dominadores de ar.

Em teoria.

Na prática, foi um verdadeiro caos. Um desastre nunca antes testemunhado pelas Quatro Nações.

Jianzhu não pensou no que poderia acontecer depois que as crianças reprovadas no teste fossem instruídas a deixar os brinquedos escolhidos para trás e dar lugar para o próximo candidato. Lágrimas! Lamentos, gritos! Tentar tirar das crianças os brinquedos que elas tinham acabado de escolher? Não havia força maior no mundo do que a fúria de um pequenino ao ser enganado.

Os pais eram piores. Talvez os Nômades do Ar lidassem com a rejeição de suas crianças com graça e humildade, mas as famílias das outras nações não eram formadas por monges e freiras. Ainda mais no Reino da Terra, onde os laços de sangue eram levados muito a sério. Os aldeões com os quais ele havia compartilhado saudações amistosas nos dias que antecederam o teste se tornaram ferozes rastejadores do cânion quando souberam que seu precioso Jae ou sua querida Mirai não era, de fato, a criança mais importante do mundo, como eles secretamente consideravam. Alguns, inclusive, juravam terem visto seus filhos brincarem com espíritos invisíveis ou dominarem a terra e o ar ao mesmo tempo.

Kelsang perguntava gentilmente:

— Tem certeza de que seu filho não estava apenas dominando a terra em um dia com vento? Tem certeza de que o bebê não estava apenas... brincando?

Alguns não conseguiram entender a insinuação. Especialmente a líder da aldeia. Assim que descartaram sua filha – Aoma, ou algo assim –, ela lhes lançou um olhar de profundo desprezo e exigiu ver um mestre de maior escalão.

Desculpe, senhora, Jianzhu pensou, depois que Kelsang passou quase dez minutos conversando com ela. *Nem todos podemos ser especiais.*

— Pela última vez, eu não estou negociando com o senhor! — Jianzhu gritou com um agricultor bastante bruto. — Ser o Avatar não é uma função paga!

O homem troncudo encolheu os ombros.

— Isso é uma perda de tempo então. Vou levar minha filha embora.

Com o canto do olho, Jianzhu viu Kelsang agitando freneticamente as mãos, fazendo um sinal de corte no pescoço. A garotinha tinha se aproximado de um brinquedo voador que havia pertencido a um antigo Avatar e o observava atentamente.

Uau. Eles não estavam esperando um resultado genuíno naquele dia. Mas escolher o primeiro item corretamente já era improvável. Tão improvável que eles não poderiam perder aquela chance.

— Tudo bem! — disse Jianzhu. Ele teria que tirar do próprio bolso. — Cinquenta moedas de prata por ano se ela for o Avatar.

— Sessenta e cinco moedas por ano se ela for o Avatar, e dez se ela não for.

— POR QUE PAGAR SE ELA *NÃO* FOR O AVATAR? — Jianzhu se exaltou.

Kelsang tossiu e bateu ruidosamente no chão. A garota tinha pegado o cata-vento e estava de olho no tambor. Dois dos quatro brinquedos corretos. Entre milhares.

Santo *Shu*.

— Quero dizer, é claro! — disse Jianzhu rapidamente. — Fechado.

Eles apertaram as mãos. Seria irônico, uma piada digna do senso de humor de Kuruk, se encontrassem sua reencarnação graças à ganância de um camponês. E justamente a última criança na fila do teste. Jianzhu quase riu.

Agora a garotinha também tinha o tambor nos braços. Ela caminhou até um macaco-porco empalhado. Kelsang estava em completa empolgação, seu pescoço ameaçando romper o colar de bolinhas de madeira. Jianzhu sentiu tontura. A esperança bateu forte em seu peito, implorando para ser libertada após tantos anos presa.

A garota levantou o pé e pisou no bicho empalhado com toda a sua força.

— Morra! — gritou com sua voz aguda. Ela o esmagou com o calcanhar, e as costuras se rasgaram, fazendo muito barulho.

A luz se apagou do rosto de Kelsang. Ele parecia ter testemunhado um assassinato.

— Dez pratas — disse o camponês.

— Saia! — Jianzhu vociferou.

— Vamos, Suzu — falou o camponês. — Vamos embora.

Depois de arrancar os outros brinquedos da carniceira de macaco-porco, Jianzhu pegou a garota e saiu porta afora, nada além de uma transação comercial. Ao passar, ele quase caiu sobre outra criança que espiava o teste do lado de fora.

— Ei! — Jianzhu disse. — Você esqueceu sua outra filha!

— Essa não é minha — respondeu o camponês enquanto descia os degraus para a rua. — Ela não é de ninguém.

Uma órfã então? Jianzhu não tinha avistado a garota desacompanhada pela cidade nos dias anteriores, mas talvez ele a tivesse ignorado, achando que era velha demais para ser uma candidata. Ela era muito, muito mais alta que as outras crianças que foram trazidas pelos pais.

Quando Jianzhu se aproximou para examinar a garota, ela tremeu, ameaçando fugir, mas sua curiosidade foi maior que o medo. Então, ela permaneceu onde estava.

Desnutrida, Jianzhu pensou, fazendo uma carranca e olhando as bochechas magras e os lábios rachados da menina. *E definitivamente órfã.* Ele tinha visto centenas de crianças como ela nas províncias do interior, onde os fora da lei *daofei* não eram controlados. Os pais delas eram assassinados por grupos de bandidos que tentavam dominar o território. Ela devia ter vagado muito até chegar à região relativamente pacífica de Yokoya.

Ao ouvir sobre o teste para Avatar, as famílias da aldeia vestiram suas crianças elegíveis com as melhores roupas, como se fosse um dia de festa. Mas esta menina usava um casaco surrado, com os cotovelos aparecendo nos buracos das mangas. Seus pés enormes ameaçavam arrebentar as tiras das sandálias que mal lhe serviam. Nenhum dos camponeses locais a estava alimentando ou vestindo.

Kelsang, que apesar de sua aparência assustadora sempre foi melhor com as crianças, juntou-se a eles e se abaixou. Com um sorriso, ele deixou de ser uma montanha alaranjada intimidadora e se tornou uma versão gigante dos brinquedos de pelúcia atrás dele.

— Ei, olá! — disse, colocando uma dose extra de amizade em sua voz bruta. — Qual é o seu nome?

A garota fez uma longa e cautelosa pausa, avaliando-os.

— Kyoshi — ela sussurrou. Suas sobrancelhas se apertaram, como se revelar o nome fosse uma dolorosa concessão.

Kelsang a recebeu, em seu estado esfarrapado, e evitou falar sobre seus pais por enquanto.

— Kyoshi, quer um brinquedo?

— Tem certeza de que ela não é velha demais? — questionou Jianzhu.

— Ela é maior do que alguns dos adolescentes.

— Fique quieto! — disse Kelsang. Ele fez um gesto vasto, apresentando o salão repleto de relíquias, para o proveito de Kyoshi.

A revelação de tantos brinquedos de uma só vez tivera um efeito fascinante na maioria das crianças. Mas Kyoshi não suspirou, nem sorriu. Sequer mexeu um músculo. Em vez disso, manteve contato visual com Kelsang, até ele piscar.

Tão rápido como um chicote, ela escapuliu dele, pegou um objeto do chão e correu de volta para onde estava na varanda. Ela avaliou a reação de Kelsang e Jianzhu tão atentamente quanto eles a observavam.

Kelsang olhou para Jianzhu e inclinou a cabeça para a tartaruga de barro que Kyoshi segurava no peito. Uma das quatro relíquias verdadeiras. Nem um único candidato havia se aproximado dela naquele dia.

Eles deveriam estar tão entusiasmados por ela como ficaram pela pequena e malvada Suzu, mas o coração de Jianzhu estava cheio de dúvidas. Era difícil acreditar que teriam tanta sorte depois da rasteira que haviam levado.

— Boa escolha — disse Kelsang —, mas tenho uma surpresa pra você. Você pode escolher mais três! Quatro brinquedos, todinhos para você! Não gostaria disso?

Jianzhu sentiu uma mudança na postura da menina, um tremor em seu corpo que ecoava pelo assoalho de madeira.

Sim, ela gostaria muito de mais três brinquedos. Que criança não gostaria? Mas, na mente dela, a promessa de *mais* era perigosa. Uma mentira concebida para magoá-la. Se ela desviasse a atenção do único prêmio que tinha em mãos, poderia acabar sem nada. Punida por acreditar na bondade deste estranho.

Kyoshi negou com a cabeça. As juntas dos seus dedos estavam brancas de tanto apertar a tartaruga de barro.

— Está tudo bem — disse Kelsang. — Você não precisa largar o brinquedo. Esse é o objetivo; você pode escolher outros... Ei!

A garota deu um passo atrás, depois outro e, antes que eles pudessem reagir, ela desceu correndo ladeira abaixo com a rara relíquia centenária Avatar nas mãos. No meio da rua, virou-se como uma fugitiva experiente que despistava um perseguidor e desapareceu no espaço entre duas casas.

Jianzhu fechou as pálpebras contra o sol. A luz veio através delas em manchas escarlates. Ele sentia o próprio pulso. Sua mente já estava em outro lugar.

Em vez de Yokoya, Jianzhu estava no centro de um vilarejo sem nome no interior do Reino da Terra, "recém-liberto" por Xu Ping An e pelos Pescoços Amarelos. Nesse devaneio, o fedor de carne podre envolvia suas roupas e os gritos dos sobreviventes assombravam o vento. Perto dele, um mensageiro oficial que chegou carregado em um palanquim lia um pergaminho, gastando incontáveis minutos para listar os títulos honoríficos do rei da Terra, antes de finalmente dizer a Jianzhu que reforços do exército de Sua Majestade *não* viriam ajudar.

Ele tentou se libertar da memória, mas o passado tinha lhe cravado farpas afiadas. Agora ele se sentava em uma mesa de negociações feita de gelo puro, e do outro lado estava Tulok, senhor dos piratas da Quinta Nação. O corsário mais velho soltou uma gargalhada destrutiva como resposta à ideia de que honraria a promessa do seu avô de deixar em paz o litoral sul do continente. Suas tossidas fortes espalharam sangue e catarro sobre os acordos esboçados pelas santas mãos da Avatar Yangchen, enquanto sua filha e tenente assistia a seu lado, com um olhar sem alma perfurando Jianzhu, como se ele fosse uma presa.

Nesses tempos, e em muitos outros, ele deveria estar do lado do Avatar. A autoridade suprema que poderia dominar o mundo de acordo com sua vontade. Em vez disso, estava sozinho. Enfrentando grandes feras da terra e do mar, cujas mandíbulas se fechavam e envolviam o reino na escuridão.

Kelsang o trouxe de volta ao presente com um forte tapa nas costas.

— Vamos lá — disse ele. — Com essa cara, as pessoas poderiam pensar que você acabou de perder o artefato cultural mais importante da *sua* nação.

O bom humor do dominador de ar e sua capacidade de enfrentar contratempos costumavam ser um grande conforto para Jianzhu, mas, naquele momento, ele queria mesmo era dar um soco na cara barbuda de seu amigo. Em vez disso, ele se recompôs.

— Temos de ir atrás dela — disse Jianzhu.

Kelsang franziu os lábios.

— Bom, seria maldade tirar a relíquia de uma criança que tem tão pouco. Ela pode se apegar àquilo. Vou voltar para o templo e enfrentar a ira de Dorje sozinho. Você não precisa se envolver.

Jianzhu não sabia como era a ira dos dominadores de ar, mas não era esse o problema.

— Você arruinaria o teste dos Nômades do Ar somente para fazer uma criança feliz? — perguntou, incrédulo.

— A relíquia encontrará o caminho de volta para onde pertence — respondeu Kelsang, olhando em volta e parando.

Então, seu sorriso desapareceu, como se a dura realidade do acontecimento estivesse só agora surtindo efeito.

— Eventualmente — ele suspirou. — Talvez.

NOVE ANOS DEPOIS

PARA KYOSHI, estava muito claro: era uma situação hostil.

O silêncio era a chave para chegar ao outro lado. Esperar com total e completa passividade. *Jing* neutro.

Kyoshi caminhava calmamente pelos campos, ignorando a grama alta que fazia cócegas em seus tornozelos, seu suor escorria pela testa, fazendo os olhos arderem. Ela se manteve quieta e fingiu que as três pessoas que surgiram ao seu lado como ladrões em um beco sem saída não eram uma ameaça.

— Então, como eu estava dizendo aos outros, minha mãe e meu pai acham que teremos que limpar os canais ao lado do pico mais cedo este ano — disse Aoma, dando uma ênfase proposital em *mãe* e *pai*, reforçando o que faltava a Kyoshi bem na frente dela. Ela curvou as mãos na posição Ponte Cheia enquanto batia os pés no chão, dando fortes baques. — Um dos terraços desmoronou na última tempestade.

Acima deles, flutuando alto e fora de alcance, estava o último e precioso jarro de algas picantes em conserva que a vila inteira veria naquele ano. O jarro que Kyoshi estava encarregada de entregar na mansão de Jianzhu. O jarro que Aoma, fazendo uma dominação de terra, tirou das mãos de Kyoshi e que parecia prestes a derrubar a qualquer segundo. O grande recipiente de argila balançava para cima e para baixo, espirrando a salmoura contra a tampa de papel encerado.

Kyoshi tinha que segurar um grito toda vez que o jarro parecia sair do controle de Aoma. *Não diga nada. Espere. Não caia na provocação deles. Conversar só vai piorar as coisas.*

— Ela não se importa — disse Suzu. — A preciosa serva não dá bola para assuntos agrícolas. Ela já tem um trabalho fácil em uma casa chique. Ela é boa demais para sujar suas mãos.

— Nem sequer pisaria em um barco — disse Jae. Em vez de prosseguir com a conversa, ele cuspiu no chão, quase acertando os calcanhares de Kyoshi.

Aoma nunca precisou de motivos para atormentar Kyoshi, já os outros tinham genuínos ressentimentos por ela. Era verdade que Kyoshi havia passado seus dias sob o teto de um poderoso sábio em vez de quebrar as unhas nos campos cheios de pedregulhos. Ela certamente também nunca havia se arriscado nas águas agitadas do Estreito perseguindo uma presa.

Mas o que Suzu e Jae convenientemente deixaram de considerar foi que cada parte de terra arável próxima à aldeia e cada barco nas docas, em boas condições para navegar, pertenciam a uma *família*. Mães e pais, como Aoma gostava tanto de dizer, passavam seu ofício para suas filhas e seus filhos em uma linhagem ininterrupta, ou seja, não havia possibilidade de um forasteiro herdar qualquer meio de sobrevivência. Se não fosse por Kelsang e Jianzhu, Kyoshi teria passado fome nas ruas, bem diante do nariz de todos.

Hipócritas.

Kyoshi pressionou a língua contra o céu da boca com toda a força que podia. *Hoje não vai ser o dia. Algum dia, talvez, mas não hoje.*

— Deixem a menina em paz — disse Aoma, mudando sua posição para Ponte Divisória. — Ouvi dizer que ser uma serva é um trabalho difícil. É por isso que vamos ajudar com as entregas. Certo, Kyoshi?

Para enfatizar, ela arremessou o jarro entre os galhos de uma árvore frondosa. Um lembrete de quem estava no comando.

Kyoshi estremeceu quando o recipiente mergulhou em direção ao chão como um falcão antes de arremeter para cima novamente. *Só mais um pouco,* ela pensou enquanto o caminho fazia uma curva acentuada na encosta. Mais alguns passos silenciosos e calados até...

Lá. Eles finalmente haviam chegado. A morada do Avatar, em toda sua glória.

A mansão que o mestre Jianzhu construiu para abrigar a salvadora do mundo havia sido projetada à imagem de uma cidade em miniatura. Um grande muro, formando um perfeito quadrado, cercava o terreno, com uma divisão central que separava os severos campos de treinamento dos vibrantes aposentos. Cada seção tinha seu portal próprio e imponente voltado para o sul, e era maior que a sala de reuniões de Yokoya. As enormes portas cravejadas de ferro do portão residencial estavam escancaradas, oferecendo um vislumbre da bela vegetação no interior. Um rebanho tranquilo de cães-bode pastava no jardim, aparando toda a grama e deixando-a uniforme.

Elementos estrangeiros integravam o design minucioso do complexo. Havia dragões dourados perseguindo orcas-polares esculpidas nas bordas das paredes. O encaixe das telhas, no estilo do Reino da Terra, estava relacionado aos princípios de numerologia dos Nômades do Ar. Corantes e tintas foram importados de todo o mundo, a fim de exibir todas as cores das quatro nações.

Quando comprou o terreno, Jianzhu explicou para os anciões da vila que Yokoya era o local ideal para se estabelecer e ensinar o Avatar. Um lugar quieto, seguro, longe das terras devastadas dos fora da lei nas profundezas do Reino da Terra e perto o suficiente do Templo do Ar do Sul e da Tribo da Água do Sul. Os moradores da vila ficaram felizes o bastante para aceitar o ouro dele na época. Mas depois que a mansão foi construída, eles reclamaram que era uma monstruosidade, uma criatura estranha que havia brotado do solo durante a noite.

Para Kyoshi, era a vista mais linda que ela poderia imaginar. Era um lar.

Atrás dela, Suzu bufou com desdém.

— Eu não sei o que nossos pais estavam pensando quando venderam estas terras para um ganjinês.

Os lábios de Kyoshi se apertaram. O mestre Jianzhu era de fato da Tribo Gan Jin que vivia no norte, mas o que a irritou foi o jeito como Suzu falou aquilo.

— Talvez eles soubessem que as terras eram tão inúteis e improdutivas quanto seus filhos — Kyoshi murmurou baixinho.

Os outros pararam de caminhar e olharam para ela.

Ops. Ela tinha falado meio alto demais, não tinha?

Suzu e Jae cerraram seus punhos. Ficou claro para eles o que poderiam fazer com Kyoshi se Aoma a mantivesse indefesa. Fazia anos que nenhuma das crianças do vilarejo conseguia chegar perto o suficiente para golpeá-la, mas parece que essa era uma ocasião especial, não era? Talvez alguns machucados, em memória dos velhos tempos.

Kyoshi se preparou para o primeiro golpe, ficando sobre os dedos dos pés na esperança de manter seu rosto longe da bofetada, para que Tia Mui não notasse. Alguns socos e chutes seriam o preço para eles a deixarem em paz. Mas a culpa foi toda sua por ter aberto a boca.

— O que vocês acham que estão fazendo? — uma voz familiar rosnou.

Kyoshi fez uma careta e abriu os olhos.

A paz já não era mais uma opção, pois Rangi estava ali.

＊

Rangi provavelmente os vira de longe e os seguira pela mata sem ser notada. Talvez quisesse armar uma emboscada para eles durante a noite. Ou quem sabe saltar de uma árvore como um leopardo alado. Kyoshi não esperaria nada menos do que uma dessas proezas de uma dominadora de fogo com treinamento militar.

Jae e Suzu recuaram, tentando engolir sua intenção hostil, tal como uma criança escondendo doces roubados na boca. Kyoshi lembrou que essa talvez fosse a primeira vez que eles viam alguém da Nação do Fogo tão de perto, ainda mais alguém tão intimidante quanto Rangi. Em sua armadura feita sob medida cor de ônix e de sangue seco, ela poderia ser um espírito vingativo que tinha vindo purificar o campo de batalha dos vivos.

Aoma manteve sua posição de modo impressionante.

— A guarda-costas do Avatar — disse ela, com um leve sorriso. — Eu achava que vocês nunca saíam do lado de seu mestre. Você não está sendo descuidada?

Ela olhou de relance para os lados:

— Ou ele está aqui em algum lugar?

Rangi olhou para Aoma como se ela fosse um monte de sujeira em que a dominadora de fogo havia pisado ao longo de sua caminhada.

— Sua presença não é autorizada nestas terras — ela disse, de maneira ríspida. Depois apontou para cima, em direção ao jarro de algas. — Muito menos pode colocar as mãos na propriedade do Avatar. Nem deve abordar seus servos, a propósito.

Kyoshi notou que tinha ficado em terceiro lugar nessa lista de considerações.

Aoma tentou acalmar os ânimos.

— Esse recipiente é enorme — disse, encolhendo os ombros para enfatizar sua façanha de dominação ainda em execução. — Seriam necessários dois homens fortes para carregá-lo sem dominar a terra. Kyoshi pediu nossa ajuda com isso. Não é mesmo?

Ela lançou para Kyoshi um sorriso radiante que dizia: *Se me dedurar, eu mato você.* Kyoshi já tinha visto essa expressão inúmeras vezes quando ambas eram mais novas, sempre que um adulto infeliz encontrava as duas "brincando" pela cidade; Kyoshi toda machucada e Aoma com uma pedra na mão.

Mas dessa vez a encenação dela não era uma das melhores. Sua atuação normalmente impecável tinha um tom triste e genuíno. Kyoshi entendeu na hora o que estava acontecendo.

Aoma realmente queria ajudá-la com a entrega. Ela queria ser convidada para entrar na mansão e ver o Avatar de perto, assim como Kyoshi via todos os dias. Aoma estava com *inveja*.

Um sentimento parecido com pena brotou na garganta de Kyoshi. Mas não era forte o suficiente para impedir Rangi de fazer o que desejasse.

A dominadora de fogo avançou. Seu queixo fino se contraiu e seus olhos escuros como bronze se moveram com agressividade. O ar em volta dela ondulou como uma miragem viva, e o calor levantou os fios de seu cabelo negro.

— Largue o jarro, vá embora e não volte mais — ela disse. — A menos que queira saber como é o cheiro das suas sobrancelhas queimadas.

A expressão de Aoma se desfez. Ela tinha esbarrado em um adversário com presas maiores que as suas. E, ao contrário dos adultos da vila, nenhum charme ou enrolação funcionaria com Rangi.

Mas isso não significava que ela não faria uma travessura de despedida.

— É claro — Aoma disse. — Já que você insiste.

Com um movimento de suas mãos, o jarro decolou para cima no ar, além da copa das árvores.

— É melhor você achar alguém que esteja *autorizado* a pegar aquilo — ela concluiu e saiu correndo caminho abaixo, com Suzu e Jae logo atrás.

— Sua pequena... — Rangi fez menção de ir atrás deles. Num reflexo, seu punho se preparou para dar uma amostra de dor flamejante. Mas ela se segurou. A vingança ardente teria que esperar.

Ela abaixou a mão e olhou para o jarro que sumia rapidamente. Aoma o tinha arremessado com muita, *muita* força. Ninguém poderia dizer que a garota não era talentosa.

Rangi deu uma cotovelada em Kyoshi.

— Pegue — disse ela. — Use a dominação de terra para pegar o jarro.

— E-eu não consigo — Kyoshi respondeu, tremendo de medo. A pobre carga condenada atingiu o ápice de seu voo. Tia Mui ficaria furiosa. Um desastre dessa magnitude chegaria aos ouvidos do mestre Jianzhu. Seu pagamento seria cortado. Ou ela seria demitida logo de cara.

Rangi insistiu.

— Como assim não consegue? Nos registros dos empregados, você consta como dominadora de terra! Pegue!

— Não é tão simples! — Sim, tecnicamente Kyoshi era uma dominadora, mas Rangi não sabia sobre o pequeno problema dela.

— Faça o movimento com as mãos como aquela garota fez! — Rangi juntou os punhos e apontou os dedos para cima, fazendo de forma grosseira a posição Ponte Cheia, como se Kyoshi precisasse de uma demonstração, por uma dominadora de um elemento completamente diferente, de como fazê-la.

— Cuidado! — Kyoshi gritou, e se jogou sobre Rangi, usando o corpo para proteger a garota menor do míssil em queda livre. As duas caíram no chão, entrelaçadas.

Não houve nenhum impacto. Nenhum caco mortal de cerâmica ou explosão de líquido de conserva.

— Saia de cima de mim, sua idiota! — Rangi resmungou. Ela bateu os punhos contra o abraço protetor de Kyoshi. Era como ver um pássaro batendo as asas contra uma gaiola. Kyoshi ficou de joelhos e viu que o rosto e as orelhas de Rangi estavam tão vermelhos quanto sua armadura.

Kyoshi a ajudou a ficar de pé. O jarro flutuava próximo a elas, na altura da cintura, acima do solo. Quando estava sob o controle de

Aoma, o jarro havia vacilado e tremido, acompanhando a respiração e os movimentos involuntários dela. Mas, agora, o recipiente estava completamente imóvel no ar, como se tivesse sido colocado em um pedestal de ferro.

As pedras no caminho empoeirado tremeram. Elas começaram a pular na frente dos pés de Kyoshi, controladas por um poder invisível vindo do solo, como se estivessem espalhadas sobre um tambor que ressoava. As pedras marchavam em direções aparentemente aleatórias, como pequenos soldados alcoolizados, até que pararam formando uma mensagem.

"De nada."

Kyoshi ergueu a cabeça e apertou os olhos na direção da distante mansão. Havia apenas uma pessoa que ela sabia que era capaz daquela façanha. As pedras começaram sua dança de novo, dessa vez formando palavras mais rapidamente.

"Aqui é o Yun, a propósito. Você sabe, o Avatar Yun."

Como se pudesse ter sido mais alguém. Kyoshi não sabia de onde Yun as observava, mas podia imaginar o sorriso brincalhão e provocante em seu belo rosto enquanto ele mostrava outro movimento surpreendente de dominação, como se encantar as pedras em completa submissão não fosse grande coisa.

Ela nunca tinha ouvido sobre alguém que usava pedras para conversar a distância de forma tão legível. Yun tinha sorte por não ser um Nômade do Ar, porque senão eles o teriam tatuado por inventar essa nova técnica.

"O que minhas *garutas* favoritas estão fazendo hoje?"

Kyoshi riu. Ok, talvez não tão legível.

"Parece divertido. Eu queria poder me juntar a vocês."

— Ele sabe que não conseguimos responder, né? — falou Rangi.

"Bolinhos, por favor. Qualquer um que não seja de alho-poró."

— Chega! — Rangi gritou. — Nós o estamos distraindo do treino! E você está atrasada para o trabalho. — Ela varreu as pedras para longe com o pé, menos preocupada em ver mais truques de dominação de terra e mais focada em seguir o cronograma do dia.

Kyoshi removeu o jarro da plataforma invisível e seguiu Rangi de volta para a mansão, andando devagar pela grama para não a ultrapassar. Se tudo o que importava para a dominadora de fogo eram as tarefas domésticas, era o fim, e não havia nada mais a dizer. Kyoshi podia sentir um silêncio pesado se formando dentro do corpo esguio de Rangi.

Elas estavam a meio caminho do portão quando o silêncio se tornou pesado demais para suportar.

— Isso é patético! — disse Rangi sem se virar. O único jeito de suportar sua decepção com Kyoshi era não olhando para ela. — A forma como eles pisaram em você. Você serve o Avatar! Tenha um pouco de dignidade!

Kyoshi sorriu.

— Eu estava tentando acalmar a situação — murmurou.

— Você ia deixá-los te acertarem! Eu vi! E não se atreva a dizer que estava fazendo *jing* neutro ou qualquer outra besteira de dominação de terra!

Naquela hora, Rangi se transformou da guardiã profissional do Avatar, pronta para queimar os ossos de intrusos sem vacilar, em uma adolescente não muito mais velha que Kyoshi, que facilmente perdia a paciência com seus amigos e era uma espécie de mãe protetora e rabugenta.

— E falando da sua dominação de terra... Você foi vencida por uma camponesa! Como não dominou o básico até agora? Eu já vi crianças em Yu Dao dominarem rochas maiores do que aquele jarro!

Rangi e Kyoshi *eram* amigas, apesar de não parecer. Lá atrás, quando a mansão estava sendo construída — e Kyoshi aprendia seus deveres dentro da casa ainda não terminada — demorou semanas até que ela descobrisse que a menina imperiosa, e que agia como se ainda estivesse na equipe iniciante do Exército do Fogo, só gritava com quem ela tinha muita intimidade. Todo o resto era escória que não merecia seu esforço.

— ... Então, a estratégia mais eficiente seria surpreender a líder sozinha – é Aoma o nome? – e depois derrotá-la para que sirva de aviso aos outros para não te incomodarem mais. Você está me ouvindo?

Kyoshi não tinha ouvido a maior parte do plano da batalha. Ela estava distraída com o colarinho da armadura de Rangi, que tinha saído do lugar na queda e precisava ser endireitado para cobrir sua delicada nuca novamente. Ainda assim, sua resposta foi a mesma.

— Por que recorrer à violência? — falou. Ela cutucou gentilmente com o jarro as costas da dominadora de fogo. — Eu tenho heróis fortes como você para me proteger.

Rangi fingiu que queria vomitar com o comentário.

O GAROTO DE MAKAPU

YUN NÃO CONSEGUIA escutar o que elas estavam falando, mas daquela distância era possível ler a linguagem corporal delas. Julgando pela forma como Rangi fez um gesto bruto no ar, ela estava irritada com Kyoshi. De novo.

Yun sorriu. As duas eram muito fofas juntas. Ele podia admirá-las o dia todo, mas não era possível. Então, rolando de costas, deslizou pelo telhado da mansão, usando a beira da calha para impedir sua queda. Ele deixou o impacto transformar seu movimento em um salto, girando para a frente no ar, e aterrissou na planta dos pés no pátio de mármore.

E deu de cara com Hei-Ran.

Ops.

— Impressionante — disse a ex-diretora da Academia Real da Nação do Fogo para Meninas, com os braços cruzados atrás das costas. — Quando os espíritos precisarem que um palhaço de circo intervenha por eles, saberei que nosso tempo juntos valeu a pena.

Yun franziu o rosto. Sua mestre particular de dominação de fogo tinha a habilidade de destruir seus momentos de orgulho.

— Eu já terminei minhas séries de agachamentos — disse. — Quinhentas repetições executadas com perfeição.

— E ainda assim, você prefere gastar seu tempo livre vagando pelo telhado em vez de ir para o próximo exercício ou meditar até eu voltar.

É por isso que você não consegue criar uma chama ainda. Pode treinar seu corpo o quanto quiser, mas sua mente continua fraca.

Yun percebeu que Hei-Ran nunca o maltratava dessa forma quando a filha dela estava por perto. É como se ela não quisesse diminuir a imagem do Avatar aos olhos veneráveis de Rangi. Sua imagem tinha que ser moldada e mantida com muito cuidado, como as pequenas árvores que adornavam o jardim. Os espíritos o proibiam de parecer humano, por um momento que seja.

Colocando-se na posição Punho de Fogo, Yun aguardou por correções, mesmo não sendo necessário. Nem mesmo Hei-Ran podia achar falhas em sua posição, na postura da coluna, no controle da respiração. A única coisa que faltava era a chama.

Ela franziu as sobrancelhas, interpretando a posição perfeita do garoto como um desafio, mas deu sinal para que ele começasse o treino mesmo assim. Enquanto Yun socava o vento, ela andava lentamente ao redor dele em um círculo. As sessões de Punho de Fogo também eram ideais para sermões.

— O que você faz quando ninguém o está guiando é o que determina quem você é — disse Hei-Ran. Esse lema provavelmente estava escrito acima de alguma porta na Academia de Fogo. — Os resultados do seu treino são menos importantes do que sua atitude ao treinar.

Yun não achava que sua mestra acreditasse naquilo. Nem por um segundo. Ela simplesmente apontava falhas nos movimentos que ela não conseguia analisar, em busca de melhora imediata. Se ele não conseguisse dominar o fogo mesmo sob seus cuidados, então o fracasso dele seria pior que o de qualquer um dos alunos anteriores de Hei-Ran.

Seus socos ficaram mais ríspidos, fazendo com que as mangas do uniforme de algodão estalassem como chicotes a cada movimento. Ele parecia um par de imagens em um pergaminho, dois pontos no tempo se repetindo sem parar. Punho esquerdo. Punho direito.

— Sua situação não é única — Hei-Ran continuou. — A história é cheia de Avatares como você que tentaram apenas confiar em seus talentos. Você não é o único que queria pegar leve.

Yun escorregou, o que raramente acontecia com ele.

O movimento o tirou do seu centro de gravidade, e ele tropeçou e caiu de joelhos. O suor ardia em seus olhos e escorria para o canto da boca.

Pegar leve? *Pegar leve?*

Por acaso ela estava ignorando o fato de que ele passara noites em claro debruçado sobre análises acadêmicas das decisões políticas de Yangchen? Que ele memorizara exaustivamente o nome de cada nobre do Reino da Terra, comandante da Nação do Fogo e chefe da Tribo da Água, os atuais e os de três gerações atrás? E os textos perdidos que ele usara para mapear os antigos locais sagrados dos Nômades do Ar, alguns deles surpreendentes até mesmo para Kelsang?

Esse era ele quando ninguém estava olhando. Alguém que dedicava todo o seu ser para cumprir com seu dever de Avatar. Yun queria compensar o tempo perdido, já que tinha sido descoberto muito tarde. Queria mostrar gratidão a Jianzhu e ao mundo inteiro por lhe dar o maior presente que existia. Pegar leve era a última coisa em sua mente.

Ela sabe disso, ele pensou. Hei-Ran só quis provocá-lo quando o chamou de preguiçoso. Mas uma fúria incontrolável surgiu no seu peito mesmo assim.

Os dedos de Yun rasgaram a superfície lisa do chão de mármore, triturando a pedra sob seu punho como se ela fosse feita de giz. Ele nunca atacaria um mestre. A melhor forma de atingir Hei-Ran era decepcionando-a, ou seja, confirmando a acusação dela de que ele era uma criança rebelde.

Seu próximo soco produziu uma rajada de "chama" rodopiante de dragão digna do Senhor do Fogo. Cada cintilar apresentava-se lindamente, misturando-se ao pó de rocha branca. Ele deixou a chama enfurecer-se e dançar como fogo de verdade, reagindo aos redemoinhos da brisa, e depois deixou que a nuvem de partículas caísse no chão.

Para encerrar, e deixar a performance completa, Yun deu um sorriso pretensioso, muito semelhante ao de Kuruk. Afinal, todo palhaço precisa de uma atuação.

Hei-Ran endureceu o corpo. Ela parecia prestes a esbofetear o jovem Yun. A rajada dele não passou perto dela, mas também não passou tão longe.

— Nos velhos tempos, mestres costumavam mutilar seus estudantes por conta de insubordinação — ela disse, com voz rouca.

Yun se conteve, sem recuar.

— Que bom que vivemos em tempos modernos!

Uma única palma rompeu o ar. Ambos olharam e identificaram Jianzhu, assistindo à cena ali ao lado.

Yun cerrou os dentes com força o suficiente para fazê-los chiar. Geralmente, ele podia sentir os passos do seu mentor pelo movimento do chão e se recompor, mas, hoje... Hoje, tudo parecia estar fora do comum.

Jianzhu acenou tranquilo para Yun, como se não tivesse acabado de encontrar o Avatar e sua mestre de dominação de fogo discutindo.

— Venha — ele disse para seu aprendiz. — Vamos fazer um intervalo.

No local de treinamento havia nichos nas paredes para guardar armas, jarros de água e discos ocos feitos de argila em pó que explodiam inofensivamente com impacto. Suprimentos suficientes para treinar um exército de dominadores. Jianzhu e Yun foram tomar um chá na maior área do local de treinamento, cercados por bonecos de palha para prática de tiro ao alvo.

O chão estava coberto de poeira. Enquanto Yun servia o chá, Jianzhu arrancou um galho que estava preso em um saco de estopa e o usou para desenhar uma versão simplificada de um tabuleiro de Pai Sho no chão entre eles.

Yun ficou confuso. Os dois costumavam jogar esse jogo sem parar quando estavam se conhecendo. Mas Pai Sho tinha sido proibido para ele havia um bom tempo. O jogo o distraía das dominações.

Jianzhu contemplou o tabuleiro vazio, sua longa face iluminando-se ao se lembrar de jogadas passadas, das estratégias brilhantes e dos riscos desafiadores nos movimentos das peças. As marcas da idade irradiavam de seus olhos. Os problemas que lhe deram rugas profundas ainda não eram aparentes na suave e plana linha de sua boca.

— Eu tenho algumas notícias — ele disse. — Nossos emissários informaram que Tagaka concordou em assinar uma nova versão do tratado de seu bisavô.

Yun se animou. Fazia anos que seu mestre estava tentando conseguir uma solução diplomática com a rainha dos *daofei* dos mares.

— O que mudou, Sifu?

Jianzhu gesticulou para ele.

— Você! Ela soube que nós finalmente encontramos o Avatar e que ele era um dos dominadores mais fortes de sua geração.

Yun sabia que aquilo era verdade. Pelo menos no que diz respeito à dominação de terra. Podia ser arrogância dele pensar isso, mas era difícil argumentar contra as evidências deixadas por ele no chão.

— A marinha da Quinta Nação vai cessar as invasões na costa das Montanhas Xishaan — disse Jianzhu. — Eles prometeram não erguer uma única vela de suas cores dentro do campo de visão do Templo do Ar do Leste.

— Em troca do quê?

— De acesso oficial à madeira na ilha Yesso, apesar de eles já estarem usufruindo dela há quase uma década. Os outros sábios estão achando esse acordo uma vitória diplomática. Um ganho enorme por algo mínimo.

As folhas do chá de Yun se desprenderam da superfície do líquido. A água era o último elemento que o novo Avatar precisaria dominar. Ele sempre suspeitou que dominar a água levaria menos tempo do que dominar o fogo.

— Só que não é bem uma vitória, né? — questionou Yun, rolando a caneca entre os dedos. — Ela está prometendo cessar suas operações em apenas um trecho do mar, mas uma frota de saqueadores não vai largar suas armas e pegar uma enxada da noite para o dia. Eles vão causar problema em outros oceanos, talvez até o norte, na Baía Camaleão ou nas ilhas da Nação do Fogo. Estão apenas transferindo a violência de um canto do mundo para o outro.

— O que você faria então? — perguntou Jianzhu. — Rejeitaria a oferta de Tagaka?

Yun ficou um tempo encarando o tabuleiro vazio, focando especialmente nas seções onde os jogadores costumam pôr suas peças de barco. Ele estremeceu com as imagens que passaram pela sua cabeça.

Ao contrário do que muitos habitantes locais pensavam, Jianzhu não o mantinha trancado na propriedade como uma flor da lua que murcharia sob a luz do sol. Entre os treinamentos, eles costumavam viajar pelo mundo com Kelsang em seu bisão voador, Peng-Peng, para conhecer pessoas importantes das Quatro Nações. O objetivo era garantir que Yun tivesse uma boa educação, já que o Avatar ideal devia ser também um diplomata, nunca favorecendo um povo ou outro. Ele aprendera muito em suas viagens, explorando grandes cidades e conversando com seus líderes. Em alguns momentos, até se divertiu.

A última viagem não foi um desses momentos.

Quando Jianzhu lhe contara que eles teriam que avaliar a extensão dos danos infligidos pelo maior ataque pirata coordenado na costa Sudeste do Reino da Terra em mais de um século, Yun se preparou para ver sangue. Cadáveres em meio a ruínas fumegantes. Uma cena de total devastação.

Porém, enquanto eles sobrevoavam a costa montados em Peng--Peng, buscando sobreviventes nos vilarejos à beira-mar, Yun ficou surpreso ao ver as casas de madeira flutuantes e as cabanas de palha intactas. Quase intocadas. Sem nenhum sinal dos habitantes nas proximidades.

Só depois de aterrissarem e verificarem de perto algumas moradias, tudo passou a fazer sentido. Dentro das casas, eles encontraram lanças deixadas nas prateleiras. Refeições sobre a mesa que ainda não haviam apodrecido. Redes de pesca com reparos inacabados. Não tinha acontecido um massacre.

Para surpresa de todos, os aldeões haviam sido raptados. Como se fossem gado. Animais roubados de um rebanho.

Nada mais havia sido tocado pelos corsários de Tagaka, exceto alguns itens sem importância que Yun notou no último minuto. Roubaram os sinos. Os tambores e gongos. As torres de vigilância, que qualquer vilarejo teria sorte em ter, foram totalmente esvaziadas.

Ali, Yun descobriu que bronze fundido era extremamente valioso e quase insubstituível naquela parte do país, assim como couro de alta qualidade para usar em tambores. Os piratas fizeram com que os sistemas de alerta do vilarejo não pudessem mais ser reutilizados se eles retornassem.

Quase mil pessoas estavam desaparecidas. Conduzir um ataque nessa escala, com tanta precisão, não era somente um crime, mas também uma mensagem. Tagaka era mais perigosa que seu pai, seu avô e qualquer outro pirata cruel e sanguinário que já tinha navegado pelo Mar do Leste.

Yun passou a maior parte da noite furioso gritando com Jianzhu depois que seu mentor lhe explicou calmamente que o Rei da Terra provavelmente não faria nada para proteger seus súditos, pelo menos não aqueles com tão pouco valor. Isso significava que eles estavam sozinhos, por conta própria, para lidar com o problema.

O vazio do tabuleiro de Pai Sho incomodou Yun, assim como os sinos desaparecidos, que já não tocavam mais. A questão não era *se* os piratas iriam retornar, mas *quando*.

Ele abaixou o chá, recostando-o sobre suas mãos.

— Nós deveríamos aceitar a oferta dela e fingir que estamos felizes com isso. É nossa única chance de resgatar os prisioneiros sobreviventes. Isso nos dará algum tempo para levantar defesas nas áreas costeiras. E, se Tagaka for corajosa o bastante para navegar rumo ao noroeste, há uma chance de ela ser tão presunçosa a ponto de comprar briga com a Marinha do Fogo. Este, sim, é um oponente impiedoso o bastante para destruí-la.

A proposta saiu de seus lábios naturalmente, apesar do desconforto que surgiu em seu âmago. Mesmo sendo uma alternativa fácil e efetiva, a simples ideia de manipular as nações que ele deveria manter em equilíbrio era assustadora. Yun esperou para ser repreendido.

Em vez disso, Jianzhu abriu um sorriso largo para ele. Algo raro de acontecer.

— Viu só? — falou Jianzhu, gesticulando para o tabuleiro do jogo. — É por isso que você está destinado a ser um grande Avatar. Você tem a perspicácia de pensar adiante, de ver as fraquezas e o potencial das pessoas. Você sabe quais peças do futuro devem ser movidas. A situação com a Quinta Nação não vai se resolver com uma dominação poderosa, mas com uma estratégia que minimize os danos que eles podem causar. E você a descobriu. Você é tudo que Kuruk não era — Jianzhu continuou. — E eu não poderia estar mais orgulhoso.

Isso deveria ter sido um elogio genuíno. Kuruk tinha sido um gênio e tanto em Pai Sho. Em dominação também. Mas, de acordo com Jianzhu, que o conhecia muito bem, o Avatar da água havia sido incapaz de usar seus talentos pessoais para ter uma liderança efetiva no mundo. Ele desperdiçara seu tempo, procurando prazeres pelas Quatro Nações, e morrera cedo.

Então, acho que isso significa que eu serei infeliz e viverei para sempre, pensou Yun. *Que ótimo.*

Ele olhou para o pátio, onde Hei-Ran os aguardava. Ela parecia uma estátua. Cada dor que a mulher lhe infligia se tornava ainda pior pelo fato de ela ter os mesmos traços de sua filha Rangi, como o rosto de boneca de porcelana, os cabelos negros e os olhos escuros cor de bronze, em vez do habitual dourado da Nação do Fogo. O prazer de ter uma guarda-costas bonita e dedicada como Rangi, com a idade próxima da sua, tinha sido arruinado, uma vez que sua versão mais velha vivia dando uma surra nele.

— Hei-Ran acha que sou parecido demais com Kuruk — disse Yun.
— Você tem que ser mais compreensivo com ela — explicou Jianzhu.
— Hei-Ran pediu demissão do Exército do Fogo para ensinar Kuruk, depois saiu da Academia Real para ensinar você. Ela se sacrificou mais do que qualquer um de nós pelo Avatar.

Saber que ele arruinara duas carreiras promissoras de Hei-Ran não o fez se sentir melhor.

— É mais uma razão para ela me odiar.

Jianzhu levantou-se e gesticulou para que Yun fizesse o mesmo.

— Não, o problema é que ela ama você, Yun.
— Se isso for verdade, ela tem uma forma muito estranha de demonstrar.

Jianzhu encolheu os ombros.

— Coisa de mães da Nação do Fogo. Ela ama você quase tanto quanto eu. Até demais, talvez.

Yun seguiu seu mentor para o centro da área de treinamento. A mudança da sombra fresca para o calor que estava lá fora foi difícil de suportar.

— Saiba que você tem o amor de muitas pessoas — disse Jianzhu. — De Kelsang, dos sábios que nos visitam, praticamente de todo mundo que você conhece. Acredito que a própria terra ama você. Você se sente conectado à terra todo o tempo, como se ela falasse com você. Estou certo?

Ele estava, embora Yun não entendesse aonde ele queria chegar com isso. Sentir-se conectado com a terra era o primeiro e mais básico requisito para a dominação de terra. Hei-Ran juntou-se a eles no pátio.

— Por outro lado, a dominação de fogo é a única das quatro dominações em que não se usam os elementos, mas sim o próprio corpo

— Jianzhu explicou. — Não se forma um vínculo com nenhum elemento ao redor. Em vez disso, o dominador o cria dentro de si. Estou explicando corretamente, mestra Hei-Ran?

Ela assentiu, igualmente confusa pela forma com que eles discutiam o óbvio.

— Tire seus calçados — Jianzhu orientou Yun.

— O quê? — Como muitos dominadores de terra, Yun não gostava de usar sapatos, mas, para o treinamento em dominação de fogo, ele era obrigado a usar um par de sandálias aderentes.

— As condições de Tagaka são que quaisquer novos tratados sejam assinados em um território de sua escolha — disse Jianzhu. — Eu sei que mencionei que diplomacia seria mais importante que qualquer dominação para essa missão, mas o ideal seria que você tivesse *alguma* maestria sobre o fogo. No caso de os piratas precisarem de alguma demonstração de poder. Tire seus calçados.

O sol incomodava a cabeça de Yun. O zumbido dos insetos aumentava em suas orelhas, como um alarme. Ele nunca havia desobedecido Jianzhu antes, então arrancou as sandálias, tirou as meias, e as jogou para o lado.

— Eu não entendo — disse. — O que está acontecendo aqui?

Jianzhu examinou o chão da área de treinamento.

— Como eu disse, a terra ama você, e você a ama. Esse amor, esse laço, pode estar te segurando, bloqueando outros estados de espírito que são necessários para dominar os diferentes elementos. Devemos tentar romper essa ligação para que você não tenha mais nada em que se agarrar a não ser seu fogo interior. Não pode haver nenhuma ajuda externa.

Pela primeira vez em sua vida, Yun viu Hei-Ran hesitar.

— Jianzhu — disse ela —, tem certeza de que é uma boa ideia?

— É *uma* ideia — Jianzhu respondeu. — Se vai ser boa ou não, depende do resultado.

Yun sentiu um frio na barriga quando se deu conta do plano.

— Você quer que ela queime os meus pés?

Jianzhu negou com a cabeça:

— Nada de muito cruel.

Ele, então, apontou uma mão para o lado, com a palma para baixo, e depois a ergueu. Ao redor deles, do piso de mármore, ergueram-se minúsculas pirâmides, todas pontudas. O pátio estava coberto uniformemente delas, de uma parede à outra. Era como se alguém tivesse martelado pregos em um tabuleiro de Pai Sho e o virado de ponta-cabeça, com as pontas para cima.

— Agora, faça a primeira posição do Sol Reunido — disse Jianzhu. O campo pontiagudo os cercava num espaço estreito. — Vá até lá, bem no meio, e mostre-nos o que sabe.

Yun piscou para conter as lágrimas. Olhou para Hei-Ran em súplica. Mas ela apenas balançou a cabeça e se virou.

— Só pode ser brincadeira — ele disse.

Jianzhu estava sereno tal qual uma nuvem.

— Pode começar quando estiver pronto, Avatar.

TRABALHO HONESTO

PASSAR PELO PORTÃO da mansão era como atravessar um portal para o mundo espiritual. Ao menos era assim que Kyoshi imaginava, depois de ouvir as histórias contadas por Kelsang. A diferença de um lugar para outro era notável, pois cada um tinha suas próprias características e regras. De um lugar monótono e sem sentido, onde as únicas moedas de troca eram suor e tempo, onde se plantavam sementes e se jogavam os anzóis na esperança de postergar a fome até próxima estação, para um universo místico, onde rituais e negociações poderiam tornar alguém um ser supremo em um único dia.

A passagem das garotas foi marcada por uma nesga de sombra refrescante sob a parede de taipa. Rangi acenou para dois vigias grisalhos, veteranos do exército do Rei da Terra, que enrijeceram o pescoço e se curvaram respeitosos. Atraídos pelo bom salário oferecido por Jianzhu, eles mantiveram seus capacetes de abas largas, mas os pintaram com um tom de verde muito usado pelo sábio. Kyoshi sempre se perguntou se isso era ou não contra a lei.

No interior, o vasto jardim vibrava com as conversas. Sábios e nobres de terras distantes iam e vinham para a propriedade, e muitos deles gostavam de conduzir seus negócios entre as flores e as perfumadas árvores frutíferas. Um comerciante de Omashu, muito bem-vestido, pechinchava com um comerciante oficial da Nação do Fogo sobre provisões de repolhos, ignorando as pétalas de flor-de-cerejeira que caíam em seu chá. Duas mulheres elegantes da Tribo da Água do Norte, de braços dados, caminhavam meditativas em um labirinto sobre um campo de areia branca. No canto, um jovem melancólico, com o cabelo cuidadosamente despenteado, mordia a ponta do seu pincel, lutando com um poema.

Todos eles poderiam ser, e provavelmente eram, exímios dominadores. Isso sempre animava Kyoshi, ver tantos dominadores de elementos distintos em um único lugar. Quando a propriedade estava cheia de visitantes, como hoje, o ar parecia vivo com tanto poder. E literalmente ficava quando Kelsang estava por perto e de bom humor.

Tia Mui, a chefe da cozinha, surgiu de um dos corredores laterais e saltou até elas, tal como uma ameixa rolando em uma colina irregular. Então, ela aproveitou o impulso e deu um golpe duro na lombar de Kyoshi. A garota gemeu e segurou o jarro com mais força.

— Não traga a comida por onde os convidados possam ver! — disse Tia Mui. — Use a entrada de serviço!

Ela apressou Kyoshi para descer os degraus de um túnel, ignorando o forte impacto que a garota levou ao bater a testa na viga superior. Elas se arrastaram pelo corredor, que ainda estava com cheiro de serragem e barro molhado, através do reboco. Ali, era mais perceptível como o complexo era novo e como tinha sido construído às pressas.

O corredor mal-acabado era outro dos muitos detalhes que abalavam a ilusão defendida por todos os que estavam sob o teto de Jianzhu, desde o convidado mais exaltado até o funcionário mais humilde. A presença do Avatar era uma bênção curiosamente recente. Todos estavam vivendo em um ritmo acelerado demais para notar.

— Você ficou muito tempo no sol, não ficou? — perguntou Tia Mui. — Suas sardas escureceram de novo. Por que você nunca usa aquele corretivo que eu te dei? Tem madrepérola nele.

A cabeça de Kyoshi latejava.

— O quê? E ficar parecendo um fantasma?

— É melhor do que ficar parecendo que alguém polvilhou sementes de papoulas nas suas bochechas!

As únicas coisas que Kyoshi odiava mais que aquela gosma em sua pele eram os costumes irritantes e distorcidos que as pessoas mais velhas, como Tia Mui, mantinham. Uma das contradições da aldeia era que todos deveriam ter uma vida honesta trabalhando arduamente sob o sol, mas sem deixar transparecer que o faziam. No jogo de padrões de beleza rural dos yokoyanos, Kyoshi havia perdido aquela rodada. Além de outras.

Tia Mui e Kyoshi subiram outro lance de escadas, com Kyoshi se lembrando de se abaixar dessa vez, e passaram por uma sala usada para secar e cortar a imensa quantidade de lenha necessária para abastecer os fogões. Tia Mui não gostou de ver que a última pessoa a usar o machado tinha deixado o objeto fincado na base utilizada para lascar a lenha, em vez de pendurado corretamente na parede. Mas ela não era forte o suficiente para retirá-lo, e Kyoshi estava com as mãos ocupadas.

Elas então entraram na cozinha fumegante com aspecto de caverna. O estrondo das panelas de metal e das chamas rugindo poderia ser confundido com uma operação de cerco. Kyoshi colocou o jarro na mesa limpa mais próxima e alongou os braços, balançando-os com aquela liberdade por um tempo desconhecida. O jarro tinha ficado aos seus cuidados por tanto tempo que parecia que ela estava dando adeus a uma criança indefesa.

— Não se esqueça de que você tem deveres hoje à noite.

Kyoshi ficou surpresa ao ouvir a voz de Rangi. Não achava que a dominadora de fogo a seguiria até aquela parte da casa.

Rangi olhou ao redor.

— Não desperdice muito tempo aqui. Você não é copeira.

As empregadas que estavam mais próximas, algumas das quais *eram* copeiras, olharam para Kyoshi e fecharam a cara. A garota estremeceu. Os aldeões pensavam que ela era arrogante por viver na mansão; os outros servos achavam que ela era arrogante por ser próxima de Yun; e Rangi, com sua atitude esnobe, só piorava a situação.

Não dá para agradar ninguém, ela pensou, enquanto Rangi partia rumo ao quartel.

Kyoshi viu uma figura estranha entre as legiões de cozinheiros vestidos de branco. Um dominador de ar, com as mangas das vestes alaranjadas enroladas até os ombros. Suas grandes mãos estavam cobertas de farinha, e ele havia enfiado a barba volumosa dentro da túnica para evitar que ela caísse na comida. Era como se a cozinha tivesse sido invadida por um ogro da montanha.

Kelsang deveria estar lá em cima, observando o Avatar. Ou talvez cumprimentando um sábio visitante. Ele não deveria estar cortando massa para bolinhos entre os cozinheiros.

Ele ergueu o olhar e sorriu ao ver Kyoshi.

— Eu fui banido — disse, antecipando a pergunta. — Jianzhu acha que minha presença fará com que Yun queira informações sobre a dominação de ar, e estamos tentando mantê-lo focado em um elemento por vez. Precisava me sentir útil, então aqui estou eu.

Kyoshi caminhou até ele, esquivando-se pelo espaço lotado, e deu um beijo no rosto do monge.

— Deixe-me ajudar — Kyoshi disse, lavando as mãos em uma pia próxima, pegou uma bola de massa para sovar e começou a trabalhar ao lado dele.

Na última década, Kelsang basicamente a havia criado. Ele usara a liberdade que tinha no Templo do Ar do Sul para morar em Yokoya tanto quanto podia, a fim de cuidar de Kyoshi. Quando tinha que partir, ele a deixava com diferentes famílias e lhes implorava para que a alimentassem. Depois que Jianzhu trouxe o Avatar para Yokoya por segurança, Kelsang convenceu seu velho amigo a contratar Kyoshi.

Ele fizera tudo isso, salvara a vida de uma criança desconhecida, simplesmente porque ela precisava de alguém. Em uma parte do Reino da Terra onde o amor era reservado apenas para aqueles que possuíam laços de sangue, o monge de uma terra estrangeira era a pessoa mais querida do mundo para Kyoshi.

E por serem tão próximos, a garota sabia bem que o bom humor de Kelsang era fingimento.

Circulavam pela casa rumores de que a outrora lendária amizade entre os companheiros do Avatar Kuruk tinha se deteriorado. Especialmente entre Jianzhu e Kelsang. Anos após a morte de Kuruk, se é que os rumores são reais, Jianzhu havia acumulado riquezas e influências impróprias para um sábio que deveria se dedicar unicamente a guiar a reencarnação de Kuruk. Por isso, mestres de dominação tinham vindo à mansão para mostrar reverência a ele, e não ao Avatar. Além disso, decretos que normalmente eram feitos pelos Reis da Terra agora traziam o selo de Jianzhu. Kelsang desaprovava tais ações motivadas por poder e estava em risco de ser deixado completamente de lado.

Kyoshi não tinha muito conhecimento de política, mas se preocupava com o crescente distanciamento entre os dois mestres dominadores. Isso não seria bom para o Avatar. Yun adorava Kelsang quase tanto quanto Kyoshi, mas ele era leal ao sábio da terra que o havia encontrado.

Perdida em pensamentos, Kyoshi não notou a bolinha de farinha voar da mesa e bater em sua testa. O pó branco nublou sua visão. Ela encarou Kelsang, que nem tentou esconder uma segunda bolinha que girava sobre a palma de sua mão, envolvida em um pequeno redemoinho que ele havia criado.

— Não fui eu — ele disse. — Foi outro dominador de ar!

Kyoshi riu, pegando a bola de farinha do ar e esmagando-a entre os dedos.

— Pare antes que Tia Mui nos expulse daqui!

— Então pare de se preocupar comigo! — disse ele, percebendo o que se passava na mente dela. — Não é tão ruim ficar um tempo sem falar dos assuntos relativos ao Avatar. Assim, posso passar mais tempo com você. Deveríamos sair de férias, nós dois, quem sabe para ver os locais sagrados dos Nômades do Ar.

Ela gostaria muito disso. As chances de ter a companhia de Kelsang se tornaram ainda mais raras quando o Avatar e seus mestres se aprofundaram nos assuntos do mundo. Mas, por mais humilde que fosse o seu trabalho, ela também tinha a obrigação de comparecer todos os dias.

— Não posso — disse Kyoshi. — Eu tenho que trabalhar.

Haveria tempo no futuro para viajar com Kelsang.

Ele revirou os olhos.

— Nossa. Eu nunca vi alguém que detestasse tanto se divertir desde o velho Abade Dorje, que só gostava de torta sem fruta — ele jogou outra bola de farinha em Kyoshi, que não conseguiu desviar.

— Eu sei como me divertir! — Kyoshi sussurrou indignada, enquanto limpava o nariz com a parte de trás do punho.

Da ponta da mesa, Tia Mui deu um assobio, interrompendo a conversa.

— Hora da poesia! — anunciou.

Todos resmungaram. Ela sempre tentava impor um pouco de cultura a seus trabalhadores, ou pelo menos o que ela considerava cultura.

— Lee! — Tia Mui chamou, escolhendo um infeliz cozinheiro. — Você começa.

O pobre trabalhador cambaleou enquanto tentava compor algo de improviso, contando as sílabas.

— Aah... O cli-ma es-tá bom / O sol bri-lha no céu / Os pás-sa-ros can-tam... bom?

Tia Mui fez uma cara como se tivesse bebido suco de limão puro.

— Isso foi horrível! Onde está seu senso de equilíbrio? Simetria? Contraste?

Lee jogou as mãos no ar. Ele era pago para fritar coisas, não para se apresentar no Anel Superior de Ba Sing Se.

— Alguém pode dizer um verso decente? — Tia Mui queixou-se. Não houve voluntários.

De repente, Kelsang começou a recitar:

— Minhas bochechas são como frutas maduras / Elas chacoalham como galhos na tormenta / Fico corado quando vejo uma cama / E me assusto com o som da corneta.

A sala explodiu em gargalhadas. Ele escolheu uma música famosa entre marinheiros e trabalhadores de campo, em que são improvisadas palavras atrevidas, sempre do ponto de vista de um amor não correspondido. Era um jogo para os outros adivinharem quem era a paixão secreta do "autor", e o ritmo simples tornava o trabalho braçal mais agradável.

— Irmão Kelsang! — Tia Mui exclamou, escandalizada. — Você deveria ser um exemplo!

E ele era. Toda a equipe já estava picando, amassando e esfregando enquanto cantarolava a melodia estridente. Não havia problema em se comportar mal se um monge fizesse isso primeiro.

— Eu tenho o nariz de um cervo-alado / E corro como uma folha ao vento — Lee cantou. Ele era melhor nisso do que em improvisar poesias. — Meus braços são leves e minha cintura é fina / E eu não ligo para minha família.

— É Mirai! — uma lavadora de louças gritou. — Ele está caidinho pela filha do verdureiro!

Os gritos e as risadas da equipe se sobressaíam aos protestos de Lee, todos achando que formariam um belo casal. Às vezes, não importava para o público se eles haviam acertado ou não.

— Kyoshi é a próxima! — alguém gritou. — Ela nunca está aqui, então vamos aproveitar!

Kyoshi foi pega de surpresa. Normalmente ela não era incluída nas brincadeiras da casa. Então, percebeu o desafio no olhar brilhante de Kelsang. *Sabe se divertir, né? Então, prove!*

Antes que ela pudesse se conter, o ritmo a lançou na música.

— Eu tenho duas facas de bronze afiado / Que perfuram e atingem a alma sem dó / Elas nos atraem com a promessa de pecado / Como a mariposa segue a chama e vira pó.

A cozinha inteira uivou. Tia Mui fez uma careta de desaprovação.

— Continue, sua garota travessa! — gritou Lee, feliz que a atenção do grupo já não estava voltada para ele.

Kyoshi conseguiu impressionar até mesmo Kelsang, que a olhou com curiosidade, como se ele tivesse uma pequena pista de quem ela estava descrevendo. Kyoshi sabia que isso não era possível, pois ela estava simplesmente lançando as primeiras palavras que vieram à sua cabeça. Ela bateu um pedaço de massa na mesa à frente dela, criando sua própria percussão.

— Meus cabelos são escuros como o céu noturno / Sempre que sorrio, eles grudam nos meus lábios / Vou enrolá-los nos seus e mudaremos nosso rumo / Em um barco a remar, corações lado a lado.

De alguma forma, a improvisação era fácil, embora ela nunca tivesse se considerado uma poeta. Aliás, sua mente nem era obscena. Era como se outra pessoa, alguém muito mais à vontade com os próprios desejos, estivesse lhe dando as palavras certas para se expressar. E, para sua surpresa, ela gostou de como se sentiu ao dizer aquelas palavras: verdadeira, engraçada e corajosa.

— Porque eu ando como uma lanterna acesa / Que pela noite vai te guiar / Estarei sempre perto e te amarei com certeza / Até nosso fim um dia chegar.

Kyoshi não teve tempo para refletir sobre a mudança sombria que seus versos tomaram, até que uma dor súbita percorreu seu punho.

Kelsang havia agarrado seu braço e a estava encarando, com olhos selvagens. Seu aperto ficou mais e mais forte, esmagando a carne, e suas unhas tiravam sangue tanto de sua pele quanto da de Kyoshi.

— Está me machucando! — Kyoshi choramingou.

A sala ficou em silêncio. Descrença. Kelsang a soltou e ela se segurou na borda da mesa. Uma marca roxa ficou estampada em seu punho.

— Kyoshi — disse Kelsang, sua voz constrangida e abafada. — Kyoshi, *onde você aprendeu ESSA MÚSICA?*

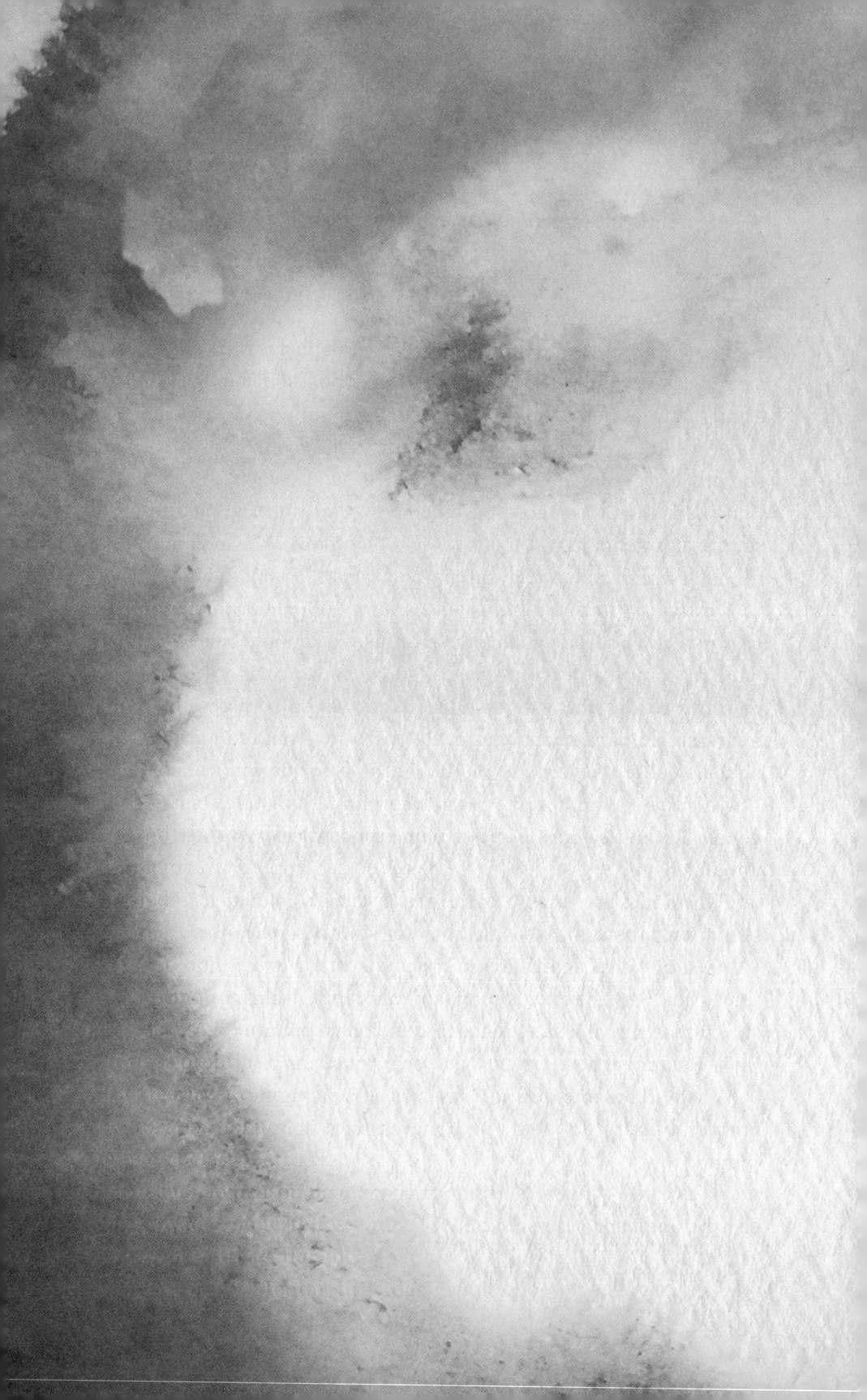

REVELAÇÕES

DEPOIS DE LEVAR KYOSHI até uma sala vazia e passar meia hora em lágrimas se desculpando por tê-la machucado, ele explicou por que havia perdido o controle.

— Oh — disse Kyoshi, em resposta à pior notícia que tinha ouvido em toda sua vida.

Ela passou os dedos pelo cabelo e jogou a cabeça para trás. A biblioteca onde estavam escondidos era mais alta do que longa, como um poço cheio de pergaminhos que haviam sido retirados e depois colocados de volta nas prateleiras sem muito cuidado. Raios de sol revelavam o tanto de poeira que flutuava pela sala. Ela precisava limpar aquele lugar.

— Você está enganado — ela disse a Kelsang. — Yun é o Avatar. Jianzhu o identificou há quase dois anos. *Todo mundo* sabe.

Kelsang parecia tão infeliz quanto ela.

— Você não entende. Depois da morte de Kuruk, os meios tradicionais para localização do Avatar, usados pelo Reino da Terra durante gerações, falharam. Imagine se as estações de repente se recusassem a mudar. Seria um caos. Após tantas falhas para acertar a localização do Avatar, os sábios, dominadores de terra especialmente, sentiram-se abandonados pelos espíritos e pelos seus antepassados.

Kyoshi se encostou em uma escada e segurou firme nos degraus.

— Acreditava-se que Kuruk tinha sido o último do ciclo, e que o mundo estava destinado a uma era de conflitos, causados pelos fora da lei e senhores da guerra. Até que Jianzhu empossou Yun como o próximo Avatar, mas a forma como isso ocorreu não teve qualquer precedente. Então me diga, mesmo vocês dois sendo tão próximos, Yun nunca te contou os detalhes?

Ela balançou a cabeça. Agora que Kelsang havia mencionado, era bem estranho.

— Deve ser porque Jianzhu o proibiu. Contar toda a história acabaria com a legitimidade dele — o monge esfregou os olhos; estava terrivelmente empoeirado lá dentro. — Estávamos em Makapu, inspecionando o vulcão. Honestamente, já tínhamos desistido de procurar pelo Avatar, como muitos outros sábios. Porém, no último dia da nossa viagem, notamos uma multidão se formando numa praça no centro da cidade.

Kelsang prosseguiu:

— Estavam todos reunidos ao redor de um garoto com um tabuleiro de Pai Sho. Era Yun. Ele ficava chamando turistas como nós para jogar, e estava conseguindo um bom dinheiro com isso. Para dar confiança aos oponentes, ele usava a estratégia do "saco cego". É quando seu oponente joga normalmente, ou seja, escolhendo as peças dele, mas você põe as suas num saquinho e as mistura aleatoriamente. A peça que você pegar na sua rodada é a que deve jogar. Uma desvantagem enorme, sem dúvida.

Kyoshi conseguia imaginar a cena facilmente. Yun e sua lábia arrancando dinheiro das pessoas. Uma enxurrada de gracejos e sorrisos radiantes. Ele poderia levar alguém à falência e ainda deixar a pessoa feliz por tê-lo conhecido.

— O que muita gente não sabe, e que Yun também não sabia, é que o "saco cego" era pra ser uma farsa — Kelsang disse. — O jogador deveria manipular as peças, ou o próprio saco, de forma que conseguisse as combinações exatas de que precisa. Mas Yun não estava trapaceando. Ele estava realmente pegando as peças de forma aleatória e ganhando. Poderíamos facilmente acreditar que a criança estava com um pouco de sorte, mas Jianzhu percebeu que ele usava as estratégias favoritas de Kuruk em cada rodada, inclusive com o posicionamento exato das peças. Ele fazia isso jogo após jogo. Usava os truques e as armadilhas que Kuruk escondia de todos, menos de nós.

— Parece que Kuruk levava Pai Sho bem a sério — comentou Kyoshi.

Kelsang bufou e logo em seguida soltou um espirro, mandando um pequeno tornado para as alturas.

— Era uma das poucas coisas que ele levava a sério. Por isso, ele foi, sem dúvida, um dos maiores jogadores da história. Dependendo das regras que estão sendo usadas, você tem seis peças. No tabuleiro, há cerca de duzentos espaços onde você pode colocá-las. Pegá-las do saco de forma aleatória e seguir uma lógica exata de jogo que apenas Kuruk era maluco o suficiente para usar? As chances eram ínfimas!

Kyoshi não tinha muito interesse em Pai Sho, mas ela sabia que os mestres costumavam mencionar estilos de jogadas tão individuais e reconhecíveis que eram vistos como um tipo de assinatura. Uma identidade demonstrada em um tabuleiro.

— Depois de tudo o que Jianzhu passou com Xu Ping An e os Pescoços Amarelos, foi como se uma montanha tivesse sido tirada dos ombros dele — continuou Kelsang. — Qualquer dúvida que ele pudesse ter desapareceu completamente quando ele viu Yun dominar a terra. O garoto podia mover pedras como nenhum outro. Se o Avatar fosse identificado apenas por um teste de precisão de dominação, ele seria a reencarnação de Kuruk, sem dúvida.

Kyoshi se lembrou daquela manhã em que Yun demonstrou uma incrível dominação de terra. Ela acreditava que apenas o Avatar poderia ter feito aquilo.

— Não entendo — ela disse. — Tudo isso são *provas*. Yun é o Avatar. Por que você diria que eu... que eu sou... por que faria uma coisa dessa comigo!?

A angústia de Kyoshi foi absorvida, sem nenhum eco, pelo monte de papéis desbotados e esfarelados que os cercavam.

— Podemos sair daqui? — disse Kelsang, com os olhos vermelhos.

Eles caminharam em silêncio pelos corredores da mansão. A presença de Kelsang era uma desculpa para que seguissem a rota mais curta, onde as visitas mais importantes poderiam vê-los. Nas paredes, havia escrituras penduradas que eram mais preciosas que barras de ouro, além de vasos de delicadeza translúcida que sustentavam as flores colhidas do jardim.

Kyoshi se sentia como uma ladra enquanto eles cruzavam os corredores repletos de tesouros, e que não passava de uma intrusa que, andando despercebida pelos guardas, poderia colocar cada um dos inestimáveis itens dentro da sua mochila. Até o dormitório dos servos, simples e mal-iluminado, parecia lhe sussurrar de seus cantos escuros: *ingrata*. Nem todos os funcionários podiam morar na mansão. E ela sabia que as condições de seu quarto – uma cama que não era no chão e uma porta de madeira que podia ser trancada – eram bem melhores que as dos outros servos do Reino da Terra.

Kyoshi e Kelsang se espremeram dentro do quarto dela. O cômodo era pequeno, mas como ambos eram altos, eles já tinham prática em se espremer nos lugares apertados. Apesar de minúsculo, seu aposento era mais do que ela precisava. Além de algumas bugigangas trazidas de sua vida nas ruas, as únicas duas coisas que trouxera para viver na casa de Jianzhu foram um baú pesado, que ficava trancado e guardado num canto e, em cima dele, um diário com capa de couro, que explicava o que havia lá dentro. Eram sua herança dos dias anteriores a Yokoya.

— Você ainda guarda isso — constatou Kelsang. — Eu sei o quanto eles são valiosos para você. Eu me lembro de ter te encontrado em um ninho que você tinha feito em volta da mala, embaixo da casa do ferreiro. Você segurava o livro tão apertado contra seu peito e não me deixava lê-lo de forma alguma. Parecia pronta para protegê-lo com a própria vida.

Os sentimentos dela em relação a esses itens eram complicados demais para ele entender. Kyoshi nunca havia aberto o cadeado, pois jogara a chave no oceano durante um ataque de raiva. E ela também quase queimara o diário diversas vezes.

Alguém estava passando no final do corredor, fazendo as tábuas do assoalho rangerem, então eles esperaram até que os passos se silenciassem. Kelsang se sentou na cama, fazendo as tábuas no meio dela se curvarem. Kyoshi apoiou-se na porta e firmou bem os pés no chão, como se um exército estivesse tentando derrubá-la.

— Então você acha que eu sou o Avatar só por causa de uma música estúpida que eu inventei? — perguntou. Em algum lugar entre a biblioteca e o seu quarto, ela havia encontrado forças para dizer isso em voz alta.

— Acho que *talvez* você seja o Avatar porque do nada você disse os mesmos versos de um poema que Kuruk escreveu há muito tempo — explicou Kelsang.

Um poema. Um poema não era prova. Nada comparado a tudo o que Yun havia feito.

Kelsang sabia que ela precisava de uma explicação melhor.

— O que estou prestes a contar... você não deve dizer a ninguém.

— Estou ouvindo.

— Foi há uns vinte anos. Os companheiros de Kuruk ainda eram bem próximos, mas, como não havia desafios reais, cada um seguiu seu caminho. Jianzhu começou a trabalhar nos negócios da família. Hei-Ran passou a ensinar na Academia Real da Nação do Fogo e casou-se, no mesmo ano, com o pai de Rangi, Junsik. Eu nunca a vi tão feliz quanto naquela época. Quanto a mim, o Abade Dorje ainda estava vivo e eu estava sob seus cuidados, sendo preparado para assumir o Templo do Ar do Sul.

Conhecer o passado de dominadores tão veneráveis trazia uma mistura estranha de satisfação e intromissão. Ela estava sabendo de coisas que não deveria saber.

— E o que Kuruk estava fazendo?

— Sendo Kuruk. Viajando pelo mundo. Arrasando corações e se mostrando. Mas um dia ele apareceu na minha porta do nada, tremendo como um adolescente. Ele queria que eu lesse uma declaração de amor eterno que ele havia escrito em forma de poema.

Kelsang respirou fundo pelo nariz. Kyoshi mantinha seu quarto impecável e livre de poeira.

— Isso aconteceu dois meses após o casamento de Hei-Ran e três meses antes de o pai de Jianzhu adoecer — disse ele. — Kuruk usou versos mais formais do que a cantiga do marinheiro, e não a cantarolou, mas o conteúdo era exatamente o mesmo que você entoou de repente.

Esse argumento não convenceu Kyoshi.

— Parece que você se lembra disso nos mínimos detalhes — disse ela.

O monge franziu a testa.

— É porque ele ia dar o poema para Hei-Ran.

Ah, não. Ela já tinha ouvido histórias sobre a falta de noção do Avatar da água, mas isso estava indo longe demais.

— E o que aconteceu depois?

— Eu... Eu tive que me intrometer — disse Kelsang. Kyoshi não sabia se ele estava arrependido ou orgulhoso dessa decisão. — Eu repreendi Kuruk por sua estupidez e seu egoísmo, por tentar arruinar o relacionamento feliz da amiga dele, e fiz com que destruísse a declaração de amor na minha frente. Até hoje, tenho dúvidas se fiz a coisa certa. No fundo, Hei-Ran sempre amou Kuruk. Talvez tudo tivesse sido melhor se eles tivessem ficado juntos.

Kyoshi fez as contas em sua cabeça e percebeu que, se isso tivesse acontecido, Rangi não teria nascido.

— Você fez a coisa certa — ela disse, com mais agressividade do que pretendia demonstrar.

— Nunca vou saber. Um tempo depois, Kuruk conheceu Ummi. A tragédia se desenrolou tão rápido que minha memória até se confunde.

Ela não sabia quem era Ummi, e não tinha intenção de perguntar. As coisas já estavam complicadas o suficiente. Quanto a Kuruk... Kyoshi não era uma estudante avançada da tradição Avatar, mas estava começando a ter uma visão bastante obscura dele.

— Eu queria ter mais certeza sobre isso — disse Kelsang. — Mas se tem uma coisa que as últimas duas décadas me ensinaram, é que a vida não funciona de forma determinada e garantida. Eu não deveria tocar neste assunto, mas Yun está tendo problemas com a dominação de fogo. Eu temo que Jianzhu esteja... tomando atitudes muito extremas. Ele vem apostando tanto num substituto perfeito para Kuruk que, sempre que há um contratempo, ele força e insiste cada vez mais.

Kyoshi estava mais chocada com a revelação de que Yun não estava conseguindo dominar o fogo do que com tudo que ela tinha ouvido até agora. A imagem que tinha projetado era de um garoto que podia fazer o impossível. Sim, mesmo Yun sendo seu amigo, ela tinha a mesma fé no Avatar que todo mundo tinha. Dominar o fogo deveria ser fácil para alguém tão inteligente e talentoso como ele.

Kelsang pareceu perceber seu medo.

— Kyoshi, Yun ainda possui muito mais evidências de ser o Avatar. Isso não mudou — ele mexeu na ponta de sua barba. — Mas se o critério é nos basear nas "coisas improváveis que Kuruk fez uma vez", então temos que considerar você também.

O monge refletiu por um tempo, tentando encaixar as peças em sua cabeça.

— Para ser honesto, não sei se estou tão chateado com essa nova complicação. Você tem valores dignos do Avatar que sequer reconhece.

Kyoshi zombou.

— Tipo quais?

Ele pensou mais um pouco antes de escolher.

— Humildade altruísta.

— Não é verdade! Não sou mais... — ela percebeu que Kelsang estava prestes a rir dela e fez uma careta.

Ele se levantou e as tábuas da cama gemeram aliviadas.

— Sinto muito — disse. — Eu teria sido capaz de responder essa pergunta anos atrás, se tivesse conhecido seus pais como conheci os das outras crianças da vila. Mais informações sobre você teriam feito toda a diferença.

Kyoshi fechou a cara e chutou a porta com o calcanhar, liberando a súbita explosão de raiva que tomou conta dela. A batida na madeira soou como um tambor.

— Com certeza teriam amado ter uma filha valiosa por ser o Avatar — ela vociferou. — Um prêmio único em toda uma geração.

Kelsang sorriu gentilmente para ela.

— Eles teriam orgulho da filha deles de qualquer maneira — disse.

— Eu tenho.

Normalmente, Kyoshi teria se sentido melhor ao saber que Kelsang a enxergava com tanto afeto, assim como ela o enxergava. Mas, se ele saísse porta afora e contasse a Jianzhu o que tinha acontecido, poderia acabar com o pequeno cantinho que eles haviam construído para ambos. Kelsang não via isso? Isso não o preocupava?

— Podemos manter esse assunto em segredo? — perguntou Kyoshi. — Apenas por um tempo, até eu entender tudo isso? Não quero apressar nada. Talvez você se recorde do poema de Kuruk de uma forma diferente pela manhã. Ou Yun talvez consiga dominar o fogo.

Qualquer coisa.

Kelsang não respondeu. Ele estava paralisado, olhando a pequena prateleira de Kyoshi.

Havia uma borla tingida de dourado, algumas miçangas, uma moeda que ela tinha pegado de uma caixa de doações, o que a fazia se sentir culpada demais para gastar e com medo demais para devolver. Havia também uma tartaruga de barro que ela não lembrava bem onde tinha conseguido, só lembrava que tinha sido um presente de Kelsang. O monge ficou um bom tempo encarando aquelas coisas.

— Por favor — pediu Kyoshi.

Kelsang olhou de volta para ela e suspirou.

— Por um tempo, quem sabe — ele disse. — Mas eventualmente teremos que contar a Jianzhu e aos outros. Qualquer que seja a verdade, precisamos encontrá-la juntos.

Após a saída de Kelsang, Kyoshi nem se sentou. Ela pensava melhor em pé, imóvel. Sua cela de madeira – seu quarto – era ótima para isso.

Só podia ser um pesadelo. Embora não fosse alguém de título importante, ela também não era uma idiota. Sabia da confusão por trás do equilíbrio perfeito que Jianzhu e Yun haviam inventado, e que a montanha sobre os ombros deles poderia desabar a qualquer momento.

Por todos os cantos, ela havia presenciado o choro emocionado e o sentimento de alívio de muitos sábios que tinham vindo conhecer Yun. Depois de mais de uma década de incertezas, ele era uma figura sólida, uma mente afiada, uma promessa cumprida, mesmo que tardiamente. O herdeiro do abençoado legado de Yangchen. O Avatar Yun era um farol que deu às pessoas a confiança de que o mundo poderia ser salvo.

"Avatar Kyoshi" seria simplesmente uma pequena faísca em vez de uma grande chama.

Seus olhos encontraram o diário em cima do baú. Seu pulso acelerou novamente. Os pais a teriam abandonado se soubessem que havia uma chance, mesmo que mínima, de ela ter algum valor?

Uma batida veio de fora. Seus deveres a chamavam. Ela havia esquecido.

Kyoshi deixou de lado a conversa que teve com Kelsang enquanto abria a porta. Ela sabia por experiência própria que não havia problema tão grande que não fosse possível esconder. E como Kelsang ainda não tinha certeza de nada, isso nem era um problema. Ela só precisava se preocupar em esconder esse assunto de Rangi.

— Ei — disse Yun. — Eu estava procurando você.

PROMESSAS

— **QUER SABER**, isso é muito mais difícil quando você está por perto — Kyoshi falou ao Avatar.

Ela e Yun estavam sentados no chão de uma das inúmeras salas de visita da mansão. Biombos com pinturas desenhadas haviam sido dobrados e empurrados para perto das paredes, e os vasos de plantas foram levados para o lado de fora a fim de dar espaço às enormes pilhas de presentes que os convidados tinham dado ao Avatar.

Yun deitou-se de costas, ocupando uma valiosa parte do espaço vazio. Ele balançou preguiçosamente pelo ar uma espada ornamentada e forjada sob medida, como se estivesse misturando algo dentro de um pote imaginário virado de cabeça para baixo.

— Eu não faço ideia de como usar isto — ele disse. — Odeio espadas.

— Um garoto que não gosta de espadas? — Kyoshi suspirou, zombando dele. — Coloque-a na pilha de armamentos, e um dia pedimos para Rangi ensiná-lo.

No vilarejo, havia diversas teorias sobre o que exatamente Kyoshi fazia na mansão. Devido ao seu status de órfã indesejada, os filhos dos fazendeiros acreditavam que ela realizava os trabalhos mais sujos e impuros, lidando com lixo, carcaças e outras coisas do tipo. A verdade era um tanto diferente.

Sua função principal era resolver as coisas de Yun. Em outras palavras, arrumar suas bagunças. O Avatar era tão desleixado que precisava de um servo seguindo seu rastro em tempo integral, caso contrário o caos dominaria toda a mansão. Pouco depois que a acolheram, um servo mais antigo descobriu a forte compulsão de Kyoshi por colocar as coisas em seu devido lugar, minimizar bagunças e manter a ordem. Então, colocaram-na no serviço de contenção do Avatar.

Desta vez, a pilha que os rodeava não era culpa de Yun. Visitantes ricos constantemente o enchiam de presentes na esperança de receber benefícios, ou simplesmente porque o amavam. Por mais que a casa fosse imensa, não havia espaço suficiente para dar a cada item um local digno para ser exibido. Com certa frequência, Kyoshi tinha que classificar e guardar relíquias, antiguidades e obras de arte, que pareciam cada vez mais luxuosas e numerosas.

— Ah, olha! — ela exclamou, segurando um círculo envernizado incrustado com joias luminosas. — Outro tabuleiro de Pai Sho.

Yun deu uma olhada.

— Esse aí é bonito.

— Esse é, sem exagero, o seu quadragésimo quarto tabuleiro. Você não vai ficar com ele.

— Oh, que crueldade.

Ela o ignorou. Yun até podia ser o Avatar, mas, quando se tratava de cumprir seus deveres oficiais, ela reinava sobre o garoto.

E Kyoshi precisava disso agora. Ela precisava dessa normalidade para enterrar o que Kelsang lhe havia dito. Apesar de seus esforços, continuava a vir à tona a impressão de que estava traindo Yun, tomando o que pertencia a ele.

Enquanto Yun descansava apoiado em seus cotovelos, Kyoshi notou que ele não estava usando as pantufas bordadas que costumava usar dentro de casa.

— Essas botas são novas? — perguntou, apontando para os pés dele. O couro delas era de um lindo tom suave de cinza, com acabamento de pelos. *Provavelmente couro de filhote de foca-tartaruga*, ela pensou com repulsa.

Yun ficou tenso.

— Eu as encontrei hoje cedo na pilha.

— Elas não servem em você. Passe para cá.

— Ah, não quero — ele deslizou para trás, mas estava cercado por mais caixas.

Kyoshi rastejou para ver a bota mais de perto.

— O que você... Você usou ataduras para preencher o espaço que sobrou? Elas são ridiculamente grandes para você! Tire-as! — ela ficou de joelhos e agarrou o pé dele com ambas as mãos.

— Kyoshi, por favor!

Ela parou e olhou para Yun. Estava cheio do mais puro pavor. E ele raramente elevava a voz com ela.

Era a segunda vez naquele dia que uma pessoa importante para Kyoshi agia de forma estranha. Ela se forçou a acreditar que os incidentes não estavam relacionados. Talvez Yun tivesse desenvolvido um gosto intenso por calçados. Ela teria isso em mente.

Yun sentou-se e colocou as mãos nos ombros de Kyoshi, encarando-a com seus olhos verde-jade. Ela já estava acostumada aos sorrisos provocantes que ele exibia sempre que queria tirar vantagem dela, ao seu beicinho quando ele queria um favor. Mas aquela expressão sincera de desejo era uma arma que ele não usava com muita frequência. Era comovente o modo como os pensamentos perturbadores suavizavam os contornos rudes do rosto dele.

— Desembucha — ela disse. — O que está te incomodando?

— Eu quero que venha em uma viagem comigo — ele falou baixinho. — Preciso de você ao meu lado.

Kyoshi quase engasgou de surpresa. Ele estava oferecendo uma experiência de mundo que poucas pessoas podiam experimentar. Ser um companheiro do Avatar, mesmo que por um momento, já era uma grande honra.

Voar rumo ao pôr do sol, junto a Yun, com o vento balançando seus cabelos. Se Aoma e os outros aldeões já tinham ciúmes dela antes, eles enlouqueceriam de inveja agora.

— Que tipo de viagem é essa? — ela perguntou, nivelando seu tom de voz ao dele sem perceber. — Para onde iríamos?

— Para o Mar do Leste, perto do Polo Sul — ele respondeu. — Vou assinar um novo tratado com Tagaka.

Bem, a fantasia foi boa enquanto durou. Kyoshi tirou as mãos de Yun de seus ombros e sentou-se. O movimento pareceu diminuir o ardor em sua face.

— A Quinta Nação? — perguntou Kyoshi. — Você vai se sentar à mesa com a Quinta Nação? E quer que eu vá *com você*?

O que ela iria fazer rodeada por um bando de piratas sanguinários que era maior do que quase todas as milícias do Reino da Terra? Limpar suas... espadas?

— Eu sei o quanto você odeia fora da lei — disse Yun. — Achei que você gostaria de vê-los serem derrotados bem de perto. É apenas política, mas ainda assim...

Kyoshi inflou as bochechas, frustrada.

— Yun, eu sou praticamente sua babá — ela disse. — Você precisa da Rangi para essa missão. Melhor ainda, você precisa é de toda a legião pessoal do Senhor do Fogo.

— Rangi vai. Mas eu quero que você vá também. Você não estará lá para lutar se as coisas derem errado — ele encarou os próprios pés. — Quero apenas que esteja por perto e me observe fazendo as coisas certas.

— Pelo amor de... *Por quê*?

— Perspectiva — ele respondeu. — Preciso da sua perspectiva.

Ele segurou uma peça de Pai Sho, que havia pegado escondido do jogo descartado por Kyoshi, e a olhou contra a luz, espremendo os olhos como um joalheiro.

— É triste eu querer uma pessoa normal lá? — perguntou. — Alguém que ficaria assustado, impressionado e sobrecarregado como eu, e não apenas outro instrutor profissional do Avatar? É triste eu querer que, quando acabar, você me diga que sou tão bom quanto Yangchen ou Salai, mesmo que não seja verdade?

Ele riu amargamente.

— Eu sei que parece besteira. Mas acho que preciso da presença de alguém que se importa mais comigo do que com a história. Eu quero que tenha orgulho de mim, do Yun, e não da performance do Avatar.

Kyoshi não sabia o que fazer. Essa ideia parecia boba e perigosa. Ela não estava preparada para acompanhar o Avatar em negócios políticos ou em batalhas, não como os grandiosos companheiros das gerações anteriores.

Seu estômago embrulhou ao pensar no segredo que ela e Kelsang mantinham. Eles não teriam o tempo necessário para resolver essa confusão. O mundo precisava de um Avatar, ou o pior poderia acontecer.

— Será mais seguro do que parece — falou Yun. — Estranhamente, a maioria das gangues *daofei* tem bastante respeito pelo Avatar.

Não sei se devido às superstições envolvendo os poderes espirituais do Avatar, ou se só estão intimidados por alguém que pode jogar os quatro elementos na cabeça deles de uma vez só.

Yun tentou parecer despreocupado, mas ficava mais e mais aflito enquanto esperava Kyoshi quebrar o silêncio.

Seria uma escolha tão terrível assim? Jianzhu nunca arriscaria a vida de Yun. E ela achava difícil acreditar que Yun arriscaria a dela. Realmente, a situação não era tão grandiosa ou complicada quanto ela estava imaginando. Os assuntos do Avatar e o destino do Reino da Terra eram questões para outras pessoas lidarem. Naquele momento, o amigo de Kyoshi precisava dela. Ela tinha que estar por perto.

— Eu vou — Kyoshi respondeu. — Alguém tem que limpar a bagunça que você faz.

Ele estremeceu de alívio. Segurou os dedos dela e levou-os gentilmente ao seu rosto, aconchegando-se neles como se fossem gelo que amenizava uma febre.

— Obrigado — disse Yun.

Kyoshi enrubesceu até a ponta dos pés. Ela se lembrou de que o hábito de ficar perto dela, de tocá-la, era apenas parte da personalidade de Yun. Ela já tinha visto de relance e escutado histórias dos empregados que confirmavam isso. Uma vez ele beijou a mão da princesa de Omashu por um segundo a mais do que o de costume e conseguiu um novo acordo comercial como resultado.

Levou muito, muito tempo, depois de começar a trabalhar na mansão, para Kyoshi se convencer de que não estava apaixonada por Yun. Momentos como aquele ameaçavam destruir todo o trabalho e os esforços dela. Mas ela se deixou levar e aproveitar o simples toque.

Yun largou a mão dela com relutância.

— Três... — ele disse, aproximando a orelha do chão ladrilhado de cerâmica com um sorriso. — Dois... Um...

Rangi escancarou a porta com um baque agudo.

— Avatar. — Ela se curvou profunda e solenemente para Yun. Então virou-se para Kyoshi. — Você não teve progresso algum aqui! Olhe essa bagunça!

— Estávamos esperando você — disse Yun. — Decidimos queimar tudo. Pode começar por esses mantos horríveis de seda aí no canto. Como seu Avatar, eu ordeno que queime tudo. Agora.

Rangi revirou os olhos.

— Claro, e atear fogo na mansão inteira. — Ela sempre se esforçava para manter a compostura na frente de Yun, mas às vezes não conseguia. E isso geralmente acontecia nas ocasiões em que os três, os mais jovens ali, ficavam a sós.

— Exatamente — Yun se animou. — Queime tudinho. E faça com que tudo retorne para a natureza. Alcançaremos um estado mental elevado de pureza e simplicidade.

— E você começaria a choramingar no momento em que tivesse que se banhar com água gelada — disse Kyoshi.

— Teríamos uma solução para isso — Yun disse. — Todos iriam ao rio, ficariam nus, agarrariam o dominador de fogo mais próximo e *tcharam*!

Uma almofada decorativa o acertou no rosto. Os olhos de Kyoshi arregalaram-se em descrença.

Rangi estava horrorizada com o que havia feito. Ela atacara o Avatar. Encarava as próprias mãos como se estivessem cobertas de sangue. A eterna punição de um traidor a esperava em sua próxima vida.

Yun começou a gargalhar.

Kyoshi foi a próxima, suas costelas tremeram até doerem. Rangi tentou não sucumbir, cobrindo a boca com a mão, mas, apesar do esforço, risos escapavam por entre seus dedos. Um dos empregados mais velhos passou, encarando o trio pela porta aberta. O que os fez rir ainda mais.

Kyoshi olhou para os belos e vulneráveis rostos de Yun e Rangi, livres do peso de suas responsabilidades, mesmo que por um momento. Seus amigos. Ela pensou em como era improvável eles terem se encontrado.

Isso. É isso que eu tenho que proteger.

Yun defendia o mundo, e Rangi o defendia. Quanto a Kyoshi, seu solo sagrado era um lugar destinado aos seus amigos. *É isso que eu tenho que manter em segurança, acima de tudo.*

A súbita clareza de sua descoberta fez sua alegria evaporar. Ela manteve um sorriso forçado para que os outros não percebessem sua mudança de humor. Seu punho se apertou.

E que os espíritos ajudem qualquer um que ouse tirar isso de mim.

O ICEBERG

O PESADELO DE KYOSHI tinha cheiro de bisão molhado.

Estava chovendo, e fardos de carga caíam do céu e espalhavam a lama ao redor dela, como se fizessem parte da tempestade. Já não importava o que havia dentro deles.

O clarão de um raio revelou figuras encapuzadas que pairavam sobre ela. Seus rostos estavam obscurecidos e cobertos pela água que corria sobre eles.

— Eu te odeio — gritou Kyoshi. — Vou te odiar até a morte. Eu nunca te perdoarei.

Duas mãos se apertaram. Uma transação foi fechada, uma que seria violada no instante em que se tornasse uma inconveniência. Algo úmido e sem vida a atingiu nas canelas, papéis lacrados com tecido à prova d'água.

— Kyoshi!

Ela acordou com um sobressalto e quase caiu da sela de Peng-Peng. Segurou-se na borda áspera, que pressionou sua barriga, e olhou para o azul turvo embaixo deles. Era um longo caminho pelo oceano.

Não era chuva em seu rosto, mas suor. Ela viu uma gota cair de seu queixo e se perder no vazio antes que alguém a agarrasse pelos ombros e a puxasse de volta. Ela caiu em cima de Yun e Rangi, que perderam o fôlego.

— Não nos assuste assim! — Yun gritou.

— O que aconteceu? — perguntou Kelsang, tentando se virar no assento do condutor sem mexer nas rédeas. Suas pernas apertavam o pescoço gigantesco de Peng-Peng, o que o impedia de olhar para trás.

— Nada, Mestre Kelsang — Rangi resmungou. — Kyoshi apenas teve um pesadelo.

Kelsang pareceu não acreditar, mas continuou em frente.

— Tudo bem, mas tenham cuidado, e nada de briga. Não queremos que ninguém se machuque antes de chegarmos lá. Jianzhu arrancaria a minha cabeça.

Ele deu a Kyoshi um olhar extra de preocupação. Havia sido pego de surpresa pela missão repentina de Yun, e com ela concordando em acompanhá-lo, a tensão havia aumentado. A assinatura do tratado era importante demais para levantar dúvidas sobre a legitimidade de Yun como Avatar. Até que isso estivesse acabado, Kelsang precisaria ajudá-la a carregar o fardo de seu segredo, a sua mentira por omissão.

Abaixo deles, na superfície da água, seguia um pouco atrás o navio que levava o mestre dominador de terra de Yun, assim como Hei-Ran e o pequeno contingente de guardas armados. Com ajuda da ocasional rajada de vento que Kelsang gerava com um movimento de seus braços, o grande barco mantinha o ritmo de Peng-Peng, com suas velas esvoaçantes e infladas. O bisão de Kelsang estava seco e bem preparado para a ocasião, seu pelo branco fofo como uma nuvem sob sua sela extravagante, mas a brisa salgada carregava um certo odor bestial.

Deve ter sido esse cheiro que senti em meu sonho. Fazia muito tempo que Kelsang a levara para passear, e o ambiente desconhecido mexera com sua mente adormecida. O animal grandão de seis patas abriu a boca e bocejou como se concordasse com ela.

E por falar em vestimentas, Jianzhu tinha dado a Kyoshi uma roupa tão diferente do seu estilo que ela quase teve urticária quando a viu. Para ela, a blusa de seda verde-clara e as calças já eram chiques o suficiente, mas os auxiliares de vestuário trouxeram duas saias de pregas diferentes, uma jaqueta enorme e uma cinta larga com uma costura tão requintada que deveria ter sido colocada na parede, em vez de amarrada na cintura.

Os outros empregados tiveram que ajudá-la a vestir a roupa. Ela não deixou de notar os olhares que eles lhe deram pelas costas. Eles diziam que Kyoshi havia abusado do favoritismo do mestre, de novo.

Mas, depois que as peças foram vestidas, elas se ajustaram ao seu corpo dando a atender que ela tinha nascido para usá-las. Cada camada deslizou sobre a próxima com facilidade, concedendo-lhe mobilidade total. Kyoshi não perguntou a ninguém de onde vieram as roupas que a vestiam tão bem, pois não queria ouvir uma resposta arrogante como: "Oh, Jianzhu arrancou-as do cadáver de algum gigante que ele derrotou".

A seriedade da tarefa que se aproximava se tornou clara quando ela terminou de se vestir. O interior da jaqueta estava forrado com uma malha especial. Não era espessa o suficiente para parar uma ponta de lança empurrada com toda força por alguém, mas era forte o suficiente para absorver um dardo ou o corte de uma faca escondida. O peso dos elos de metal em seus ombros dizia que ela deveria se preparar para problemas.

— Por que nós quatro estamos aqui e não lá embaixo? — perguntou Kyoshi apontando para o barco, onde todos com certeza estavam se preparando.

— Eu insisti — respondeu Yun. — Sifu não ficou contente, mas eu disse que precisava de um tempo sozinho.

— Para repassar o plano?

Yun olhou para o horizonte.

— Claro.

Ele andava estranho ultimamente. Mas, pensando bem, era um novo Avatar prestes a assinar um decreto num dos cenários mais hostis. Yun poderia ter todo o talento e os melhores professores do mundo, mas estava mergulhando de cabeça num abismo.

— Seu mestre tem uma boa razão para estar relutante — Kelsang disse para ele. — Em certa época, era comum o Avatar viajar com frequência ao lado de seus amigos, sem a supervisão dos anciões. Mas Hei-Ran, Jianzhu e eu... nós três não fomos as influências que deveríamos ter sido para Kuruk. Jianzhu vê esse período da nossa juventude como uma grande falha dele.

— Pois para mim parece uma falha de Kuruk — murmurou Kyoshi.

— Não critique a vida passada de Yun — disse Rangi, batendo no ombro de Kyoshi com uma mão estendida. — Os Avatares trilham um grande destino. Cada ação que tomam é significativa.

Eles passaram mais três horas maçantes e interessantes durante o voo rumo ao sul. Ficou frio, muito mais frio. Eles pegaram as parcas e se enrolaram em cobertores enquanto admiravam os pinguins-lontra se contorcendo sobre grandes pedaços de gelo flutuante. Era possível ouvir gritos das aves antárticas com o vento.

— Chegamos — disse Kelsang. Ele foi o único que não colocou mais camadas de roupa; costumavam dizer na mansão que os dominadores de ar eram imunes ao clima.

— Segurem-se para a descida.

O alvo deles era um iceberg quase tão grande quanto Yokoya. O rochedo azulado era tão alto quanto as colinas terrestres de sua aldeia. Uma pequena passarela plana cercava a formação, dando-lhes supostamente um lugar para montar o acampamento. A maior parte do lado oposto do iceberg estava obscurecida pelo pico, mas, quando eles voaram mais baixo, Kyoshi avistou tendas de feltro na costa. Era o povo da Quinta Nação.

— Não estou vendo a frota deles — disse Rangi.

— Parte dos termos era que negociaríamos em um solo neutro — explicou Yun. — Para Tagaka, isso significava sem navios de guerra. Para nós, significava nada de terra firme.

O acordo não parecia justo. O imenso iceberg era um entre muitos que flutuavam em um oceano gelado o suficiente para matar todos em minutos. A neve fresca dava a cada superfície uma capa branca desconhecida.

Kyoshi sabia que, embora a Tribo da Água do Sul tivesse, há muito tempo, renegado toda a árvore genealógica de Tagaka, ela ainda vinha de uma linhagem de dominadores de água. Se houvesse um local propício para desafiar um Avatar da Terra, seria este.

Kelsang pousou Peng-Peng na praia congelada e desceu primeiro. Então, ajudou os demais a saírem do enorme bisão, criando uma pequena bolha de ar para amortecer as quedas. O pequeno gesto causou inquietação no coração de Kyoshi, pois o pulo divertido era como fazer piadas antes de um funeral.

Eles observaram o barco de Jianzhu chegar. Era grande e profundo demais, e não havia uma espécie de porto na formação rochosa onde pudessem atracar. Com isso, a tripulação ancorou mais longe e utilizou botes para concluir o último trecho da jornada. Um deles chegou à praia muito mais rápido que os outros.

Jianzhu saiu do primeiro bote, examinando o local de desembarque enquanto ajeitava suas vestimentas, os olhos se estreitando e as narinas se alargando como se pudesse sentir qualquer possível traição pelo cheiro. Hei-Ran o seguiu, tomando cuidado com a água, pois estava completamente vestida com sua armadura de batalha. A terceira pessoa a descer do bote era menos familiar para Kyoshi.

— Sifu Amak — disse Yun, curvando-se para o homem.

O Mestre Amak era uma presença estranha e sombria na mansão. Ele era um dominador de água do norte que pacientemente esperava sua vez de ensinar o Avatar. Mas havia questões inconsistentes sobre seu passado. Corriam boatos entre os serviçais de que o magro e carrancudo membro da Tribo da Água passara os últimos dez anos longe de casa, a serviço de um príncipe não muito importante em Ba Sing Se, e que subitamente passara da décima primeira posição à quarta na linha de sucessão. A natureza silenciosa de Amak e as cicatrizes ao redor de seus braços e de seu pescoço serviam como um aviso para não fazer perguntas.

Ainda assim, o Avatar tinha sessões regulares de treinamento com ele, apesar de Yun ter dito a Kyoshi que não conseguia dominar a água e que ainda não esperavam isso dele. Yun saía das aulas práticas ensanguentado e desgrenhado, mas com um sorriso de orelha a orelha por causa dos novos conhecimentos.

— Ele é o meu professor favorito depois do Sifu — dissera Yun uma vez. — Parece que ele é o único que se importa mais com a função do que com a forma.

Aparentemente, a presença de Amak era algum tipo de estratégia. Em vez da habitual túnica azul que ele usava na mansão, estava usando um conjunto de vestes de mangas largas, verde-escuras, no estilo do Reino da Terra, e um chapéu cônico que sombreava seu rosto. Seu orgulhoso corte de cabelo de rabo-de-lobo tinha sido raspado, e ele não estava usando seus *piercings* de osso.

Amak pegou um pequeno frasco de remédio com um bico na ponta. Ele inclinou a cabeça para trás e deixou o líquido pingar diretamente em seus olhos.

— Extrato concentrado de aranha-cobra — sussurrou Yun a Kyoshi. — É uma fórmula secreta e terrivelmente cara.

Amak notou que Kyoshi o encarava e falou com ela pela primeira vez.

— Além da própria Tagaka, não deve haver dominadores de água de nenhum dos lados desta negociação — ele se explicou, em uma voz tão aguda e musical que quase a fez pular. — Por isso...

Amak pressionou um dedo enluvado nos próprios lábios e piscou para ela. A íris de seu olho mudou de um azul pálido para um quase verde, da cor das águas costeiras mais quentes.

Kyoshi tentou espantar a confusão de sua cabeça. Não pertencia àquele lugar, tão longe da terra, com pessoas perigosas que usavam disfarces como espíritos e tratavam questões de vida e morte como jogos a serem vencidos. Adentrar no mundo do Avatar tinha sido emocionante quando ela chegou à mansão. Mas agora, qualquer passo errado poderia destruir o destino de centenas, talvez milhares, de pessoas. Desde que Yun lhe contara na noite anterior sobre os sequestros em massa ao longo da costa, ela não conseguia dormir.

Mais barcos cheios de homens armados aportaram. Eles se alinhavam à esquerda e à direita, lanças prontas, as borlas de seus capacetes ondulando na brisa gelada. Tudo indicava que eles queriam parecer fortes e organizados em frente à rainha pirata.

— Ela se aproxima — anunciou Kelsang.

Tagaka escolheu uma entrada pouco dramática, aparecendo na beira do iceberg como um ponto distante, juntamente de outros dois piratas. Caminhou ao longo de um percurso que contornava a encosta gelada, como o desfiladeiro de uma montanha. Parecia não estar com pressa.

— Eu acho que, se todo mundo morrer de velhice enquanto espera sua chegada, podemos considerar isso como um tratado de paz — murmurou Yun.

Eles tiveram tempo o bastante para relaxar, então se endireitaram assim que Tagaka os alcançou. Kyoshi suavizou sua expressão facial o quanto pôde e encarou com o canto dos olhos a pirata, mais conhecida como Mangual Sangrento do Mar do Leste.

Ao contrário de sua reputação, a líder da Quinta Nação era uma mulher comum de meia-idade. Debaixo de sua roupa de couro liso, ela tinha o físico de um operário, e as ondulações de seu cabelo remetiam à sua ascendência parcial da Tribo da Água. Kyoshi esperava ver seus olhos ardendo de ódio ou com um desdém cruel que prometia torturas sem fim, mas Tagaka apenas mostrava desinteresse, parecendo um dos comerciantes do sul que ocasionalmente visitavam Yokoya para descarregar restos de pele.

Exceto pela sua espada. Kyoshi tinha ouvido rumores sobre a *jian* verde-esmaltada amarrada à cintura de Tagaka em uma bainha cravejada de joias de alta qualidade. A espada já havia pertencido ao almirante de Ba Sing Se, posição que foi desfeita e extinta por causa dela. Depois de seu lendário duelo com o último homem a manter essa posição, ela ficou com a lâmina. Mas não se sabia ao certo o que ela havia feito com o corpo dele.

Tagaka olhou para os vinte soldados em pé à sua frente, depois encarou Kyoshi por um longo tempo, de cima a baixo. Cada encarada sua era como um jato de água fria no corpo de Kyoshi.

— Eu não sabia que, para nosso acordo, seriam necessários tantos músculos — disse Tagaka a Jianzhu. Ela olhou para trás, para o par de guarda-costas carregando apenas porretes de osso, e olhou novamente para Kyoshi. — Aquela garota é um ninho de corvo ambulante.

Kyoshi podia sentir o descontentamento de Jianzhu pelo fato de ela ter chamado atenção, pois sabia que ele e Yun tinham discutido por causa de sua vinda. Queria se encolher e sumir, esconder-se do olhar do adversário, mas isso só pioraria a situação. Em vez disso, tentou imitar a expressão que Rangi normalmente usava com os aldeões. Desdém frio e impenetrável.

Sua tentativa de parecer firme foi recebida com reações diversas. Uma das escoltas de Tagaka, um homem com um bigode grosso no estilo do Reino da Terra, franziu o rosto para ela e mudou os pés de posição. Mas a rainha pirata permaneceu imóvel.

— Onde estão os meus modos? — ela falou, fazendo a Yun uma reverência superficial. — É uma honra saudar o Avatar em carne e osso.

— Tagaka, Marquesa do Mar do Leste — disse Yun, usando o título criado por ela mesma. — Parabéns por sua vitória sobre os Demônios Vermelhos que restaram.

Ela levantou uma sobrancelha.

— Você sabia sobre isso?

— Yachey Hong e sua tripulação eram um bando de assassinos sádicos — disse Yun, calmamente. — Eles não tinham nem a sua sabedoria nem a sua... ambição. Você fez um grande favor para o mundo ao derrotá-los.

— Rá! — Ela bateu uma palma. — Ele estuda como Yangchen e bajula como Kuruk. Estou ansiosa para nossas negociações de amanhã. Vamos para o meu acampamento? Você deve estar com fome e cansado.

Amanhã? Kyoshi pensou. Eles não iriam resolver isso rapidamente e retornar? Iriam mesmo *dormir* ali, vulneráveis, a noite toda?

Aparentemente, esse tinha sido o plano desde o início.

— Apreciamos sua hospitalidade — disse Jianzhu. — Venham todos.

Foi um jantar bem, bem estranho.

Tagaka havia montado um acampamento de luxo, e no centro dele foi erguida uma tenda do tamanho de uma casa. Seu interior era decorado com tecidos e tapetes pendurados, de cores que não combinavam, que serviam para protegê-los do frio e também para demonstrar quantos navios ela já havia saqueado. Lamparinas cheias de gordura derretida forneciam uma iluminação abundante.

Mesas baixas e almofadas estavam arrumadas à maneira de um grande banquete. Yun ocupava o lugar de honra, e Tagaka estava na outra ponta da mesa, à sua frente. Ela não se importou que os outros lugares fossem ocupados pelos amigos íntimos do Avatar. Os guardas uniformizados de Jianzhu entravam e saíam da tenda, trocando olhares de escárnio com a variedade sortida de corsários da rainha pirata.

A Quinta Nação se descrevia como uma organização igualitária que não se importava com as fronteiras entre os elementos. De acordo com a mensagem que, às vezes, eles deixavam para trás depois de um ataque, nenhuma nação era superior e, sob o domínio de sua ilustre capitã, qualquer aventureiro ou dominador poderia se juntar a eles em harmonia, não importando sua origem.

Na realidade, a frota pirata mais bem-sucedida do mundo se revelou como sendo composta em sua maioria por marinheiros das Tribos da Água. E a comida refletia isso. Para Kyoshi, a maior parte da refeição tinha gosto de sangue, além de ser salgada demais. A garota fez o que pôde para ser educada e observou Yun comer em perfeita sintonia com o costume da Tribo da Água.

Quando Yun devorou com gosto outra bandeja de gordura crua, incentivado por Tagaka, Kyoshi quis sussurrar no ouvido de Rangi e perguntar se eles deveriam se preocupar com a possibilidade de a comida estar envenenada. Ou com os anfitriões do jantar os apunhalando pelas costas com os espetos de carne. Qualquer coisa que refletisse as hostilidades que eles deveriam estar escondendo. Afinal, por que estavam sendo tão amigáveis?

O mais surpreendente foi quando eles começaram a montar os tabuleiros de Pai Sho para os membros da tripulação de Tagaka que se achavam páreo para as famosas habilidades do jovem Avatar. Kyoshi cutucou Rangi e apontou com o queixo, abrindo os olhos para dar ênfase ao que estava tentando dizer.

Rangi sabia exatamente o que ela estava perguntando. Enquanto a atenção de todos se concentrava em Yun jogando contra três oponentes de uma só vez, ela apontou com o dedo do pé para dois homens e duas mulheres que entraram silenciosamente na tenda para limpar os pratos depois que todos terminaram de comer.

Eram cidadãos do Reino da Terra. Em vez das confusas roupas roubadas dos piratas, eles usavam trajes simples de camponeses. E, embora não estivessem acorrentados ou contidos de alguma forma, cumpriam seus deveres de maneira curvada e desajeitada. Como se temessem por suas vidas.

Os aldeões sequestrados. Yun e Rangi sem dúvida já tinham se deparado com essas pessoas antes. Kyoshi se amaldiçoou por tratá-los como invisíveis quando ela sabia exatamente como era passar despercebida entre as pessoas que ela servia. O tempo todo, Yun exibia um sorriso falso enquanto Tagaka exibia a ele os pertences que havia conquistado em guerras.

Rangi encontrou a mão trêmula dela e a apertou rapidamente, enviando um calor reconfortante sobre sua pele. *Seja forte.*

Eles viram Yun vencer seus oponentes de três maneiras distintas, simultaneamente. Contra o primeiro, ele venceu; forçou o segundo para uma situação sem vitória; e o terceiro ele atraiu para uma armadilha tão diabólica que o infeliz pirata pensou que estava ganhando até os últimos cinco movimentos.

O público foi à loucura assim que Yun venceu seu último adversário. As moedas tilintaram quando as apostas foram pagas, e os desafiantes receberam tapas nas costas e zombarias de seus camaradas.

Tagaka riu e bebeu outra dose de vinho forte.

— Diga-me, Avatar. Está se divertindo?

— Estive em muitos lugares ao redor do mundo — disse Yun. — Mas sua hospitalidade tem sido incomparável.

— Fico feliz — disse ela, pegando mais bebida. — Eu estava convencida de que você estava planejando me matar antes que a noite terminasse.

A atmosfera animada do encontro se transformou num silêncio mortal em segundos. Os homens de Tagaka pareciam tão surpresos quanto os de Jianzhu. A quietude geral que se instalou na tenda quase criou um som próprio. Dava para perceber a tensão nos músculos do pescoço. Nos cabelos em pé.

Kyoshi tentou disfarçar e olhar para o Mestre Amak. O dominador de água durão estava sóbrio, sentado longe do grupo principal, observando Tagaka por cima de sua taça de vinho intocada. O chão estava coberto de peles e tapetes, mas por baixo havia um arsenal inteiro à disposição da pirata. Em vez de congelar, como todo mundo, Kyoshi podia ver que ele tinha os ombros relaxados e soltos, mas ao mesmo tempo se preparando para uma súbita onda de violência.

Ela pensou que Jianzhu poderia dizer alguma coisa, assumir o lugar de Yun agora que a encenação tinha caído por terra, mas ele não fez nada. Jianzhu calmamente observou Yun recolher as peças do Pai Sho, como se a única coisa que importasse para ele fosse que seu aluno mostrasse boas maneiras arrumando tudo depois do jogo.

— Marquesa Tagaka — disse Yun —, se essa impressão se deu por causa do tamanho do meu grupo, asseguro-lhe que não fiz por mal nem para insultá-la. Os soldados que vieram comigo são apenas uma guarda de honra. Não queria trazê-los, mas todos estavam entusiasmados demais com a oportunidade de vê-la escrevendo uma nova história com o Avatar.

— Eu não estou preocupada com um bando de homens com lanças, garoto — disse Tagaka, com a voz mais grave. O tempo para elogios tinha acabado. — Estou falando daqueles três.

Ela apontou os dedos formando um tridente. Não para Amak, nem para nenhum dos soldados armados do Reino da Terra, mas para Jianzhu, Hei-Ran e Kelsang.

— Acho que não entendi — disse Yun. — Certamente você sabe sobre meus mestres de dominação. Os famosos companheiros de Kuruk.

— Sim, eu sei quem são. E sei também o que significa quando o Coveiro da Passagem Zhulu resolve obscurecer a minha tenda pessoalmente.

Agora Yun estava confuso de verdade. Seu sorriso tranquilo desapareceu, e sua cabeça inclinou para o lado. Kyoshi tinha ouvido falar de várias batalhas e locais associados ao nome de Jianzhu, e a Passagem Zhulu foi uma dessas, embora não fosse a mais importante de sua longa lista. Afinal, ele foi um grande herói do Reino da Terra, e um dos seus principais sábios.

— Você está se referindo à história de como meu estimado mentor deu um descanso digno e piedoso aos corpos de aldeões que ele encontrou e que tinham sido mortos pelos rebeldes? — disse Yun. As peças do jogo fizeram barulho na palma de sua mão.

Tagaka sacudiu a cabeça.

— Estou me referindo a cinco mil Pescoços Amarelos que foram enterrados vivos e ao restante que, por se sentir aterrorizado, acabou se rendendo. Todo um movimento esmagado por um único homem, o seu "estimado mentor". — Ela se virou para Jianzhu. — Estou curiosa. Os espíritos deles te assombram enquanto você dorme? Ou você os enterrou fundo o bastante para que a terra abafasse seus gritos?

Um baque surdo foi ouvido quando uma das peças do jogo escorregou da mão de Yun e quicou no tabuleiro. Ele nunca tinha ouvido falar disso. Kyoshi nunca tinha ouvido falar disso.

Agora que ela estava se dirigindo a ele, Jianzhu achou apropriado falar.

— Com todo o respeito, temo que os rumores do interior do Reino da Terra tendam a se tornar mais selvagens conforme se aproximam do Polo Sul. Muitas histórias sobre minhas façanhas passadas não passam de puro exagero.

— *Com todo o respeito,* eu ganhei a minha posição por descobrir fatos que vão muito além do que você acha que uma ignorante de olhos azuis do sul deveria saber — Tagaka retrucou. — Por exemplo, eu sei quem detém o recorde da Academia Real de mortes "acidentais" durante Agni Kais, senhora diretora.

Se Hei-Ran se ofendeu com a acusação, ela não demonstrou. Na verdade, Rangi era quem parecia prestes a pular em Tagaka e arrancar-lhe a cabeça. Kyoshi instintivamente estendeu a mão e segurou a mão de Rangi para evitar problemas.

— E quanto ao Mestre Kelsang — Tagaka continuou. — Ouça bem, jovem Avatar. Você já se perguntou alguma vez por que minhas frotas ficaram confinadas no Mar do Leste, onde as colheitas são escassas, num território de frequentes batalhas com outras tripulações? É somente por causa desse homem bem aqui.

Dos três mestres, apenas Kelsang parecia estar com medo do que Tagaka poderia revelar. Com medo e vergonha, na verdade. Kyoshi já queria defendê-lo de quaisquer acusações que a pirata pudesse fazer. Afinal, Kelsang era mais importante para ela do que qualquer outra pessoa.

— Meu pai costumava chamá-lo de Tufão Vivo — disse Tagaka. — Nós, criminosos, gostamos de apelidos teatrais, mas, neste caso, caiu como uma luva. Certa vez, meu avô levou a família e uma frota de barcos para o oeste, contornando a ponta sul do Reino da Terra. Eles devem ter representado uma grande ameaça, pois o Mestre Kelsang, que na época era um jovem no auge de seu poder, voou em seu bisão e lançou uma tempestade para fazê-los retornar.

Ela continuou:

— Parece uma solução perfeita para deter uma ameaça naval sem derramar sangue, não é? Mas algum de vocês já tirou da própria coxa uma lasca de madeira do tamanho de uma espada? Ou foi atirado ao mar, tendo que enfrentar ondas de nove metros de altura?

Tagaka saboreou o desconforto do dominador de ar e sorriu.

— Eu deveria te agradecer, Mestre Kelsang. Perdi vários tios nessa expedição. Você me livrou de uma batalha de sucessão horrível. Mas o medo de enfrentar sua tempestade outra vez manteve a Quinta Nação e outras tripulações enclausuradas no Mar do Leste. Toda a geração do meu pai foi aterrorizada por um único Nômade do Ar. Eles achavam que Kelsang os estava observando do Templo do Ar do Sul. Patrulhando os céus, de lá do alto.

Kyoshi olhou para Kelsang, que estava curvado em agonia. *Era você?* ela pensou. *Era isso que você fazia entre as estadias em Yokoya? Caçava piratas?*

— Uma lição do seu mestre de dominação de ar — disse Tagaka a Yun. — A ameaça mais efetiva é aquela executada apenas uma vez. Então você pode imaginar a minha angústia quando o vi trazer essa... essa coleção de *açougueiros* para assinar nosso tratado de paz. Eu tive certeza de que a violência estaria em nosso futuro.

Yun murmurou, fingindo estar perdido em pensamentos. A peça de Pai Sho com a qual ele tinha se atrapalhado agora dançava por seus dedos, para a frente e para trás, e por toda a mão. Ele estava no controle novamente.

— Marquesa Tagaka — disse ele —, você não tem nada a temer dos meus mestres. E, já que estamos dando créditos a reputações horríveis, acredito que eu também tenha motivos para me preocupar.

— Sim — concordou Tagaka, olhando para baixo, com os dedos no punho de sua espada. — Claro que sim.

A missão enguiçou ali, no contato visual entre Yun e a indiscutível senhora do Mar do Leste. Tagaka estava olhando para o Avatar, mas Kyoshi só podia enxergar seu amigo, jovem, vulnerável e literalmente longe do seu elemento.

O que quer que Tagaka estivesse buscando dentro da mente de Yun, ela parecia ter encontrado, pois ela recuou e sorriu.

— Sabe, dá azar realizar uma cerimônia importante com sangue em nosso espírito — disse ela. — Eu me purifiquei dos meus crimes passados com suor e gelo antes de você chegar, mas, com a mancha de tanta morte ainda pairando do seu lado, de repente sinto a necessidade de fazê-lo novamente até amanhã cedo. Vocês podem ficar aqui o tempo que quiserem.

Tagaka estalou os dedos e seus homens saíram da tenda, de forma tão inquestionável que parecia que tinham sido dominados e colocados para fora. Os prisioneiros do Reino da Terra foram por último, deixando o recinto sem sequer olhar para trás. O gesto parecia um insulto planejado por Tagaka, como se ela quisesse dizer "eles têm mais medo de mim do que esperança em você".

Jianzhu balançou as mãos.

— Você fez bem em...

— É verdade? — Yun perguntou.

Kyoshi nunca tinha ouvido Yun interromper seu mestre antes e, pela maneira como franziu a testa, Jianzhu também não. O sábio da terra deu um suspiro que serviu de aviso aos outros para não falarem. Esse assunto era entre ele e seu discípulo.

— É verdade o quê?

— Cinco mil? Você enterrou cinco mil pessoas vivas?

— Isso é um exagero dito por uma criminosa.

— Então qual é a verdade? — perguntou Yun. — Foram apenas quinhentos? Cem? Qual número seria justificável?

Jianzhu riu em silêncio, um movimento hesitante de seu peito.

— A verdade? A verdade é que os Pescoços Amarelos eram uma escória da mais baixa ordem que achavam que poderiam saquear, matar e destruir sem punição. Eles não viam nada, nenhum futuro além das pontas de suas espadas. Só acreditavam que poderiam ferir pessoas sem consequências.

Jianzhu bateu com o dedo no centro do tabuleiro do Pai Sho.

— Eu levei as *consequências* até eles — disse. — Porque a justiça é exatamente isso. Dar as devidas consequências àqueles que merecem. Deixei claro que qualquer horror que eles infligissem voltaria para assombrá-los. Nada mais, nada menos. E adivinha? *Funcionou.* Os *daofei* que escaparam de mim se dispersaram, porque finalmente sabiam que haveria consequências se continuassem seguindo um caminho oposto ao da lei.

Jianzhu olhou para a saída, na direção em que Tagaka tinha ido.

— Talvez você nunca tenha ouvido isso pelos cidadãos do Reino da Terra porque eles veem o acontecimento da mesma maneira que eu. Uma criminosa como ela vê a justiça sendo feita e lamenta a falta de perdão, esquecendo convenientemente o que eles fizeram para merecer tal punição.

Yun parecia estar com dificuldade para respirar. Kyoshi queria se aproximar dele, mas o feitiço de Jianzhu congelara o ar dentro da tenda, imobilizando-a.

— Yun — disse Kelsang. — Aqueles tempos eram diferentes. Nós fizemos o que precisávamos fazer para salvar vidas e manter o equilíbrio. Tivemos que agir sem um Avatar.

O garoto se recompôs.

— Que sorte a de vocês então — disse, com voz inexpressiva. — Agora vocês podem passar para mim o fardo de aniquilar tantas vidas. Vou tentar seguir o exemplo dos meus mestres.

— Basta! — Jianzhu esbravejou. — Você se deixou abalar pelas acusações infundadas de uma pirata! Saiam todos daqui. Eu preciso falar com o Avatar a sós.

Rangi foi a mais rápida a sair. Hei-Ran a observou ir embora. As duas usavam a mesma expressão calada para esconder suas emoções, mas Kyoshi percebeu que ela queria seguir a filha. Em vez disso, Hei--Ran saiu pelo lado oposto da tenda.

Quando Kyoshi olhou para trás, Kelsang havia desaparecido. Apenas o reluzir apressado de uma bainha laranja passando pela cortina entregava o caminho por onde ele tinha ido. Ela se curvou rapidamente a Jianzhu e Yun, evitando contato visual, e correu atrás do dominador de ar.

Kyoshi encontrou Kelsang a alguns passos de distância, sozinho, sentado em um banco que provavelmente tinha sido abandonado por um dos guardas de Tagaka. As pernas tinham afundado na neve com seu peso. Ele tremia, mas não de frio.

— Sabe, depois que Kuruk morreu, eu pensei que a minha falha em guiá-lo para o caminho certo havia sido meu último e maior erro — ele disse baixinho, olhando o chão gelado. — Mas, no fim das contas, minhas ações desonrosas não pararam por ali.

Kyoshi sabia, por senso acadêmico, que Nômades do Ar viam todas as vidas como sagradas. Eles eram grandes pacifistas que não consideravam ninguém como inimigo, por isso todos os criminosos tinham a possibilidade de perdão e redenção. Porém, circunstâncias excepcionais permitiam que essas crenças fossem deixadas de lado, aparentemente. Mas Kelsang poderia ser perdoado por salvar cidades inteiras ao longo da costa dos mares ocidentais.

A tensão em sua voz dizia o contrário.

— Eu nunca te contei como eu fiquei mal no Templo do Ar do Sul após o que aconteceu aquele dia. — Kelsang tentou forçar um sorriso para esconder a dor, mas ela escapou de seu controle, trazendo um choro convulsivo. — Eu violei minhas crenças como um dominador de ar. Decepcionei meus mestres. Decepcionei todo o meu povo.

Kyoshi ficou subitamente furiosa por ele, embora não soubesse exatamente com quem. Com o mundo inteiro, talvez, por permitir que a escuridão afetasse um homem tão bom e o fizesse odiar a si mesmo. Ela colocou os braços ao redor de Kelsang e o abraçou o mais forte que pôde.

— Você nunca me decepcionou — ela disse em voz rouca. — Está me ouvindo? Nunca.

Kelsang suportou a tentativa dela de esmagar suas escápulas com a força do seu afeto e balançou-se levemente em seus braços, dando tapinhas em suas mãos entrelaçadas. Kyoshi só o soltou quando o som de um prato se quebrando interrompeu a noite silenciosa.

Seus olhares se voltaram para o local do barulho. Tinha vindo da tenda. Yun e Jianzhu ainda estavam lá dentro.

Kelsang se levantou, esquecendo-se dos próprios problemas. Ele parecia preocupado.

— É melhor você voltar para o acampamento — disse para Kyoshi. O som abafado da discussão ficou mais alto através das paredes de feltro.

— Será que eles estão bem?

— Vou verificar. Mas, por favor, vá. Agora. — Kelsang correu para a tenda e se abaixou para passar pela cortina. Ela pôde ouvir a agitação cessar assim que ele entrou no local, mas o silêncio era mais assustador do que a exaltação de antes.

Kyoshi ficou parada ali, pensando no que fazer, antes de decidir que deveria obedecer a Kelsang. Ela não queria ouvir Yun e Jianzhu discutindo.

Enquanto Kyoshi se distanciava da tenda, o luar lançava sombras longas e trêmulas, fazendo-a se sentir como uma manipuladora de fantoches em um palco branco e vazio. Seu andar apressado a levou para longe demais, na direção errada, e ela se viu nos arredores do acampamento dos piratas, perto do penhasco de gelo.

Ela se encostou contra a parede congelada, tentando se manter fora de vista. A tripulação de Tagaka estava se preparando para dormir, chutando neve sobre as fogueiras e fechando suas tendas por dentro. Havia soldados a postos em intervalos regulares olhando em direções diferentes. Kyoshi não tinha ideia de como ela chegara tão perto sem ser notada.

Ela se afastou da maneira mais silenciosa que pôde, retornando pelo caminho pelo qual viera, mas, virando a esquina, chocou-se com o sentinela. Era um dos dois piratas que tinham acompanhado Tagaka para recebê-los. O homem de bigode. Ele olhou para o rosto dela bem de perto e com atenção.

— Diga-me uma coisa — ele disse, uma nuvem de fumaça de álcool saindo de sua boca. — Eu te conheço?

Kyoshi balançou a cabeça e tentou continuar seu caminho, mas ele esticou o braço, bloqueando sua passagem ao se apoiar contra o gelo.

— É que você parece muito familiar — insistiu o sentinela, com um olhar malicioso.

Kyoshi estremeceu. Havia sempre um certo tipo de homem que achava que o fato de ser mulher a tornava um bem público, algo que eles eram livres para olhar, tocar ou coisa pior. Muitas vezes, eles presumiam que ela deveria ser grata por receber esse tipo de atenção, pois *eles* se achavam especiais e muito poderosos.

— Eu era marinheiro — disse o homem, em um delírio embriagado. — Fiz negócios com um grupo chamado Sociedade... Alguma Coisa Voadora. Ou algo assim. A líder era uma mulher que se parecia muito com você. Rosto bonito, assim como o seu. Pernas... quase tão longas. Ela poderia ter sido sua irmã. Você já esteve na Baía Camaleão, docinho? Ou se hospedou na Madame Qiji?

O homem tirou a rolha de uma garrafa e tomou mais alguns goles de vinho.

— Eu era caidinho por aquela menina — ele continuou, limpando a boca na manga da roupa. — Ela tinha tatuagens fascinantes de serpente ao redor dos braços, mas nunca me deixou ver até onde iam. E você, querida? Tem alguma tatuagem em seu corpo que queira me mostraaaaar?

Com uma mão, Kyoshi ergueu-o pelo pescoço e o bateu contra o penhasco.

Os pés dele balançaram-se no ar. Ela apertou até ver seus olhos se arregalarem em direções diferentes.

— Você se confundiu — disse ela, sem levantar a voz. — Está me ouvindo? Você se confundiu. Nunca me viu, ou qualquer outra pessoa que se parecesse comigo. Repita isso.

Ela afrouxou um pouco o punho para que ele tivesse ar suficiente para falar.

— Seu monte de... Eu vou mata... Aaagh!

Kyoshi o pressionou com mais força contra a parede. O gelo se partiu atrás de sua cabeça.

— Não foi isso o que eu te pedi.

Seus dedos sufocaram o grito dele, impedindo-o de alertar os outros.

— Eu me confundi! — ele engasgou. — Eu estava errado!

Ela o deixou cair no chão. A parte de trás do casaco dele tinha se prendido no gelo e rasgou. Ele tombou para o lado, tentando forçar o ar de volta aos pulmões.

Kyoshi observou-o se contorcer aos pés dela. Depois de pensar, ela arrancou a garrafa cheia de vinho que estava presa em seu pescoço, cortando o fio que a prendia, e derramou o conteúdo até esvaziá-la. O líquido espirrou no rosto do homem, e ele estremeceu.

— Vou guardar isso caso você resolva mudar de ideia de novo — disse ela, agitando o recipiente vazio. — Ouvi falar dos métodos disciplinares de Tagaka, e acho que ela não aprovaria o consumo de bebidas durante a guarda.

O homem gemeu e cobriu a cabeça com os braços.

Kyoshi desabou no chão antes de entrar em sua tenda. Sua testa encostou no gelo. Era bom, refrescante. O encontro tinha consumido sua energia, deixando-a incapaz de dar os últimos passos até a cama. Tão perto e, ainda assim, tão longe.

Ela não sabia o que tinha dado nela. O que ela fez foi tão estúpido que confundiu sua mente. Se isso chegasse a Jianzhu de alguma forma...

Uma luz brilhante iluminou a cabeça dela. Ela torceu o pescoço para cima e viu Rangi segurando uma tocha. Uma pequena chama dançava acima de seus longos dedos.

Rangi olhou para ela e depois para o recipiente de bebida ainda na mão dela, depois cheirou o ar da noite.

— Kyoshi, você andou bebendo?

Parecia mais fácil mentir.

— Sim!

Com grande dificuldade, Rangi a segurou em seus braços e a arrastou para dentro. Era mais quente na tenda do que do lado de fora, como comparar uma noite de inverno a uma tarde de primavera. Kyoshi podia sentir a rigidez deixando seus membros, a cabeça perdendo o peso que parecia carregar antes.

Rangi arrancou cada peça da roupa de batalha de Kyoshi como se estivesse desmontando uma carroça quebrada.

— Você não pode dormir assim. Especialmente com a armadura.

Rangi tinha tirado a armadura e estava apenas com uma camisola fina de algodão que mostrava seus braços e pernas. Sua figura esbelta contradizia a solidez de seus músculos. Kyoshi ficou boquiaberta, nunca tinha visto a amiga sem uniforme antes. Era difícil para ela compreender que a armadura não era uma parte natural do corpo de Rangi.

— Você não deveria estar dormindo com Yun? — perguntou Kyoshi.

A cabeça de Rangi virou tão rápido que ela quase quebrou o pescoço.

— Você entendeu o que eu quis dizer.

O tom avermelhado desapareceu do rosto de Rangi tão rápido quanto surgiu.

— O Avatar e o Mestre Jianzhu estão revendo a estratégia. O Mestre Amak só dorme em intervalos de dez minutos ao longo do dia, então ele e os guardiões mais experientes ficarão de vigia. A ordem é que os demais descansem para amanhã.

Elas se ajeitaram debaixo das peles. Kyoshi já sabia que não conseguiria dormir. Por causa de sua antiga vida na rua, e também do lugar privilegiado que tinha na mansão, ela nunca havia tido uma colega de quarto. Por isso, estava ciente dos pequenos movimentos de Rangi bem ao lado dela, o ar entrando e saindo do peito da dominadora de fogo.

— Acho que eles não fizeram nada de errado — disse Kyoshi, enquanto olhava ao redor de sua tenda.

Rangi não respondeu.

— Eu ouvi de Tia Mui sobre o que Xu e os Pescoços Amarelos fizeram com homens, mulheres e crianças, todos inocentes e desarmados. Se metade daquilo for verdade, então Jianzhu pegou leve com eles. Mereciam algo ainda pior.

O luar entrava pelas costuras da tenda, e os furos pareciam estrelas.

Ela deveria ter parado por aí, mas a certeza de Kyoshi a impulsionou além do ponto em que era seguro se aventurar.

— E acidentes são acidentes. Com certeza, sua mãe nunca quis machucar ninguém.

Duas mãos fortes agarraram as lapelas do manto de Kyoshi. Rangi a puxou para perto, e as duas ficaram frente a frente.

— Kyoshi — ela disse com voz rouca, seus olhos ardendo de dor —, um dos oponentes era a prima dela. Uma rival candidata à diretoria.

Rangi deu-lhe uma sacudida forte.

— Não era um pirata, ou um fora da lei. *Era a prima dela.* A escola tentou limpar sua honra, mas os rumores me seguiram por lá durante anos. As pessoas sussurravam pelos cantos que minha mãe era... era uma *assassina*.

Ela cuspiu a palavra como se fosse a maldição mais vil que se podia imaginar. Dada a profissão de Rangi como guarda-costas, provavelmente era. Ela enterrou o rosto no peito de Kyoshi, apertando-a com força, como se quisesse limpar aquela memória para sempre.

Kyoshi queria dar um soco em si mesma por ter sido tão ingênua. Ela colocou um braço sobre o ombro de Rangi, com cuidado. A dominadora de fogo aninhou-se e relaxou, embora ela ainda fizesse algumas pequenas inspirações pelo nariz. Kyoshi não sabia se era seu jeito de chorar ou de se acalmar com um exercício de respiração.

Rangi se mexeu, chegando mais perto do corpo de Kyoshi, esfregando os cabelos macios contra os lábios dela. O contato surpreendente parecia uma transgressão, um equívoco de uma garota exausta e sonolenta. As famílias mais nobres da Nação do Fogo, como a de que Rangi descendia, nunca deixariam que alguém tocasse seus cabelos assim.

O leve aroma floral que encheu os pulmões de Kyoshi fez sua cabeça girar e seu pulso acelerar. Kyoshi continuou imóvel como se sua vida dependesse disso, sem vontade de fazer qualquer movimento que pudesse atrapalhar o sono perturbado de sua amiga.

Finalmente Rangi caiu em um sono profundo, irradiando calor como um pequeno carvão incandescente na lareira. Kyoshi percebeu que confortá-la durante toda a noite era uma honra e uma tortura que ela não teria trocado por nada no mundo.

Kyoshi fechou os olhos. Ela fez o possível para ignorar a dor causada pela falta de circulação em seu braço e a de seu coração se despedaçando.

Eles sobreviveram à noite. Não houve ataque furtivo, nenhum caos repentino do lado de fora da tenda, como ela temia.

Kyoshi provavelmente não havia dormido mais de uma hora ou duas, mas ela nunca tinha se sentido mais alerta e inquieta em sua vida. Quando tomaram café da manhã no acampamento na base do iceberg, ela recusou o chá fermentado. Seus dentes estavam batendo.

Ela procurou sinais de problemas entre Yun e Jianzhu, Rangi e Hei--Ran, mas não encontrou nenhum. Não entendeu como eles conseguiram ferir um ao outro e depois se perdoar tão rapidamente. Os erros sempre deixavam uma marca, mesmo os que eram infligidos pela família. Na verdade, *especialmente* os que eram causados pela família.

Kelsang ficou perto dela durante os preparativos para a negociação. Mas a presença dele só criou mais turbulência em seu coração. A qualquer momento, iriam subir aquela colina e ver Yun assinar um tratado, tendo como apoio o poder investido ao Avatar.

Não sou eu, Kyoshi pensou consigo mesma. *Kelsang admitiu que era uma chance remota. Uma chance não é a mesma coisa que a verdade.*

Jianzhu sinalizou que era hora de ir e falou algumas palavras, mas Kyoshi não escutou.

Ele está tirando conclusões precipitadas porque Jianzhu o deixou de lado. Ele quer ser uma parte maior na vida do Avatar. Na vida de qualquer Avatar. E eu sou a coisa mais próxima de uma filha que ele tem.

Kyoshi tinha que admitir que sua linha de raciocínio era um pouco presunçosa. Mas presunção maior seria admitir que, digamos, *ela era o Avatar*. Seu raciocínio fazia sentido. Kelsang era humano, propenso a erros. Esse pensamento a confortou por todo o caminho até o topo do iceberg.

O pico se transformou em um planalto natural, grande o suficiente para abrigar os principais membros de ambas as delegações. Do lado de Yun, estavam Jianzhu, Hei-Ran, Kelsang, Rangi, Amak e, apesar de parecer loucura, Kyoshi. Tagaka novamente se dignou a vir com apenas um par de acompanhantes. O homem de bigode não fazia parte de sua guarda desta vez, felizmente. Quem acompanhava os piratas era uma refém do Reino da Terra, uma jovem cuja aparência bronzeada lembrava a de uma esposa de pescador. Ela carregava silenciosamente uma bagagem nos ombros e olhava para o chão como se seu passado e futuro estivessem escritos ali.

Os dois lados se encararam sobre a superfície plana. Eles estavam a uma altura suficiente para ver pequenos icebergs à deriva perto da montanha congelada.

— Eu pensei em usar um cenário tradicional para esses assuntos — disse Tagaka. — Então, por favor, dê-me um momento.

A rainha pirata separou os pés sobre a neve e tomou fôlego. Seus braços se moviam fluidos, no estilo dos dominadores de água, mas nada aconteceu.

— Só mais um momento — ela disse.

Ela tentou novamente, agitando os braços com mais velocidade e mais esforço. Um círculo ergueu-se hesitante do gelo, do tamanho de uma mesa. Isso tomou bastante tempo.

Kyoshi pensou ter ouvido um som de zombaria do Mestre Amak, mas talvez tivesse sido o rangido de dois pedacinhos de gelo brotando em lados opostos da mesa. Tagaka esforçou-se até que fossem altos o suficiente para se sentar.

— Você vai ter que me perdoar — disse ela, sem fôlego. — Eu não sou exatamente a dominadora que meu pai e meu avô foram.

A mulher do Reino da Terra abriu uma mochila e rapidamente colocou um pano sobre a mesa e almofadas nos assentos. Com movimentos rápidos e delicados, ela arrumou um tinteiro de pedra, dois pincéis e um pequeno jarro de água.

O estômago de Kyoshi se revirou enquanto ela observava a mulher misturar meticulosamente um bastão de tinta contra a pedra. Ela estava usando o método Pianhai, uma caligrafia que era muito usada em cerimônias como essa e exigia treinamento formal, algo que os plebeus normalmente nunca aprendiam. Kyoshi só sabia o que era por sua proximidade com Yun. *Será que Tagaka torturou a pobre mulher para aprender o processo?*, ela pensou. *Ou será que ela a sequestrou de uma escola literária em uma das cidades?*

Depois de ter preparado tinta suficiente, a mulher recuou sem dizer uma palavra. Tagaka e Yun se sentaram, cada um desenrolando sobre a mesa de gelo um pergaminho que continha os termos escritos e acordados até o momento. Eles levaram um bom tempo verificando se as cópias eram iguais e se a linguagem era educada o bastante. Tanto Yun quanto a rainha pirata tinham um olho bom para pequenos detalhes, e nenhum deles queria perder a primeira batalha.

— Eu me oponho à sua descrição de si mesma como Guardiã Aquática do Polo Sul — disse Yun durante uma das discussões mais acaloradas.

— Por quê? — perguntou Tagaka. — É verdade. Meus navios de guerra são uma proteção. Eu sou a única força que impede uma marinha hostil de navegar até as margens da Tribo da Água do Sul.

— A Tribo da Água do Sul odeia você — disse Yun, sem rodeios.

— Sim, bem, política é complicado — justificou-se Tagaka. — Vou editar para "Guardiã Autodesignada do Polo Sul". Não abandonei o meu povo, mesmo que ele tenha virado as costas para mim.

E assim continuou. Depois que os guardas de Tagaka começaram a bocejar descaradamente, ambos finalizaram a conferência dos pergaminhos.

— Tudo parece estar em ordem — concluiu Yun. — Se não se importar, gostaria de avançar imediatamente para o próximo estágio. Emendas verbais.

Tagaka sorriu em tom de zombaria.

— Ah, a parte mais divertida!

— Sobre os reféns da costa sul da Província Zeizhou, nas proximidades de Tu Zin, que foram retirados de suas casas em algum momento entre o Equinócio de Primavera e o Solstício de Verão... — disse Yun. Ele fez uma pausa.

Kyoshi sabia que isso seria difícil para ele. Rangi havia explicado o básico de como os resgates funcionavam. Na melhor das hipóteses, Yun poderia libertar metade dos cativos sacrificando o resto, o que deixaria Tagaka em vantagem. Ele teve que pensar naquelas vidas em termos clínicos. Salvar uma porcentagem maior seria melhor. Seu único objetivo. Ele seria salvador para alguns e vilão para o resto.

— Eu os quero de volta — disse Yun. — Todos eles.

— *Avatar!* — Jianzhu interrompeu. O dominador de terra estava furioso. Isso obviamente não era o que eles tinham combinado antes.

Yun levantou a mão, mostrando as costas dela para o seu mestre. Kyoshi poderia jurar que ele estava se divertindo.

— Eu quero cada homem, mulher e criança de volta — disse Yun. — Se você os vendeu para outras tripulações piratas, quero sua ajuda para encontrar todos eles. Se algum deles tiver morrido sob seus cuidados, quero seus restos para que as famílias possam lhes dar um enterro apropriado. Mais tarde, podemos falar sobre a compensação que você pagará.

Os mestres, com exceção de Kelsang, pareciam descontentes. Para eles, essa era a ação de uma criança petulante que não entendia como o mundo funcionava.

Mas Kyoshi nunca tinha amado tanto seu Avatar quanto agora. Era *isso* que Yun queria que ela visse quando ele implorou que ela fosse junto. Seu amigo defendendo o que era certo. O coração dela parecia prestes a explodir.

Tagaka se recostou em seu banco de gelo.

— Claro.

Yun piscou, como se seu momento de glória e desafio tivesse sido arrancado dele antes da hora.

— Você concorda?

— Eu concordo — disse Tagaka. — Você pode ter todos os prisioneiros de volta. Eles estão livres. Cada um deles.

Um soluço ecoou no ar. Era a mulher do Reino da Terra. Sua determinação rígida se desfez, e ela caiu de joelhos, chorando alto e abertamente. Nem Tagaka nem seus homens a repreenderam.

Yun não olhou para a mulher, com medo de arruinar sua salvação com um movimento errado. Ele esperou que Tagaka fizesse uma exigência em troca. Ele não ia propor uma por ela.

— Os prisioneiros são inúteis para mim — ela explicou, olhando para o mar, focando nos pequenos icebergs que os cercavam. Apesar da paciência demonstrada até o momento, de repente ela pareceu incrivelmente entediada. — Das mil pessoas ou mais, não havia nenhum carpinteiro aceitável. Eu já deveria ter imaginado. Eu precisava de pessoas que vivem perto de árvores altas, não em troncos flutuantes.

Yun franziu o rosto.

— Você quer... carpinteiros? — ele perguntou, cautelosamente.

Ela olhou para ele como se estivesse surpresa com o fato de ele ainda estar ali.

— Garoto, eu vou te ensinar um pequeno fato sobre o comércio de piratas. Nosso poder é medido em embarcações. Precisamos de madeira e de pessoas que saibam trabalhar com ela. Construir uma marinha adequada requer o esforço de toda uma geração. Meus primos pacíficos do Polo Sul têm alguns veleiros que receberam de herança, caso contrário, teriam que se contentar com canoas de pele de foca. Eles nunca criarão uma frota de guerra grande e de longo alcance porque simplesmente não têm árvores.

Tagaka se virou e se debruçou sobre a mesa.

— Então, sim — disse, fixando-o com o olhar. — Quero carpinteiros e árvores e um porto só meu, para atracar e aumentar o tamanho de minhas tropas. E sei exatamente onde conseguir tudo isso.

— *Yokoya!* — Yun gritou, constatando o objetivo da pirata e dando um alerta para os outros em uma única palavra.

Tagaka levantou a mão e fez um pequeno movimento de corte na direção da garganta com os dedos. Kyoshi ouviu um estalo molhado e um murmúrio de surpresa. Ela procurou em volta pela fonte do estranho barulho.

Era o Mestre Amak, curvado para trás sobre uma estalagmite de gelo, a ponta ensanguentada brotando de seu peito como um horrível talo brotando de uma semente. Ele olhou para Tagaka, espantado, e caiu para o lado.

— Vamos lá — disse Tagaka —, acha que não reconheço parentes disfarçados?

Os acontecimentos pareciam se empilhar uns nos outros aos poucos, como uma torre de pedras, cada evento em sequência aumentando cada vez mais a pilha. A estrutura era instável, espantosa, rumo a um colapso total e iminente.

O movimento repentino dos dois guardas de Tagaka atraiu a atenção de todos. Mas eles apenas agarraram a mulher do Reino da Terra pelos braços e saltaram de volta pela encosta de onde vieram, esquivando-se da rajada de fogo que Rangi conseguiu lançar. Eles eram apenas uma distração.

Pares de mãos explodiram da superfície do gelo, agarrando-se aos tornozelos dos companheiros de Yun. Havia dominadores de água à espreita abaixo deles o tempo todo. Rangi, Jianzhu e Hei-Ran foram puxados sob o gelo como se tivessem caído na crosta de um lago congelado que derretia na estação da primavera.

Os braços de Kyoshi se apoiaram no gelo, seu corpo submerso até o peito, e ela conseguiu se segurar na superfície. O buraco criado não foi grande o suficiente para engoli-la. Kelsang flutuou, evitando as garras de seu atacante subterrâneo com os reflexos de dominador de ar, e desdobrou as asas de seu bastão-planador.

Tagaka empunhou sua *jian* e a colocou no pescoço de Yun. Mas o Avatar não vacilou. Quase rápido demais para que Kyoshi pudesse ver, ele bateu com o punho na única fonte de terra perto deles, o tinteiro de pedra. Quebrado em fragmentos, o objeto se transformou em uma luva em torno da mão de Yun. Ele segurou a lâmina de Tagaka no instante em que a espada encostou em sua pele.

Kyoshi bateu forte com a bota e sentiu um estalo nauseante. O pé dela ficou preso quando o dominador cujo rosto ela tinha acertado congelou a água, aprisionando a metade inferior do corpo dela. Acima do gelo, Kyoshi tinha a visão perfeita do Avatar e da rainha pirata presos em um nó mortal.

Ambos pareciam felizes que a encenação havia acabado. Um fio de sangue de Yun escorreu pela ponta da lâmina.

— Outra coisa que você deveria saber — disse Tagaka enquanto trocava sorrisos com Yun, seus músculos tremendo com o esforço. — Eu realmente não sou uma dominadora de água tão boa quanto meu pai.

Com a mão livre, ela fez uma série de movimentos tão fluidos e complexos que Kyoshi pensou que seus dedos tinham dobrado de tamanho. Com isso, uma série de rachaduras ensurdecedoras ecoou em torno deles.

Houve um grande barulho de gelo e neve se agitando no mar. Os pequenos icebergs se partiram e se separaram, revelando grandes espaços ocos em seu interior. Conforme os pedaços de gelo se separaram ao comando de Tagaka, as proas dos navios de guerra da Quinta Nação começaram a sair, como bicos de pássaros monstruosos saindo de ovos que eclodiam.

Yun acabou perdendo o equilíbrio ao ver os barcos e caiu de costas no chão. Tagaka rapidamente o cobriu de gelo, tendo o cuidado de cobrir também a mão enluvada de pedra.

— O que é isso? — ele gritou para ela.

Ela limpou o sangue da espada com a dobra do cotovelo e a colocou de volta na bainha.

— Um plano B! Uma estratégia para chegar a Yokoya antes de vocês! Uma chance de mostrar minhas forças! Eu fingi ser uma péssima dominadora de água por tanto tempo que não resisti, tive que trazer um pouco mais de drama para nosso encontro.

Os dominadores de água a bordo dos navios já estavam acalmando as ondas causadas pelas avalanches de gelo e impulsionando seus navios adiante. Outros membros da tripulação subiam entre os mastros feito insetos, desenrolando as velas. Os navios apontavam para o oeste, em direção à casa deles, pretendendo forçar a entrada em novos territórios do Reino da Terra, como uma faca pressionando uma barriga desprotegida.

— Pare os navios! — Yun gritou para o céu. — Os navios! — foi o que conseguiu dizer antes de Tagaka terminar de cobrir a cabeça dele com gelo.

Kyoshi não sabia com quem ele estava falando no início e pensou que, no desespero, o garoto implorava a um espírito. Mas uma pequena brisa a lembrou de que alguém ainda estava livre. Kelsang estava em seu planador e voou em direção ao navio principal.

— Hoje não, monge — disse Tagaka. Ela fez um movimento de chicote com os braços, e uma rajada de espinhos de gelo pequenos como agulhas voou na direção de Kelsang.

Foi um ataque diabolicamente brilhante. O dominador de ar poderia facilmente ter desviado de pedaços maiores, mas os projéteis de Tagaka eram uma tempestade que o envolveu. As delicadas asas de seu planador foram atingidas e se desintegraram, e Kelsang mergulhou em direção ao mar.

Não deu nem tempo de entrar em pânico por Kelsang. Tagaka levitou o pedaço de gelo onde Yun estava preso, lançou-o para o lado do iceberg em direção ao acampamento pirata e saltou atrás dele.

Kyoshi cerrou os dentes e empurrou o gelo o mais forte que pôde. Seus ombros se esticaram contra suas vestes, que ameaçaram se rasgar. O gelo que prendia suas pernas quebrou e cedeu, mas não antes de ferir as partes de sua pele que não estavam cobertas. Ela se levantou e foi cambaleando atrás de Tagaka.

Ela teve sorte que, ao aprisionar Yun, Tagaka esculpiu um caminho menos rígido. Sem isso, ela com certeza teria estraçalhado a cabeça ao cair sobre as formas irregulares e brutas de gelo. Kyoshi conseguiu deslizar até o acampamento dos piratas, suas feridas deixando um rastro sangrento na descida.

Os homens de Tagaka estavam ocupados carregando o material do acampamento nos barcos. Um elegante veleiro, uma das heranças da Tribo da Água que ela mencionara, esperava por eles na costa do iceberg. Apenas alguns dos outros piratas notaram Kyoshi. Eles se prepararam para pegar suas armas, mas Tagaka os impediu. Fazer as malas era mais importante do que lidar com ela.

— Devolva-o — suspirou Kyoshi.

Tagaka colocou uma perna sobre o bloco de gelo que cobria Yun e apoiou-se no joelho.

— A garota-estátua sabe falar — ela disse, sorrindo.

— Devolva-o. *Agora!* — Ela quis fazer uma voz raivosa e violenta, mas, em vez disso, parecia tão desesperada e indefesa quanto se sentia por dentro. Ela não tinha certeza se Yun conseguia respirar no gelo.

— Ah — disse Tagaka —, eu vi o que precisava enxergar nos olhos do garoto. Ele vale mais como refém do que como um Avatar, acredite em mim.

Ela então empurrou Yun para o lado com o pé, o que fez Kyoshi engolir em seco com o gesto de desrespeito.

— Mas você, por outro lado — continuou Tagaka —, é um enigma. Eu sei que você não é uma lutadora ainda, isso é óbvio. Mas gosto do seu potencial. Não consigo decidir se devo te matar agora, por segurança, ou levá-la comigo. — Ela se aproximou da menina. — Kyoshi, não é? Gostaria de aproveitar a verdadeira liberdade? Ir aonde quiser e pegar o que é seu por direito? Confie em mim, é uma vida melhor do que qualquer infeliz existência em terra.

Kyoshi sabia sua resposta. Era a mesma que ela teria dado quando era uma criança faminta de sete anos.

— Eu nunca me tornaria uma *daofei* — respondeu, fazendo o possível para transformar a palavra em uma ofensa. — Você finge ser uma líder e uma pessoa importante quando não passa de uma assassina traficante de escravos. Você é escória, o tipo de vida mais inferior que eu conheço.

Tagaka franziu o rosto e puxou sua espada. O metal assobiou contra a bainha. Ela queria que Kyoshi sentisse a morte fria deslizando por seu corpo, em vez de morrer rapidamente na água congelante.

Kyoshi se manteve firme.

— Entregue-me o Avatar — ela repetiu. — Ou eu vou abatê-la, como se faz com monstros iguais a você.

Tagaka abriu bem os braços, sugerindo que ela olhasse ao redor, para a geleira onde elas estavam.

— Com o quê, garotinha do Reino da Terra? — ela perguntou. — Com o quê?

Era uma boa pergunta. E Kyoshi sabia que não era capaz de responder sozinha. Mas, de repente, ela foi dominada por uma sensação avassaladora de que agora, em seu momento de desesperada necessidade, sua voz não estaria sozinha.

Suas mãos se sentiram guiadas. Ela não entendeu direito, nem estava totalmente no controle. Mas ela confiava.

Kyoshi expandiu seu corpo, enchendo os pulmões de ar, e bateu os pés fazendo a posição Ponte Cheia. Ecos de poder ondularam de seu movimento, centenas de repetições de si mesma batendo no gelo. De alguma forma, ela estava liderando e sendo liderada por um exército de dominadores.

Com o movimento, uma coluna rochosa se desprendeu do fundo do oceano e emergiu na superfície. Então, bateu no barco de Tagaka e o tombou para o lado, arrancando as tábuas do casco com a mesma facilidade com que se tira o papel de uma pipa.

Uma onda se formou e varreu o iceberg, derrubando os piratas e estraçalhando os inúmeros caixotes que havia ali. Num impulso de autopreservação, Tagaka levantou, por reflexo, uma parede de gelo até a altura da cintura, represando e desviando a onda. Mas a barreira também protegeu Kyoshi, que ganhou tempo para atacar novamente. Ela saltou direto no ar e aterrissou com os punhos no gelo.

Mais adiante, o mar fervia. Gritos vinham dos navios de guerra, à medida que mais rochas brotavam do fundo do oceano. As proas das embarcações que não conseguiram desviar a tempo se partiram como galhos. O gemido de madeira se quebrando contra a rocha encheu o ar, um som tão horrível quanto um coro de animais feridos.

Kyoshi caiu de joelhos, ofegante e cansada. Ela queria continuar, trazer a terra para perto, a fim de se defender, mas o esforço a enfraqueceu no mesmo instante, a ponto de ela mal conseguir levantar a cabeça.

Tagaka se virou. Seu rosto, tão controlado nos últimos dois dias, agora estava pasmo.

— O que, em nome dos espíritos, é você? — ela sussurrou enquanto invertia a espada para tentar um novo ataque. A velocidade com que Tagaka se moveu para matá-la deixou claro que ela não estava esperando resposta.

— Kyoshi! Fique abaixada!

Kyoshi instintivamente obedeceu a voz de Rangi e se manteve no chão. Ela ouviu e sentiu o calor de uma rajada de fogo acima de si, derrubando Tagaka.

Com um poderoso rugido, Peng-Peng bombardeou o iceberg, com Rangi e Hei-Ran disparando chamas para a esquerda e para a direita, ambas montadas no bisão, dispersando os piratas que tentavam se reagrupar. Jianzhu segurou as rédeas de Peng-Peng com a habilidade de um Nômade do Ar, usando a cauda do animal para mandar pulsos de ar perfeitamente direcionados, que ricochetearam as nuvens de flechas e lanças arremessadas. Kyoshi não tinha ideia de como eles tinham escapado do gelo, mas, se existia alguém com o poder e a capacidade de fazer isso, eram eles.

A luta não havia acabado. Parte da frota de Tagaka ultrapassara os obstáculos de Kyoshi e, de dentro dos navios que afundavam nas proximidades, saíram alguns dominadores de água que se recusaram a entrar em pânico como seus companheiros. Eles mergulhavam na água, gerando ondas de alta velocidade que os levaram até Tagaka. Era sua guarda de elite, vindo para resgatá-la.

Rangi e Hei-Ran saltaram do bisão e bombardearam a rainha pirata com uma chama que ela foi forçada a bloquear com paredes de água. O rosto de Rangi estava coberto de sangue, e sua mãe tinha um braço machucado, mas elas lutaram em perfeita sintonia, deixando Tagaka sem chance de contra-atacar.

— Nós vamos lidar com os dominadores de água! — Hei-Ran gritou por cima do ombro. — Parem os navios!

Jianzhu deu uma olhada nos rochedos de pedra que Kyoshi tinha erguido do fundo do mar; depois, olhou para ela. Mesmo no calor da batalha, ele resolveu fazer uma pausa. Então, encarou Kyoshi fixamente, quase em transe.

— Jianzhu! — Hei-Ran gritou.

Ele saiu da névoa que tomou sua mente e retomou o comando de Peng-Peng. Juntos, voaram em direção à formação de pedra mais próxima. Sem avisar, Jianzhu soltou as rédeas e pulou do bisão no ar. Kyoshi pensou que ele tinha enlouquecido. Mas ele provou que ela estava errada.

Ela nunca tinha visto Jianzhu dominar a terra antes, só tinha ouvido Yun e a equipe descreverem seu estilo pessoal como "diferente". Incomum. "Mais como uma dança do leão no ano-novo", Tia Mui dissera uma vez, com um sorriso sonhador no rosto. *Firme embaixo e selvagem em cima.*

Jianzhu não tinha sido capaz de fazer a dominação no iceberg, mas agora Kyoshi havia fornecido a ele todo o elemento de que precisava. Quando Jianzhu caiu, pedaços de pedra se soltaram do rochedo e voaram para encontrá-lo. Eles se organizaram em uma curiosa construção arquitetônica, formando uma rampa íngreme, onde ele pousou sem perder o impulso.

Ele correu sobre a rampa perseguindo os navios em fuga, em uma direção na qual sequer poderia continuar. Mas, enquanto ele corria, seus braços se enrolaram e giraram em torno dele como se tivessem vida própria. Ele agitou os punhos e torceu levemente a cintura, fazendo inúmeras lascas de pedra formarem uma ponte sob seus pés. Jianzhu não diminuiu o passo uma única vez enquanto viajava no ar, suspenso por sua construção aérea de pedra.

Explosões de fogo e trombas d'água foram disparadas pelos dominadores que controlavam os navios. Jianzhu saltou de forma ágil e deslizou por cima delas. Os ataques direcionados à ponte causaram poucos danos, pois a estrutura era composta de muitas rochas para lhe dar suporte.

Jianzhu correu à frente do navio principal, bloqueando o caminho com sua ponte. Quando Kyoshi achou que ele havia se distanciado demais, ficando sem pedras suficientes para manter a ponte firme, ele saltou e aterrissou em segurança, em cima de um bloco de gelo que havia por perto.

A estrutura precária e antinatural começou a desmoronar sem a dominação de Jianzhu para mantê-la de pé. Primeiro, as peças individuais começaram a ruir. Pedaços de rochas bombardearam o navio principal, fazendo os membros da tripulação se esconderem, enquanto o convés de madeira era perfurado por completo.

Mas o sofrimento deles só estava começando. A base da ponte simplesmente se soltou, derrubando toda a coluna de pedra sobre a proa. A popa do navio foi alavancada para fora da superfície, expondo o leme e a quilha encrustada de mexilhões.

O resto do esquadrão não teve tempo de escapar. Um dos barcos até conseguiu desviar do desastre, evitando a batida no casco, mas a mudança brusca de direção fez a embarcação tombar bruscamente para o lado. A ponta do mastro ficou presa nos destroços, fazendo o navio perder o mastro e as velas e seus pilares de madeira se romperem, como um brinquedo de criança quebrando nos pontos mais fracos.

O último navio de guerra que restou na retaguarda poderia ter escapado, com alguma façanha marítima deslumbrante e heroica. Mas, em vez disso, a tripulação foi sábia e decidiu jogar a âncora e desistir. Se o poder de Tagaka era a sua frota, os companheiros do Avatar o tinham destruído. Agora, eles só precisavam permanecer vivos para reivindicar a vitória.

— Você se saiu bem, garota — disse um homem com uma voz rouca e um sotaque como o do Mestre Amak. — Eles vão contar histórias sobre isso por um longo tempo.

Kyoshi se virou rapidamente, temendo ver um pirata prestes a atacá-la, mas não havia ninguém lá. O movimento a deixou tonta. Muito tonta. Ela tombou de joelhos, bem devagar, e deixou-se cair no gelo.

A FRATURA

ESTAVA QUENTE. Tão quente que, quando acordou na enfermaria da mansão, Kyoshi pensou que fosse Rangi quem estava na cadeira ao lado de sua cama. Ela queria que fosse.

Mas era Jianzhu.

Kyoshi apertou seus cobertores com força, mas percebeu que estava sendo boba. Jianzhu era seu chefe e benfeitor. Ele havia dado dinheiro a Kelsang para cuidar dela. E, embora ela sempre mantivesse uma distância respeitosa da relação entre eles, não havia razão para se sentir desconfortável perto do sábio da terra.

Foi o que disse a si mesma.

Sua garganta queimava de sede. Jianzhu, que já segurava uma garrafa de água, entregou-a para a menina, que tentou beber com decoro, mas derramou o líquido nos lençóis, fazendo-o rir.

— Eu sempre tive a impressão de que você estava escondendo algo de mim — disse ele.

Ela quase engasgou.

— Eu me lembro do dia em que você e Kelsang me contaram sobre seu problema com o domínio da terra — continuou Jianzhu, com um leve sorriso. — Você disse que não conseguia dominar coisas pequenas. Que só conseguia mover pedras grandes de formas regulares. Assim como uma pessoa que possui dedos grossos e desajeitados demais para pegar um grão de areia.

Era verdade. A maioria das escolas de dominação de terra não sabia como lidar com um problema igual ao de Kyoshi. Os alunos começavam a dominar as pedras menores e, à medida que sua força e técnica cresciam, eles passavam para pedras maiores e mais pesadas.

Apesar dos protestos de Kelsang, Kyoshi já havia decidido muito antes que não faria treinos oficiais de dominação. Não parecia algo que valesse a pena naquela época. A dominação de terra era quase inútil dentro de casa, especialmente sem precisão.

— Você não me disse que era o contrário — disse Jianzhu. — Que você podia mover montanhas. E você estava a duzentos metros do fundo do oceano! Nem eu consigo dominar a terra a essa distância. Nem de dentro da água.

A garrafa vazia tremeu quando Kyoshi a colocou na mesa de cabeceira.

— Juro que eu não sabia — ela respondeu. — Nunca achei que pudesse fazer o que fiz, mas Yun estava em perigo e eu não pensei em nada... Onde está Yun? Ele está bem? E Kelsang?

— Não precisa se preocupar com eles — Jianzhu se inclinou para a frente na cadeira, com os cotovelos nos joelhos e os dedos unidos. Suas roupas cobriam as articulações de uma forma que o fazia parecer magro e cansado. Ele ficou olhando para o chão em silêncio durante um tempo desconfortavelmente longo.

— O Reino da Terra — disse Jianzhu — está uma confusão, não acha?

Kyoshi ficou mais surpresa com seu tom de voz do que com sua mudança aleatória de assunto. Ele nunca tinha se mostrado tão relaxado perto dela. E Kyoshi não achava que ele falasse desse jeito tão informal com Yun.

— Quer dizer, olhe para nós! — ele exclamou. — Temos mais de um rei. Os dialetos do norte e do sul são tão diferentes que estão começando a se tornar línguas distintas. Os aldeões de Yokoya vestem tanto azul quanto verde, e o povo de Si Wong mal compartilha seus costumes com o resto do continente.

Kyoshi tinha ouvido Kelsang expressar admiração pela diversidade do Reino da Terra em várias ocasiões. Mas talvez estivesse falando da perspectiva de um visitante. Jianzhu falou como se o Reino da Terra fosse formado por vários pedaços de carne costurados para fechar uma ferida.

— Você sabia que a palavra *daofei* não existe nas outras nações? — ele perguntou. — Do outro lado do mar, eles são apenas chamados de criminosos. Seus objetivos são mesquinhos e não vão muito além da riqueza pessoal. Mas aqui no Reino da Terra, os *daofei* alcançaram um sucesso que subiu à cabeça deles, e agora eles acreditam que são uma sociedade separada, com direito aos próprios códigos e tradições. Eles podem tomar controle sobre o território e ter uma amostra do que é governar. Alguns deles se tornam fanáticos espirituais, acreditando que seus roubos estão a serviço de uma causa superior.

Jianzhu suspirou.

— E tudo porque Ba Sing Se não é uma autoridade de fato eficaz — continuou. — O poder do Rei da Terra aumenta e diminui. Nunca se estende por todo o território como deveria. Sabe o que está mantendo o Reino da Terra unido neste momento?

Ela sabia a resposta, mas balançou a cabeça negando.

— Eu. — Ele não parecia ter orgulho do que estava dizendo. — Sou eu quem está impedindo que essa nação enorme em ruínas se desmanche de vez até virar pó. Estivemos sem um Avatar por tanto tempo, que o dever recaiu sobre mim. E como não tenho a herança de sangue nobre para governar, preciso liderar criando laços de lealdade.

Ele a encarou com olhos tristes.

— Cada governador e magistrado daqui até o Templo do Ar do Norte me deve favores. Eu lhes dou grãos em tempos de fome; eu os ajudo a recolher os impostos que pagam os salários da polícia, ajudo a lidar com rebeldes. Minha influência tem que se estender para além do Reino da Terra também — disse Jianzhu. — É por isso que eu conheço dominadores, que são grandes mestres dos elementos, em cada uma das quatro nações, e sei quem são seus alunos mais promissores. Eu financiei escolas de dominação, organizei torneios e apaziguei disputas antes que terminassem em sangue. Qualquer mestre do mundo responderia à minha convocação.

Ela não duvidava. Ele não era um homem que costumava se vangloriar. Mais de uma vez na mansão, ela tinha ouvido que a palavra de Jianzhu e sua amizade valiam mais do que o ouro de Beifong.

Outra pessoa teria explodido de felicidade ao constatar o poder que exercia. Mas Jianzhu simplesmente parecia cansado.

— Não teria como você saber nada disso — ele continuou. — Com exceção do desastre no iceberg, você nunca tinha saído das dependências de Yokoya.

Kyoshi engoliu a vontade de dizer que isso não era verdade, que ela ainda se lembrava dos vislumbres desse grande mundo que ela havia conhecido muito tempo atrás. Mas, para isso, teria que falar sobre seus pais e abrir uma caixa que ela não estava pronta para destrancar. Só a ideia de expor essa parte da vida dela para Jianzhu fez seu pulso acelerar.

Ele captou sua aflição e estreitou os olhos.

— Então, como você pode perceber, Kyoshi — disse —, sem lealdade, tudo desmorona!

Jianzhu fez um movimento súbito de dominação em direção ao teto, como se fosse derrubá-lo em cima deles. Kyoshi esquivou-se, mas logo se lembrou de que o quarto era feito de madeira. Um fio de poeira saiu das vigas do telhado e ficou suspenso no ar, formando uma nuvem acima deles.

— Considerando o que contei agora — ele disse —, há algo que você queira me dizer? Sobre o que fez no gelo?

Se ela queria dizer alguma coisa ao homem que a havia tirado das ruas? Talvez que havia uma possibilidade de ele ter cometido um erro capaz de destruir todo o seu trabalho árduo, e que a simples existência dela poderia significar um caos inimaginável para sua nação?

Não. Ela e Kelsang teriam que esperar. Encontrar provas de que ela não era o Avatar e dar a Yun o tempo necessário para que ele provasse isso de uma vez.

— Desculpe — disse ela. — De verdade, eu não estava ciente dos meus limites. Entrei em pânico e ataquei o mais forte que pude. Rangi me disse que, muitas vezes, ela domina melhor o fogo quando está zangada; talvez tenha acontecido algo assim comigo.

Jianzhu sorriu novamente, mantendo a expressão por um tempo no rosto. Então, bateu com as mãos nos joelhos e colocou-se de pé.

— Sabe — disse ele —, lutando contra *daofei* como Tagaka ao longo de todo o continente por tanto tempo, aprendi que eles não são o verdadeiro problema. São apenas um sintoma do que acontece quando as pessoas pensam que podem desafiar a autoridade do Avatar. Quando acham que o Avatar não tem legitimidade.

Ele olhou para Kyoshi.

— Estou feliz que há pelo menos mais uma poderosa dominadora de terra que pode lutar ao meu lado. Apesar do que eu disse antes, sou apenas uma medida temporária. Um substituto. O verdadeiro responsável por manter o Reino da Terra estável e em equilíbrio com as outras nações é o Avatar.

A pressão constante que ele deixava transparecer em suas palavras era tão grande que Kyoshi, por instinto, tentou colocar o fardo em outra pessoa.

— Deveria ter sido Kuruk a lidar com os *daofei* — ela deixou escapar. — Não deveria?

Jianzhu concordou.

— Se estivesse vivo, Kuruk estaria no auge dos seus poderes. Eu me culpo pela morte dele. Suas escolhas erradas foram culpa minha.

— Como assim?

— Porque a pessoa que tem a maior responsabilidade para com o mundo, depois do Avatar, é aquela que influencia a maneira como ele pensa. Eu ensinei a Kuruk como dominar a terra, mas não lhe ensinei sabedoria. Creio que o mundo ainda está pagando por esse erro meu.

Jianzhu parou na porta quando estava saindo.

— Yun está no fim do corredor. Kelsang está no quarto de frente para o dele. Mas você deve descansar mais. Quero muito que fique bem.

︎

Kyoshi esperou Jianzhu ir embora, até que ele estivesse fora da enfermaria. Então, ela saiu da cama. Correu pelo corredor, fazendo o chão de tábuas ranger e, após um momento de hesitação, entrou no quarto do Avatar.

Yun estava sentado numa cadeira ao lado de uma banheira de cobre, com a manga direita da túnica enrolada até o ombro. O braço dele repousava na água fumegante. Rangi estava atrás dele, encostada no parapeito da janela, olhando para um ponto bem distante.

— Continuo dizendo aos curandeiros que não tenho queimaduras de frio — disse Yun. — Mas acho que isso os assustou. — Ele levantou a mão gotejante. Ainda estava manchada de tinta preta, com uma aparência pálida e necrosada. Yun pegou um bule de água quente do chão e derramou na banheira para manter a temperatura. Ele mergulhou a mão novamente dentro da água e a moveu um pouco.

O primeiro instinto de Kyoshi foi correr até os dois e abraçá-los com alegria, enquanto agradecia aos espíritos por eles estarem vivos. Ela queria ver um pouco dessa felicidade também nos olhos dos amigos. Afinal, os três tinham chegado em casa seguros e juntos.

Mas Yun e Rangi pareciam estar com a cabeça em algum lugar no Oceano do Sul. Estavam vagos e distraídos.

— O que aconteceu? — Kyoshi perguntou. — Estão todos bem? Kelsang está muito ferido?

Yun fez sinal de silêncio com a mão que estava seca.

— O Mestre Kelsang está dormindo, então temos que falar baixo.

Como se ela fosse o maior perigo para a saúde de Kelsang neste momento.

— Tudo bem — ela resmungou. — Agora vão me dizer o que aconteceu?

— Perdemos muitos guardas — disse Yun, seu rosto mudando com a dor. — Os dominadores de água da Tagaka que estavam escondidos lançaram uma avalanche sobre eles. Rangi e Hei-Ran conseguiram salvar alguns derretendo o gelo do iceberg onde estavam presos.

Rangi não se moveu ao ouvir o próprio nome. Ela se recusou a levantar a cabeça, quanto mais a falar.

— Elas me libertaram, e juntos conseguimos derrubar Tagaka — Yun continuou. — Perder seus navios e ver sua líder derrotada foi demais para o resto das forças da Quinta Nação. Então eles fugiram. Você precisava ter visto. Piratas agarrados aos destroços enquanto os dominadores de água os empurravam para longe. A perda de dignidade deve ter doído mais do que as rochas que caíram sobre eles.

— O que aconteceu com Tagaka? — perguntou Kyoshi.

— Ela está na embarcação de uma caravana do Reino da Terra rumo à capital, onde será levada para as prisões no Lago Laogai — disse Yun. — Não sei o que eles vão fazer quanto ao lago, já que ela consegue dominar a água tão bem, mas presumo que pelo menos alguém da administração do Rei da Terra tenha um plano. Enquanto isso, a Quinta Nação se desfez.

Ao perceber seu olhar confuso, Yun deu a ela exatamente o mesmo sorriso pálido e forçado que seu mestre tinha dado alguns minutos antes.

— Seus navios ficaram tão danificados que não há mais conserto — ele explicou. — A própria Tagaka disse que seu poder estava em sua frota. Depois do que você fez, será quase impossível para os sucessores a reconstruírem. Eles já não representam uma ameaça para o Reino da Terra.

Kyoshi supôs que fosse verdade, e que deveria ficar feliz em ouvir isso. Mas a vitória parecia fútil.

— E os prisioneiros?

— Jianzhu pegou um dos tenentes e o interrogou sobre a localização do grupo — respondeu Yun. — Hei-Ran mexeu alguns pauzinhos... bom, na verdade, ela fez muito mais que isso... e agora a Marinha do Fogo está montando uma operação de resgate em um ato de boa vontade. Será a primeira vez que terão permissão para utilizar as cores militares no Mar do Leste desde o reinado do vigésimo segundo Rei da Terra.

Ele estava dando a ela algumas respostas, apenas isso. Ela não percebeu nenhuma emoção da parte dele. Será que ele não a queria lá como confidente? Não queria alguém admirado com os seus sucessos?

— Yun, você conseguiu! — disse ela, na esperança de lembrá-lo do grande feito. — Você os salvou!

No desespero, ela reproduziu as palavras da voz imaginária que falara com ela no gelo.

— As pessoas vão falar sobre isso durante séculos! — disse. — Avatar Yun, aquele que salvou aldeias inteiras! Avatar Yun, aquele que enfrentou a rainha pirata do Oceano do Sul! Avatar Yun, aquele que...

— Kyoshi, pare! — gritou Rangi. — Pare!

— Parar *o quê*? — Kyoshi berrou, quase sentindo um enjoo de frustração.

— Pare de fingir que nada aconteceu! — exclamou Rangi. — Sabemos o que você e o Kelsang estavam escondendo de nós!

Kyoshi ficou sem chão. Sua estrutura se derreteu. Ela ficou grata quando Rangi marchou em sua direção e apontou um dedo acusador em seu peito. Isso lhe deu um ponto de equilíbrio.

— Como você pôde esconder isso de nós? — a dominadora de fogo gritou no rosto dela. — Você achou engraçado nos fazer de idiotas? Sabendo que há uma chance de que nossas vidas sejam uma grande mentira?

Kyoshi não conseguia pensar. Ainda estava debilitada.

— Eu não... Eu não estava...

O dedo de Rangi começou a se aquecer e fumegar.

— Qual era o seu objetivo? Estava tentando desacreditar Yun? Ou Jianzhu, talvez? Você tem algum desejo secreto distorcido de ver o mundo desmoronar?

O calor atingiu sua pele. Kyoshi não se afastou. Talvez ela merecesse ser perfurada mesmo, ter um buraco vermelho e quente no meio do peito.

— Responda! — gritou Rangi. — Responda, sua... sua...

Kyoshi fechou os olhos, segurou as lágrimas e se preparou para o golpe.

Não houve golpe algum. Rangi recuou, espantada, e cobriu a boca com as mãos ao se dar conta do que estava fazendo. Então, passou por Kyoshi e seguiu porta afora.

A sala balançava, ameaçando derrubar Kyoshi e deixá-la de joelhos. Yun se levantou, movendo-se pelo chão oscilante com facilidade. Ele se aproximou dela, e seus lábios se separaram ligeiramente. Kyoshi pensou que ele ia sussurrar algo reconfortante em seu ouvido.

Mas, então, ele se afastou. Passou direto, deslizando, criando um vão entre os dois, tão impenetrável quanto aço.

Ela tinha mais uma pessoa para visitar.

Kelsang estava à sua espera, sentado na cama. Havia meia tigela de sopa de algas e um remédio na cabeceira. Sua pele estava mais pálida do que as bandagens que envolviam o torso. Até o azul de suas flechas parecia desvanecido.

— Nós te acordamos — Kyoshi disse, surpresa com a aspereza na própria voz. Ela deveria estar aliviada por vê-lo vivo, mas estava quase rosnando de raiva para ele. — Você precisa descansar.

— Sinto muito — disse Kelsang. — Tive que contar a eles.

— Você contou?

— O que eu disse sobre Yun ter maior chance de ser o Avatar não é mais verdade. Não depois do que você fez no iceberg. — Kelsang passou a mão por cima da cabeça raspada. — Você dormiu por *três dias*, Kyoshi. Pensei que seu espírito tinha deixado o corpo. Não tinha mais como fingir.

O coração de Kyoshi se partiu ao ouvir a palavra *fingir*. As pessoas mais próximas a ela estavam achando que os anos passados juntos eram falsos, imaginários. Um prelúdio inventado para uma realidade diferente e mais importante.

— Você quer dizer que *você* não aguentou mais esperar e teve que fazer algo! — ela exclamou, incapaz de conter a irritação. — Você queria ensinar um Avatar que dependesse mais de você que de Jianzhu, e perdeu a chance com Yun. É isso que eu sou para você. Uma nova chance.

Kelsang desviou o olhar e se encostou no travesseiro.

— O tempo de ter o que queríamos já se foi há anos — disse.

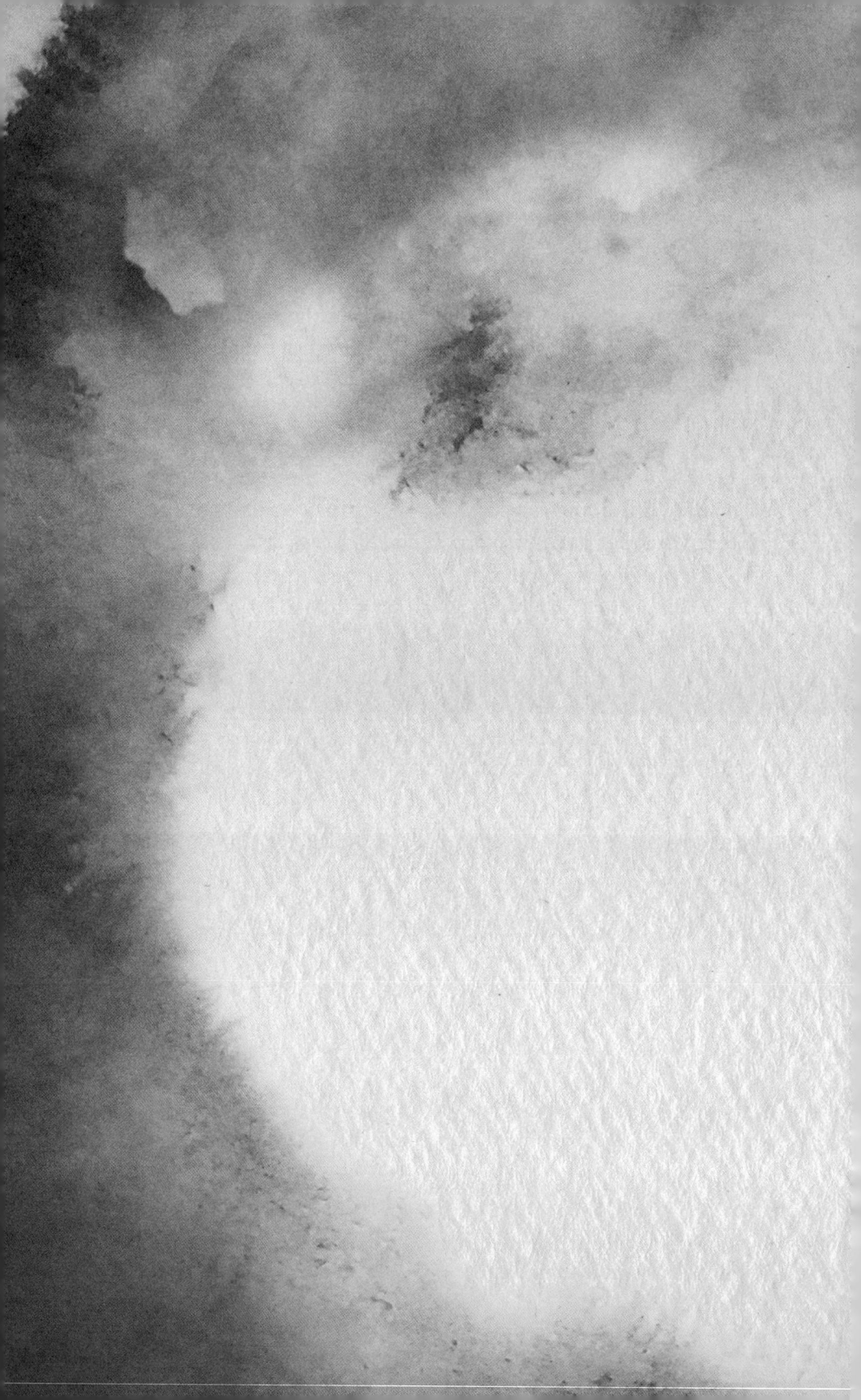

MEDIDAS DESESPERADAS

SE ELA precisava de provas de que as coisas agora estavam diferentes, a comida já era o suficiente.

Nos dias em que Kyoshi tinha tempo para tomar café da manhã, ela normalmente se servia de uma tigela de arroz empapado da panela compartilhada que borbulhava na cozinha, acompanhada de qualquer resto de alimento das mesas do andar de cima que, para Tia Mui, pudesse ser salvo da noite anterior. Dessa vez, outra serviçal a surpreendera à sua porta, levando-a para uma das salas de jantar reservadas para convidados.

A sala onde ela ficou sozinha era tão espaçosa que só de beber o chá já fazia eco. A grande mesa de *zitan*[3] ostentava uma diversidade tão gigantesca de pratos cozidos, salgados e fritos que ela pensou que não podia ser somente para uma pessoa.

Mas era. Sem saber qual das crianças sob seu teto era o Avatar, parecia que Jianzhu havia decretado que Kyoshi seria alimentada como uma nobre até que ele descobrisse. Ela tentou aceitar sua generosidade, mas, depois do arroz, não aguentou mais que uma pequena mordida de cada prato artisticamente montado. Além disso, Kyoshi notou com

---

[3] *Zitan* é uma madeira extremamente densa que afunda na água. É um membro da família do pau-rosa. A madeira é de cor roxo-escuro a vermelho-escuro, e suas fibras são carregadas com pigmentos vermelhos profundos que têm sido usados para tingir desde os tempos antigos. (N.T.)

desgosto que a alga temperada em conserva, que ela mesma havia trazido para a casa, agora estava sobre um pires esmaltado.

Sua serviçal voltou para a sala.

— A senhorita terminou? — ela perguntou, com a cabeça curvada.

— Rin, eu fui à sua festa de aniversário — disse Kyoshi. — Ajudei a comprar esse pente que você está usando.

A garota encolheu os ombros.

— Você não tem mais que trabalhar. O Mestre Jianzhu quer vê-la nos campos de treinamento em uma hora.

— Mas o que devo fazer até lá?

— O que a senhorita desejar.

Kyoshi saiu desconcertada da sala, como se tivesse levado um golpe na cabeça. *Tempo livre?* O que era isso?

Ela não queria que ninguém a visse andando pela casa. *Oh, ali está Kyoshi, observando as flores. Lá vai ela, refletir sobre a nova escritura do Templo de Ar.* A ideia de estar em evidência a horrorizou. Na falta de uma opção melhor, correu para a pequena biblioteca onde havia falado com Kelsang e trancou a porta. Ela se escondeu lá, sozinha com seu medo, até a hora marcada.

Kyoshi desconhecia tanto a extensão plana de pedra do campo de treinamento quanto a cratera de um vulcão da Nação do Fogo. Seus deveres nunca a haviam levado até ali. Jianzhu esperava por ela no meio do pátio, como um espantalho monitorando uma plantação.

— Não faça mais isso — ele disse, depois que ela se curvou como uma serviçal. — Venha comigo.

Ele a conduziu para uma das salas ao lado do campo, um almoxarifado que tinha sido esvaziado às pressas. Bonecos de palha e discos de dominação de terra estavam jogados sem cuidado do lado de fora, incomodando seu senso de organização. No interior, Hei-Ran os esperava.

— Kyoshi — ela disse com um sorriso caloroso. — Obrigada por nos alegrar com sua presença. Eu sei que os últimos dias foram difíceis para você.

Kyoshi sentiu que aquele constrangimento não ia passar nunca. Apesar de sua amizade com Rangi, ela era ainda mais distante da diretora do que de Jianzhu. Hei-Ran estava agindo de um jeito mais amigável do que ela esperava. Olhando para baixo, Kyoshi notou que a mulher havia deixado trilhas pelo chão empoeirado, de tanto andar. Rangi costumava fazer isso quando estava chateada.

— Vou ajudar como eu puder — Kyoshi disse, sua garganta ficando seca de repente. Suas amígdalas grudaram na parte de trás da língua, fazendo com que as palavras ficassem presas na boca.

— Oh, desculpe. Eu que fiz isso — Hei-Ran explicou, com uma risada gentil. — Eu sequei o ar da sala para um exercício. Por favor, sente-se.

No chão, havia duas almofadas de seda emprestadas da sala de meditação. Kyoshi ficou horrorizada com algo tão elegante jogado no chão sujo, mas mesmo assim se sentou de frente para Hei-Ran. Estava bem ciente de Jianzhu em pé atrás dela, observando tudo como uma ave de rapina.

— Realizamos esse teste nos recém-nascidos da Nação do Fogo para ver se eles conseguem dominar o elemento — explicou Hei-Ran. — Precisamos identificar cedo essa habilidade nas crianças, ou elas podem acabar incendiando toda a vizinhança.

Foi uma piada, mas deixou Kyoshi mais nervosa.

— O que eu tenho que fazer?

— Quase nada. — Hei-Ran mexeu em uma bolsa e tirou o que parecia ser um ninho de palha. — Isso é casca de bétula triturada e algodão misturado com óleos especiais.

Ela afofou o material com os dedos até deixá-lo macio como uma nuvem.

— Você só precisa respirar e sentir seu calor interior. Se o ninho acender, você é uma dominadora de fogo.

E, portanto, o Avatar.

— Tem certeza de que isso vai funcionar?

Hei-Ran levantou uma sobrancelha.

— É feito em recém-nascidos, Kyoshi. É essencialmente impossível um dominador de fogo não dar nenhum sinal com esse método. Agora, silêncio. Eu preciso chegar um pouco mais perto de você.

Ela segurou o ninho sob o nariz de Kyoshi como se estivesse tentando revivê-la com sais aromáticos.

— Relaxe e respire, Kyoshi. Não faça nenhum esforço. Seu fogo natural, sua fonte de vida, é suficiente. Respire.

Kyoshi tentou seguir as instruções. Ela podia sentir os fios de algodão fazendo cócegas em seus lábios. Respirou fundo, de novo e de novo.

— Eu vou te ajudar — disse Hei-Ran, após dois minutos sem resultado. O ar ao redor deles ficou mais quente, muito mais quente. Gotas de suor escorreram pelo rosto de Kyoshi e secaram antes de chegarem ao queixo. Ela sentiu uma sede desesperadora.

— Só uma pequena faísca... — Hei-Ran parecia estar implorando. — Eu fiz a maior parte do trabalho. Solte. Um pequeno empurrão. É só isso que estou pedindo.

Kyoshi tentou por mais dez minutos antes de desmoronar, tossindo seco. Hei-Ran amassou o ninho com a mão. Uma nuvem de fumaça saiu por entre seus dedos.

— Crianças e bebês levam no máximo alguns segundos nessas condições — ela disse para Jianzhu. Sua voz quase não saiu direito.

Kyoshi olhou para os dois mestres.

— Eu não entendo — ela disse. — Yun já não passou nesse teste?

Jianzhu não respondeu. Ele se virou e foi embora, batendo o punho no batente ao sair da sala. Os discos de dominação de terra empilhados ao lado da porta explodiram, transformando-se em poeira.

Alguém tinha visto Kyoshi entrando e saindo de seu novo esconderijo na biblioteca e a delatou. Era a única explicação para Yun tê-la encontrado, encolhida ao lado de um armário de remédios com mais de cem pequenas gavetas, cada uma esculpida com o nome de uma erva ou tintura diferente.

Yun sentou-se no chão de frente para ela, apoiando as costas na parede. Ele examinou os rótulos ao lado dela e comentou:

— Parece que muitas dessas ervas são para curar calvície.

Apesar de seu mau humor, Kyoshi abriu um leve sorriso.

Yun puxou uma mecha do próprio cabelo castanho, talvez pensando no dia em que teria que se juntar aos Nômades do Ar para treinamento de dominação de ar no Templo do Sul ou no Templo do Norte. Eles não o forçariam a raspar o cabelo, mas Kyoshi sabia que o amigo gostava de honrar as tradições. E ele continuaria bonito mesmo assim.

Mas talvez ele nunca tenha essa chance, pensou Kyoshi, muito triste. Talvez essa chance fosse roubada dele por alguma ladra mesquinha, entocada em sua casa, disfarçada de amiga.

Ele pareceu perceber sua onda de ódio por si mesma.

— Kyoshi, sinto muito — disse. — Eu sei que você nunca quis que isso acontecesse.

— Mas Rangi não pensa assim — dizer isso em voz alta a fez se sentir ingrata pelas desculpas de Yun. Ela podia contar com Yun, que era sempre amigável e incapaz de guardar rancor. Mas se Rangi realmente acreditava que Kyoshi os tinha enganado, não havia esperança.

Então tudo ficou claro. Kyoshi precisava de ambos para se sentir inteira. Ela queria seus amigos de volta, antes que tudo desmoronasse sobre sua cabeça. Kyoshi se perguntava se eles não estavam presos num plano de castigo espiritual, que os separava de suas vidas antigas, como uma camada de gelo sobre um lago.

— Rangi vai entender — disse Yun. — Ela é uma pessoa de fé, sabe? Ela acredita de verdade. É difícil para alguém como ela lidar com incertezas. Você precisa ter um pouco de paciência.

Ele se conteve e torceu os lábios.

— O que foi? — perguntou Kyoshi.

— Nada, é que eu estava agindo como o Sifu por um segundo. — O sorriso desapareceu de seu rosto. Yun apoiou a cabeça na parede ao pensar em Jianzhu. — É com ele que estou mais preocupado.

Parecia que a situação tinha invertido. O aluno preocupado com o bem-estar do professor.

— Eu não percebi isso quando conheci Sifu, mas determinar quem deveria treinar o Avatar e como fazer isso é um negócio cruel — disse Yun. — As pessoas acham que os mestres do mundo são velhos e velhas bondosos e altruístas. Mas acontece que alguns deles simplesmente querem usar o poder e a reputação do Avatar para lucrar.

Jianzhu havia lhe dito algo semelhante na enfermaria, que quem ensina o Avatar tem uma enorme influência sobre o mundo. Kyoshi lamentou o que dissera a Kelsang no dia anterior. Talvez ele tivesse seus motivos para querer que ela fosse o Avatar, mas o ganho material certamente não era um deles.

— No Reino da Terra, a situação é ainda pior — continuou Yun. — Chamamos os anciões proeminentes de "sábios", mas eles não são verdadeiros líderes espirituais, como na Nação do Fogo. Eles estão mais para oficiais poderosos, se considerarmos a politicagem que fazem.

Yun levantou as mãos, comparando a que estava limpa com a que havia sido manchada de tinta durante a batalha contra Tagaka. A cor ainda não tinha desaparecido de sua pele.

— Mas, em parte, é por isso que Sifu e eu trabalhamos tão duro. Quanto mais bem fizermos para as Quatro Nações, menor a chance de outro sábio tentar me tirar dele. Acho que eu não conseguiria lidar com um mestre diferente. Eles nunca seriam tão sábios ou tão dedicados quanto Sifu.

Kyoshi olhou para a mão escura de Yun e se perguntou se ela poderia segurá-la e limpar a tinta de sua pele.

— O que aconteceria com todo o trabalho de vocês se... se... — Ela não conseguia terminar a frase em voz alta. *Se não fosse você? Se eu fosse o Avatar?*

Yun respirou fundo, agoniado.

— Eu acho que praticamente todos os tratados e acordos de paz que Sifu e eu intermediamos se tornariam nulos e sem efeito. Até mesmo os verbais. Se os povos descobrissem que não foi o Avatar que presidiu a disputa, mas apenas um moleque de rua de Makapu, eles nunca respeitariam os acordos.

Esplêndido, Kyoshi pensou. Ela poderia ser responsável pelo fim da lei e da ordem no mundo *e* pela separação de Yun e seu professor.

Essa era a pior situação de todas. Desde que ela o conheceu, Yun se recusara a falar sobre suas origens. Mas a maneira reverente como ele olhava para Jianzhu, apesar de quaisquer discussões ou castigos severos, deixava muito claro: ele não tinha mais ninguém. Jianzhu era seu mentor e sua família.

Kyoshi sabia o que era se afundar sozinha na escuridão, sem ter onde se segurar, e sem mãe nem pai para lhe ajudar. A dor de não ter valor para ninguém, nada para trocar por comida ou calor ou um abraço carinhoso. Talvez fosse por isso que ela e Yun se davam tão bem.

A maior diferença entre eles, porém, era o tempo que estiveram imersos em tristeza. Yun cheirou o ar e seu olhar vagou até pousar em uma tigela de porcelana que estava em cima do baú. Estava cheia de pétalas de flores secas e lascas de cedro.

— Aquilo são... *lírios de fogo?* — ele perguntou. Um largo sorriso de reconhecimento se espalhou em seu rosto.

Kyoshi corou como um pimentão.

— Pare com isso — ela pediu.

— É isso mesmo — disse Yun. — O ministro de turismo da Ilha Ember trouxe um monte deles quando nos visitou duas semanas atrás. Não acredito que você simplesmente picota as flores quando elas secam. Eu acho que nada se desperdiça nessa casa.

— Pare com isso! — Kyoshi exclamou. Mas estava muito difícil impedir que um sorriso surgisse em seus lábios.

— Parar com o quê? — ele perguntou, gostando da reação dela. — Só estou comentando sobre uma fragrância que eu particularmente comecei a apreciar.

Essa era uma piada interna que só os dois conheciam. Rangi não sabia. Ela não estava na sala de presentes oito meses atrás, quando Kyoshi organizou uma grande quantidade de lírios de fogo enviados por um almirante da Marinha do Fogo, um dos amigos de Hei-Ran.

Yun passara a tarde olhando Kyoshi trabalhar. Embora não achasse apropriado, ela permitiu que ele se deitasse no chão com a cabeça em seu colo enquanto ela arrancava folhas deformadas e aparava os caules no comprimento certo. Se alguém pegasse os dois assim, haveria um escândalo do qual nem o Avatar se recuperaria.

Naquele dia, fascinada pela feição de Yun, que estava de cabeça para baixo, e com o rosto cheio de pétalas de flores que ela havia espalhado de propósito, Kyoshi quase se debruçara sobre ele e o beijara. E Yun sabia disso. Porque ele quase se levantara para beijá-la.

Eles nunca mais tocaram no assunto, um impulso correspondido que quase destruiu a amizade dos dois. Seria algo muito... bem, *cada um tinha seus deveres*, era um bom jeito de explicar aquilo. Aquele momento não se encaixava em nenhuma de suas responsabilidades.

Mas desde então, sempre que os dois estavam perto de lírios de fogo, Yun olhava para as flores repetidamente até Kyoshi notar. Ela tentava, sem sucesso, manter uma expressão séria, enquanto o calor coloria seu pescoço, e ele suspirava como se lamentasse o que poderia ter acontecido.

E dessa vez não foi diferente. Com um rubor melancólico em suas bochechas, Yun olhou para ela até que suas defesas caíssem e ela soltasse uma pequena risada.

— Aí está aquele sorriso bonito! — Yun pressionou os calcanhares no chão, levantando-se contra a parede, e endireitou sua camisa amarrotada. — Kyoshi, confie em mim quando eu digo que, se acontecer de não ser eu, vou ficar contente por ser você.

Talvez ele fosse a única pessoa no mundo a pensar assim. Kyoshi ficou impressionada com a compreensão dele. Seus medos eram infundados – Yun ainda poderia olhar para ela e ver uma amiga, e não uma usurpadora. Ela deveria ter acreditado mais nele.

— Estamos atrasados — disse Yun. — Era para eu te encontrar e te levar para Sifu. Ele disse que tinha algo divertido planejado para nós hoje à tarde.

— Eu não posso — ela respondeu, por força do hábito. — Tenho que trabalhar...

Ele ergueu as sobrancelhas para a amiga.

— Sem ofensa, Kyoshi, mas acho que você foi demitida. Agora levanta esse traseiro de um possível Avatar e venha. Vamos fazer uma viagem.

O ESPÍRITO

— **O MESTRE KELSANG** precisa de mais tempo para se recuperar — Jianzhu disse por cima do ombro. — Enquanto isso, nós podemos fazer um exercício espiritual para esclarecer um pouco a nossa situação. Pensem nisso como uma viagem exclusiva para dominadores de terra. — Ele ajustou o curso de Peng-Peng, a brisa balançando os tufos de pelo do bisão agora em uma nova direção.

O grupo era a combinação incomum de Jianzhu, Yun e Kyoshi. Eles tinham pegado o bisão de Kelsang emprestado, deixando Rangi e Hei-Ran para trás. Não deveria haver nada de errado no fato de três nativos do Reino da Terra estarem criando laços com sua nacionalidade em comum, mas Kyoshi não gostou muito. Sem Rangi ou a mãe dela por perto, parecia que eles estavam fugindo escondidos para fazer algo ilícito.

Ela olhou o terreno abaixo. Pelo que pôde reconhecer, estavam em algum lugar próximo às Montanhas Xishaan, que se estendiam pela costa sudeste do continente. As mesmas montanhas que o Rei da Terra erroneamente considerava uma barreira suficiente para conter ameaças marítimas, como a dos piratas do Mar do Leste.

Kyoshi ainda não se sentia totalmente à vontade para se dirigir a Jianzhu de modo mais informal, então recaiu sobre Yun a tarefa de perguntar qual o objetivo da viagem.

— Sifu — ele falou com cautela; com uma ideia se formando na cabeça. — A razão de estarmos indo para um lugar remoto é porque vamos tentar invocar o Estado Avatar?

— Não seja ridículo! — zombou o mestre.

— O que é o Estado Avatar? — Kyoshi sussurrou a Yun.

Os ouvidos afiados de Jianzhu interceptaram a pergunta.

— É uma ferramenta — disse ele —, um mecanismo de defesa. É um estado elevadíssimo que dá ao atual Avatar o poder de acessar as habilidades e a sabedoria de todas as suas vidas passadas. Ele permite que seja invocada uma imensa quantidade de energia cósmica e que sejam feitos movimentos de dominação quase impossíveis.

Parecia algo bastante conclusivo. Por que não tentaram fazer isso, depois de todos os fracassos que haviam tido?

— Mas se o Avatar não conseguir manter um domínio consciente sobre todo esse poder, a dominação pode sair do controle e causar uma destruição em grande escala — Jianzhu continuou. — O Avatar se transformaria em um desastre natural humano. A primeira vez que Kuruk tentou entrar em Estado Avatar, fomos a uma pequena ilha deserta, para que ninguém se machucasse.

— E o que aconteceu? — Yun perguntou.

— Bom, depois que seus olhos pararam de brilhar, e que ele desceu flutuando de uns seis metros de altura dentro de uma esfera de água, a ilha não estava mais lá — Jianzhu explicou. — Nós sobrevivemos por um triz. Então não, não vamos induzir o Estado Avatar. Eu me arrepio só de imaginar o que aconteceria se um Avatar da Terra começasse a arremessar rochas por todos os lados sem controle.

Ele os levou para baixo. O lado oeste da cordilheira estava cheio de acampamentos de mineração vazios. Paisagens de poeira marrom se espalhavam pelos locais de operação como uma infecção, devorando as árvores e modificando a vegetação natural. Kyoshi procurou por sinais de que a floresta estava se recuperando, mas as cicatrizes eram permanentes. O mato selvagem formava uma espécie de cordão firme ao redor das áreas invadidas pelos mineradores.

Jianzhu pousou Peng-Peng no meio de uma aldeia cercada por um muro de barro. Quem quer que tenha feito a dominação de terra para erguer aquela estrutura foi tão desleixado que até parecia proposital, como se fosse um lembrete aos habitantes de que eles não ficariam ali por muito tempo. Kyoshi ficou surpresa ao ver que eles não tinham causado mais danos ao local ao descerem de bisão.

— Esse é um lugar de energia espiritual muito importante — falou Jianzhu.

Yun enfiou o dedo do pé na poeira, enquanto examinava os arredores.

— Parece mais um terreno infértil — ele disse.

— E é também. Viemos aqui para nos comunicar com um espírito que foi despertado de seu sono pela devastação. Espero que algum de vocês possa ajudar a aliviar o sofrimento dele.

— Mas falar com os espíritos não é garantia de nada — Yun constatou. — Eu já li sobre Avatares anteriores que tinham problemas com isso. E também há pessoas como o Mestre Kelsang, que se comunicam com os espíritos sem muitas dificuldades.

— Eu não disse que esse método era perfeito — Jianzhu retrucou. — Se fosse, eu já teria usado com você há muito tempo.

Yun franziu o rosto e engoliu outras perguntas. Kyoshi ficou aliviada ao ver que ele ao menos compartilhava de sua apreensão. A cidade desolada era assustadora, os ossos de algo que um dia já teve vida.

Por outro lado, saber que logo tudo se resolveria lhe trazia alguma tranquilidade. Ela não sabia nada de espíritos. Na sua opinião, ser espiritual era simplesmente reconhecer o poder de forças que não podemos ver e compreender que não podemos controlar todos os aspectos de nossas vidas. Os rituais com comida e incenso deixados em templos sagrados eram gestos que seguiam essa visão de mundo. Nada mais, nada menos.

As histórias que ouvia sobre estranhos animais translúcidos e plantas falantes podiam até ser verdade, mas não para ela. O Avatar era a ponte entre o Mundo Material e o Mundo Espiritual, e qualquer teste que Jianzhu tivesse em mente resolveria a questão. Yun iria brilhar com a energia, ou qualquer outra coisa do tipo, e ela permaneceria ali, inerte, tentando identificar sons que não conseguia ouvir.

Depois de deixar um pouco de aveia seca para Peng-Peng se alimentar, eles subiram a encosta da montanha por uma pequena trilha que se estendia ao longo de um canal com desníveis. Era um caminho íngreme, e logo ocorreu a Yun que havia um jeito mais fácil de fazer a subida.

— Sabem, eu poderia criar uma alavanca e aí...

— Não — Jianzhu interrompeu.

Eventualmente, a inclinação revelou um grande pátio situado na montanha. Era maior do que toda a vila abaixo, e fora construído com muito mais zelo. O terreno estava perfeitamente nivelado, e as marcas no solo indicavam que algum equipamento bem pesado tinha ficado ali.

— Sentem-se no centro — Jianzhu falou para ambos.

Kyoshi sentiu o mesmo arrepio na nuca que sentira ao pisar no iceberg com Tagaka. Isso não fazia o menor sentido, já que agora ela estava rodeada por seu elemento nativo.

— Vamos lá — Yun disse a ela. — Vamos acabar logo com isso.

Ele parecia ter mais clareza sobre o que iria se desenrolar ali. Ela o seguiu até o centro do pátio.

— Não é solstício, mas o sol logo irá se pôr — Jianzhu explicou. — É o momento do dia com maior atividade espiritual. Eu vou guiá-los em uma meditação. Yun, ajude Kyoshi caso ela precise.

Kyoshi nunca havia meditado. Ela não sabia, por exemplo, qual perna deveria colocar por cima da outra, ou como as mãos deveriam ficar. Era preciso pressionar os punhos ou encostar os polegares e os indicadores?

— Você tem que... É basicamente isso mesmo — Yun disse a ela depois que se sentaram. — Mantenha a coluna ereta e não curve os ombros. — Ele estava sentado de frente para ela, não muito longe. Nessa distância, ela até conseguia alcançá-lo para lhe cutucar.

Jianzhu montou um pequeno braseiro e espetou nele um incenso, colocando-o entre os dois.

— Alguém me ajuda a acender isso com a dominação de fogo? — perguntou ele.

Os dois o encararam, confusos.

— Não custava tentar — disse Jianzhu. Ele acendeu o incenso com um precioso fósforo de enxofre e dirigiu-se até a beira do pátio, posicionando-se como o marcador de um relógio solar.

O ar foi preenchido por um aroma adocicado e medicinal.

— Vocês dois, fechem os olhos e não abram — Jianzhu ordenou. — Liberem suas energias. Deixem que fluam de seu corpo. Nossa intenção é deixar que o espírito as sinta e perceba que pode aparecer.

Kyoshi não tinha ideia de como controlar sua energia. Mas Jianzhu a orientou para que ela abandonasse a noção de que era preciso se conter, que parasse de negar o espaço que ela ocupava, e que se permitisse crescer ao seu tamanho real...

A sensação era *maravilhosa*.

A próxima expiração parecia que ia durar para sempre, como se viesse de um reservatório inesgotável dentro dela. Seu senso de equilíbrio se perdeu, a terra a puxava por todos os lados. Ela balançou com a própria quietude do seu corpo. Suas pálpebras eram um teatro vazio.

Um barulho áspero veio da montanha. Era o som produzido pelo atrito de pedras de moagem sem nenhum grão entre elas.

— Não abram os olhos — Jianzhu falou com suavidade. — Escutem os sons, sintam os aromas, apreciem tudo naturalmente, depois deixem que sigam seu fluxo. Sem abrir os olhos.

A brisa soprava um pouco mais forte agora, dispersando a fumaça do incenso. No tempo em que a brisa parecia se acalmar, Kyoshi imaginou ter sentido o cheiro de algo úmido. Como de fungos. Não era tão repulsivo, mas... familiar.

Familiar para quem? pensou ela, rindo por dentro enquanto o incenso voltava a preencher o ar.

— Sabe o que seria engraçado? — disse ela. — Se não fosse... sabe... nenhum de nós.

— Kyoshi — Yun chamou. Sua voz soou arrastada. — Eu preciso contar. Algo importante. Entre eu e você.

Ela queria dizer algo também, mas se conteve. Jianzhu ainda não tinha mandado que se calassem. Isso era estranho. Jianzhu era o verdadeiro Mestre Cale-a-Boca. Será que ele estava bem? Ela tinha que checar. Era seu dever como membro da mansão. Então, desobedeceu a orientação e espiou.

Yun meditava tranquilamente. Ele tinha mesmo falado com ela ou aquilo era apenas produto da sua imaginação? Tentou olhar na direção de Jianzhu, mas voltou-se para o lado errado, dando para a montanha.

Um buraco tinha sido aberto na rocha, formando um túnel completamente escuro. Em suas profundezas, um grande olho brilhante a observava.

Ela ficou com o grito preso na garganta. Tentou se mover, mas seus músculos não respondiam. Era como se suas articulações tivessem sido cortadas por um açougueiro. Todos os membros desconectados.

O olho que flutuava na montanha era do tamanho de uma roda de carroça. Tinha uma tonalidade verde luminosa e medonha. Um emaranhado de veias pulsantes presas a ele o puxava por trás, dando à esfera uma aparência de fúria, parecendo que se romperia com a própria pressão a qualquer momento.

A criatura se virou para olhá-la melhor, pois a luta inútil de Kyoshi contra o próprio corpo tinha chamado sua atenção.

Yun!, sua mente gritou.

Ele não se movia. O garoto agora respirava devagar e com certa dificuldade.

Jianzhu não parecia se incomodar muito com o espírito horripilante que estava diante deles.

— Chefe Vaga-lume — ele o saudou.

Então, uma voz suave e cordial veio da montanha, ampliada pelo eco produzido pelas paredes do túnel.

— Arquiteto! Há quanto tempo! — O olho se virou rapidamente para cada um dos três. — O que você trouxe pra mim?

— Uma pergunta.

O espírito soltou um suspiro, um zumbido baixo e nauseante que Kyoshi sentiu em seus ossos.

— Aquele tagarela convencido do Koh. Agora todo humano acha que pode se dirigir aos espíritos mais antigos e sábios, exigindo respostas. Pensei que você tivesse mais respeito, Arquiteto.

Jianzhu endureceu.

— É uma pergunta muito importante. Uma dessas crianças é o Avatar. Preciso que você me diga qual delas.

O espírito riu, parecia que tinha feito a terra estremecer.

— Ai, ai! O mundo físico deve estar mesmo em péssimas condições. Você sabe que precisarei do sangue deles, não é?

Kyoshi se debateu para a frente e para trás, mas o que quer que Jianzhu tivesse usado para drogá-los fez com que o esforço da menina se resumisse a pequenos espasmos, e seus gritos, a pequenos suspiros. Os olhos de Yun se abriram, mas somente um pouco.

— Eu sei — Jianzhu respondeu. — Eu li os diários do Kuruk. Você já lidou com tantas vidas passadas do Avatar que resolvi recorrer ao julgamento infalível de um grande espírito ancestral como você.

Um tapete de musgo irrompeu do túnel e foi se espalhando pelo pátio. Tinha o mesmo tom verde bolorento e apodrecido do olho, e alcançou Kyoshi e Yun usando seus tentáculos, fazendo sombras que pareciam dedos projetados em uma cortina. Do chão de pedra, ouvia-se um barulho de algo sendo arrastado. Eram vários pedaços e restos de ossos misturados, flutuando dentro de toda aquela gosma.

O musgo estava repleto de dentes humanos.

Kyoshi estava tão assustada que teve vontade de morrer. Seu coração, seus pulmões e seu estômago tinham se convertido em instrumentos de tortura, abocanhando-se e se debatendo uns nos outros como animais selvagens. Ela queria adentrar no vazio. Caminhar para o fim. Qualquer coisa que acabasse com todo aquele terror.

No instante em que o musgo tocou o joelho dela, Yun abriu os olhos. Reunindo todas as forças que tinha, ele se jogou contra Kyoshi, empurrando-a para longe e ficando entre ela e o espírito. Yun engasgou de surpresa quando o musgo se lançou por debaixo de suas roupas. Uma mancha avermelhada brotou na parte de trás de sua camisa.

Os pés de Kyoshi estavam ao lado do braseiro. Foi uma reação mínima comparada à que Yun acabara de ter, mas dessa vez ela gritou com todo o corpo: além de utilizar as cordas vocais, ela chutou o recipiente de bronze. As brasas incandescentes caíram sobre o tapete de musgo e logo se apagaram. Os lugares atingidos pelo calor se contraíram, e o espírito chiou raivosamente.

Yun lutava de joelhos ao lado dela.

— É impressionante que ainda consiga se mexer — Jianzhu disse atônito.

— Treinamento contra veneno — Yun cuspiu através das mandíbulas cerradas. — Com o Mestre Amak, lembra? Ou já se esqueceu de todos os exercícios escusos que você me obrigou a fazer?

Eles só perceberam que o musgo tinha voltado a crescer e estava se enrolando no tornozelo de Kyoshi quando a fileira de dentes presa à gosma rasgou sua pele. O sangue formou manchas no interior do muco vivo.

Yun a viu se contorcer de dor. Ele agarrou sua mão para tentar separá-la do espírito, mas suas mãos se apertaram com tanta força que Kyoshi sentiu os ossos dos dedos dele se espremerem nos dela. Os tentáculos do musgo a seguravam forte, degustando e saboreando sua ferida.

— É esta aqui — o espírito falou. — A garota. Ela é o Avatar.

Kyoshi e Yun estavam se olhando diretamente quando aconteceu. Quando ela viu Yun desmoronar.

Ele tinha mentido para ela com seu corpo, seu sorriso, suas palavras, durante esse tempo todo. Ele achava que era ele. De verdade. Nunca tinha considerado a mínima chance de não ser ele. Mas cada gesto de bondade e afeto que ele vinha demonstrando a Kyoshi desde o ocorrido no iceberg não era um sinal verdadeiro de sua aceitação, eram camadas de uma armadura que ele furiosamente havia criado para se proteger.

E aquela armadura havia falhado. Peça por peça, Kyoshi viu o Yun que ela sempre conheceu, o garoto que era o Avatar, desmanchar-se por completo. Seu manto foi arrancado de seus ombros, e em seu lugar não ficou nada além de vento.

Ele a soltou.

Jianzhu voou sobre Yun e Kyoshi em um relance. Ele cortou o tentáculo de musgo com uma precisa e afiada mureta produzida com sua dominação de terra, e com as próprias mãos arrastou Kyoshi para um local seguro.

Somente Kyoshi.

Ele a deitou no chão e se voltou novamente. Mas era tarde demais. O espírito de musgo já havia recuado, formando uma barreira entre eles e Yun, como uma serpente guardando sua presa. O olho agora estava cheio de ódio.

— Vocês me invocaram, pediram um favor, e então me atacam? — Seu rugido quase quebrou os ossos do ouvido de Kyoshi.

Yun!, ela tentou gritar. *Corra! Lute! Salve-se! Ser o Avatar nunca significou nada!*

Jianzhu assumiu uma posição de dominação de terra, movendo os pés cautelosamente, como um espadachim lentamente empunhando sua lâmina.

— Eu não podia arriscar que você lançasse sua vingança sobre a reencarnação de Kuruk. Você já conseguiu seu sangue, Chefe Vaga-lume. O preço já foi pago.

— Pois estou aumentando o preço.

Em vez de atacar os dois, os tentáculos se enrolaram em Yun, do pescoço ao quadril. Seu rosto estava pálido. Ele não conseguia mover os membros. Todo o medo que Kyoshi tinha de tomar dele o que ele mais valorizava evaporou imediatamente. Ele tinha apenas uma única coisa a perder.

Não, Kyoshi soluçou. *Por favor, não.*

O espírito recuou, e Yun foi tragado para dentro do túnel, desaparecendo na escuridão. Quando Jianzhu ergueu o punho para fechar a abertura na montanha, Kyoshi encontrou sua voz novamente.

Ela gritou puro fogo.

As chamas saíram de sua boca como a fúria de um dragão, em uma única explosão, e se espalharam pelo pátio, reduzindo o musgo que ficou para trás em carvão negro e despedaçado. Mas o túnel já havia se fechado. Seu fogo irradiou impotente contra a encosta da montanha, até se apagar por completo.

Kyoshi cambaleou em pé, mal conseguindo enxergar através de suas pálpebras pegajosas de musgo. O interior de sua boca estava repleto de bolhas. Ela conseguiu sentir a presença de Jianzhu se aproximando.

— Eu sinto muito — ele disse. — Isso poderia ter sido evitado se você...

Ela se lançou contra Jianzhu, e ambos caíram da beira do pátio.

A descida dessa vez foi pior que aquela no iceberg. Kyoshi soltou Jianzhu na hora em que seu ombro bateu na raiz de uma árvore seca. Ela despencou descontroladamente, até parar no pé da encosta.

Ignorando a dor, ela procurou por Jianzhu. Seria muito difícil encontrá-lo naquele matagal ao redor da base da montanha. Foi então que ela olhou para cima, ao ouvir rochas se movendo.

O mestre de dominação de terra descia calmamente por um lance de degraus que ele mesmo ia criando. Enquanto um dominador mais convencional simplesmente ergueria uma plataforma sólida do chão,

Jianzhu reunia placas de pedra e as dispunha à vontade debaixo dos pés, usando a mesma técnica que utilizara para chegar até os navios de Tagaka. Parecia que a própria terra estava se curvando diante do seu imenso poder.

Kyoshi notou uma enorme rocha atrás dele, grande o suficiente para que ela pudesse erguer. Ela firmou os pés no chão e puxou a pedra na direção deles, e nem se importou com o fato de também estar no caminho.

Jianzhu sequer incomodou-se em virar a cabeça. Lançando um braço para trás, fez a rocha se partir ao meio, permitindo que ele passasse pela fenda. As duas metades da esfera rochosa continuaram sua trajetória, passando também perto de Kyoshi, que abafou um grito quando as rochas colidiram no chão atrás dela.

O homem olhava para ela daquele mesmo modo contemplativo que tantas vezes lançara a Yun e disse:

— Terei que te ensinar muito mais do que mover rochas grandes.

Kyoshi tentou, então, a única tática que ainda conhecia, a de quebrar a base do oponente. Voltando sua atenção para os degraus que Jianzhu materializava, ela pensou em destruí-los utilizando um grande pedaço da encosta.

Mas, após firmar sua posição e mandar um grande golpe contra a montanha, o único movimento que aconteceu foi um esguicho de poeira. Os degraus mal se mexeram. Ela tentou de novo. E de novo.

Jianzhu assumia posturas mais firmes agora, movendo os braços ao mesmo tempo que ela, e Kyoshi compreendeu o porquê. Ele estava antecipando e neutralizando cada movimento dela. Anulando-os. Ela era como uma criança tentando abrir uma porta segurada por um adulto.

Ele parou de frente para ela, e sua plataforma o ergueu de forma que os olhares de ambos ficassem no mesmo nível. Não fosse a poeira em suas roupas, ele poderia muito bem se passar por alguém que estava saindo de uma reunião em casa. Ela não tinha chegado nem perto de atingi-lo.

— Kyoshi — disse com uma voz tão cordial que a deixou com náuseas —, você é o Avatar. Não consegue entender o que isso significa? A responsabilidade que tem agora?

Ele passou a mão nos cabelos e mostrou uma expressão de descontentamento, como alguém que se arrepende do tipo de planta que escolheu para o jardim.

— Kyoshi, eu não sou tolo, e você também não. Não vamos fingir que um dia você irá me perdoar pelo que aconteceu aqui. Eu só peço que coloque na balança essa nossa perda e o futuro do mundo. Não deixe que o sacrifício de Yun tenha sido em vão. Aceite o seu dever e me deixe guiá-la.

O sacrifício de *Yun*?

Nossa perda?

Seus dentes cravaram feridas nos lábios. Ela achava que conhecia o significado do ódio. Achava que era um vazio dentro dela, aquela dor chata que ela tinha sido forçada a absorver enquanto tropeçava pelos becos de Yokoya, atordoada pela fome e pelas doenças. Seu ódio fora sempre destinado à sua própria carne e ao seu sangue.

Mas agora ela entendia. O ódio genuíno era algo afiado e certeiro. Era como uma balança que exigia o equilíbrio perfeito. Yun estava em um dos pratos dessa balança. Sua única *responsabilidade* nessa vida, ela imaginava, era fazer o contrapeso.

Ela jurou a si mesma. De um jeito ou de outro, um dia ela veria a expressão de Jianzhu ao perder *de verdade* tudo o que amava.

Kyoshi lançou um Punho de Fogo, sem saber nada do movimento. Mas qualquer poder de fogo que ela tinha dentro de si parecia ter se esgotado. O golpe saiu como um soco comum, parando perto do rosto de Jianzhu.

Vê-la assim, tão desesperada por machucá-lo, fez cair completamente a máscara de serenidade dele. Seu rosto se converteu em uma carranca horrenda, e ele cerrou os punhos. Dois pequenos discos de pedra cobriram os punhos direito e esquerdo de Kyoshi.

Aconteceu tão rápido que ela não teve tempo de se esquivar. As pedras se moldaram ao redor de suas mãos, formando algemas grossas. Eram tão desconfortáveis quanto gesso e tão inquebráveis quanto ferro.

As algemas de rocha ergueram-se no ar, levando-a para o alto. Seus ombros estalaram dolorosamente com o peso do corpo, e ela se contorceu feito um inseto preso a um papel colante e chutou loucamente, sem sucesso.

Jianzhu a manteve assim, como uma carcaça para inspeção, até derrubá-la no chão. As algemas de pedra se fundiram ao chão e ela começou a se debater em quatro apoios. Ele a forçou a fazer um *kowtow*, a postura ajoelhada que um aluno faz como sinal de reverência ao seu mestre.

— Se você soubesse o básico sobre a dominação de terra, conseguiria se libertar — disse Jianzhu. — Você já foi negligenciada por tempo demais, Kyoshi. Você é fraca.

Quanto mais ela tentava resistir, mais suas mãos afundavam no chão. Não havia como negar que Jianzhu tinha razão. Era fraca, fraca demais para lutar com ele da maneira que precisava. A diferença de habilidades era simplesmente grande demais.

— Tanto tempo perdido! — Jianzhu disse. — Eu poderia ter te ensinado muito tempo antes, se não tivesse me distraído com aquele pequeno vigarista.

O comentário cruel a respeito de Yun foi como um chute final no estômago de Kyoshi. Era impossível entender. Ela não conseguiu mais impedir que as lágrimas rolassem pelo seu rosto.

— Como pode dizer uma coisa dessas? — gritou. — Ele tinha uma adoração por você, e você o usou!

— Acha que eu o *usei*? — A voz de Jianzhu foi ficando perigosamente baixa. — Acha que me aproveitei dele de alguma forma? Vou ensinar sua primeira lição, a mesma que dei a Yun.

Ele bateu o pé, e uma camada grossa de terra se prendeu na boca de Kyoshi. Uma mordaça sem aberturas para que pudesse respirar. Ela começou a sufocar em seu próprio elemento, seus pulmões se enchendo de sujeira.

Jianzhu lançou o braço para trás em um gesto largo.

— Lá fora existe toda uma nação cheia de corruptos e incompetentes que tentarão usar o Avatar para seus próprios interesses. Palhaços que se consideram "sábios", quando, na verdade, no Reino da Terra basta ter os contatos certos e pagar ouro o suficiente para que lhe preguem esse título na testa.

A visão de Kyoshi começava a desvanecer. Os dedos de seus pés abriam sulcos no solo, na tentativa de empurrar o corpo para cima em busca de ar. A dor latejava em sua cabeça, ameaçando explodir seu crânio.

— Sem a minha influência, você não passaria de uma mendiga, andando por aí de acordo com suas decisões, desperdiçando sua autoridade com pequenos benefícios e esmolas — disse Jianzhu, sem se importar em vê-la perder a consciência diante de seus olhos. — Acabaria se tornando uma atração de festa, uma dominadora que arremessa água, respira fogo e cospe conselhos inúteis, uma garota que pinta as paredes com cores bonitas enquanto os alicerces da casa apodrecem.

Ela mal pôde notar Jianzhu abaixando-se ao seu lado para lhe falar ao ouvido.

— Eu dediquei minha vida para garantir que o próximo Avatar não fosse usado dessa maneira — sussurrou. — E apesar de todas as suas tentativas de me ferir, eu dedicarei minha vida a *você*, Kyoshi.

De repente, ele arrancou a mordaça de terra. A rajada de ar entrou nos pulmões de Kyoshi como facas. Ela caiu de bruços, suas mãos estavam livres, mas sem forças.

Kyoshi ficou ali por vários minutos, desprezando cada soluço patético que dava ao tentar ficar de pé. Finalmente, quando conseguiu se levantar, viu Jianzhu recuar para longe, olhando com atenção para cima da cabeça dela. Uma ventania repentina os cobriu de poeira e folhas secas.

Kelsang pousou com seu planador na encosta e deslizou o restante do caminho. Embora se sentisse aliviada por vê-lo, Kyoshi logo percebeu que o mestre não deveria ter vindo. Suas feridas tinham reaberto, tingindo as ataduras de sangue. Ele tinha viajado para muito longe, por conta própria e sem seu bisão. A jornada em um planador teria sido árdua até para um dominador de ar em plena saúde.

— Como nos encontrou? — Jianzhu perguntou.

Kelsang fechou as asas do planador. Elas tinham sido reparadas com tanta pressa que não se dobravam completamente dentro da madeira, e saíam pelotas de cola pelas costuras. Ele se apoiou no objeto com força, encarando Jianzhu sem parar.

— Você deixou um mapa aberto em sua mesa.

— Eu pensei que tivesse trancado meu escritório.

— E trancou.

O que restava de compostura em Jianzhu perdeu-se de vez.

— Sério, Kel? — ele berrou. — Você anda pensando tão mal de mim nos últimos tempos a ponto de invadir o meu quarto para descobrir aonde eu tinha levado o Avatar? Não posso mais confiar nem nas pessoas mais próximas de mim?!

Kyoshi queria correr até Kelsang, esconder-se sob suas túnicas e chorar como uma criança. Mas o medo calou sua garganta e manteve seus pés no chão. Ela sentia que uma só palavra poderia surtir como uma faísca lançada sobre o óleo.

No entanto, a garota não precisou dizer nada. Com um olhar, Kelsang a percebeu trêmula e franziu o rosto. Então, ele se colocou entre ela e Jianzhu, erguendo o bastão na direção do velho amigo.

Agora parecia muito mais uma arma do que uma muleta.

— Ninguém na mansão sabia me dizer aonde vocês tinham ido, nem mesmo Rangi e Hei-Ran — o monge explicou a Jianzhu. — Então você não acha que eu tinha motivos para me preocupar? Onde está Yun?

— Kelsang — disse Jianzhu, apontando na direção de Kyoshi para que ele pudesse compreender melhor a situação. — Ela é o *Avatar*! Eu a vi dominar o fogo com meus próprios olhos! Sua intuição estava correta. Depois de todos esses anos, finalmente encontramos o Avatar!

Kelsang mancou, seu corpo ainda estava processando a revelação. Mas se Jianzhu achava que poderia distrair o monge de sua pergunta, ele estava enganado.

— Onde está Yun? — repetiu.

— Morto — Jianzhu disse por fim. — Tentamos nos comunicar com um espírito, que ficou furioso e o levou. Sinto muito.

— Não! — Kyoshi gritou. Não podia deixar aquilo passar. Não podia deixá-lo distorcer o que tinha acontecido. — Você... você nos *serviu* a ele! Você jogou Yun para aquele espírito como se fosse um pedaço de carne para um lobo! Você o matou!

— Tem razão em ficar chateada, Kyoshi — Jianzhu falou, suavemente. — Fiquei tão surpreso por ter descoberto quem era o Avatar que acabei perdendo o meu pupilo. Sou o responsável pela morte do Yun, e nunca me perdoarei por esse acidente.

Ele não estava lamentando com tristeza. Seria um ato óbvio demais. Em vez disso, manteve o semblante que todos conheciam bem, o do professor rígido e franco.

Aquilo era um jogo para ele, e Kelsang era uma peça central. Kyoshi foi tomada por um novo acesso de desespero. Se o monge acreditasse no amigo – o adulto, o homem de boa reputação – e não nela, o crime de Jianzhu seria enterrado junto com Yun.

Ela não deveria ter se preocupado.

— Kyoshi — disse Kelsang, com seu bastão ainda apontado para Jianzhu —, fique atrás de mim.

Jianzhu revirou os olhos. Seu teatro tinha fracassado.

— Eu não sei o que está acontecendo — Kelsang continuou —, mas vou pegar Kyoshi e sairemos daqui.

Ele cambaleou, ainda fraco pelos ferimentos. Kyoshi o segurou pelos ombros e tentou mantê-lo de pé. A única maneira que tinham de se sustentar era apoiando-se um no outro.

— Olha só para vocês dois — Jianzhu disse. — Vão voltar comigo, é isso que vão fazer. Não estão em condições de argumentar.

Kelsang sentiu Kyoshi estremecer sua mão, que estava apoiada nas costas dele. Sentiu seu medo. Então, ignorou a própria dor e ergueu-se por completo.

— Você nunca mais terá contato algum com Kyoshi, pelo resto de sua vida! — exclamou. — Já não é mais apto a servir ao Avatar.

O golpe acertou fundo em Jianzhu.

— *Para onde vocês vão?* — ele berrou, freneticamente. — *Para onde? Para os Templos do Ar? Os abades irão devolvê-la para mim antes mesmo de você terminar de contar a história. Por acaso já se esqueceu o quanto você caiu em desgraça entre eles, Kelsang? Tagaka não refrescou sua memória?*

Kelsang ficou rígido como uma estátua. A madeira de seu bastão rangeu de tanta tensão.

— Eu conheço todos nas Quatro Nações que poderiam ajudar vocês! — Jianzhu continuou. — Basta uma mensagem minha e qualquer homem da lei, sábio ou oficial atravessará o mundo a pé para caçá-los em meu nome! *Ser o Avatar não a protegerá de mim!*

— Kyoshi, corra! — Kelsang gritou, então a empurrou para longe e lançou-se contra Jianzhu, abaixando seu bastão para criar uma rajada de vento. Jianzhu levantou a terra para se defender do ataque.

Mas eles não estavam lutando a mesma luta. A intenção de Kelsang era dominar seu amigo pacificamente para que Jianzhu caísse em si, causando o menor dano possível, como sempre foi feito pelos Nômades do Ar.

Jianzhu, por sua vez, criou uma lâmina de rocha, com pouco mais de dois centímetros, afiada e forte o suficiente para cruzar o vento e cortar sua vítima, exposta e vulnerável.

Um jorro de sangue saiu de um dos lados do pescoço de Kelsang, um corte do tamanho de um dedo, tão limpo e preciso que era quase imperceptível.

O rosto de Jianzhu foi tomado por uma expressão de tristeza, mais intensa e genuína que aquela dirigida a Yun, enquanto assistia seu amigo cair.

Kelsang desabou no chão, sua cabeça colidindo sem vida com a terra batida.

Essa foi a última coisa que Kyoshi viu antes que o brilho branco detrás de seus olhos tomasse todo o seu ser.

A HERANÇA

CERTA VEZ, quando Kyoshi tinha cerca de dez anos, um vendedor ambulante de fogos de artifício passou por Yokoya. Os anciãos da vila, numa decisão inusitada, dada a decadência da região, pagaram-lhe para realizar um show celebrando o fim da primeira colheita. Famílias lotaram a praça, assistindo às retumbantes e brilhantes explosões no céu da noite.

Kyoshi não viu a apresentação. Ela estava deitada no chão da oficina de alguém, tremendo de febre.

No dia seguinte, foi forçada a acordar pelo calor em sua cabeça, ao amanhecer. Ela cambaleou pelos arredores da cidade, em busca de ar fresco, e chegou ao campo onde o vendedor tinha colocado os explosivos na noite anterior. O chão estava todo queimado e cheio de buracos, devastado por um demônio que não tinha ligação com nenhum elemento natural. No solo ainda havia uma camada de cinzas e rochas reviradas. A água rastejava em córregos escuros e lentos. O vento tinha cheiro de ovos podres e urina.

Kyoshi se lembrou de que tinha ficado com muito medo de ser considerada culpada pela destruição. Ela correu, mas não antes de apagar as pegadas que ia deixando pelo caminho.

Quando Kyoshi voltou a si, pensou que tivesse sido levada de volta àquele cenário surreal e violado de anos atrás. As árvores ao redor tinham sumido, algumas estavam cortadas e outras arrancadas pelas raízes, expondo crateras úmidas no solo. Era como se uma mão gigante tivesse tentado varrer a encosta num ataque de fúria. Rachaduras profundas cortavam as rochas como se tivessem sido feitas por garras enormes. O topo das colinas havia sido derrubado, os vestígios dos deslizamentos caindo dos cumes.

Kyoshi tinha uma vaga noção de que estava num local muito alto. E ela não via Kelsang em lugar algum. Ela tinha destruído a prova da existência dele.

Houve um uivo animalesco flutuando pelo vento, estridente como cordas de violino sendo arranhadas. Tinha vindo dela.

Kyoshi caiu no chão e ficou deitada, com o rosto molhado de lágrimas. Ela pressionou a cabeça contra o chão e seus gritos inúteis ecoaram pelo lugar. Seus dedos se fecharam ao redor da poeira, lamentando o que ela tinha perdido.

A culpa era sua. A culpa era toda sua. Ela afastou Kelsang quando deveria tê-lo ouvido, deixando que a covardia controlasse seus pensamentos e suas ações. E agora a fonte de luz da vida dela tinha se apagado.

Kyoshi não tinha mais nada. Nem mesmo ar nos pulmões. O soluço incontrolável que fazia todo o seu corpo tremer não a deixava respirar. Ela sentia que estava se afogando, um destino que ela aceitaria com prazer. Uma punição justa para uma garota indesejada, que havia desperdiçado sua segunda chance de ter um pai milagroso e amável como Kelsang e que tinha aparecido do nada. Em troca, ela o amaldiçoara com morte e ruína.

Houve um tremor distante. Ela viu os destroços de um determinado ponto afundando e partindo-se. Alguém havia conseguido escapar da devastação causada por ela no Estado Avatar, escondendo-se fundo sob a terra. Agora, estava voltando à superfície, pronto para reivindicar seu território.

Kyoshi tentou se apoiar nos pés, em estado de pânico. Ela tentou correr na direção de onde tinha vindo, tropeçando pelo caminho e torcendo para que fosse o lado correto. As ruínas das vilas de mineração eram tão similares na aparência degradante que, por um segundo, ela achou que estava dando voltas. Mas então, bem quando suas pernas começaram a fraquejar, ela encontrou Peng-Peng exatamente onde eles a haviam deixado.

O bisão cheirou Kyoshi e berrou tristemente, empinando-se nas quatro patas traseiras antes de pousar novamente, levantando poeira. Kyoshi entendeu. Talvez Peng-Peng tivesse sentido sua conexão espiritual com Kelsang se dissipar, ou talvez Kyoshi estivesse com o cheiro do sangue dele.

— Ele se foi! — ela chorou. — Ele se foi e não vai voltar! Temos que ir, agora!

Peng-Peng se aquietou, apesar da tristeza. Ela deixou Kyoshi montar em suas costas, usando mechas de pelos como escada, e voou pelos céus na direção de casa, sem precisar ser comandada.

Yokoya, Kyoshi se corrigiu. *Não para casa. Para casa nunca mais. Yokoya.*

Ela ficou sentada no fundo, na parte dos passageiros. Não queria guiar as rédeas de Peng-Peng no lugar de Kelsang. De qualquer forma, o bisão não precisava ser guiado na viagem de volta. Do alto do céu, ela podia ver nuvens escuras carregadas de chuva se aproximando sobre o oceano à sua frente. Se elas voassem rápido o suficiente, chegariam a Yokoya antes que a tempestade as alcançasse.

— Depressa, por favor! — ela gritou, esperando que Peng-Peng entendesse seu desespero. Elas haviam conseguido despistar Jianzhu nas montanhas, mas a presença dele parecia acompanhá-las de perto. Como se ele só precisasse esticar o braço e tocar no ombro dela.

⬛

No mesmo ano em que Kyoshi tinha ficado doente e perdido o show dos fogos de artifício, Kelsang havia retornado ao vilarejo. Ele olhou com desdém para o fazendeiro que jurara ter cuidado bem dela com o dinheiro que Kelsang havia deixado. O peso que a menina tinha perdido e sua pele pálida provaram o contrário. Depois daquilo, Kelsang prometeu a ela que nunca mais a deixaria sozinha por tanto tempo.

Mas durante um bom tempo, Kyoshi se esquecera de qualquer noite que ela havia passado doente e sem medicação. Ela estava mais preocupada com a febre de empinar pipa que havia surgido entre as crianças da vila. Por semanas, diamantes, dragões e gaivotas feitas de papel colorido e brilhante a tinham hipnotizado lá do céu, dançando com o vento. Como já não era nenhuma surpresa, ela não tinha materiais nem ninguém para ajudá-la a fazer a sua.

Um dia, Kelsang notou que ela não parava de olhar para as pipas no céu enquanto eles comiam na rua. Ele sussurrou uma ideia em seu ouvido.

Juntos, eles reuniram e emendaram cordas suficientes para que ele pudesse amarrar uma na cintura. Naquela tarde, o monge saiu voando em seu planador enquanto Kyoshi segurava a outra ponta da corda de lá de baixo. Eles riam tão alto que podiam ouvir um ao outro mesmo com a grande distância que os separava. Para ela, Kelsang era a maior, mais rápida e melhor pipa de todo o mundo.

Kyoshi havia se enganado sobre o clima. As primeiras gotas de chuva começaram a cair em sua bochecha, fazendo-a acordar de seu exausto sono. Ela e Peng-Peng ainda tinham um longo caminho pela frente quando a tempestade começou e rapidamente encobriu o sol. Mas elas conseguiram chegar a Yokoya a tempo de evitar os relâmpagos que se espalhavam pelo céu.

Elas chegaram à mansão. Kyoshi desceu de Peng-Peng perto dos estábulos e afundou os pés na lama, até a altura dos tornozelos. Ela andou com dificuldade pela chuva forte até a casa. Os funcionários e convidados já estavam recolhidos em seus aposentos.

O caminho lhe deu tempo para pensar. E ela concluiu que todas as decisões a partir de agora seriam fáceis. Era inevitável que ela seguiria em direção à escuridão.

A única pessoa que poderia fazê-la hesitar estava esperando por ela na entrada de funcionários, abaixo de um arco da parede. Rangi parecia ter ficado naquele lugar o dia inteiro, pois já havia formado um sulco no chão de tanto andar de um lado para o outro.

— Kyoshi, onde você estava? — Rangi perguntou, fazendo uma carranca por ter sido deixada sem notícias por tanto tempo. — O que aconteceu? Cadê os outros?

Kyoshi contou tudo. Sobre o poderoso e terrível espírito que a havia identificado como o Avatar. Sobre a forma como Jianzhu tinha oferecido Yun como sacrifício e assassinado Kelsang quando ele viera resgatá-los. Ela até relatou como tinha entrado no Estado Avatar.

Rangi tropeçou para trás até bater com a cabeça em uma viga.

— O quê? — ela suspirou. — Isso não é... *Quê?!*

— Foi o que aconteceu — disse Kyoshi. Pingos de água de suas roupas encharcadas caíam no chão. Cada gota era um segundo precioso perdido. — Tenho que ir. Não posso ficar aqui.

Rangi começou a andar novamente, passando os dedos pelo cabelo que tinha se soltado.

— Só pode ser um mal-entendido. Deve ter uma explicação. Você disse que tinha um espírito? Ele deve ter pregado peças na sua mente... Já aconteceu isso antes. Ou talvez você só esteja confusa. O Mestre Jianzhu não pode ter... Ele não teria...

Ela assistiu a Rangi tentando criar uma realidade diferente. A mesma armadilha em que Kyoshi havia caído no dia em que Kelsang contara que ela poderia ser o Avatar.

— Precisamos ir a fundo nisso — disse Rangi. — Quando Jianzhu voltar para casa, ele terá que se explicar. Descobriremos o que realmente aconteceu com Yun e o Mestre Kelsang.

— RANGI! ELES ESTÃO MORTOS! TENHO QUE IR!

Durante a viagem de volta, Kyoshi só conseguira pensar nos destroços de sua vida enterrados naquela montanha. Ela tinha esquecido que havia mais um pedaço, e o silêncio mortal de Rangi a fez perceber que esse também tinha se perdido. Kyoshi passou por ela sem se despedir e foi para o quarto.

Foi fácil colocar as roupas em uma bolsa. Ela não tinha quase nenhuma. Ia deixar tudo de sua prateleira para trás, mas um pensamento em Kelsang a fez pegar também a tartaruga de barro. Outro item que havia ali era a bela roupa verde de batalha que ela usara no iceberg e que agora estava pendurada na parede.

Por alguma razão, Jianzhu a deixara guardá-la em seu quarto. Só de pensar em pegar e usar um presente dele, suas entranhas se apertaram. Mas ela precisaria de uma armadura como aquela no lugar para onde estava indo. Seria uma proteção.

Kyoshi a pegou, enrolando de qualquer maneira, e a colocou dentro da bolsa. O diário de couro foi colocado por cima. Estava muito agradecida por nunca ter dado ouvidos à vontade de destruir o caderno. No passado, poderia ter sido uma evidência incriminadora, mas agora seria seu plano de guerra.

Colocando a bolsa debaixo de um braço, ela se agachou para pegar a alça do baú com o outro, e o arrastou para o corredor.

O rastejar do pesado baú rangia sobre o piso de madeira polida. Kyoshi supôs que a razão de ninguém ter tentado impedi-la era que todos estavam com medo. Ela podia ver os mantos desaparecendo pelo corredor e ouvir sussurros amedrontados por trás das portas por onde passava.

Os guardas, ela lembrou, haviam sido dizimados no iceberg. E sempre houvera um olhar de suspeita dos outros funcionários em relação a ela. Agora seu comportamento estranho provavelmente transformou a suspeita em medo. Ela parecia um fantasma do pântano pingando com a água da chuva. Ficou imaginando os horrores que seu rosto deveria estar refletindo.

Cada bifurcação dos corredores trazia uma dor crua e cortante em seu coração, como se ela fosse um boneco de treinamento no pátio, recebendo flechas afiadas no corpo. Os rumos que ela havia tomado na vida, dia após dia, revelaram-se pelos corredores da mansão, levando inevitavelmente, de novo e de novo, aos mortos.

O caminho para o quarto de Yun, a única parte que ele nunca a deixara limpar, sob o pretexto de manter sua privacidade. O caminho para o pequeno recanto onde Kelsang ia meditar quando o clima estava ruim. O gramado onde os três amigos tinham cuspido sementes de melancia, e depois corrido quando Tia Mui lhes chamara atenção por causa da bagunça.

Ela nunca pisaria nesses caminhos novamente. Ela nunca mais iria aparecer e ver os rostos sorridentes de Yun e Kelsang no final da escada.

De propósito, Kyoshi pegou o caminho mais longo da mansão, onde as lenhas eram cortadas. O machado ainda estava lá, enfiado num tronco de madeira. Kyoshi pôs a bolsa entre os dentes e pegou a ferramenta com a mão que estava livre. O tronco veio junto com o machado, emperrado na lâmina, então ela o bateu contra a parede até soltar a ferramenta da madeira.

Feito isso, ela continuou andando.

———

Do lado de fora, a chuva se intensificara. Os intervalos entre os raios e os trovões eram inexistentes. Ela soltou a bolsa e empurrou o pesado baú de madeira diante de si, e ele acabou deslizando um pouco na lama antes de parar.

Aquele baú havia sido o principal motivo de sua raiva no passado, coletando eventos que despertavam sua fúria, como um barril que coleta a água das calhas de uma casa. Ele fora abandonado em Yokoya, assim como ela, por pessoas que a baniram para uma vida de fome, desespero e sem amor, até Kelsang aparecer.

Seus pais teriam que ficar em segundo plano agora. Ela precisava focar em outra pessoa.

Outro raio iluminou o cadeado que trancava o baú. Ela levantou o machado acima da cabeça com as duas mãos e o golpeou, tentando quebrá-lo.

A lâmina do machado ricocheteou no metal. O baú afundou mais um pouco na lama. Ela golpeou de novo. E de novo, e de novo.

Os trovões e a chuva afogavam os seus sentidos, deixando-a apenas com a vibração dolorosa do cabo do machado em suas mãos. Ela golpeou de novo e sentiu algo se quebrando.

Em vez do cadeado, a madeira ao redor havia se despedaçado. Mas o baú agora estava aberto. Kyoshi colocou o machado de lado e abriu a tampa que rangia.

Ali dentro, havia dois leques de guerra metálicos, ornamentados em ouro e bronze. As armas estavam envoltas em uma moldura de madeira que as protegia de movimentos brutos, como o que acabara de acontecer.

Entre eles, havia um cocar feito do mesmo material. Complementava os leques, sendo formado por miniaturas deles em uma faixa, criando uma crista semicircular na testa.

Por último, havia uma bolsa simples de couro com um estojo que ela sabia conter maquiagem. Muita maquiagem.

Ela retirou cada item de sua moldura. O cocar e os leques eram bem mais robustos do que aparentavam – ideais para serem usados e empunhados em combate, afinal. Com o estojo, os itens foram todos colocados dentro de sua bolsa. O baú não fazia mais sentido e foi deixado na lama.

Com isso, Kyoshi havia reunido todos os seus pertences. Ela ficou surpresa a perceber como estava exausta. Sua reação fora mínima considerando tudo o que tinha perdido, como um único fogo de artifício em um céu completamente escuro. Ela havia se agarrado a um tesouro, que para ela tinha a forma de um lar e uma família, apenas para descobrir que seu toque o havia dissolvido por completo. Enxugou os olhos com o braço e correu ao redor na mansão, escorregando e caindo sob a chuva pelo menos duas vezes, até chegar aos estábulos.

Havia uma surpresa esperando por ela.

Rangi estava ocupada arrumando sacos de dormir, tendas e fardos de suprimentos na sela de Peng-Peng. Ela olhou para Kyoshi por baixo do capuz de sua capa de chuva.

— Deixa eu adivinhar! — ela gritou mais alto que a chuva, apontando para alguns sacos de grãos e cestos à prova d'água. — Você não pegou comida, pegou?

Ela se abaixou, segurou Kyoshi pela mão e a puxou para cima do bisão. Em seguida, pulou no assento do guia e tomou as rédeas.

— Temos que voar baixo e na direção sudeste, para fora da tempestade.

Um nó se formou na garganta de Kyoshi.

— Por que está fazendo isso?

— Eu não tenho ideia do que está acontecendo — Rangi disse por cima do ombro. Ela enxugou a água da chuva que escorria em sua testa. Seu rosto parecia pronto para o combate. — Mas não vou deixar você ir embora desse jeito e morrer nessa tempestade. Você não duraria uma hora sem ajuda.

Kyoshi acenou com a cabeça, ficando muda de tanta gratidão a Rangi. *Por* Rangi. Ela implorou aos espíritos que sua amiga sentada bem à sua frente não fosse um último truque cruel. Ela manteve uma distância segura de Rangi para que essa preciosa visão não se dissipasse.

A dominadora de fogo estalou as rédeas de Peng-Peng com autoridade.

— Vamos, garota! — gritou. — Eia!

A DECISÃO

O NASCER DO SOL após a tempestade não tinha ideia do que Kyoshi havia vivenciado. Ele brilhava com seus habituais tons quentes de laranja através das nuvens, como se fosse um amigo dizendo que tudo iria dar certo. As ondas do oceano abaixo delas fluíam perfeitamente sob a brisa, fazendo parecer que elas estavam voando sobre a pele escamosa de um peixe gigante.

A luta contra o tempo ruim a noite toda as tinha destruído, mental e fisicamente. A rota de voo de Peng-Peng estava começando a vaguear. Mas ao menos não havia mais o perigo dos raios e dos ventos. Era um bom momento para abordar as *outras* notícias horríveis.

Rangi esfregou as sombras escuras sob seus olhos.

— Então você é o Avatar — disse. Ela abriu os dedos e olhou para as costas das mãos, checando-as para ver se não estava entorpecida. Ou sonhando. — Depois de tudo o que aconteceu, era você. Não tinha mesmo a mínima ideia até agora?

Kyoshi sacudiu a cabeça.

— Eu não sei o que deu errado com a busca quando nós éramos crianças, mas pelo que Kelsang me disse, parece que foi uma confusão. Ninguém sabia. Nem mesmo... — Era difícil pronunciar o nome dele. — Nem mesmo Jianzhu.

— Eu nunca ouvi falar sobre algo assim ter acontecido — disse Rangi. Ela fechou e abriu os punhos para se certificar de que ainda funcionavam. — Pelo menos não na história da Nação do Fogo. Quando os Sábios do Fogo anunciam o Avatar, é uma constatação correta.

Kyoshi lutou contra a vontade de revirar os olhos. Claro, na Nação do Fogo, as caravanas chegavam na hora, e a identidade da pessoa mais importante no mundo nunca era questionada.

— E ainda há um festival — continuou Rangi, perdida em pensamentos. — De acordo com a tradição, há uma comemoração maior do que o Dia do Sol em Gêmeos. Nós comemos pratos especiais como macarrão em espiral. As aulas são canceladas também. Você sabe como é raro cancelarem as aulas na Nação do Fogo?

— Rangi, o que isso tem a ver com o assunto?

A dominadora de fogo esticou os cotovelos para trás, decidida.

— O que estou tentando dizer é que sempre houve um padrão a ser seguido — ela disse. — Se você é o Avatar, precisa usufruir de tudo o que é do Avatar. Nós precisamos encontrar mestres que saibam o que estão fazendo para reconhecer sua legitimidade e te guiar corretamente.

Rangi saltou sobre a borda da sela no pescoço de Peng-Peng e assumiu as rédeas. O bisão mergulhou mais baixo sobre as águas cintilantes. Logo à frente, um pequeno rochedo se projetava da superfície, um dedo de pedra se sobressaindo no oceano. Ele era íngreme demais para ser usado como doca pelos navios, mas seu topo era nivelado e coberto de um suave musgo verde.

— Eu vou te deixar bem aqui, onde você pode acampar em segurança — disse Rangi. — Há um protocolo caso a mansão seja atacada e eu tenha que fugir com o Avatar. Naquelas bolsas pré-embaladas, está todo o necessário para você passar uma semana. Tempo suficiente até eu retornar à vila e esclarecer a situação. E então vou trazer alguém que possa ajudar.

Não!

Ela não poderia ir atrás de outro mestre, especialmente alguém muito conhecido. Qualquer dominador de terra em posição de ajudá-la provavelmente fazia parte da rede de contatos de Jianzhu. Quando pensava no tempo que passara na mansão, Kyoshi se lembrava de ter visto provas da influência dele todos os dias. Os presentes, as visitas cerimoniais e as cartas ditadas eram simplesmente sinais que marcavam seu poder e controle sobre o Reino da Terra. E até onde ela sabia, nada acontecia sem o conhecimento de Jianzhu.

Kyoshi correu até Rangi e tomou as rédeas de sua mão. Peng-Peng desviou para o lado e rosnou em reclamação.

— Pare com isso! — Rangi gritou.

— Rangi, por favor! Você só iria me mandar de volta para ele! — Kyoshi quase mordeu a língua ao se lembrar do horror que Jianzhu liberara das profundezas montanhosas e sua total indiferença enquanto o fazia. Rangi não tinha noção da extensão do medo de Kyoshi, que logo constatou que o homem não tinha mostrado aquele lado dele para ninguém além dela e de Yun.

Rangi lutou para retomar as rédeas.

— Solte isso! Você está sendo ridícula!

— *Rangi, como seu Avatar, eu ordeno!*

A dominadora de fogo recuou como se tivesse sido atingida por um chicote. As ordens não eram uma piada para ela, como as que Yun fazia. Kyoshi se aproveitou do juramento de Rangi de proteger e obedecer ao Avatar. Foi um ataque à sua honra.

Rangi assoprou um longo fio de cabelo preto para longe do rosto. Não foi muito longe, pois a ponta dele grudar em sua boca.

— Acho que vou ter que me acostumar com você dizendo isso.

Havia uma agonizante distância em sua voz, e Kyoshi odiava isso. Ela não queria uma guarda-costas profissional obedecendo a suas ordens. Queria *sua amiga* Rangi, que a repreendia sem hesitar e nunca recuava.

As duas passaram um longo tempo em silêncio, ouvindo a brisa passar.

— Yun se foi — disse Rangi. — Ele se foi de verdade. — Sua voz parecia fina, e era arrastada pelo vento que passava, como as notas de uma flauta. Ela soava vazia por dentro.

Kyoshi não tinha nenhum conforto para oferecer a ela. Ambas haviam passado a vida centradas em seus deveres. Kyoshi, por sobrevivência; Rangi, por glória e orgulho. Mas Yun penetrara na armadura das duas. Seu amigo havia sido roubado delas e, para Kyoshi, só existia um caminho à frente que ela poderia seguir, um caminho iluminado pelas chamas incandescentes do ódio.

— Eu não estou pronta para confrontar Jianzhu — explicou Kyoshi. — Ainda não estou nem perto de ser forte o bastante. Preciso encontrar mestres dominadores que possam me ensinar a lutar e que não sejam aliados dele.

Na verdade, era mais que isso. Ela precisava de professores que fossem totalmente desconhecidos para Jianzhu. Se suspeitasse que Kyoshi estava treinando, o dominador de terra procuraria por ela em escolas de todas as Quatro Nações.

E Kyoshi tinha que esconder que era o Avatar. Essa notícia se espalharia tão rápido que seria como um holofote para Jianzhu, permitindo que ele se aproximasse dela antes que ela estivesse preparada. Kyoshi não fazia ideia de como conseguiria instrução para dominar todos os quatro elementos sem se expor demais, mas ela daria um jeito.

Pensando bem, a ideia parecia absurda. E *era* absurda. Mesmo assim, Kyoshi sabia que teria de seguir em frente sem hesitar. Ela enfiaria as duas mãos na boca de um dragão se isso lhe desse a chance, por menor que fosse, de dar o troco em Jianzhu.

Rangi passou as mãos pelo rosto.

— Certo. Mestres de dominação. Onde quer procurar primeiro? Você fala como se tivesse um plano em mente, então vamos ouvi-lo.

— Você não virá comigo — disse Kyoshi. — Tenho que fazer isso sozinha.

A dominadora de fogo lançou um olhar cheio de desprezo que poderia ter sido o início de um Agni Kai. Kyoshi temia que isso acontecesse. A poderosa fé de Rangi, sua necessidade de cumprir o dever, giraria em espiral sem um lugar onde pousar, exceto nela.

Mas Kyoshi tinha que permanecer forte. Ela já perdera tanto, e não arriscaria perder sua única conexão restante com este mundo em uma busca tola.

— Você não virá comigo — Kyoshi repetiu. — Como seu Avatar, eu ordeno que fique para trás. Rangi, estou falando sério.

Ela queria soar brava, mas o efeito foi arruinado pelo imenso alívio que sentiu ao ter sua ordem rejeitada por Rangi. Uma serva estritamente profissional do Avatar não poderia desobedecê-la, mas uma amiga, sim.

— Eu não tenho ideia de quanto tempo essa jornada vai levar — explicou Kyoshi. — E tem segredos sobre mim que eu não te contei.

— Oh, não! Kyoshi está guardando segredos de mim — Rangi gemeu em zombaria. — Acho que vou ficar bem com qualquer revelação sua, já que a última coisa que você jogou em mim foi a informação MAIS IMPORTANTE DO PLANETA.

O rochedo ali próximo as ignorava, um espectador silencioso que não pretendia fazer parte da conversa. A última marca de razão em um oceano de incertezas. Desse ponto em diante, não havia nada além de problemas pela frente.

Mas pelo menos Kyoshi tinha sua amiga de volta.

— Nós precisamos descansar, ou vamos perder a força que nos resta — declarou Rangi, aninhando-se no canto de uma lona que tinha se soltado. — Se você tiver algum destino em mente, então vou dormir primeiro. Você me deve essa.

— Rangi — Kyoshi tentou rosnar em ameaça uma última vez. Em vez disso, o nome saiu como um agradecimento aos espíritos por essa bênção impetuosa em forma de garota. Era inútil tentar mascarar como Kyoshi se sentia em relação a ela.

— Aonde você for, eu vou. — A dominadora de fogo rolou para o lado, bocejando. — Além disso, só temos um bisão, sua bobinha. Não podemos nos separar agora.

———

Mesmo com o enorme cansaço, Rangi apenas cochilou, tremendo apesar de não estar fazendo frio. Observando a amiga a distância, Kyoshi compreendeu o que eram as respirações entrecortadas que ela ouvira por tanto tempo na tenda em que as duas compartilharam no iceberg. Era assim que Rangi chorava em seu sono. De vez em quando, ela enterrava o rosto nos ombros para secar as lágrimas.

Estando uma perto da outra, era fácil ser corajosa. *Talvez essa seja a única forma de passarmos por isso*, pensou Kyoshi. *Ficando juntas.*

Ela encarou a água até que o reflexo do sol se tornou forte demais, e então pegou a bolsa com todos os seus pertences. Procurando dentro dela, encontrou a tartaruga. Era feita de terra. E era pequena. Kyoshi poderia usá-la para praticar.

Pequeno, ela pensou, enquanto a segurava com as duas mãos. *Preciso. Silencioso. Pequeno.*

Ela pressionou os lábios em concentração. A mesma que era necessária para dobrar a ponta do seu dedo mindinho enquanto balançava a orelha oposta. Ela precisava do esforço de todo seu corpo para manter o foco.

Havia um outro motivo para ela não querer procurar um mestre de dominação famoso com grande reputação e sabedoria de sobra. Tal professor nunca a deixaria matar Jianzhu a sangue frio. Sua fome de aprender a dominar todos os quatro elementos não tinha nada a ver com a conquista de se tornar um Avatar completo. Fogo, Ar e Água eram apenas mais armas que ela poderia usar para atingir um único alvo.

E ela tinha que melhorar suas habilidades de dominação de terra também.

Pequeno. Preciso.

A tartaruga flutuou para cima, tremendo no ar.

Não parecia estável do jeito que a dominação de terra deveria ser, era mais como um pião em seus últimos giros. Mas Kyoshi a estava dominando. Era o menor pedaço de terra que ela já dominara.

Uma pequena vitória. Esse era apenas o começo de sua jornada. Ela precisaria de muito mais prática para ver Jianzhu em pedaços diante de seus pés, para roubar seu mundo da mesma forma que ele tinha roubado o dela, para fazê-lo sofrer o máximo possível antes que ela acabasse com a vida miserável e inútil dele...

Houve um estalo agudo.

A tartaruga se despedaçou em inúmeros fragmentos. As partes menores, a pequena cauda e as patas, desmoronaram primeiro. A cabeça caiu e acertou a borda da sela. Kyoshi tentou segurar o que restou, mas pegou apenas poeira. A terra fina escorregou entre seus dedos e foi levada pela brisa.

Sua única lembrança de Kelsang voou para longe com o vento.

ADAPTAÇÃO

JIANZHU ESCANCAROU as portas de sua casa e a encontrou em um caos silencioso.

Os servos alinharam-se em fileiras do lado esquerdo e direito, curvando-se assim que o mestre entrou, formando um corredor humano de reverência para ele atravessar. Aquilo era formal demais, uma prática que ele dispensara havia muito tempo.

Jianzhu não se preocupou em se limpar antes de entrar, deixando uma trilha de sujeira e pedregulhos no caminho. Uma dor atingiu seu peito quando passou pela porta arrombada do escritório, um testamento da grande força e convicção pessoal de seu amigo dominador de ar.

Ele não tinha tempo para lamentar o que acontecera com Kelsang. Foi direto para o quarto do Avatar nos aposentos dos funcionários, seguindo o caminho marcado que levava ao estábulo vazio do bisão, depois voltou para onde seus funcionários encolhidos o aguardavam.

— Alguém pode me dizer o que aconteceu aqui? — perguntou, em um tom admiravelmente neutro, dadas as circunstâncias.

Em vez de responder, eles encolheram ainda mais os ombros, tremendo. Certamente, quem falasse primeiro levaria a culpa.

Eles têm medo de mim, Jianzhu pensou. *A ponto de não conseguirem fazer o trabalho direito.* Ele amaldiçoou o fato de a garota não ter nenhum supervisor oficial observando-a e apontou para sua cozinheira-chefe, Mui. Ele vira o Avatar fazendo favores para a mulher na cozinha.

— Onde está Kyoshi? — perguntou, estalando os dedos.

Mui ficou vermelha.

— Eu não sei. Sinto muito, Mestre. Nenhum de nós tinha visto a menina agir daquele jeito antes. Ela... ela estava armada. Quando conseguimos encontrar um guarda, ela já tinha ido embora.

— Algum dos convidados a viu partir?

Mui chacoalhou a cabeça.

— A maioria deles saiu cedo para fugir da tempestade, e os outros estavam em seus quartos na ala mais distante.

Ele supôs que a cozinheira de meia-idade não tinha culpa de não conseguir impedir a fuga de uma adolescente furiosa que empunhava um machado e tinha a habilidade de destroçar uma montanha. Jianzhu liberou os funcionários sem dizer mais nada. Era melhor mantê-los confusos, temendo a próxima ordem.

Jianzhu andou pelos corredores da casa até chegar a uma pequena galeria de arte, olhando para os quadros, mas sem vê-los de fato. Foi ali que Hei-Ran o encontrou depois de ter voltado de uma reunião marítima com a delegação da Marinha do Fogo.

Ela fez uma careta para ele, julgando sua aparência.

— Você parece ter sido cuspido por uma toupeira-texugo.

Era melhor arrancar o curativo de uma vez. Ele contou a versão da história que ela precisava ouvir. Kyoshi tendo se revelado o verdadeiro Avatar. O desaparecimento de Yun e Kelsang, causado por um espírito traiçoeiro. O Avatar tendo guardado rancor dele por isso.

Ela lhe deu um tapa no rosto. Essa era a melhor resposta que ele poderia esperar.

— Como você pode ficar aí assim? — ela sibilou, seus olhos de bronze escurecendo com a raiva. — Como pode simplesmente ficar parado?

Jianzhu mexeu a mandíbula, certificando-se de que não estava quebrada.

— Você preferiria que eu me chacoalhasse um pouco?

Uma pessoa menos controlada que Hei-Ran teria sido tentada a gritar sua descrença para os céus, revelando as confidências de Jianzhu. *Você estava treinando o Avatar errado? Você escolheu um garoto como salvador do mundo e depois o deixou morrer? Você deixou o verdadeiro Avatar fugir sabe-se lá para onde? Nosso amigo mais antigo e mais próximo está morto por sua causa?*

Ele estava grato pela personalidade de ferro de Hei-Ran. Ela pensou aquelas coisas em vez de dizê-las, fumegando estrategicamente.

— Como é que você não está perdendo a cabeça com isso? — ela sussurrou. — Toda a sua credibilidade... O que você vai fazer?

— Não sei.

Ele se inclinou contra a parede da galeria, tão surpreso quanto ela com a própria resposta. Dos companheiros de Kuruk, ele costumava ser o planejador. Normalmente, Jianzhu encontrava todas as saídas, cada encruzilhada era mapeada por sua lógica. Ele achou essa mudança bastante libertadora.

Hei-Ran não conseguia acreditar que ele estava se deixando levar assim. Ela cerrou os lábios entre os dentes com força.

— Nós podemos diminuir os danos se a trouxermos de volta, e rápido — disse. — Ela não pode ter ido longe sozinha... Ela é uma serviçal, poxa vida! Vou mandar Rangi atrás dela. As duas são amigas, então ela deve saber para onde Kyoshi fugiu.

Hei-Ran encontrou a corda para comunicação mais próxima e deu um puxão. Os suaves cabos amarelos corriam por toda a casa, segurados por polias dentro de certas paredes. Os sinos nas outras extremidades avisavam aos funcionários onde a ajuda era necessária.

Como Jianzhu era a última pessoa que os empregados queriam ver, levou um ou dois minutos até que alguém respondesse. Apareceu Rin, ou talvez Lin, ou algo assim. A menina estava sem fôlego e veio mancando, como se tivesse batido o dedinho do pé na pressa de chegar.

— Rin, por favor, chame minha filha — pediu Hei-Ran, gentilmente. — Diga a ela que é muito importante.

— Eu sinto muito! — gritou a garota. Ela estava se esforçando tanto para não demonstrar medo que errou o volume nas palavras. — A senhorita Rangi desapareceu! Um dos cavalariços disse que a viu partir com Kyoshi ontem à noite!

— Rin, por favor, saia da minha frente imediatamente! — Hei-Ran exclamou, com um tom de voz caloroso dessa vez.

A garota se curvou e saiu, de olhos abaixados, os pés batendo num ritmo quase tão alto e acelerado quanto o batimento cardíaco dela. Jianzhu esperou até que ela desaparecesse na esquina.

— Antes que você me acerte de novo — ele disse para Hei-Ran —, eu acredito que o que quer que Rangi faça é culpa sua, não minha.

O rosto dela se contorceu como se ela estivesse visualizando mil vidas paralelas ali mesmo, e em quase todas ela derretia os globos oculares de Jianzhu, usando o crânio dele como caldeirão.

— Isso é ótimo — Jianzhu continuou. — Sua filha vai mantê-la segura até que as encontremos.

— Até que as encontremos? — Hei-Ran sussurrou rispidamente. — *Minha filha* é uma guerreira de elite treinada para fuga e evasão! Nós já podemos descartar a possibilidade de encontrá-la facilmente!

Ela se debateu no lugar, com a onda de más notícias que a atingia desafiando seu equilíbrio. Quando se aquietou, seu rosto demonstrava uma profunda tristeza.

— Jianzhu, Kelsang está morto — ela disse. — Nosso amigo está morto. E, em vez de estarmos de luto por ele, estamos aqui, planejando como manter controle sobre o Avatar. O que aconteceu conosco? O que nos tornamos?

— Nós envelhecemos e nos tornamos responsáveis, só isso — respondeu Jianzhu. — Kelsang fez para Kuruk a mesma promessa que nós. Podemos honrar a memória dos dois continuando o nosso trabalho.

Ele percebeu que sua energia de sempre estava voltando, seu momento de inércia chegara ao fim. Já houvera muitos futuros a se considerar. As chances de catástrofe eram esmagadoras. Mas, na verdade, ele só precisava se concentrar em uma solução. A peça fundamental para todos os cenários.

— Nós vamos recuperar o Avatar — disse. — Encontrá-la por nossa conta seria o ideal, obviamente, mas tudo bem se ela aparecer na porta de outro sábio do Reino da Terra para procurar refúgio. Eu vou descobrir e agir rápido o suficiente para impedir que a notícia se propague.

Ele também não estava preocupado com a possibilidade de o Avatar se esconder em outras nações. Suas redes estendiam-se para além da diplomacia do Rei da Terra. Aliás, seus contatos estrangeiros deveriam informá-lo com mais agilidade e mais discrição, de modo a evitar um incidente internacional.

— E se ela se envolver com um dos aliados de Hui? — perguntou Hei-Ran.

Jianzhu fez uma careta ao ouvir o nome do Mordomo.

— Suponho que corremos esse risco. Mas estou bastante certo de que ela não deve saber quem ele é ou quais mestres ele tem ao seu dispor. Nem *eu* sei quem ainda está do lado dele.

Jianzhu afastou-se da parede.

— Minha reputação com certeza será prejudicada assim que revelarmos a identidade dela para o mundo, mas no final isso não vai importar— disse. — Desde que a garota esteja de volta quando fizermos isso, aqui debaixo do meu teto, seguindo minhas ordens, tudo dará certo. Eu tenho recursos para usar no Reino da Terra. É hora de fazer bom uso deles.

A contragosto, Hei-Ran apreciou o retorno do amigo a seu estado normal.

— Não parece que a garota quer estar aqui.

— Vamos nos preocupar com isso mais tarde. Além disso, ela ainda é uma criança. Logo irá aprender o que é melhor para ela.

Ele tirou o pó de suas roupas, a primeira tentativa de se limpar da sujeira da cidade mineira até agora. O plano moldou-se em sua cabeça, como argila sob o comando de uma ferramenta invisível.

— Preciso que você escreva uma carta para mim.

Hei-Ran o olhou pelo canto do olho.

— Eu sei, eu sei — ele disse. — Você não é minha secretária, mas deve haver um carimbo da Nação do Fogo nessa mensagem.

— Tudo bem. Para quem é?

— Professor Shaw, Chefe de Zoologia da Universidade de Ba Sing Se. Diga para ele que você tem interesse em pegar emprestados alguns espécimes que ele trouxe da última expedição. Diga que quer exibi-los na Nação do Fogo, porque são muito adoráveis e fofos, como prova de boas intenções entre nossos países.

Jianzhu olhou para a obra de arte atrás dele, uma pintura da aurora boreal em um pergaminho feita por um artista-mestre da Tribo da Água. Ele segurou a larga moldura da pintura com as mãos estendidas e arrancou-a da parede.

— Envie isso também, para agradá-lo. Vale mais do que ele ganha em um ano.

Hei-Ran parecia ligeiramente enojada pela forma como ele fazia subornos, mas essa era uma característica única da cultura do Reino da Terra, e as pessoas das outras três nações tinham dificuldade em se acostumar com ela.

— De quais animais fofos e adoráveis estamos falando? — ela perguntou.

Jianzhu torceu os lábios e suspirou.

— Os shírshus.

A INTRODUÇÃO

KYOSHI SE ESFORÇOU para abrir a pequena caixa de metal. Tinha aberto o trinco visível, sim, mas não importava o quanto agarrava e torcia o recipiente, o fundo falso que escondia o verdadeiro conteúdo não cedia.

— Você não pode forçá-la — disse uma voz gentil. — Se usar muita força, pode quebrar. A mercadoria se espalharia por todo o lado. Não vai querer deixar um rastro para trás, não é?

Kyoshi olhou para cima e viu uma mulher alta e bonita, com sardas espalhadas pelas bochechas e tatuagens de serpentes correndo pelos braços. Ao lado dela, estava um homem robusto e forte, com o rosto coberto de maquiagem vermelha e branca. As riscas escarlates se uniam em um padrão selvagem e animalesco, mas sua expressão por baixo da maquiagem era calorosa e alegre.

A caixa de metal de repente ficou quente, chamuscando a pele de Kyoshi, que a soltou. Tentou gritar, mas sua boca não obedecia ao comando. O homem pintado limpou o rosto, e, entre as riscas e cores, suas feições tinham se transformado em Jianzhu.

Kyoshi avançou com raiva, mas não conseguiu se aproximar. A mulher achou divertida sua atitude indefesa e piscou para ela com um olho verde brilhante. Seu globo ocular inchou e inchou, crescendo tanto que saiu da cavidade e continuou se expandindo até alcançar o outro olho e tomar todo seu rosto, assim como os quatro cantos do mundo. Kyoshi se agitou aterrorizada dentro da escuridão cavernosa de sua pupila, tentando alcançar um chão firme.

Nunca a deixaremos em paz, sussurrou Jianzhu. *Estaremos sempre atrás de você, bem próximos, observando. Nós dois estaremos sempre na sua vida.*

No auge de seu pânico, uma mão agarrou Kyoshi pelo ombro. O calor e a solidez lhe disseram para não recuar, para não se preocupar. Ela se sentou lentamente e piscou, vendo a luz do dia.

— Acorde — disse Rangi. — Estamos aqui.

───

Rangi insistira em fazer uma vistoria aérea sobre a Baía Camaleão antes de aterrissar. Ela se inclinou para o lado com Peng-Peng, contornando a cidade portuária em ruínas com a determinação de uma vespa-urubu, como se cada beco cheio de lixo e telhado irregular fosse de vital importância. Kyoshi deixou Rangi levar o tempo que fosse necessário na vistoria. Ela precisava de um momento para ter certeza de que tinha saído completamente das profundezas de seu pesadelo.

Depois de se recompor, ela ajudou na busca. Para Kyoshi, a massa de edifícios era indistinguível, uma crosta curva em volta da baía que devia ter sido arrancada há muito tempo. Ela só estava interessada em um local, aquele que correspondia à descrição em seu diário.

— Ali! — ela apontou para uma das poucas estruturas que se erguiam acima de um único andar. O telhado amarelo destacava-se entre seus vizinhos verdes como uma folha doente. — Aquela deve ser a casa de chá da Madame Qiji.

Elas voaram para cima, refazendo sua rota pelo céu. Não havia lugar para pousar Peng-Peng dentro dos limites da cidade, e um bisão voador sem dominador de ar era certamente um dos primeiros sinais que Jianzhu ordenaria que seus aliados procurassem. O simples reconhecimento da área já trazia riscos.

O pequeno bosque que encontraram nos arredores parecia um golpe de sorte. Talvez suas reservas de boa sorte acabassem ali pelo simples fato de esconderem Peng-Peng entre as árvores.

— Nós voltaremos, garota — Kyoshi disse a ela, acariciando seu focinho. Peng-Peng encostou o rosto gentilmente no dela, dizendo que era melhor que voltassem mesmo.

Kyoshi e Rangi partiram a pé. A pressão do chão firme contra a sola de seus calçados foi uma sensação maravilhosa depois de passarem tanto tempo voando. Conforme seguiam o caminho de terra no porto da Baía Camaleão, elas eram presenteadas com uma vista privilegiada da cidade em toda a sua glória.

Era uma vista deprimente.

Nos últimos nove anos, Kyoshi nunca tinha visto uma planície sendo desperdiçada sem qualquer tentativa de cultivo. Mas os campos empoeirados e batidos por onde elas passavam deixaram claro que não valia a pena tentar. O chão ali era áspero, impenetrável.

O porto sustentava a vida, em seu sentido mais simples. Elas encontraram um bando de barracos, casebres de madeira e tendas comidas por traças. Os habitantes as encaravam com um olhar sem vida, não se incomodando em sair de suas posições confortáveis. Os poucos que se levantaram, com medo de que elas pudessem ser hostis, estavam curvados pela desnutrição e pela doença.

— As pessoas não deveriam viver assim — disse Rangi.

Kyoshi sentiu seus tendões dando nós.

— Elas podem e vivem — respondeu, da forma mais casual que podia.

— Não foi isso que eu quis dizer. — Rangi esfregou o próprio cotovelo, considerando os prós e contras do que estava prestes a falar. — Eu sei sobre o tempo que você passou sozinha em Yokoya, antes de Jian... antes de o Mestre Kelsang ter te acolhido. Mesmo que você tenha tentado esconder isso de mim.

Kyoshi hesitou, mas se recompôs e seguiu em frente. Elas não podiam parar por ali simplesmente porque sua amiga queria falar a respeito de uma das mais antigas e profundas cicatrizes que atravessavam sua alma.

— Tia Mui me contou — Rangi insistiu. — Kyoshi, você nunca deveria ter passado por essa experiência. Só de pensar nos outros aldeões te ignorando quando você precisava deles me deixa enojada. É por isso que eu sempre encorajei você a revidar.

Kyoshi riu amargamente. Fazia muito tempo que ela culpava algumas pessoas por aqueles anos difíceis, mas não eram os yokoyanos.

— O que eu deveria fazer? Atirar uma montanha neles? Bater em um monte de crianças que tinham a metade do meu tamanho? Qualquer coisa que eu fizesse seria completamente desproporcional.

Ela balançou a cabeça, querendo mudar de assunto.

— Enfim, a Nação do Fogo é tão perfeita que a prosperidade é compartilhada com todos os cidadãos?

— Não — Rangi respondeu. Seus lábios se apertaram para o lado. — Mas talvez um dia seja.

Elas entraram na cidade propriamente dita, notando uma mudança nos casebres de tijolo e barro, alguns deles feitos com dominação de terra e outros à mão. As ruas eram tortas e inclinadas, como se tivessem sido construídas sobre caminhos de animais, em vez de seguir as necessidades humanas. Se não fosse pelo marco saliente da casa de chá acima dos telhados, Kyoshi teria se perdido depois de alguns passos.

Com a chegada da noite, alguns mercadores fecharam as lojas com vigor, cobrindo as fachadas com tantas fechaduras e barras de ferro que ela se perguntou como alguns deles teriam arcado com a despesa. Alguns cães-veados, escondidos atrás de muros e cercas, começaram a latir enquanto elas passavam.

Ninguém as incomodou. Felizmente. Chegar à casa de chá era como passar por um campo de armadilhas. Madame Qiji era como uma ilha no centro da cidade, cercada pela avenida mais larga e no local mais amplo e aberto que elas tinham visto até então. Era como se alguém tivesse reivindicado agressivamente a praça pública e colocado o prédio de madeira no centro.

A luz cintilava pelas janelas de papel. As duas pisaram na varanda grande e rangente, aproximando-se com cautela. Havia um velho esparramado na entrada, envolto em cobertores de lona, bloqueando a entrada delas. Seu ronco alto fazia sua barba branca se agitar como teia de aranha na brisa.

Kyoshi estava se perguntando se deveria cutucá-lo gentilmente ou tentar pular sobre ele quando ele acordou com um sobressalto, resmungando ao bater o ombro no batente da porta. O homem piscou para ela e franziu a testa.

— Quem é você? — murmurou.

Kyoshi reparou que as mãos dele tremiam quando ele as tirou de seu casulo. De fome, sem dúvida. Ela não tinha pensado em pegar dinheiro enquanto fugia da mansão, mas havia algumas moedas nos bolsos do seu vestido, que ela tinha costurado fazia muito tempo. Tirou as moedas e colocou-as na varanda à frente dele. Se as instruções em seu diário estivessem corretas, elas não precisariam de dinheiro quando estivessem lá dentro.

— Vá comer alguma coisa, vovô — disse Kyoshi.

O velho sorriu para ela, com rugas que arranhavam seu rosto. Mas a expressão feliz se transformou em choque quando Rangi acrescentou uma peça de prata à pilha.

Kyoshi olhou para ela.

— O quê? — perguntou Rangi. — Não estávamos falando sobre esse tipo de coisa agora há pouco?

※

O interior da Madame Qiji estava finalizado pela metade.

O andar térreo era dedicado a servir comida e bebida. Mesas para visitantes estavam dispostas sobre uma camada de palha e areia. Mas no lugar onde deveria estar o primeiro andar, com quartos para hóspedes e viajantes cansados, não havia nada. Portas flutuavam nas paredes a três metros do chão sem meios de alcançá-las. Sem mezanino, sem escadas.

As figuras encapuzadas sentadas nos cantos do local não pareciam achar isso incomum. Elas sequer ergueram o olhar quando Kyoshi e Rangi entraram. Pelo contrário, inclinaram-se ainda mais em suas xícaras de chá, tentando permanecer imperceptíveis.

Kyoshi e Rangi sentaram-se no meio. Perto delas, havia uma mesa de Pai Sho requintada e fortemente construída, de longe o objeto mais bonito da sala. Ficava sobre quatro pernas robustas, cercadas por almofadas de chão maltrapilhas; era como uma joia aninhada nas pétalas de uma flor murcha.

Estavam no lugar certo. E nas cadeiras certas também. Deveria ser apenas uma questão de tempo até que alguém aparecesse e dissesse a frase pela qual elas estavam esperando.

Para Kyoshi, demorou uma eternidade. A mesa de Pai Sho era um lembrete agonizante de Yun. E ela não precisava de ajuda visual para sentir a amarga ferida de perder Kelsang. Aquela dor era uma trilha sangrenta que levava de volta a Yokoya. Nunca desapareceria.

Rangi chutou a cadeira de Kyoshi. Um homem estava vindo até elas. Um jovem, na verdade. Um menino. Cada passo que ele dava rumo ao centro mais iluminado da sala regredia a sua idade. As mangas de sua roupa estavam amarradas com finos fios de couro, e ele usava um turbante no estilo das tribos de Si Wong. O acessório estava pendurado ao redor de seu rosto e pescoço, enquadrando sua fúria mal contida. Kyoshi podia sentir Rangi se preparando para o pior, reunindo e contendo a violência, para liberá-la se as coisas dessem errado.

— O que gostariam de beber? — o rapaz perguntou por entre os dentes.

Ali estava. O momento da verdade. Se as instruções no diário estivessem erradas, sua estratégia seria interrompida já no primeiro passo.

— Jasmim colhido no outono, perfumado ao meio-dia e mergulhado em fervura — disse Kyoshi. Tal combinação não existia. Ou, se existisse, teria gosto de desastre líquido.

A resposta saiu da boca do garoto como se precisasse ser arrastada por rinocerontes-de-komodo, mas era a que ela estava procurando.

— Temos flores de todas as cores conhecidas pelo homem e pelo espírito.

— Vermelho e branco serão suficientes — respondeu ela.

O garoto claramente estava esperando por qualquer resposta que não fosse aquela dada por Kyoshi.

— Lao Ge! — o menino gritou de repente em direção à porta. — Você deveria ficar vigiando, seu pedaço de esterco inútil!

O velho que estava deitado na varanda se inclinou para o lado de dentro. De repente, parecia muito menos enfermo do que quando se viram momentos antes.

— Eu *estava* de guarda, mas então aquelas duas jovens adoráveis me deram dinheiro suficiente para comprar uma bebida ou dez — disse ele, com um sorriso grande e cheio de dentes. — Devem ter passado por mim enquanto eu saía para a loja de vinhos. Que trapaceiras, aquelas duas.

Ele virou uma garrafa de licor nos lábios e bebeu profundamente; sua manga esfarrapada caindo pelo braço revelou músculos sob a pele fina.

O rapaz pôs a palma da mão sobre um dos olhos. Foi para a cozinha, murmurando palavrões para o velho no caminho. Kyoshi entendeu o sentimento.

Rangi encostou-se na mesa. Apesar da pose relaxada, seus olhos flutuavam ao redor da sala, avaliando os ocupantes, especialmente Lao Ge, que estava ocupado tentando ver o fundo de sua segunda garrafa de bebida.

— Sabe — ela sussurrou a Kyoshi —, você me disse que íamos a um esconderijo *daofei*, você me disse que conseguiria ajuda usando um código dos *daofei*, e aqui estamos. Eu ouvi você falar e ainda não acredito que isso está acontecendo.

— Ainda dá tempo de você sair daqui e salvar sua honra — disse Kyoshi.

— Não é a *minha* honra que me preocupa.

Antes que pudessem aprofundar o assunto, o menino voltou com uma bandeja de xícaras fumegantes. Ele colocou uma para Kyoshi, uma para Rangi e, depois, outra para si mesmo, e se sentou com elas. Estava bem mais calmo agora. Isso pode ter tido menos a ver com o chá do que com o apoio que lentamente chegou atrás dele.

Um homem enorme, de trinta e poucos anos, tão alto e quase tão robusto quanto Kelsang, encobriu a luz que vinha da cozinha. Ele tinha um rosto liso e bem barbeado sobre um corpo que ameaçava romper as vestes caras, que pareciam ter sido escolhidas pela aparência, e não pelo tamanho. Kyoshi viu os olhos de Rangi se lançarem aos pés do homem em vez de olhar para suas mãos marcadas por cicatrizes ou para o abdome saliente, e percebeu o porquê. Por maior que fosse, ele não tinha feito o assoalho ranger.

Uma das portas suspensas na parede acima do solo se abriu. Uma jovem saiu da sala, sem se importar com a queda que a esperava.

A mulher estava vestida com uma túnica do Reino da Terra, mas com uma saia de pele por cima das calças. Kyoshi tinha visto peles como aquela usadas pelos visitantes dos dois polos. A herança da Tribo da Água na mulher era fortemente indicada por seus olhos perfurantes e azuis-safira, que nenhuma quantidade da fórmula de aranha-cobra poderia esconder.

Ela pousou no chão com os dedos dos pés esticados como os de uma dançarina. Kyoshi poderia jurar que ela tinha caído mais devagar do que o normal, como a queda de uma pena. Era a única maneira de explicar como a mulher tinha descido do segundo andar até a mesa onde estavam sem quebrar os ossos do pé. Ela se posicionou atrás do outro ombro do menino, com uma feição feroz e indecifrável, enquanto avaliava Kyoshi e Rangi.

Eu não estou com medo, Kyoshi disse a si mesma, ficando surpresa por ser verdade. Ela tinha lutado contra a Marquesa do Mar do Leste. Não seria uma única gangue de *daofei* que a intimidaria.

O garoto que usava o turbante típico do deserto entrelaçava os dedos.

— Vocês vêm aqui, completas estranhas, sem aviso prévio — disse ele.

— Eu tenho o direito — respondeu Kyoshi. — Dei as senhas. Você é obrigado a prestar socorro a mim e à minha parceira, pelos juramentos de sangue que você fez. Para que não sofra os castigos de muitas facas.

— Sabe, o problema é esse. — O rapaz recostou-se na cadeira. — Você está usando essas frases grandes e antigas como se tivesse alguma ideia de como as coisas deveriam funcionar. Recita um código velho, que não ouvimos há anos, como se estivesse se exibindo para nós. Faz isso como se estivesse lendo um manual de instruções.

Kyoshi engoliu seco, de forma involuntária. O rapaz percebeu e sorriu.

Ele inclinou a cabeça para Rangi.

— Sem contar que a beldade aqui tem a maior cara de "pirralha do exército", o que me faz pensar que vocês duas são pessoas da lei.

— Nós não somos — Kyoshi interveio, xingando mentalmente, porque as coisas não estavam indo nada bem. — Não temos nada a ver com a lei!

Havia três homens na casa de chá que não faziam parte daquele pequeno confronto. Todos se apressaram, jogaram umas moedas e fugiram porta afora, os olhos arregalados de medo.

O garoto colocou um objeto pequeno e duro na mesa com um leve baque. Kyoshi pensou que era uma peça de Pai Sho, mas ele retirou a mão para revelar uma pedra alongada, lisa e polida suavemente pelo rio ou por um amolador.

— Eu sou muito bom em reconhecer espiões — disse o menino. — E acho que esta é a sua história. Você pegou a mesada que seu pai te deu, e que provavelmente veio de serviços ilegais, e decidiu brincar de detetive, batendo à nossa porta.

Em seguida, ele apontou para Rangi:

— Ela foi designada para cuidar de você, mas não fez um bom trabalho, porque você está aqui agora e vai morrer. A causa da morte será registrada como estupidez terminal aguda.

Kyoshi quase conseguia ouvir o pensamento de Rangi, contando os membros das três pessoas na frente delas, calculando a sequência de danos que ela infligiria.

— Estou te dizendo, não somos pessoas da lei.

O garoto bateu o joelho com força na parte de baixo da mesa, derrubando as xícaras de chá e derramando o líquido sobre a superfície.

Kyoshi agiu antes mesmo de pensar. Mas, analisando a situação, ela provavelmente agiu com o intuito maior de parar Rangi do que qualquer outra coisa. Ela também deu um pontapé para cima. Toda a casa de chá, o pedaço de terra onde fora construída, saltou cerca de dois centímetros.

O garoto quase caiu da cadeira. Os seus dois guarda-costas se balançaram. Os olhares chocados deles diziam que aquilo não acontecia com frequência, não com a estabilidade do grande homem e o equilíbrio impecável da menina da Tribo da Água.

A voz de Kyoshi sobressaiu aos gemidos de madeira se reassentando e à poeira flutuando em nuvens ao redor deles.

— Tem razão — disse ela. — O meu lugar não é aqui.

O trio não partiu imediatamente para cima dela: decidiram que ela precisava ser atacada com cautela. Isso lhe deu tempo para falar.

— A verdade é que eu desprezo os *daofei*! — Kyoshi exclamou. — Odeio o seu tipo. Estar na sua presença me deixa enjoada. Vocês são piores que animais.

— Uh, Kyoshi? — Rangi chamou quando o grandalhão e a mulher fizeram posições de luta. — Não sei aonde você quer chegar com isso.

O garoto permaneceu onde estava. Kyoshi percebeu que ele quis mostrar uma postura corajosa. Então ela também mostraria.

— Mas isso não importa agora — disse Kyoshi, com uma crescente raiva nos olhos. — Você vai me dar tudo o que eu ordenar, porque é obrigado pelo seu código de fora da lei. Vai fazer o que eu disser por causa das suas tradições idiotas, ridículas e inventadas.

O sangue dela fervia a ponto de poder ser ouvido. Sua mão foi até o cinto. O homem e a mulher certamente interpretariam isso como o sinal para atacar. Ela estava ciente de que Rangi tinha deixado seu assento.

Kyoshi só impediu um completo desastre porque foi mais rápida. Bateu um dos leques de guerra na mesa, fazendo sua armação se abrir completamente e revelando a lâmina dourada. A dominadora de água e o grandalhão pararam. Parecia que o garoto tinha sido atingido no peito e que seu coração tinha sido arrancado.

— Espíritos celestes! — disse Lao Ge. — É o leque da Jesa!

A súbita aparição do velho perto da mesa assustou os dois lados igualmente. Ele havia se espremido entre Rangi e Kyoshi sem que elas percebessem, e inclinou-se na mesa, examinando atentamente os detalhes da arma.

O garoto saltou de seu lugar.

— Onde arranjou isso? — ele gritou.

— Eu o *herdei* — Kyoshi respondeu, com o pulso acelerado. — Dos meus pais.

A menina da Tribo da Água olhou para ela com admiração.

— Você é filha da Jesa? — perguntou. — Jesa e Hark eram seus pais?

Kyoshi não sabia por que a menina havia demonstrado mais interesse em fatos tão simples do que na possível luta, alguns minutos antes.

— Isso mesmo — disse ela, sentindo um amargor em sua boca. — Meus pais fundaram esse grupo. Eles são os chefes de vocês.

— O nosso bebê voltou para casa! — exclamou Lao Ge. — Isso pede uma bebida! — Ele recuou para ter espaço suficiente para derramar uma terceira garrafa em sua garganta.

O menino ainda estava com raiva, mas de um jeito diferente agora.

— Precisamos nos reunir por um minuto. — Ele pegou sua pedra da mesa e apontou para Kyoshi de forma acusadora. — Enquanto isso, sugiro que esclareça a sua história, porque tem muitas explicações a dar.

— Sim — concordou Rangi. — Ela tem.

Lao Ge empoleirou-se numa mesa ao lado de suas garrafas de bebida, como um estranho pássaro arrumando objetos brilhantes em seu ninho. O resto da gangue voltou para a cozinha sem ele. Como o trio parecia não dar muita importância a ele, Kyoshi só podia fazer o mesmo. Ela se virou para Rangi e encontrou a dominadora de fogo dando-lhe um olhar crítico.

— O quê? — disse Kyoshi. — Aconteceu exatamente como eu disse que aconteceria. Entramos. É o primeiro passo para termos acesso a esse mundo.

Rangi permaneceu impassível.

— Eu te contei tudo antes de pousarmos — continuou Kyoshi. — A verdade sobre os meus pais serem *daofei* que me abandonaram em Yokoya. Rangi, você veio aqui comigo já sabendo disso.

As palavras saíram dela em uma enxurrada. Seu joelho estava balançando rapidamente para cima e para baixo. O movimento não escapou à atenção de Rangi.

— Por mais bizarro que seja eu dizer isso, a sua história familiar secreta não é o problema — disse Rangi. — Você não acha que tocou nesse assunto de um jeito um pouco... agressivo?

Isso era novidade para Kyoshi, vindo de sua amiga que "queima primeiro e pergunta depois".

— É o tipo de comportamento que essas pessoas respeitam — explicou Kyoshi. — Tagaka sabia que éramos calmos e racionais, e olha o que ela tentou fazer com a gente.

Os dentes de Rangi estalaram.

— É que você não viu como você estava lá atrás. Era como se estivesse implorando para que eles te atacassem. Existe uma diferença entre coragem e desejo de morrer.

Ela estendeu a mão sobre a perna de Kyoshi e a apertou para acalmar o tremor.

— Não estamos em nosso território — disse Rangi. — Você pode ter as chaves para certas portas, mas essa não é a nossa casa. Precisa ter mais cuidado.

Mas se eu recuar de alguns daofei, *não terei chance de enfrentar Jianzhu.*

— Desculpe, tá bom? — exclamou Kyoshi. Essa discussão não iria se resolver tão cedo, e a gangue estava voltando. A última coisa que elas queriam era demonstrar fraqueza na frente dos criminosos que estavam tentando coagir.

Rangi deixou a discussão de lado, vendo algum valor nessa união. O garoto Si Wong, a garota da Tribo da Água e o homem grande se colocaram na frente de Kyoshi com extrema formalidade. Ela costumava ficar assim para receber convidados importantes, mas sempre na parte de trás do grupo devido à sua altura.

O homem fez um gesto com uma palma da mão aberta virada para baixo e a outra mão fechada em punho por cima. Era diferente de qualquer outra saudação que Kyoshi havia testemunhado, e fez parecer que a mão direita estava batendo na esquerda por ter tentado roubar a comida de uma mesa.

— Pardal Esvoaçante Wong — ele falou, curvando-se ligeiramente. Se ele parecia envergonhado por ter um apelido tão delicado, não demonstrou.

A ágil dominadora de água deu um passo à frente e fez a mesma pose, embora de uma maneira desleixada para que todos soubessem que ela achava ridículo o conceito desse tipo de nome.

— Kirima — disse ela. — Apenas Kirima.

— Lek Bala — exclamou o menino, com grande orgulho. Ele tinha arrumado seu turbante para trás das orelhas, o que lhe dava um estilo mais digno. — Mas alguns me chamam de Lek Esmagador de Crânios ou Lek Assobio da Morte.

Kyoshi tentou não espelhar os rostos que Wong e Kirima fizeram pelas costas de Lek, ou o menino certamente se sentiria insultado.

— Kyoshi — disse ela. — Essa é minha parceira, Rangi.

Rangi deu um pequeno sopro em desaprovação, que Kyoshi interpretou como: *Ah, então vamos falar nossos nomes verdadeiros agora?*

— Como vocês chegaram até nós hoje à noite? — perguntou Kirima.

— Comecem do início.

Tão longe assim, é?

— Não me lembro muito de quando eu era pequena — Kyoshi disse. Embora suas pernas tivessem se acalmado, o pescoço doía de tensão. — Só lembro que meus pais e eu nunca ficamos em um lugar por muito tempo e eles nunca me diziam onde estávamos. Mas acho que podemos dizer que eu cresci no "Reino da Terra".

— Isso deve ter sido antes de qualquer um de vocês entrar para o grupo — disse Lao Ge para os outros. — Jesa e Hark diminuíram o ritmo por vários anos e quase não executavam mais nenhum trabalho sujo. Nunca me disseram por que deixaram de reunir a velha equipe por tanto tempo. Eu pensei que eles tivessem desistido.

A memória do velho ajudou Kyoshi a encaixar as peças em um quebra-cabeça completo. O resultado foi pior do que ela imaginava.

— Bem, parece que eles queriam muito voltar, porque me abandonaram em uma vila agrícola quando eu tinha cinco ou seis anos — ela explicou. — Não sei exatamente quando foi. Eu não os vi mais depois disso. *Nem os perdoei.*

— Não pode ser — disse Lek. — Jesa e Hark nunca fariam isso com a família. Eles eram os chefes mais leais que alguém poderia ter. Você deve estar enganada.

Kyoshi se perguntou como seria pegá-lo pelo pescoço, como ela fez com aquele pirata, e sacudi-lo até ele ver estrelas. Kirima interveio antes que ela pudesse materializar a ideia.

— Você está dizendo à própria filha deles o que aconteceu com ela? — a dominadora de água rebateu. — Cale a boca e deixe-a terminar.

— Não tenho mais muita coisa a dizer — concluiu Kyoshi. — Quase morri abandonada naquela aldeia antes de ser acolhida na casa de um homem rico e poderoso. Um sábio. As únicas posses que eu tinha em meu nome eram o equipamento da minha mãe e seu diário, que tinha informações sobre os costumes *daofei* da família dos meus pais, obrigações que eu poderia cobrar. Foi um manual de instruções. Como você disse.

Ela olhou para Rangi.

— Mantive o passado dos meus pais em segredo da aldeia o tempo inteiro. Como eu já era tratada por todos como uma estranha, achei que não teria sido uma boa ideia se os habitantes da cidade soubessem que eu também era filha de criminosos.

Rangi apertou seu maxilar. Kyoshi sabia que ela estava pensando nas possibilidades, em como o relacionamento delas poderia ter sido diferente se ela soubesse que Kyoshi era uma criança contaminada desde o início. Será que Rangi a teria enxergado e ajudado mesmo assim? Ou ela a teria tratado como lixo, como fez com Aoma, Jae e os outros?

— E num determinado dia você decidiu sair e vir até aqui? — perguntou Lek. Ele ainda estava incrédulo, principalmente com o fato de Kyoshi ter revelado que seus pais não eram perfeitos.

— Eu não decidi — Kyoshi rosnou, voltando sua atenção para ele. — O dono da casa onde eu morava decidiu por mim quando assassinou duas pessoas que me eram muito importantes. Jurei pelos espíritos que cuidam deste mundo que eu o faria pagar. É por isso que estou aqui.

Ela bateu o punho na mesa para dar ênfase.

— Ele é poderoso e influente demais para ser derrubado pela lei. Então eu preciso do lado oposto da moeda. Preciso dos recursos dos meus pais. Se eles puderem me dar um único presente nesta vida, então que seja uma vingança por aqueles que eu perdi.

O rosto dela estava vermelho. Kyoshi se sentia prestes a explodir. Ela não sabia o que faria se outra porta ali de repente se abrisse e a mãe e o pai dela aparecessem. Teria sido tão volátil e inesperado quanto seu encontro com o espírito da caverna.

Lek tirou o turbante e o enrolou nas mãos. Seu cabelo era arenoso e curto.

— Você veio até aqui para encontrar Jesa e Hark — disse ele, num murmúrio triste. — Kyoshi, sinto muito. Eu não sei como dizer isso, mas... mas...

O alívio bateu nela de imediato. Ela não precisava encontrá-los. Não precisava descobrir que tipo de pessoa ela seria quando o passado se desenterrasse e tomasse forma.

— O quê? Eles estão mortos ou algo assim? — Kyoshi perguntou, acenando com a mão para ele de forma petulante. — Eu não me importo.

Mentira. Se eles tivessem aparecido em sua frente, ela teria fugido gritando daquela sala.

A dor de Lek foi substituída por indignação, como se ela fosse uma convidada do funeral que estava roubando as ofertas do altar.

— Estamos falando da sua mãe e do seu pai! Eles morreram por causa de uma febre há três anos!

Ela achou tão fácil ser cruel, agora que tinha certeza de que seus pais não podcriam se defender.

— Uau. De algumas coisas não se pode fugir, hein?

Os olhos do rapaz se arregalaram.

— Como você pode ser tão cruel? Ninguém nas Quatro Nações desrespeita os próprios pais dessa maneira!

— Bom, eles me deixaram para trás porque eu ocupava muito espaço na bagagem deles — retrucou Kyoshi. — Então eu diria que é uma tradição familiar.

Ela fechou o leque com a intenção de enfatizar sua frase de forma intimidadora. Em vez disso, as varetas se desalinharam e a folha se dobrou da maneira errada, arruinando o efeito. Ela teria que aprender a usá-lo corretamente em algum momento.

— Eu não estou aqui para confrontar meus pais ou seus fantasmas — disse Kyoshi. Toda a adrenalina que percorria seus ossos diminuíra. — Estou aqui para buscar o que me é de direito por laços de sangue.

Ela contou em seus dedos.

— Quero ter acesso a esconderijos nas cidades maiores, onde posso ficar escondida por bastante tempo. Quero conhecer todos do grupo, começando pelos dominadores mais fortes. E, acima de tudo, quero treinamento. Treinamento até que eu seja forte o suficiente para derrubar meu inimigo.

Um silêncio caiu sobre o grupo.

Kirima se engasgou, desajeitada. Kyoshi pensou que talvez sua saliva tivesse descido pelo lugar errado, mas então a dominadora de água começou a rir.

— Outras cidades! — Ela gargalhou. — Deixe-me adivinhar. Seu diário mencionou bases secretas em Ba Sing Se, Omashu? Gaoling, talvez? Cheios de uma irmandade de bandidos que honram os costumes antigos?

— Eu vou soprar minha trombeta — disse Wong. — Tenho certeza de que eles virão correndo!

Kyoshi franziu a testa.

— O que é tão engraçado?

Kirima abriu os braços.

— Esta é a nossa única base de operações. *Este* é o grupo. Nós. Qualquer assistência que você acha que tem o direito de exigir aos fora da lei acaba aqui, dentro destas paredes.

Kyoshi se lembrava do momento em que sentiu mais cansaço em sua vida. Não fazia muito tempo, e foi depois de ter sido deixada em Yokoya, quando ainda via o diário e o baú como seus patrimônios de nascença, e não como provas incriminadoras que seus pais tinham abandonado com ela.

Foi afugentada de todas as portas, forçada a arrastar o baú pesado com ela. Era muito para uma criança carregar naquela época, mesmo uma tão grande quanto Kyoshi. Com o passar do dia, a exaustão se infiltrou em cada parte do seu corpo. Seus pensamentos ficaram cinzentos. Não havia espaço dentro dela para a fome e a sede. Tudo estava entregue à fadiga.

Kyoshi sentiu aquele mesmo cansaço ameaçando derrotá-la agora. Entrou em suas articulações como pregos, tentando forçá-la a desistir. Olhando para os *daofei* à sua frente, ela via claramente. Eles não eram a vanguarda de algum exército sombrio que ela poderia usar para marchar sobre Jianzhu. Eram pessoas abatidas e perseguidas. Assim como ela.

— Já passamos por tempos difíceis — disse Wong. Ela havia notado que ele não falava muito, então, quando ele falava, era provavelmente algo verdadeiro e direto. — A repressão ao contrabando no Reino da Terra tem sido muito severa nos últimos anos. Ficamos isolados das gangues de outras cidades, sem receber notícias e sem opções de trabalho.

— Seu diário deve ter pelo menos uma década, e as informações devem ser mais antigas ainda — disse Lek. — Naquele tempo, grupos como o nosso tinham muita influência. — Ele olhou para as suas mãos como um rei deposto, ansiando pelo controle do seu cetro. — Tínhamos territórios. Os governadores pediam a nossa permissão para fazer negócios.

— Lek, você devia ter três anos durante o nosso auge — disse Kirima. — Nós nem sequer tínhamos encontrado você.

Ele a atacou furiosamente.

— Isso significa que o resto de vocês devia estar mais chateado do que eu!

— Nós entendemos — Rangi interrompeu. — É doloroso saber o que deveria ter acontecido.

Kyoshi detectou um tom de satisfação na voz da amiga com a forma como as coisas tinham se encaminhado. O buraco aonde elas chegaram não tinha sido mais profundo do que uma casa de chá em ruínas e alguns sacos de moedas. Rangi percebera que elas ainda podiam sair dali em segurança.

— Kyoshi, nós tentamos — disse ela. — Você fez o que podia. Mas não foi para isso que viemos. — Ela olhou para as portas do quarto e para a posição incomum delas. — Nós poderíamos passar a noite aqui, talvez, mas não seria mais seguro do que acampar. Devíamos voltar para Peng-Peng e voar para o próximo...

Lek bateu as mãos na mesa.

— *Voar*? — Sua voz ecoou, animada. — Vocês *voaram* até aqui?

O resto do grupo se animou.

— Isso quer dizer que vocês têm um bisão voador? — perguntou Kirima, com um brilho interessado nos olhos.

Rangi amaldiçoou o próprio deslize.

— Por que querem saber? — questionou Kyoshi. — Que diferença faria?

— Porque agora vocês têm algo que queremos — disse Kirima enquanto Lek batia nas paredes. — Ser filha de Jesa e Hark significa que somos obrigados a te manter longe do perigo. Mas isso não significa que seguiremos suas ordens ou ajudaremos você em alguma busca pessoal por vingança. Se você quer nossa ajuda, então faça uma oferta.

— Não — Rangi retrucou. — Esqueça. Não vamos lhe dar nosso bisão. Não vamos lhe dar nada do tipo.

— Fique calma, Coque Alto — disse Kirima. — Estou apenas sugerindo uma parceria. Precisamos sair dessa cidade seca e ir para um local onde as perspectivas são melhores. Kyoshi quer treinamento. Nós deveríamos viajar juntos por um tempo. É sua melhor chance de encontrar professores de dominação de terra com má reputação.

Ao ouvi-la, Kyoshi de repente percebeu que tinha cometido um erro grave. Ela mostrara sua habilidade com dominação de terra. Embora precisasse melhorar a dominação em seu elemento nativo, não havia uma maneira direta de obter treinamento nos outros elementos sem revelar que ela era o Avatar.

Rangi ainda era contra a ideia.

— Não viemos aqui para reviver uma operação de contrabando fracassada — disse ela a Kyoshi. — Só estaríamos assumindo mais riscos do que precisamos.

— Em primeiro lugar, a *nossa* operação era excelente! — Lek interrompeu, cheio de ressentimento. — E, em segundo lugar, vocês duas é que estão perdidas aqui. Vocês não durariam um dia andando em nosso meio sem um guia. Sem falar que *nós* quase matamos vocês.

Rangi estreitou os olhos.

— Essa é sua impressão do que aconteceu? — ela parecia mais do que disposta a testar a teoria dele.

Kyoshi enterrou o rosto nas mãos enquanto discutiam. O plano que antes parecia tão claro em sua mente estava se tornando uma verdadeira bagunça. O seu caminho estava cheio de confusão e reviravoltas.

Lao Ge interrompeu seu lamento ao bater uma garrafa vazia na mesa. Ele tinha sido esquecido até agora, e seu sorriso indicava que ele estava prestes a lançar o maior segredo do mundo.

— Eu sei que é uma decisão difícil, minha querida menina — disse ele, inclinando a orelha em direção à porta. — Mas não demore muito. A polícia está chegando.

FUGA

O SOM DE BOTAS marchando pela estrada preencheu o ar.

— Seu velho estúpido! — gritou Lek. — Nunca mais o colocarei de guarda outra vez!

— Finalmente — disse Lao Ge, piscando para Kyoshi.

Oficiais usando fardas verdes entraram apressadamente na casa de chá. Eles se espalharam por todos os cantos para que pudessem se acomodar ali dentro. Havia cerca de vinte soldados, usando armaduras acolchoadas com uma espada *dao* simples nas costas.

Na frente da formação, ainda com roupas simples, mas agora usando um turbante adornado com o emblema municipal da lei, encontravam-se os três homens que estavam na casa de chá mais cedo.

— Quem foi que disse mesmo que era bom em identificar espiões, Lek? — rosnou Kirima.

Em um momento de pânico, Kyoshi pensou que os oficiais teriam vindo atrás dela em nome de Jianzhu, mas não podia ser. Mesmo que o homem tivesse enviado mensageiros imediatamente, eles não superariam um bisão.

Não, ela pensou com uma careta no rosto. Eles estavam aqui pela garota que entrou em um esconderijo criminoso e começou a dar ordens usando códigos dos fora da lei. Ela havia se incriminado publicamente, como uma tola.

— Em nome do Governador Deng, você está presa! — disse o capitão. Em vez de uma espada, ele apontou para o grupo o cassetete cerimonial com o selo do Rei da Terra, que parecia pesado o bastante para quebrar alguns ossos. — Abaixem suas armas!

Deng. O nome trouxe mais terror ao coração de Kyoshi do que a investida de um alce-leão dentes-de-sabre. O robusto Governador Deng de nariz avermelhado era uma visita frequente na casa de Jianzhu e um de seus aliados mais próximos. Kyoshi lançou um olhar para Rangi. O balançar de cabeça preocupado da dominadora confirmou seu temor. Se fossem pegas ali, naquela noite, toda a operação estaria acabada. Elas estariam de volta às garras de Jianzhu antes mesmo de seu café da manhã esfriar.

O capitão não gostou do contato visual entre ela e Rangi.

— *Eu disse: abaixem suas armas!* — ele gritou, eriçado para uma briga.

Os *daofei* olharam confusos para suas mãos vazias. Kyoshi percebeu que, a menos que o homem se sentisse particularmente ameaçado pelas garrafas de Lao Ge, a única pessoa armada era ela. O brilhante leque de guerra ainda estava nas suas mãos, e seu par preso no cinto. Ela se levantou para ter espaço para puxar o outro leque.

O capitão deu um passo para trás espantado. Ele interpretou o levantar de Kyoshi, mostrando toda sua estatura, como um ato hostil. Ele não era o primeiro.

— Levem todos! — ele gritou para seus homens.

Havia muitos soldados. Espremidos nos cantos escuros da casa de chá, os guardas pareciam estar em maior número do que os saqueadores de Tagaka. Cinco dos oficiais investiram contra Kyoshi, o alvo óbvio.

Eles foram nocauteados por uma rajada de fogo. Kyoshi olhou novamente para Rangi, que estava com o punho estendido, a pele esfumaçando. Sua expressão era de chateação, mas não de arrependimento. Se elas estavam nessa, então iriam até o fim. Rangi não fazia as coisas pela metade.

Inspirado pela determinação dela, Wong ergueu Lao Ge e jogou o corpo bêbado no capitão, como se fosse um boneco de pano. O grito que Lao Ge deu enquanto voava pelos ares era o único sinal de concordância com tal ato. Eles já pareciam ter feito isso antes. O elemento surpresa funcionava a seu favor enquanto os braços rijos de Lao Ge prendiam o pescoço do capitão e as pernas se entrelaçavam ao redor de sua cintura, formando uma rede humana.

Outra rajada de Rangi passou chiando pela orelha de Kyoshi. Ela não sabia mais o que estava acontecendo. Homens a cercavam com suas espadas empunhadas. Ela pegou o objeto mais pesado e próximo – o tabuleiro de Pai Sho – e o atirou sobre eles.

Os policiais foram derrubados facilmente pela pancada de madeira maciça. Aqueles que tentaram bloquear os golpes ferozes dela acabaram ficando com as espadas tortas e esmagadas contra o peito.

Novos oficiais entraram pela porta apenas para escorregarem numa camada de gelo que Kirima havia criado usando apenas o vinho que restou da reserva de Lao Ge. Kyoshi pulou de surpresa ao ver os punhos e dedos da dominadora de água se torcerem de forma tão sutil. Por um momento, parecia que a própria Tagaka da Quinta Nação estava lutando ao seu lado.

— Garota! — chamou Lao Ge, tentando manter as espadas dentro das bainhas em todos os lugares que seus dedos ossudos conseguiam alcançar. — Levante a mesa!

Kyoshi não tinha a mesma sintonia que o velho tinha com Wong, mas entendeu a referência. Ela elevou o pé e, em seguida, bateu-o com força no chão.

A casa de chá pulou no ar de novo, dessa vez com uma inclinação maior na parte de trás. Lao Ge e vários policiais caíram pela porta. Os outros foram derrubados de bruços, rolando na palha e no vinho congelado.

Os novos compatriotas de Kyoshi conseguiram se manter de pé, visto que já conheciam esse truque.

— Saiam pelo outro lado! — gritou Lek.

— E Lao Ge? — Ela não queria tê-lo derrubado no meio dos inimigos.

— Ele sabe se virar! Vamos!

Ela jogou novamente o tabuleiro de Pai Sho nos oficiais mais próximos e seguiu o grupo de criminosos pela cozinha. Estava vazia, era apenas um pequeno cômodo com um fogão de argila queimado graças à tentativa de Lek de fazer chá. Havia outra porta no caminho, que os levara à praça da cidade atrás da casa.

Do lado de fora, a saída estava disfarçada com uma pintura, e não era possível distinguir a porta. A parede também não tinha janelas.

Portanto, era o lado da casa menos vigiado por policiais. Apenas dois guardas estavam a postos ali. Kyoshi ouviu um barulho de *zip-zip* e ambos foram ao chão antes mesmo de sacarem as espadas.

Lek guardou algo de volta no bolso.

— Onde está sua carona?

— Na parte sudoeste da cidade — Rangi respondeu. O que foi ótimo, porque Kyoshi havia perdido todo seu senso de direção e não fazia ideia de onde estavam. — Se todos me seguirem, posso levá-los até lá.

De repente, um ruído de argila se partindo veio de cima. Toda uma fileira de telhas foi arrancada do telhado e veio desmoronando atrás deles conforme eles corriam. Alcançar Peng-Peng significava ter que correr pelos limites do bairro procurando uma passagem pelos diversos becos que se ramificavam em várias direções, como as nervuras de uma folha.

Kyoshi viu de relance o motivo pelo qual eles não foram perseguidos por mais policiais. Lao Ge estava emaranhado com um pelotão inteiro na entrada principal da casa. Eles tentavam golpeá-lo vorazmente, mas atingiam o vazio todas as vezes. O velho dobrava e girava seu corpo como se o vinho ainda estivesse deixando sua mente enevoada, esquivando e virando, seus movimentos pareciam projetados para provocar e frustrar os policiais. Kyoshi o viu se inclinar em ângulos impossíveis, paralelos ao chão, e percebeu que ele estava sutilmente criando suportes debaixo de si com dominação de terra, mudando seu centro gravitacional para confundir os oponentes.

— Não podemos deixá-lo! — ela gritou para os outros.

Pelo jeito, eles podiam, pois ninguém mais pensou em Lao Ge.

— Por aqui! — disse Rangi, mergulhando na escuridão de uma passagem. Contudo, antes que alguém tivesse a chance de segui-la, uma grossa parede de pedra surgiu do chão, atingindo a altura dos telhados vizinhos e fechando a saída. A força policial trouxera os próprios dominadores de terra.

Lek continuou correndo na direção de Rangi como se não tivesse notado o obstáculo em seu caminho. Kyoshi achou que ele iria espatifar seus miolos contra a parede. Então, ele fez uma das coisas mais incríveis que ela já tinha visto.

Ele subiu correndo pelo ar.

Lek continuou cada vez mais alto pela escada invisível. Foi só quando ele estava quase no topo que ela viu como. As colunas de terra mais finas que ela já tinha visto alguém fazer saíam do chão a cada passo que ele dava, antecipando onde seu pé pousaria. Elas providenciavam um suporte momentâneo e se desfaziam em poeira assim que o peso era retirado. O suporte criado não deixava rastro algum.

Kyoshi havia visto crianças da aldeia brincando de dominar o solo em que pisavam elevando-o ao ar. Isso geralmente funcionava como um teste de coragem, para ver quem conseguia fazer o pilar mais alto, ou então como um jogo de coordenação, em que se alternava a dominação com um parceiro, como numa gangorra. Mas era sempre um jogo altamente prejudicial para o solo, pois deixava marcas irregulares. E os jogadores precisavam manter-se parados, senão cairiam de suas plataformas.

Lek não tinha nenhuma dessas preocupações. Flutuava, leve e sem se importar com a gravidade da terra. Ele pisou no topo da parede e depois em um telhado antes de desaparecer.

A façanha não era limitada a dominadores de terra. Kirima abriu um pequeno recipiente em sua cintura e filetes de água jorraram adiante, acumulando-se abaixo de seus pés. Ela subiu pelo nada, como Lek havia feito. Seus degraus eram jatos poderosos e finos que davam a mesma resistência que a terra. A sincronia dos jatos não era tão boa, e a água era menos estável, mas ela compensava com suprema graça.

Wong olhou para Kyoshi como se quisesse checar o que ela estava pensando. *Não, você não consegue*, era o que ela estava pensando.

Ele deu de ombros pelo ceticismo dela e seguiu seus colegas em direção ao céu, usando terra e poeira, assim como Lek, como se não fosse grande coisa. A visão do homem gigante desafiando todas as noções de gravidade fez seu queixo cair. Nem se parecia com uma dominação, era mais como um truque espiritual, um falcão invisível levantando o peso dele acima dos telhados. Kyoshi observou Kirima e Wong correrem sobre calhas e parapeitos, cruzando os espaços vazios nos vãos dos becos com igual tranquilidade.

Toda essa demonstração havia acontecido em segundos. Foram acrobacias incríveis. E altamente difíceis, para seu desespero.

Desespero porque ninguém havia considerado que Kyoshi não sabia fazer isso. Ela claramente, com toda certeza, não sabia fazer isso.

— Vamos encurralá-la! — um policial gritou logo atrás. Uma segunda placa de pedra subiu à sua direita.

E, então, à sua esquerda. Ela correu para a avenida mais próxima que restou e saiu da praça antes que fosse completamente bloqueada. Ela soube na hora que tinha sido um erro. Estava indo na direção oposta à de seus companheiros. As bifurcações na rua estreita não possuíam marcação e cada mudança que ela fazia no caminho a deixava mais perdida. As casas a espremiam cada vez mais enquanto ela corria, tentando asfixiá-la pelas guelras como um peixe em uma rede.

Uma explosão de fogo foi lançada no céu que estava escurecendo. E então outra, mais à direita da primeira. Rangi estava sinalizando para onde a amiga deveria ir. Kyoshi sentiu seu coração parar um instante. Era isso ou um ataque histérico por ter corrido por tanto tempo em máxima velocidade.

Ela seguiu a próxima curva em direção ao fogo, mas os policiais também. Pior, eles usaram o conhecimento que possuíam da cidade a seu favor, surgindo logo atrás, bem perto dela. Kyoshi não podia retornar. E mais à frente, um beco sem saída se aproximava. A via tinha sido fechada com tijolos.

— Sem saída, menina! — berrou um policial, com uma capacidade pulmonar admirável.

Suba, ela pensou. Faça aquilo que os outros fizeram. Sua voz se reprimindo soava muito como a de Rangi em sua cabeça.

Deve ser mais fácil se eu for rápido, certo? Ela disparou em direção à parede, rezando para que o Avatar dentro dela tivesse adquirido uma habilidade que só havia presenciado uma vez. A tentativa apressada de dominar a terra sem destruir a cidade inteira resultou apenas em míseros blocos aparecendo diante dela. Eles colapsaram com seu peso, e ela se desequilibrou. Então, caiu descontroladamente para a frente, batendo o rosto primeiro, sem conseguir apoiar os braços antes de sofrer o impacto.

Kyoshi fechou os olhos enquanto colidia contra a parede. Houve uma batida terrível, uma explosão de tijolos e argamassa. Quando abriu os olhos novamente, ela estava do outro lado da parede, ainda correndo.

Ela havia atravessado direto, sem sentir nada. Deve ter feito a dominação num reflexo, encolhendo-se e envolvendo-se no próprio poder como um manto. Uma olhada de relance para trás revelou um buraco do tamanho de Kyoshi na parede e guardas surpresos tentando decidir se passavam por ele ou pelo telhado.

Em sua distração, ela colidiu com a esquina de uma casa. O medo de quebrar algum osso a fez forçar a passagem pela estrutura de argila, foi quando ela sentiu a dor do impacto em seu ombro. A casa continuou de pé, mas parte dela foi arrancada como um pedaço de pão.

À sua frente, os espaços entre as lojas fechadas eram tão estreitos que até uma pessoa menor que ela precisaria passar de lado. Rangi mandou outra sinalização. A única maneira de chegar até lá era voando como um pássaro. Kyoshi fez um pedido de desculpas ao cosmos pelo dano que estava prestes a causar e disparou em direção ao aglomerado de construções. Se ela não podia agir como uma criatura graciosa, seria então como um tanque de guerra.

Ela passou pela primeira parede arrebentando-a como se fosse papel de arroz. Do lado de dentro, cruzou o recinto em poucos passos e irrompeu na construção vizinha, fabricando uma passagem pelo amontoado de armazéns. Cada seção que ela atravessava proporcionava vislumbres de diferentes mercadorias. Mercadorias secas, mercadorias líquidas, armas, marfim – o que era certamente ilegal –, chapéus chiques. Ela estava feliz de arruinar apenas os artigos das lojas, e de não estar machucando seus ocupantes com detritos voadores.

Kyoshi sentiu seu rosto esticar e imaginou se havia se machucado, aberto uma ferida na pele. Mas não, constatou ela. A garota estava sorrindo, com expressão alucinada, celebrando distraída o próprio poder de destruição. Quando percebeu o sorriso, ela rapidamente voltou sua mandíbula para uma carranca sombria e atravessou a próxima parede.

Uma sensação nada familiar se agitou dentro dela após atingir a última parede. Era liberdade. Ela estava em uma rua larga, indo na direção correta finalmente. Acima dela, nos telhados, a gangue toda surgia com destreza, de superfície em superfície, apoiando-se em seus elementos quando necessário.

— Vejo que você criou seu atalho! — gritou Kirima. A água que a sustentava brilhava lindamente à luz da lua, fazendo com que ela parecesse uma fada lunar.

Kyoshi olhou para trás para ver se alguém tinha seguido a trilha de pura devastação que ela havia deixado pela cidade.

— Onde está Rangi?

— Ainda na liderança. Você arrumou uma companheira e tanto.

Então surgiu outro clarão, que lembrava um foguete subindo pela noite. Rangi mostrava o mesmo nível de habilidade que os *daofei*. Ela corria pelas telhas, tão ágil quanto eles e, quando o espaço era grande demais para um salto, ela pisava em jatos de fogo que saíam de seus pés, traçando arcos incandescentes pelo céu.

A visão fez a respiração de Kyoshi parar justamente quando a garota mais precisava. Rangi estava tão linda, iluminada pela lua e pelo fogo, que doía. Ela era uma mistura de força, habilidade e determinação envolvendo um coração inabalável.

Kyoshi sempre admirou Rangi. Mas agora parecia que ela estava olhando a amiga por um painel de vidro que acabara de ser limpo. Algum espírito poderoso e amoroso havia descido dos céus e pintado a dominadora de fogo com novos traços de cores vibrantes.

Havia uma aflição no peito de Kyoshi que não era relacionada à velocidade da corrida de Rangi. Notas de ansiedade e medo tocavam em um mesmo acorde. Ela afugentou o sentimento, sem querer confrontar seu significado naquele momento. Em todo caso, essa era uma péssima hora para se distrair.

Logo acabaram as casas por onde eles poderiam pular. O grupo alcançou os casebres nos limites da cidade, causando mais confusão aos moradores que viram Kyoshi e Rangi chegando para passar a noite, mas que agora as observavam correr na direção oposta para se salvarem, levando outras três pessoas.

Lek correu para o bosque sem ser orientado, talvez entendendo que existiam poucos lugares onde era possível esconder um bisão de dez toneladas. Kyoshi alcançou o garoto a tempo de vê-lo diante de Peng-Peng, que rugia soltando rajadas de vento e o fazia recuar.

— Calma, garota! — Ela tossiu, seus pulmões ardendo pela corrida e pela poeira das construções. — Eles estão conosco.

Andar pelo céu devia ser uma técnica bastante eficiente, porque ninguém parecia tão cansado quanto ela. Rangi montou no pescoço de Peng-Peng e desenrolou as rédeas da sela. Os *daofei* escalaram as costas do bisão, segurando-se em seu pelo com uma estranha familiaridade. Assim que todos se acomodaram, Rangi guiou Peng-Peng para cima das copas das árvores.

Lek estava extasiado.

— Um bisão! — ele gritava, batucando no assento da sela. — Um bisão de verdade!

— Fique calmo! — disse Rangi. — Nem parece que é possível vê-los perto de qualquer Templo do Ar.

— Ele só está animado porque nós também tínhamos um bisão — disse Wong. — Um camaradinha fofo chamado Longyan.

Apesar da pressa, Rangi parou, deixando Peng-Peng voar em círculos suaves e lentos.

— Como assim? — ela perguntou. — Apenas Nômades do Ar podem domar bisões. Os animais não costumam dar ouvidos a estranhos quando são roubados.

— Não roubamos Longyan — explicou Kirima. — Ele era o bisão da Jesa.

Rangi apertou os olhos, confusa, e virou-se para Kyoshi.

— Mas Jesa não era... a *sua* mãe?

Kyoshi estremeceu. Por sorte, ela encontrou uma saída dessa conversa desconfortável, ainda que fosse temporária. No chão abaixo deles, acenando com as mãos, estava Lao Ge. Ele havia escapado das dúzias de homens que o cercavam e conseguiu chegar ao esconderijo antes dos soldados.

Os *daofei* não pareciam nem um pouco surpresos em vê-lo. Rangi fez Peng-Peng voar mais baixo e Wong se inclinou, segurando a mão de Lao Ge, para trazê-lo para a sela, novamente com uma facilidade adquirida pela prática.

— Achei que finalmente nos livraríamos do seu fedor! — gritou Lek.

— Não vão se livrar assim tão fácil — disse Lao Ge. — Alguém mais está com sede? Eu poderia...

— Cale a boca — cortou Rangi, e fixou o olhar em Kyoshi outra vez. — Isso significa o que eu acho que significa? Sobre sua mãe?

Ela parecia magoada por descobrir outro segredo que havia sido escondido dela. Mas era verdade, Kyoshi tinha se esquecido de tocar no assunto. Não tinha sido relevante até então.

— Sim — disse Kyoshi, sem jeito. — Minha mãe era uma dominadora de ar. Eu sou metade Nômade do Ar.

Ela se sentia terrivelmente culpada. Tinha forçado Rangi a absorver muita coisa no último dia. Descobrir que a origem de Kyoshi não era totalmente do Reino da Terra, como Rangi imaginava durante todo esse tempo, era só mais um pequeno peso adicionado à pilha de culpas.

Além disso, ouvir que uma criminosa desprezível e chefe de uma gangue era uma Nômade do Ar já teria sido o bastante para chocar e confundir qualquer um. As pessoas no mundo todo encaravam dominadores de ar como seres iluminados e livres de preocupações mundanas. Eles pertenciam a uma cultura benigna, pacífica e tão pura de espírito que todos os membros possuíam a capacidade de dominar seu elemento.

Rangi parecia uma criança que acabara de ouvir que os doces escondidos em seu travesseiro foram deixados pelos pais e não pelo Grande Espírito da Colheita. Kirima e Wong perceberam o mal-estar entre elas e permaneceram em silêncio. Já Lek não foi tão observador.

— Por que está todo mundo com a cara azeda? — disse ele, dando um tapa nas costas de Rangi e Kyoshi. — Finalmente temos um bisão de novo! Dias melhores estão por vir! — Ele ergueu seus punhos, socando o ar, e deixou escapar um grito de felicidade. — A Companhia Ópera Voadora está de volta aos negócios!

Eles acamparam nas margens de um riacho seco, escondidos em um ponto no meio do nada. Mesmo que soubessem em que direção eles tinham ido, os oficiais da Baía Camaleão demorariam, no mínimo, um dia de viagem em cavalo-avestruz para alcançá-los. Eles nem se importaram em esconder o fogo aceso por Rangi, que queimava mais alto do que o necessário, crepitando e estalando. Todos comeram o resto de suas comidas secas.

Kirima e Wong adormeceram primeiro, sem perguntar sobre os turnos. Lek caminhou até a beira do riacho sem água, recolhendo algumas pedras polidas que chamaram sua atenção, antes de se preparar para dormir.

Rangi estava guardando rancor pelos péssimos acontecimentos do dia – o fato de quase ter sido presa pela polícia local, o confronto com os *daofei*, as revelações sobre a ascendência de Kyoshi –, então ambas se engajaram em uma silenciosa e fútil disputa de determinação para ver quem seria a última a dormir. Kyoshi venceu, sabendo que um pesadelo provavelmente a aguardava. Ela esperou até que Rangi caísse no sono e colocou nos ombros da dominadora de fogo um cobertor em bom estado que elas tinham escondido dos outros.

Kyoshi caminhou pela margem, oscilando em cima das pedras do tamanho de paralelepípedos que antes estavam submersas, até que achou Lao Ge sentado sob uma árvore retorcida. Metade de suas raízes havia sido levada por uma enchente tempos atrás, enquanto o resto se mantinha firme na margem. Os esforços da árvore eram em vão. Ela estava morrendo.

Os olhos de Lao Ge estavam fechados, num momento de meditação.

— Você é bem barulhenta — disse ele.

Ela franziu a testa. Durante anos, em sua condição de servente, praticara andar com leveza para se mover como um sussurro e não distrair os visitantes.

— Quis dizer que seu espírito é barulhento — disse o velho. — Ele faz o ar vibrar. Às vezes até grita. Como agora. Seu corpo pode estar bem aí, mas seu espírito está me agarrando pelos ombros e rugindo no meu rosto. Se você fosse ao Mundo Espiritual assim, acabaria criando um tufão do tamanho de Ba Sing Se.

— Eu sei quem você é — disse Kyoshi. — Levei algum tempo para descobrir, mas depois de ver sua luta contra tantos homens ao mesmo tempo, tudo ficou claro.

Ele abriu uma fresta em um dos olhos. Kyoshi acreditava que pessoas adeptas da meditação se beneficiavam dessa prática para dar a impressão de serem bem-humoradas e sábias.

— Você é Tieguai, o Imortal — Kyoshi constatou.

— Ahn? — perguntou Lao Ge, agora completamente interessado. — Eu suponho que exista uma descrição minha no diário da Jesa, não é? Cabelos longos e brancos, ótimo dançarino, devastadoramente bonito?

— Não tinha tantos detalhes. Dizia que você era uma lenda do submundo que, de acordo com os boatos, tinha duzentos anos de idade, mas obviamente era lorota.

— Claro. Afinal, eu sou um homem, não um espírito.

— Eu sei que é você por uma outra descrição — disse Kyoshi. — "Tieguai luta com uma muleta." Eu estava procurando alguém com uma muleta de madeira ou uma perna fraca. Então vi você se apoiando durante sua dominação de terra enquanto lutava com os oficiais na praça.

Lao Ge suspirou, como se tivesse pena dela por ter somado dois e dois. Ele colocou as mãos nos joelhos e se levantou. Depois, desceu pela rede de raízes nas pontas dos pés até ficar frente a frente com Kyoshi.

— Por que alguém como você procuraria pelo Tieguai Imortal? — ele perguntou, não mais parecendo um velho, mas um monstro com cabeça humana, fazendo um enigma em troca de lhe conceder a passagem. — Afinal, sua mãe nunca procurou. Ela simplesmente me chamava de Lao Ge.

A raiz onde ele pisava não deveria ser capaz de suportar o peso de um pássaro, que dirá de um humano. Kyoshi engoliu em seco. Ela tinha a sensação de estar rolando ladeira abaixo, seus ouvidos se agitando como um mar turbulento. Como se não conseguisse retornar a um porto seguro.

— Porque ela tinha medo de você — revelou Kyoshi. — Ela não sabia disso quando você se juntou ao grupo, mas suas suspeitas de que você era Tieguai, o Assassino, aumentaram com o tempo. Tieguai, que matou o quadragésimo Rei da Terra. Ela descobriu que você estava usando a gangue dela como disfarce para viajar de lugar a lugar, eliminando alvos por seus próprios motivos. Ela estava assustada demais para te confrontar.

Os registros feitos por sua mãe eram completamente destemidos quando descrevia os arriscados serviços com contrabandos, roubos e conflitos com milícias locais. Eram devaneios de alguém que adorava levar a vida de um *daofei*. Mas o diário também tinha narrações supersticiosas, várias histórias a respeito de uma sombra que rondava pelo Reino da Terra, tirando a vida de pessoas humildes e de poderosos, seguindo um esquema desconhecido.

A contrabandista Jesa havia juntado as peças. Sempre que o tolo velho de sua gangue se esgueirava sozinho para longe, uma morte acontecia nas proximidades. Algumas mortes eram de nobres proeminentes que deveriam estar seguros atrás de paredes grossas e numerosos guardas.

Lao Ge – o nome tinha se consolidado – abaixou a cabeça e sussurrou uma reza rápida pelos mortos.

— Aquela mulher sempre foi muito observadora. Estou surpreso por eu não ter percebido que fui descoberto. Então o que será que a filha dela quer? Quem sabe fazer justiça?

— Não — disse Kyoshi. — Quero que me ensine como matar alguém.

Se Lao Ge se surpreendeu com a resposta, ele não demonstrou.

— Acerte a cabeça bem forte com uma pedra.

— Não — repetiu Kyoshi. — Dominação e assassinato não são a mesma coisa.

Uma cena tomou conta de sua mente: o jeito como foi tão fácil para Jianzhu realizar atos indescritíveis, primeiro a Yun e depois a Kelsang. Tão fácil quanto respirar.

Precisava ser fácil assim para ela. Kyoshi não podia se permitir ter um bloqueio mental, nem hesitar quando se tratasse de tirar a vida dele. Ela precisava estar preparada em todos os sentidos para a próxima vez que visse Jianzhu.

A brisa da noite tocou a pele dela.

— Você deveria ir dormir, garota — disse Lao Ge. — Porque você já aprendeu a lição número um.

— Então significa que continuaremos depois — ela decidiu tentar a sorte –, Sifu?

— *Se* e *quando* eu considerar que é a hora certa.

Ela se curvou e o deixou com suas meditações, retirando-se tanto por desconfiança quanto por respeito. Seu caminhar era instável e ameaçava torcer seus tornozelos. Pouco antes que ela se virasse, Lao Ge voltou a falar.

— Eu agradeceria se você não contasse para os outros sobre minhas aventuras independentes — ele disse. — Eu não gostaria de complicar as coisas com nosso pequeno e alegre bando.

A relação entre Lao Ge e os outros *daofei* não era problema dela. Mas se essa fosse a única chantagem que ela poderia usar para obrigá-lo a ensiná-la, ela a usaria.

— Eu nem sonharia com isso, Sifu.

Lao Ge sorriu gentilmente. Para ela, foi como o sorriso de Jianzhu, porém mais genuíno. O sorriso alcançava seus olhos. Ele não tinha necessidade alguma de esconder dela quem realmente era.

— E, em troca, guardarei o *seu* segredo — respondeu ele. — Kyoshi.

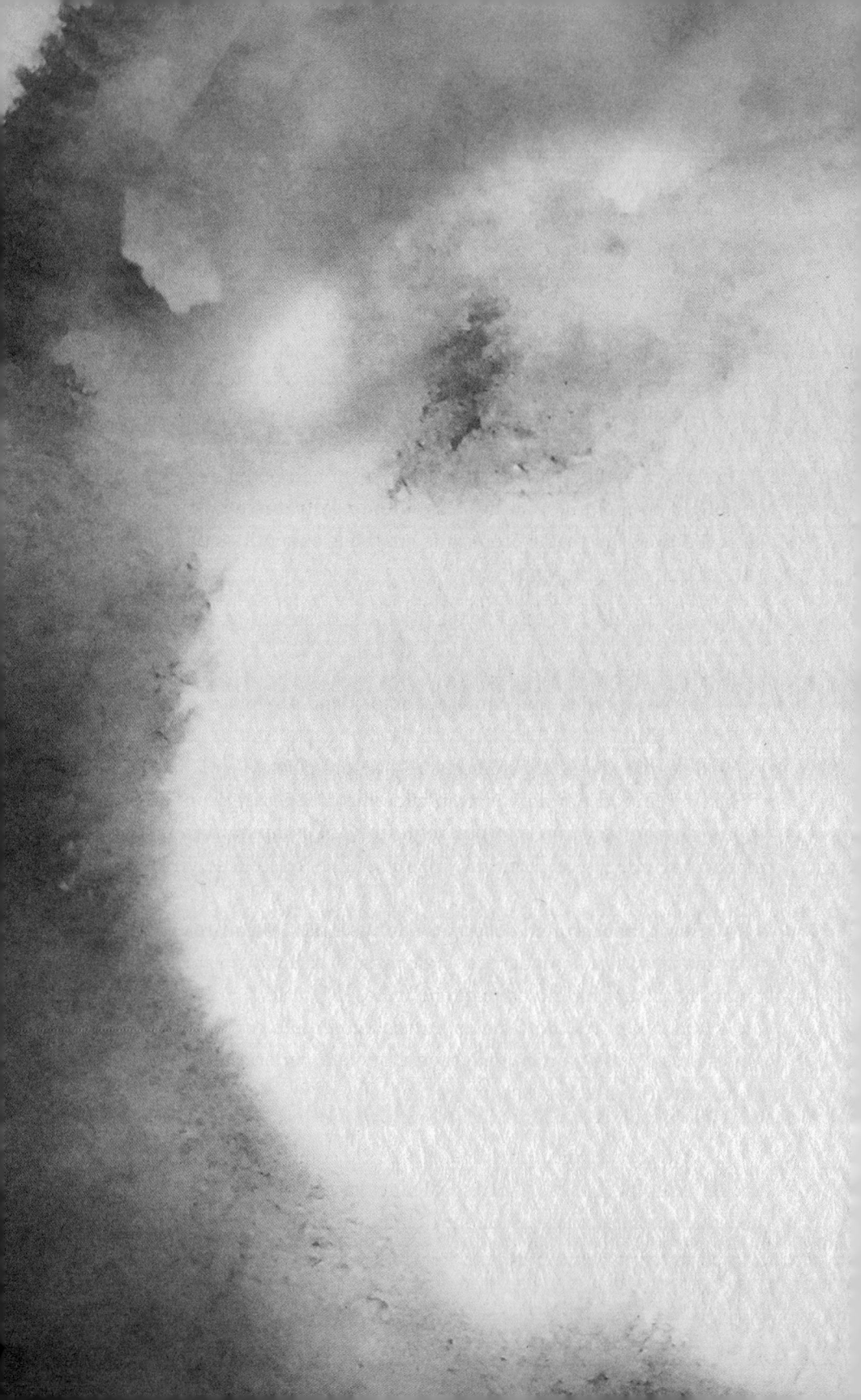

O ACORDO

KYOSHI NÃO dormiu bem. Ficou inquieta a noite inteira por causa das palavras do velho. *O segredo dela.* Primeiro Tagaka e agora Lao Ge. Se todo idoso pudesse olhar em seus olhos e deduzir que ela tinha um poder incomum, ou que era o Avatar, então ela estaria encrencada. Os únicos dominadores que ela conseguiria como professores seriam crianças, como Lek.

Um dedão do pé em suas costelas a acordou. Kyoshi se apoiou na dura superfície abaixo de seu corpo, seus dedos envolvidos em terra, não no lençol. Ela se pegou sentindo muita saudade de sua cama.

— Levanta — disse Rangi. O sol ainda não havia nascido, e a fogueira ainda tinha poucas brasas cintilando. Lao Ge não estava em lugar nenhum, e os outros pareciam estar em um concurso de roncos. A luz acinzentada de antes do amanhecer dava a impressão de que a empoeirada margem do rio tinha sido tratada com algum produto corrosivo, deixando-a ainda mais sem cor e vitalidade.

Kyoshi levantou-se cambaleando. Como ela tinha se mexido durante a noite, o cobertor em bom estado estava no chão.

— O-o quê?

Rangi empurrou-a ao longo da margem, na direção oposta à que Kyoshi tinha tomado na noite anterior.

— Você não queria treinamento? Bem, você terá treinamento. Começando hoje. Agora.

Elas andaram, Kyoshi sentindo-se como uma prisioneira enquanto Rangi a pressionava por não estar andando rápido o bastante. Elas tomaram uma certa distância do acampamento, bem menor do que Kyoshi esperava, quando Rangi a mandou parar.

Uma série de montes com grama as protegia da vista dos outros, mas os pequenos morros não eram muito altos.

— Vamos ver sua posição do Cavalo — disse Rangi. — Você não vai fugir do treinamento básico da dominação de fogo só porque já tem experiência com dominação de terra.

— Vamos dominar o fogo? Aqui?

Qualquer um que estivesse atrás delas certamente procuraria naquele lugar. E elas deixaram Peng-Peng com criminosos que não pensariam duas vezes antes de roubá-la.

— Vamos revisar o básico, não faremos chamas — explicou Rangi. — Eu duvido que você esteja pronta para instruções mais avançadas, neste momento. Por acaso você consegue manter uma postura de dominação por mais de dez minutos?

— *Dez* minutos?! — Kyoshi ouvira que cinco minutos já era um resultado admirável, um que ela nunca alcançaria.

Um sorriso triunfante se esboçou nos lábios de Rangi.

— Posição do Cavalo. Agora. Não repito nada aos meus alunos.

Depois de três minutos na posição, Kyoshi entendeu do que se tratava aquilo. Punição. A queimação em suas coxas e costas, a dor em seus joelhos, era vingança por não ter contado tudo a Rangi.

— Olha, desculpe — disse Kyoshi.

Rangi pousou um cotovelo na mão e examinou suas unhas.

— Você só poderá falar quando seus quadris estiverem paralelos.

Kyoshi xingou e reajustou a posição. Isso deveria ser um exercício para pessoas de baixa estatura.

— Eu devia ter te falado que minha mãe era uma dominadora de ar. Eu não achei que era relevante.

Rangi parecia estar satisfeita com o pedido de desculpas. Ou com o tanto de dor que estava causando em Kyoshi.

— Mas é relevante! — ela disse. — Nômades do Ar não são criminosos! Isso é como descobrir que você tinha uma segunda cabeça escondida embaixo das roupas esse tempo todo.

Satisfazer a curiosidade de Rangi talvez a tirasse mais rápido da posição do cavalo.

— Minha mãe era uma freira nascida no Templo do Ar do Leste — Kyoshi continuou. — Eu não sei muito sobre a vida dela. Só sei que se tornou mestra bem jovem e era bem conceituada.

Falar também se mostrou uma boa distração da dor em seus músculos.

— Então, em uma jornada pelo Reino da Terra, ela encontrou meu pai numa cidadezinha em algum lugar. *Ele* era o *daofei*. Um dominador de terra e um ladrão qualquer.

— Argh, já consigo até ver onde isso vai dar — disse Rangi.

— Pois é. Ele a envolveu em seu esquema, e ela se apaixonou por ele e pela vida de crimes. Deve ter sido um erro ela ter nascido uma Nômade do Ar, porque ela tatuou serpentes por cima das setas e mergulhou no mundo do crime com todo o seu ser, procurando por mais "aventura".

Rangi balançou a cabeça, ainda sem superar o fato de uma dominadora de ar ter se tornado uma trapaceira.

— Isso é tão... bizarro.

— Você ouviu os outros falando sobre ela. Minha mãe se tornou uma figura poderosa entre os *daofei*, mais do que meu pai. Mas sua dominação de ar sofreu uma corrupção espiritual. Ou algo assim, de acordo com seu diário. Ela se deixou corromper por questões mundanas, incluindo a ganância, o que fez seu poder decair. Então ela compensou.

— Com um par de leques! — exclamou Rangi, estalando os dedos com o mistério resolvido. — Juro que eu não conseguia entender por que você tinha leques sendo uma dominadora de terra. Eu só não perguntei porque achei que seria um assunto muito delicado.

— E é. — A dor abrasadora em suas pernas foi substituída por uma agonia mais controlável e entorpecente. — Por que acha que nunca contei a Kelsang? — Ela então pensou: — *Ah, falando nisso, também sou descendente de uma das maiores desgraças na história da sua cultura.* — E continuou: — Quando eu já tinha idade o suficiente para trazer isso à tona, não fazia mais sentido. Eu tinha meu trabalho. Eu já tinha te conhecido.

— Cinco minutos — Rangi anunciou. — Nada mal.

Kyoshi colocou a dor de lado.

— Acho que consigo continuar.

Rangi deu uma volta ao redor dela, conferindo sua postura por todos os ângulos.

— Inacreditável. Uma mestra em dominação de ar abandonando sua espiritualidade por um criminoso. Sem ofensa.

— Não se preocupe. Também não engulo isso muito bem.

Rangi cutucou a parte de baixo das costas de Kyoshi.

— Prometa para mim que nunca vai jogar sua vida fora por causa de um *garoto* — ela pediu, com a voz cheia de desdém.

Kyoshi riu.

— Não vou. Além do mais, quem poderia ser digno de...

Todo o peso do que estava dizendo a fez parar no meio da frase, como um portão pesado. Seu interior queimava, repugnando as próprias fraquezas.

Kyoshi se permitiu rir. Ela tinha dito o nome de Kelsang em voz alta sem amaldiçoar Jianzhu no mesmo fôlego. E o pior de tudo, ela se esquecera de Yun. Não importava a duração desse lapso; deixar de pensar nele, mesmo que por um segundo, era imperdoável.

Rangi também sabia disso. Seu rosto desmoronou, e ela virou para o outro lado. Kyoshi se lembrou do que Lao Ge havia dito sobre seu espírito fazer muito barulho. Vendo Rangi imóvel em angústia na sua frente acabou com o clima da aula. Ambas seguravam tempestades dentro de si.

Kyoshi tinha que se tornar mais forte, de corpo e alma. Momentos de felicidade eram como uma provação útil, como um líquido testando as rachaduras de uma jarra. Quanto menos momentos assim ela tivesse, maior era a chance de ela estar no caminho certo rumo à vingança.

Ela ainda estava de postura abaixada. Então, lembrou-se do Punho de Fogo ineficaz que lançara no rosto de Jianzhu. Talvez, se tivesse aceitado antes sua habilidade de dominação de fogo, ela teria acabado com ele naquele exato momento.

— Deixe-me tentar produzir chamas — pediu Kyoshi.

Rangi ergueu o olhar e franziu as sobrancelhas.

Ao retomar a dedicação à sua causa, Kyoshi se sentiu quente e amarga por dentro, como vapor em uma chaleira fervente. Ela tinha certeza de que, se extravasasse esse sentimento, conseguiria dominar o fogo.

— Punhos de Fogo — ela disse. — Acho que consigo produzir uma chama de verdade agora. Sinto que vai funcionar.

— Não — respondeu Rangi.

— Não? — Kyoshi ficou surpresa com a segurança da resposta. A dominação de fogo parecia tão real, tão próxima. — Como assim, não?

— Não, ué. Você está tensa como um tatu-leão enrolado. Vai gerar o tipo errado de chama e desenvolver hábitos ruins. Veja.

Rangi deu um passo para o lado. Sem aviso, fez a posição abaixada e socou o ar, suas mangas fazendo barulho com a força do movimento. Kyoshi pôde ver a ponta das mãos dela arder como a ponta de um incenso.

— Você precisa trabalhar relaxamento e coordenação mental primeiro — Rangi explicou. — As primeiras lições de dominação de fogo ensinam apenas como suprimir a chama e mantê-la controlada. Para um principiante, fazer as chamas aparecerem é o mesmo que fracassar.

Kyoshi zombou daquilo internamente. Não gerar uma chama foi a causa de seus problemas desde o início.

— Então tentarei fazer o que você fez. — Ela plantou os pés no chão, imitando o movimento de Rangi e cerrando os punhos.

— Kyoshi, *não*.

Ela imaginou o rosto de Jianzhu, respirou fundo e golpeou.

Lançar o fogo pela primeira vez havia desencadeado algo dentro dela, tornando mais fácil para a respiração sair de seus pulmões e entrar em combustão. Fácil demais. A energia correu por seus braços e explodiu nos dedos. Isso fez com que seus nervos se acendessem, como se ela tivesse pegado um pedaço de carvão ainda vermelho do fogão.

Em vez do brilho nítido que Rangi produzira, o calor que saiu do punho de Kyoshi era irregular, confuso, parecia o que acontece quando colocamos um pouco de água no óleo quente. Ela continuou por tempo demais, o que lhe causou muita dor. Kyoshi caiu de costas e tentou mirar as mãos para um lugar onde não haveria nenhum alvo. Ela conseguiu apontar para o céu bem a tempo. Um pequeno jato contorcido de fumaça preta jorrou por entre seus dedos.

Kyoshi sentou-se. Rangi viu a patética nuvem de vapor subir pelo ar. Então, lançou a Kyoshi um olhar tão duro que seria capaz de perfurar ferro.

Elas foram poupadas de uma conversa difícil e acalorada por Lek. Ele subiu a colina ao lado delas e traçou o caminho da fumaça com o dedo.

— Que tipo de dominação de fogo estranha foi essa? — ele perguntou com uma risadinha. A pergunta era direcionada a Rangi, já que ele não sabia quem tinha sido a verdadeira responsável.

Rangi cruzou os braços.

— Eu tive um colapso momentâneo de disciplina — ela disse, ainda encarando Kyoshi. — Não vai acontecer de novo. Não se, um dia, eu quiser dominar fogo decentemente.

Lek encolheu os ombros.

— Relaxa. Eu só estava perguntando. As duas já terminaram o que quer que estavam fazendo? O café da manhã está pronto.

A refeição era algum tipo de roedor, caçado, desviscerado, esfolado e queimado a ponto de ficar irreconhecível. Kyoshi e Rangi comeram com mordidas grandes e raivosas, sentadas com os *daofei* ao redor da fogueira reacendida, tentando mostrar uma à outra como estavam aborrecidas.

Lek esqueceu sua porção enquanto as observava impressionado.

— Eu não achei que uma princesa do exército e a serviçal de uma mansão chique realmente comeriam rato-elefante.

— Treinamento de sobrevivência na Academia — Rangi disse, quebrando um osso do animal com os dedos, para comer o tutano de dentro. — Aprendemos a comer qualquer alimento encontrado na natureza.

— Eu comia lixo — disse Kyoshi.

Isso atraiu olhares do grupo.

— Achei que Jesa e Hark tivessem deixado você numa aldeia agrícola — comentou Kirima.

— Isso não quer dizer que os fazendeiros dividiam a comida comigo. — Kyoshi esforçou-se para tirar com a língua uma fibra de carne que estava presa em seus dentes. — Eles podiam não saber que eu era filha de criminosos, mas eu ainda era uma forasteira lá. Todos me tratavam como se eu fosse imunda. Então eu tinha que fazer coisas desse tipo para sobreviver, sabe. A profecia se cumpria.

— É por isso que eu não suporto esses cumpridores da lei, que se acham o sal da terra — disse Wong. — Essa atitude de "sou mais santo que você". A hipocrisia. — Ele limpou as mãos em uma folha. — Eles merecem mesmo é apanhar e ser roubados.

O homem notou que Kyoshi o encarava.

— Que foi? — ele perguntou. — Eu pratico o que prego.

— Você deve tê-los odiado profundamente — Kirima tentou voltar ao assunto.

— Os aldeões? Na verdade, não. — Kyoshi percebeu que estava dizendo a verdade. — Não tanto quanto eu odiava as pessoas que me deixaram lá com eles.

Lek jogou os restos de sua refeição no fogo e saiu, fumegando em silêncio. Ele desapareceu atrás de Peng-Peng, o único membro do bando que parecia deixá-lo feliz.

— Certo, qual é o problema dele? — Kyoshi vociferou. — Toda vez que digo algo sobre meus pais, ele age assim.

— É porque ele os idolatrava — explicou Kirima. — Nós o achamos em uma cidade fora do Oásis das Palmeiras Nebulosas. Ele tinha acabado de perder o irmão, o último membro de sua família. Hark e Jesa o acolheram por alguns dias, e ele se provou útil em um serviço, então eles lhe ensinaram mais e mais sobre o tráfico, até que ele cresceu como um seguidor do código *daofei* mais comprometido que qualquer um de nós. Ele venerava o chão em que seus pais pisavam.

Kirima provavelmente tinha a intenção de acalmar a fera dentro de Kyoshi, mas acabou atiçando-a, como se tivesse passado sangue fresco em seu nariz.

— Oh, perdão — disse Kyoshi, a ironia que ela nunca tinha usado em toda sua vida agora transbordava. — Lembrarei de ser mais legal com o garoto que meus pais decidiram criar no meu lugar.

Kirima fez um gesto com as mãos para mostrar que não se importava nem um pouco com aquilo.

— E você? — ela perguntou para Rangi. — O que uma nobre jovem e brilhante como você está fazendo com uma plebeia do Reino da Terra?

A mera lembrança de seu dever fez com que Rangi corrigisse a postura.

— Eu tenho a honra de seguir e proteger Kyoshi...

— Ah, não! — Kirima a interrompeu, arrependendo-se de ter perguntado. — Pode parar por aí. A última vez que ouvi um dominador de fogo falar sobre "honra", minhas orelhas quase caíram de tanta baboseira. Tive que chutá-lo da minha cama com os dois pés.

Kirima e Wong levantaram-se. Os dois *daofei* mais velhos não sentiram a necessidade de compartilhar suas histórias de vida. Wong apontou dois dedos para a fogueira e a afundou um pouco no chão antes de cobri-la. O tamanho dele disfarçava sua destreza em dominação de terra. Na verdade, Kyoshi confirmara na noite anterior que todos os membros da gangue de seus pais tinham sutileza de sobra. Exatamente a qualidade que lhe faltava.

— Precisamos conversar — Kyoshi falou, levantando-se também. — Ontem à noite, fomos interrompidos antes que eu concordasse com qualquer coisa.

— Ah, é sério isso? — reclamou Kirima. — Depois de tudo que passamos juntos, vocês querem pegar seu bisão e nos abandonar no meio do nada?

— Nós comemos juntos! — exclamou Wong, parecendo magoado de verdade. — Nós demos uma surra em homens da lei juntos!

— Minhas exigências não mudaram — Kyoshi disse. — Eu quero treinamento de dominação, e os únicos dominadores por perto são vocês. *Vocês* me ensinarão. Pessoalmente.

— Por que você está me incluindo nessa, garota da terra? — Kirima perguntou. — Quer aprender formas de dominação de água para relaxar e melhorar sua circulação?

Kyoshi tinha passado a noite toda pensando numa resposta.

— "O conhecimento pode ser adquirido de todas as nações" — ela disse, citando algo que Kelsang já havia lhe dito. — Se aprender sobre outros elementos pode me deixar mais forte, então é isso que vou fazer.

— Isso que é desejo por vingança, hein? — comentou Kirima. — Quem é esse homem podcroso que te prejudicou? Você nunca disse o nome dele.

— É porque vocês não precisam saber.

Kyoshi não queria falar sobre Jianzhu. Ele era conhecido em todo o Reino da Terra. Ela sentia o mesmo sobre sua identidade como o Avatar. A informação da conexão entre os dois poderia se espalhar, dando a ele rastros para caçá-la antes que ela estivesse preparada para confrontá-lo.

Qualquer vantagem seria útil nessa batalha. Kyoshi lembrou-se do modo como a gangue de seus pais voara sobre os telhados na noite anterior, todos desimpedidos. Eles ficaram praticamente na mesma altura que Jianzhu alcançara com suas pontes de pedra.

— Eu quero aprender a correr pelo céu — ela disse. — Assim como vocês fizeram na cidade.

— Andar sobre a poeira? — perguntou Wong. Sua expressão geralmente impassível tomou certa seriedade.

— Essa técnica é a assinatura do nosso grupo — Kirima disse. — Bem, para mim, é "andar sobre a neblina". E é algo que você não vai conseguir de graça.

A atmosfera havia mudado. Anteriormente, os *daofei* tinham visto as exigências de Kyoshi como algo divertido, o latido de um cachorrinho tentando parecer ameaçador. Essa foi a primeira vez que eles ficaram realmente cautelosos e com a guarda levantada, como se fossem ser enganados nesse acordo.

Rangi percebeu a hesitação deles.

— Quanto mistério por uma técnica que eu copiei depois de ver apenas uma vez — ela comentou.

Kirima fixou seu olhar nela, encarando-a.

— Outros grupos provavelmente teriam te matado por isso — ela disse, sem demonstrar nenhum sinal de que estava brincando. — Você não dura muito no nosso mundo se deixar todo mundo ver suas vantagens. É graças aos segredos que sobrevivemos.

Ela virou-se para Kyoshi.

— Se te ensinarmos, significa que você está dentro. De verdade, para sempre. Teria que fazer nossos juramentos e seguir nossos códigos. Aos olhos de todos que seguem as leis, você seria uma *daofei*.

Eu seria como Tagaka, Kyoshi pensou. *Eu seria como meus pais.* Ela acalmou a repulsa dentro de si e concordou, fazendo um gesto com a cabeça.

— Eu entendo.

— Kyoshi, pense no que está fazendo! — Rangi gritou.

— A Coque Alto está certa, pela primeira vez — disse Wong. — Você não pode tratar nossos juramentos de forma leviana. Isso significa nos aceitar como seus irmãos e irmãs. — Ele levantou as sobrancelhas, abrindo mais os olhos. — Desde que nos encontramos, você nos olha como se fosse melhor que a gente. Será que sua honra consegue levar esse golpe, ser associada a um povo tão *imundo*?

O homenzarrão era mais direto do que aparentava. Kyoshi sabia como era ser alvo de desdém.

A resposta era sim. Para ela, sua honra e reputação não tinham valor algum. Trocá-las por mais poder era uma escolha fácil. Ela o faria. Por Kelsang e Yun.

Ela quase podia sentir a decepção de Rangi vibrando pelo chão.

— Quais são esses juramentos? — perguntou Kyoshi.

De acordo com Kirima, a cerimônia de juramento deveria ser feita em um grande salão, com o iniciado em pé embaixo de um arco de espadas e lanças. Mas eles teriam que improvisar. Kyoshi tomou um lugar à margem do rio, enquanto Wong ficou em pé atrás dela, segurando um canivete acima de sua cabeça.

Kirima pediu que Kyoshi fizesse a mesma saudação estranha que a gangue usara na noite anterior na casa de chá. A mão esquerda aberta representava o povo conservador, a comunidade cumpridora das leis, enquanto o punho direito martelando a outra mão representava os seguidores do código dos fora da lei. Só para o caso de Kyoshi se esquecer de que estava se juntando a forças obscuras.

Rangi espreitava o que acontecia pelos arredores, fazendo questão de ficar o tempo todo no campo de visão de todos, para mostrar como estava irritada e decepcionada. Kirima ignorou-a enquanto conduzia a cerimônia. De acordo com a dominadora de água, geralmente tinham de ser feitos cinquenta e quatro juramentos, recitados de memória pelo novo membro da gangue. Ela decidira facilitar as coisas para Kyoshi usando apenas os três mais importantes.

— Ó, espíritos — Kirima exclamou —, uma pessoa perdida vem até nós, à procura do abraço da família. Mas como saberemos se seu coração é sincero? Como saberemos se ela seguirá o Código?

— Eu devo fazer estes juramentos — respondeu Kyoshi. — Eu juro defender meus irmãos e irmãs e obedecer aos comandos dos mais velhos. Seus parentes serão meus parentes, seu sangue, o meu sangue. Se eu falhar em cumprir os juramentos, que eu seja retalhada até a morte por várias facas.

As palavras eram fáceis de dizer. Não causavam nenhum conflito em seu espírito. Yun e Kelsang tinham sido sua força vital. Ela devia tê-los defendido com todas as fibras de seu ser. Eles provavelmente teriam sobrevivido, se ela tivesse abraçado seu poder com plenitude.

— Além disso — Kyoshi disse —, eu juro não seguir nenhum governante e não obedecer a nenhuma lei. Se eu me tornar serva de qualquer coroa ou país, que eu seja partida ao meio por raios.

Como uma boa cidadã do Reino da Terra, ela ficou um pouco mais nervosa com essa parte. Yun sempre dizia que o Avatar devia agir de forma independente das Quatro Nações. Mas desprezar leis e ordens parecia estar entre as ações mais extremas. Será que os pais dela andavam pela rua exibindo cada estatuto e tradição em que conseguiam pensar?

— Pare de divagar — Kirima sibilou.

Kyoshi tossiu e arrumou a postura.

— Por último, eu juro nunca levar uma vida honesta como a daqueles que seguem as leis. Nunca aceitarei um salário dentro da lei e nunca trabalharei para nenhum cumpridor da lei. Se eu aceitar alguma moeda por meus trabalhos, que eu seja cortada em pedaços por diversas facas.

Ela não via diferença entre a primeira e a terceira punição. E o último juramento era provavelmente o que mais conflitava com seu ser. Em Yokoya, seu emprego estável fora a única barreira entre ela e a morte.

Eu não sou mais essa pessoa, Kyoshi se lembrou. *Aquela garota se foi e não vai voltar nunca mais.*

Com seu terceiro juramento, ela havia terminado.

— Não é uma estranha que eu vejo à minha frente, mas uma irmã — Kirima disse. — Os espíritos são testemunhas. Que nossa família prospere nos dias que virão. — Ela saudou Kyoshi e deu um passo para trás.

Um forte peso repousou no ombro de Kyoshi. Por um instante, ela entrou em pânico, temendo um ataque pelas costas. A sensação era muito similar à pedra que Jianzhu havia usado para prender seus punhos. Mas era apenas Wong dando-lhe uma palmada no ombro, parabenizando-a.

— Bem-vinda ao outro lado — ele disse, sem um sorriso no rosto. Ele passou por ela como se tivessem feito algo comum, como reorganizar móveis, e juntou-se a Kirima caminhando até o acampamento.

Kyoshi piscou.

— Só isso? O que acontece agora?

— O que acontece é que vamos sair daqui no seu bisão — Kirima respondeu, sem olhar para Kyoshi. — O mais rápido possível.

Eles a deixaram sozinha com Rangi. Em vez de dar uma bronca em Kyoshi, a dominadora de fogo encolheu os ombros como se dissesse: *você colhe o que planta*.

Kirima e Wong já estavam limpando o acampamento quando elas os alcançaram. O homenzarrão tomou um cuidado especial para ocultar as pegadas do grupo, fazendo pequenos movimentos de dominação de terra para cobrir os sinais que comprovavam a presença deles ali.

— O combinado era o treinamento — disse Kyoshi.

— E você o terá, assim que conseguirmos nos reabastecer — respondeu Kirima, então checou o nível de água em seu cantil e fez uma careta. — Até crianças à procura de vingança precisam de comida e dinheiro para sobreviver. Caso não tenha notado, não temos nenhum dos dois. Não vou comer rato-elefante dois dias seguidos.

Kyoshi cerrou os lábios em frustração. Eles falaram tanto da seriedade do Código que ela achou que passaria a ser tratada como uma companheira depois dos juramentos. No entanto, eles a estavam tratando da mesma maneira que Lek fazia.

Ela tinha que estabelecer uma posição melhor na hierarquia, ou isso iria continuar para sempre. Enquanto Wong se abaixava para pegar um cobertor, ela pisou no tecido, prendendo-o no chão.

Ele levantou-se e deu a Kyoshi uma encarada que provavelmente tinha começado inúmeras brigas no passado. Kyoshi cruzou os braços e seu olhar alcançou o dele. Ele não era mais perigoso que Tagaka ou Jianzhu.

Depois de matá-la em sua mente, Wong quebrou o silêncio.

— Continue agindo como uma pirralha e eu nunca te ensinarei a usar seus leques — ele disse.

Kyoshi ia retrucar por instinto, mas achou melhor se calar e recuar. Em vez disso, pegou um dos leques.

— Você... sabe como se usa isso?

Até então, eles eram um enigma. Rangi já tinha dado uma olhada nas armas, testara seu equilíbrio, mas concluíra que não poderia ensinar muito sobre eles a Kyoshi, ao menos nada além de usá-los fechados e como porretes menores e pesados. "Não fazem parte do armamento da

Academia de Fogo", ela dissera, encolhendo os ombros. "Talvez você consiga levá-los escondidos a lugares aonde não se pode levar uma espada."

Wong arrancou o leque da mão de Kyoshi e abriu-o com um movimento rápido. Jogou-o no ar, e o objeto girou perfeitamente em volta de seu eixo, a lâmina formando círculos enquanto voava. Wong rodopiou e pegou o leque de costas antes de levantá-lo diante de seu rosto de forma provocante.

— *A peônia perde a beleza perante o luar* — ele cantou em uma voz profunda, bela e vibrante, usando a superfície do leque para ampliar o som. — *Envergonhada pela luz de um espírito tão puro / Eu salto para pegar suas pétalas / E lamento pelo que deixei de falar.*

Ele impulsionou o leque em volta do corpo, em uma série de gestos esvoaçantes, fazendo a lâmina abrir e fechar rapidamente como a batida de asas de insetos. Era uma hábil demonstração de dança. Mas Kyoshi sabia que também poderia ser uma sequência de ataques, movimentos defensivos, de evasão e retaliação contra vários oponentes.

Com um floreio, Wong terminou sua performance e fez uma tradicional pose heroica, uma posição abaixada, com os braços bem abertos e a cabeça balançando de um lado para o outro. Era uma demonstração de poesia clássica, mais antiga que a velha-guarda. Tia Mui teria desmaiado em deleite.

Kyoshi aplaudiu, a única resposta apropriada para uma amostra de habilidade tão maravilhosa.

— Onde você aprendeu isso? — ela perguntou.

— Hark. Uma das linhagens de seu pai remonta a uma das Escolas Reais de Teatro em Ba Sing Se — explicou Kirima. — E nós mantemos essa performance para ter um disfarce nas cidades que visitamos. Somos a Companhia *Ópera* Voadora, afinal.

Ela levantou uma perna por trás do corpo, acima de sua cabeça, e continuou girando até completar uma estrela para a frente, sem usar as mãos; era um movimento que dançarinos experientes guardavam para o ápice de suas performances. Pelo jeito, Kirima poderia muito bem se manter, viajando daquele modo.

Kyoshi estava atônita. Aquilo explicava a leveza no andar deles. Artistas do Teatro Real eram conhecidos por terem as melhores habilidades físicas do Reino da Terra, capazes de imitar dezenas de estilos marciais no palco e realizar acrobacias perigosas sem se machucar.

Com isso, ela se sentiu melhor em relação ao acordo que tinham feito. Poderia conseguir algo a mais nessa barganha.

Wong fechou o leque e entregou-o para Kyoshi.

— Vou te ensinar a usar isso — ele disse —, por um quinto da sua cota em qualquer trabalho que façamos no futuro.

— Fechado — Kyoshi concordou rapidamente. Ela não sabia o que era cota, mas estava disposta a pagar um preço alto para entender melhor suas armas.

Rangi e Kirima bateram a palma da mão na testa ao mesmo tempo, mas por razões diferentes.

— Você poderia ter conseguido até metade do valor — Kirima disse a Wong.

Lek apareceu ao lado de Peng-Peng.

— Vocês querem ir logo ou preferem ficar aí sentados de conversa o dia inteiro? — ele perguntou.

— Ei, Lek, adivinha quem é o mais novo membro da gangue? — comentou Kirima. — Real oficial.

Lek franziu a testa, em frustração.

— Você só pode estar de brincadeira! — ele gritou. Apontou para Kyoshi, como se ela fosse um vaso sem valor que eles trouxeram para casa. — Ela não liga para o Código! É só uma marionete! É mais quadrada que o buraco da moeda do Reino da Terra!

— E ela tem um bisão! — Kyoshi explodiu. — Então, a não ser que goste de caminhar, eu sugiro que você supere o fato de que sou parte da sua estúpida família de fora da lei.

Se Kirima ou Wong se sentiram ofendidos pelo comentário em relação aos *daofei*, eles não demonstraram.

— Eu *nunca* vou te chamar de parente — Lek cuspiu.

Ele se voltou para fazer os ajustes finais nas rédeas de Peng-Peng. O rapaz tinha colocado a sela no bisão gigante sozinho, em um tempo impressionante também. Nem Kyoshi nem Rangi conseguiram achar uma falha no trabalho dele quando montaram em Peng-Peng.

Lek se sentiu ofendido com a avaliação e disse:

— Eu sei o que estou fazendo. Devo ter mais prática que vocês duas.

— Para sermos honestos, toda nossa reputação foi construída graças ao bisão da Jesa — informou Kirima. — Podemos ser bons de lábia, mas

Longyan fez todo o trabalho. Contrabandear é bem mais fácil quando se pode voar sobre postos de controle.

Kirima e Wong terminaram de colocar a carga e subiram nas costas de Peng-Peng. Rangi marcou seu território no assento do condutor, desafiando Lek a contestá-la. Em vez de reclamar de seu rebaixamento na hierarquia, ele puxou um mapa de dentro do bolso. Líderes *de verdade* navegavam e planejavam.

— Vamos para um ponto de encontro nas montanhas nos arredores de Ba Sing Se — ele disse, apontando o destino no papel. — Teremos notícias dos outros grupos e encontraremos alguns serviços para retomarmos as atividades.

Rangi levantou voo. O sol do fim da manhã ainda não estava tão quente. Como os preparativos para a viagem tinham contado com ajuda extra, a subida calma de Peng-Peng para o ar fresco quase pareceu relaxante.

— Como vocês duas conseguiram um bisão? — A pergunta repentina de Lek carregava suspeita e ciúmes. — Nenhuma das duas foi criada como Nômade do Ar. E Peng-Peng nunca deixaria vocês voarem nela se já não as conhecesse por um bom tempo. Vocês a roubaram de um amigo dominador de ar?

Em sua cabeça, Kyoshi agradeceu Lek em silêncio por lembrá-la de seu dever. Era onde ela deveria estar. Enterrada na lama, odiando a si mesma e a seu inimigo, e não passeando ao vento com Kelsang.

— É — Kyoshi disse. — Roubei.

Rangi a encarou com preocupação, não entendendo o porquê da mentira. Lek sacudiu a cabeça com nojo.

— Separando um monge de seu bisão? — ele comentou. — Isso é cruel. Se bem que eu já deveria esperar um comportamento baixo de alguém que não respeita os próprios pais.

Kyoshi não disse nada e desviou o olhar para onde o horizonte ganhava formas irregulares contra o céu. O sentimento de vazio era bom, e a livrava da escolha. Ela podia pensar em si mesma como um mero navio, buscando equilíbrio.

Mas sua tranquilidade se quebrou quando ela notou que algo estava faltando.

— Espere — ela disse, virando-se na sela. — Onde está Lao Ge?

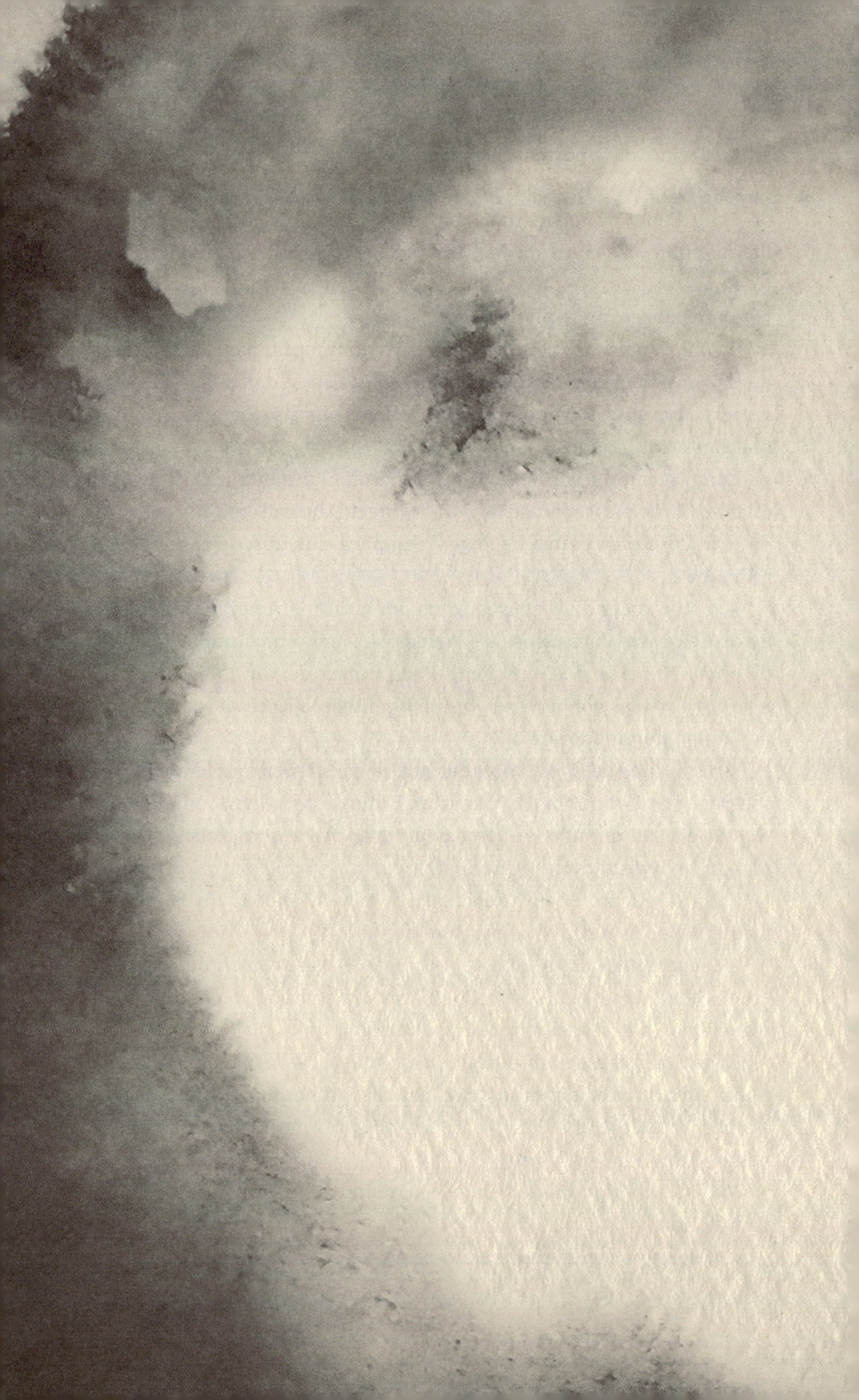

OBRIGAÇÕES

— **SEMPRE IMAGINEI** que eu seria arruinado por uma festa pomposa — resmungou Jianzhu.

Ele e Hei-Ran estavam na biblioteca principal, cercados por uma coleção de mapas. As melhores e as piores – e mais cômicas – representações do mundo estavam penduradas nas paredes, atrás de painéis perfeitos de cristal. Páginas despedaçadas e bastante usadas de cartas náuticas pendiam ao lado de mapas de pano manchados da cor de chá queimado. Jianzhu gostava daquela sala. Retratava o avanço da compreensão humana.

Hei-Ran havia insistido para que eles se encontrassem duas vezes ao dia desde o incidente, mesmo que não houvesse nada de novo. Mas, naquela tarde, havia uma novidade.

Ela terminou de ler um convite estampado com a insígnia do javali-voador e o jogou na mesa.

— "A Família Beifong deseja realizar uma celebração para o Avatar, comemorando sua vitória sobre os piratas do Mar do Leste, junto aos sábios do Reino da Terra". Jianzhu, isso é um desastre maior do que aquela "vitória". Eu pensei que Lu Beifong tivesse concordado em não se meter nos assuntos do Avatar.

— Ele concordou. É Hui quem está por trás disso — Jianzhu rolou entre os dedos o pequeno punhal de abrir cartas, ansiando por uma ferramenta mais afiada e um alvo para espetá-la. — Ele está fazendo esse jogo desde o ano passado, sussurrando no ouvido de Lu que o Avatar não deveria ser deixado com um homem de origens humildes.

Ele largou a faca cega de metal.

— Hui pode ter razão. Olhe só o que aconteceu com Kuruk.

— Nós éramos crianças naquela época, assim como Kuruk — Hei-Ran o defendeu. — Não era nossa responsabilidade criá-lo.

— Mas Hui ainda usa isso como uma arma contra nós — disse Jianzhu. — Shaw respondeu sobre os shírshus?

— Não. E mesmo se tivesse, não chegariam antes dessa *festa*.

Uma coisa que Hei-Ran compartilhava com Jianzhu era desdém por coisas frívolas. Ela estalou os dedos.

— Poderíamos dizer que o Avatar está doente — sugeriu.

— Poderíamos, mas eu seria visto como um péssimo guardião que não sabe cuidar da saúde da criança mais importante do mundo. Hui enviaria médicos, especialistas em ervas, curadores espirituais, todos insistindo para tratar o Avatar pessoalmente. Toda vez que mandarmos seus agentes embora, vamos levantar ainda mais suspeita entre os outros sábios.

Com as costas apoiadas em sua cadeira, Jianzhu continuou.

— Não, eles podem descobrir a verdade. É só uma questão de tempo até isso acontecer.

A mente militar de Hei-Ran ainda estava trabalhando.

— Então precisamos consolidar nossos aliados. Descubra quais sábios ficarão ao seu lado quando esse desastre vier à tona. Isso vai acabar colocando a sua facção contra a dele, e no momento não sabemos quem está do lado de quem.

Jianzhu sorriu com a possibilidade se formando em sua cabeça. Ele sempre podia contar com seus amigos para lhe dar boas ideias. Essas reuniões forçadas haviam valido a pena.

— Você tem razão — ele disse, batendo as pontas dos dedos umas nas outras. — A propósito, como está seu guarda-roupa?

Hei-Ran o encarou, dizendo com o olhar que ele tinha sorte de ela não estar com o punhal cego nas mãos.

— Eu só queria saber se você tem um vestido bonito — Jianzhu falou, inocente. — Nós temos uma festa elegante para ir.

Sem Peng-Peng, Jianzhu e Hei-Ran fizeram a viagem para Gaoling do modo antigo. Lentamente. Em uma grande caravana. Levando muitos presentes.

O tempo que levaram para chegar ao destino permitiu que Jianzhu pensasse na nova política que ele teria que adotar. Os dominadores de terra, a elite do Reino, precisavam recuperar cada centímetro das estradas. Nenhum custo seria alto se isso significasse que nunca mais teriam que fazer longas viagens, sofrendo com caminhos acidentados, com a cabeça sacudindo e os dentes estalando.

Jianzhu saiu de sua prisão ambulante e apertou os olhos para a brilhante glória da mansão dos Beifong. Se ele tinha aprendido algo enquanto estava construindo sua propriedade em Yokoya, era que casas de pessoas ricas são basicamente todas iguais. Muros para manter o povo da cidade longe. Um jardim tão grande quanto possível para exibir sua humildade perante a natureza. Um alojamento residencial onde tal humildade era deixada de lado, de preferência com o máximo possível de adornos de ouro e prata.

O Mordomo Hui os cumprimentou diante de uma fileira de criados. O burocrata baixo e corpulento protegia-se do sol com uma sombrinha.

— Mestre Jianzhu — disse ele, levantando a sombrinha para revelar um rosto bronzeado e grisalho. Jianzhu sempre se surpreendia, pois parecia que o homem tinha passado seus dias quebrando rochas com uma picareta, mas na verdade o objeto mais pesado que ele já levantara na vida era o selo de marfim de seu mestre. — Como foi a viagem?

Desnecessária e irritante, como você, Jianzhu pensou.

— Muito prazerosa, Mordomo Hui, muito prazerosa, de fato. É sempre um prazer poder observar nossa magnífica nação de perto.

A próxima carruagem da caravana parou, cavalos-avestruz sapatearam até sentir o peso atrás deles diminuir. O próprio Hui abriu a porta, provavelmente para ser o primeiro a pegar na mão da ocupante.

— Diretora — disse o homem, oferecendo uma ajuda desnecessária para Hei-Ran. — Você está radiante. Até parece que saiu das páginas do melhor poema de romance de Yuan Zhen.

Ele inclinou sua sombrinha como se o sol fosse mortal para a pele dela, como se o calor e a luz do céu não fossem a fonte de seus poderes incríveis.

Hei-Ran mal disfarçou seu arrepio quando viu Hui ao sair da carruagem.

— Ex-diretora — ela corrigiu.

— Ah, mas educadores merecem sempre o máximo de respeito — disse Hui, com um sorriso falso. — Sempre acreditei nisso.

Jianzhu sentia-se horrível por ver a amiga nessas situações. Ser uma viúva rica, bonita e bem relacionada atraía certa raça de pretendentes por todos os lados. Homens como Hui poderiam interpretar o desprezo mais hostil como um tipo de jogo de sedução, recusando-se a considerar a possibilidade de ela não querer nada com nenhum deles.

— E quando Mestre Kelsang vai se juntar a nós? — perguntou Hui, seus dedos segurando os de Hei-Ran com persistência, até que ela os afastou. — Eu notei que o Avatar Yun não está com vocês. Presumo que eles chegarão juntos em breve, certo?

Os olhos do mordomo fitaram o rosto de ambos, focando no canto dos lábios, na dilatação das pupilas, em busca de contrações involuntárias. Jianzhu sabia que Hui gostava de jogar com os detalhes. Por indução. Ele transformava pequenas insinuações em constatações e as derramava nos ouvidos de Lu Beifong e dos outros sábios. Agora mesmo, a ideia de o Avatar ter escolhido viajar com Kelsang era obviamente o sinal de uma pequena rachadura, uma fenda entre Yun e Jianzhu. Não era isso?

Jianzhu relembrou como ele ameaçara o verdadeiro Avatar no dia em que tudo desmoronou, literalmente. Seu poder e sua influência sobre o Reino da Terra eram reais, mas, para mantê-los, ele precisava de um esforço constante e exaustivo. Os oponentes que ele havia eliminado desde a morte de Kuruk eram numerosos demais para contar. E ali estava a última geração de parasitas, encontrando-o em seu estado mais vulnerável.

— Eles estão juntos, sim — disse Jianzhu. Ele notou a forma como Hei-Ran vacilou ao lado dele. Hui percebeu também. Com um sorriso, o mordomo os acompanhou até a sala de recepção.

O interior da propriedade Beifong sofria de uma doença rara chamada monotonia induzida pela riqueza. Estava coberto do chão ao teto com a mesma tinta verde-acastanhada enjoativa que, em certa época, tinha sido o tom mais caro do Reino da Terra. Era para mostrar como a família era rica, mas ultimamente o único efeito que tinha era fazer Jianzhu se sentir enojado, como se estivesse sendo digerido aos poucos por um monstro assassino.

No salão, havia um trono de dois lugares onde, por muitas gerações, o líder do clã Beifong e sua cônjuge mantinham a corte. Nos dias de hoje, apenas um dos lados permanecia ocupado. Lu Beifong, o antigo mestre de Jianzhu, estava sentado no enorme trono, suas vestes cor de poeira formando uma tenda em cujo topo ficava sua cabeça enrugada.

Ele parecia uma múmia envolta em fios de seda e rancor, mas sua mente era perspicaz como sempre.

— Diretora, é maravilhoso ver você, como sempre! — ele gritou, ao reconhecer Hei-Ran; depois, virou-se para Jianzhu. — E aquele empréstimo para a Tribo da Água do Sul?

Ele não perguntou sobre o Avatar. Nada como uma transação de negócios para fazer o velho com cara de corvo-lagarto ficar focado. Jianzhu quase se esqueceu do pedido que tinha feito a Beifong depois da batalha com os piratas. O trabalho não havia parado só porque a identidade do Avatar estava em dúvida. Ele se curvou profundamente antes de responder.

— Sifu, eu fiz o pedido porque o encontro com Tagaka trouxe à tona um problema de equilíbrio para as Quatro Nações — ele explicou. — A Tribo da Água do Sul precisa de ajuda para construir uma marinha legítima. A presença de Tagaka estava sufocando qualquer movimento nesse sentido. Com mais navios de águas profundas e de longo alcance, eles poderiam prosperar comercialmente e proteger-se dos vizinhos, como fazem os seus primos do norte. O empréstimo seria para a construção dessas embarcações.

— *Nós* somos os vizinhos, Mestre Jianzhu — disse Hui, materializando-se ao lado de Lu. — Por que deveríamos dar a eles a força necessária para confrontar o Reino da Terra? Com tal frota, eles podem tentar reivindicar as contestadas Ilhas Chuje!

Uma raiva familiar arrepiou os pelos do pescoço de Jianzhu. Hui não tinha interesse real nesse assunto, nem mesmo ganância pessoal. Não havia razão para ele querer que a Tribo da Água do Sul permanecesse pobre, subdesenvolvida e vulnerável.

Falava simplesmente pelo prazer da oposição. Em algum momento, Hui decidira fazer seu nome usando Jianzhu como escada, trampolim, ou qualquer outra analogia aplicável. Era fácil para Hui ganhar poder político e fama prejudicando o trabalho de Jianzhu em vez de fazer o que deveria.

Por mais lógicas e benéficas que fossem as ações de Jianzhu, Hui iria rebaixá-las. Ele pressionava para romper tratados que tinham levado anos de planejamento, descartando sua necessidade quando, na verdade, ele não entendia como os tratados funcionavam, e nem se importava. Ele havia criado rivalidades mesquinhas e desnecessárias, brincando com a paz que Jianzhu conquistara. Se Hui estivesse por perto durante o auge das atrocidades dos Pescoços Amarelos, ele teria insistido em tratar o louco Xu Ping An como um herói popular.

Em horas como aquelas, Jianzhu percebia como sentia falta da influência da esposa de Lu, Lady Wumei. Ela tinha sido uma mulher inteligente, vivaz, amada em todo o reino, e uma fonte de sabedoria para Lu. Depois de sua morte, o velho homem tornara-se alguém mais obstinado, e o desejo de destruição de Hui aumentou.

— Eu falei com os chefes do sul, e eles estão animados com a perspectiva — disse Jianzhu. — Estão até propondo um pacto de defesa mútua.

— É uma boa ideia, Mestre Beifong — disse Hei-Ran, adicionando um ponto de vista externo. — Atualmente, o grupo que possui mais força no Mar do Leste é, ironicamente, a Marinha do Fogo. Estou certa de que o Reino da Terra e a Tribo da Água do Sul gostariam de comandar as próprias águas.

Lu não parecia convencido. Jianzhu não queria que essa oportunidade escapasse.

— Se é por causa das Ilhas Chuje, elas são inúteis — ele disse. — Não possuem nenhum propósito estratégico além de inflar o orgulho nacional...

Ele percebeu seu erro logo que terminou de falar. Não costumava errar desse jeito.

— Mestre Jianzhu! — Hui exclamou com falso choque. — Certamente não há nada de maior importância do que o orgulho e o amor que temos por nosso país! O Rei da Terra tem estado irritado por causa dessas ilhas desde sua coroação. Certamente você não está questionando o julgamento de Sua Majestade!

Não tinha nada que Jianzhu gostaria mais do que abandonar o Rei da Terra e Hui juntos em um daqueles lugares desolados e ver qual idiota comeria o outro primeiro. Antes que ele pudesse responder, Lu acenou com a mão.

— Já chega. — Ele se levantou com esforço, o que foi quase imperceptível, dada sua corcunda. — Eu ficarei do lado do mordomo. Não haverá empréstimo nem marinha da Tribo da Água do Sul, enquanto eu não ouvir um argumento convincente do Avatar em pessoa. Eu notei que o garoto está atrasado. Ele pode me encontrar na sala de jantar com os outros convidados assim que chegar.

Lu saiu da sala de recepção. O único barulho que se ouvia era seus chinelos se arrastando contra o chão. Jianzhu não podia acreditar.

De repente, o futuro mudara para pior. A Tribo da Água do Sul permaneceria empobrecida e superada pelo resto do mundo porque Hui queria ganhar um debate em uma festa. Os estúpidos e presunçosos caprichos de um homem indigno deixavam na história impressões digitais que provavelmente não seriam apagadas.

O Avatar poderia ter feito a diferença, Jianzhu lembrou a si mesmo. O pensamento o atingiu como um dardo.

— Mestre Jianzhu, eu peço perdão por fazer um contra-argumento — disse Hui. — Mas, como você sabe, é meu dever para com o Mestre Beifong me certificar de que ambos os lados estão sendo considerados em qualquer decisão importante.

"Ambos os lados" era uma arma retórica usada por hipócritas e ignorantes. Para Jianzhu, Hui não era melhor que um *daofei*, queimando campos de cereais de forma desenfreada porque gostava de ver a fumaça subir no horizonte.

Eu poderia te mostrar o que eu faço com um daofei.

— Mordomo, está tudo bem — ele disse. — Eu sempre aprecio sua posição em assuntos desse tipo — ele hesitou, acrescentando incerteza à sua linguagem corporal, o tremor de um homem que escondia a tensão de levar um grande fardo. — De fato, agora preciso de sua sabedoria mais do que nunca. Podemos nos juntar à diretora para uma conversa particular?

O lado bom da súbita confissão foi ver Hui quase desmaiar de surpresa. O homem agarrou a mesa de seu escritório em busca de apoio e derrubou um recipiente de tinta. O líquido preto escorria pela manga da roupa do mordomo como sangue de uma ferida.

— VOCÊ PERDEU O AVATAR?! — ele gritou.

Jianzhu não estava preocupado em ser ouvido. Ele sabia só de olhar para as paredes que Hui havia construído um escritório pessoal simples, sem adornos, mas à prova de som. Era uma sala segura para contar segredos a um homem que costumava traficá-los.

O elemento mais perigoso ali no momento era Hei-Ran. Jianzhu não havia dito a ela que pretendia contar sobre o sumiço do Avatar para Hui, porque ela nunca concordaria com isso. Ele corria o risco de perder sua companhia.

— É como expliquei — ele disse. — Yun e eu tivemos uma discussão sobre o progresso de sua dominação. Mais que uma discussão, na verdade. Eu disse coisas a ele que eu nunca deveria ter dito. Perdi o controle, e ele fugiu com a ajuda de Kelsang. Em um bisão, os dois podem ter ido a qualquer lugar do mundo.

O rosto de Hei-Ran ficou estático, mas o ligeiro aumento de temperatura na sala traiu suas emoções. Isso contribuiu para a trama de Jianzhu.

Hui ainda estava chocado, mas as engrenagens do seu cérebro começaram a girar novamente. Ele estufou o peito, mais para um efeito dramático do que por falta de ar.

— Eu pensei que o monge era apenas um eremita decorativo vivendo em sua propriedade — ele disse, sem conseguir disfarçar seu sarcasmo e desdém.

Ele era um companheiro de Kuruk e meu amigo, seu idiota.

— Ele era, ou assim eu pensava. Eu não percebi que ele estava tramando algo, esperando a hora certa de agir. Nossa relação tinha sofrido nos últimos anos, mas eu nunca imaginei que chegaria a esse ponto.

Jianzhu deu um soco no ar, deixando suas frustrações reais se manifestarem.

— Mas, enfim, eu deveria ter compreendido as razões de Yun. Não sei se o dano pode ser reparado.

— Não pode ser tão ruim — Hui falou, torcendo muito para que fosse. — Crianças são voláteis nessa idade.

— Ele... ele jurou pelos seus poderes de Avatar que eu nunca mais seria seu Mestre. — Jianzhu cobriu os olhos com o dedo indicador e o polegar. — Mordomo Hui, estou implorando por sua ajuda. A estabilidade da nossa nação é primordial. Se vazar a notícia de que Yun fugiu, será um caos!

A rachadura que Hui esperava se tornou um abismo do tamanho da Grande Divisória. Ele não estava preparado para ouvir um segredo tão valioso.

— Mestre Jianzhu, há vários sábios influentes do Reino da Terra, incluindo nosso benfeitor, esperando pelo Avatar no grande salão — ele disse, empurrando as mãos na parede.

Jianzhu colocou no rosto uma expressão que ele nunca tinha usado. Desamparo. Ele deixou seu silêncio falar por ele.

Hui se recompôs, tentando analisar a situação em que estavam. Agora, ele era o homem no comando. Endireitou o colarinho e juntou os calcanhares. Infelizmente, para o mordomo, ele havia esquecido a tinta na manga de sua roupa, o que arruinou o efeito de sua arrumação.

— Mestre Jianzhu, não há necessidade de se preocupar — ele disse.
— Eu vou cuidar disso.

No fim, Hui deu a Lu Beifong e aos sábios reunidos a mesma justificativa que Jianzhu usara em sua própria casa. Yun sentiu que estava negligenciando seus estudos espirituais. Depois de muita súplica, Jianzhu lhe dera permissão para viajar sozinho com Kelsang numa jornada de autodescoberta, evitando destinos óbvios como os Templos do Ar ou o Oásis do Norte. Yun já tinha ido para esses lugares. Ele precisava amadurecer por conta própria, livre das expectativas.

Isso significava que eles ficariam sem contato com o Avatar por um tempo. O mundo teria que se virar sem ele por um tempo.

Jianzhu poderia ter dado a informação, mas, vindo de Hui, a história parecia ser mais aceitável. Era um segredo compartilhado entre os convidados da festa que o mordomo estava travando uma guerra política contra ele. A única questão que os faria estar de acordo eram fatos básicos de natureza incontestável. Como o Avatar saindo de férias, por exemplo.

O resto da visita foi gasto com coisas bobas. Jianzhu sobreviveu ao aborrecimento e aos comentários satíricos de Lu Beifong, mas ficou se perguntando quantos anos mais teria que rastejar diante de seu antigo Sifu. O velho não pretendia bater as botas enquanto seus devedores não lhe pagassem, e quase todo o Reino da Terra tinha dívidas com a Casa do Javali Voador.

Hei-Ran ficou com os olhos vazios no canto da sala enquanto os homens a questionavam sobre um novo casamento, usando uma linguagem que só eles consideravam sutil e encantadora. Alguns deles, após serem rejeitados, imediatamente começavam a perguntar sobre sua filha. Jianzhu nunca entendeu como ela conseguia resistir à tentação de criar buracos chamuscados no teto, já que seu elemento estava sempre disponível.

Quando a festa se tornou insuportável, os dois entraram em uma única carruagem para a jornada de volta. Os admiradores de Hei-Ran poderiam ter interpretado isso de maneira errônea. Mas os dois simplesmente precisavam conversar.

— Eu sei que você está brava comigo — começou Jianzhu. Ele se jogou para trás em seu assento.

— Pelo quê? — Hei-Ran rebateu. — Por você ter revelado seu maior segredo para o seu pior inimigo? Por você estar contando uma mentira atrás da outra por motivos que eu desconheço? Por que você não contou a Hui a desculpa que ele deu para a multidão?

— Porque vulnerabilidade é o mesmo que verdade. A única declaração que Hui aceitaria de mim era a que me deixava exposto. Agora minha história vai se espalhar pelo Reino da Terra. E eu só tenho um único oponente para me preocupar.

Hei-Ran não parecia muito confiante na tática dele. Dominadores de fogo pensavam em termos de *jing* positivo, sempre preferindo o ataque.

— Está ficando bem difícil acompanhar as coisas que você diz — ela falou.

Imagine o quanto é difícil para mim, pensou ele. Então, afirmou:

— "Toda guerra é baseada em enganação." Essa frase não é da Nação do Fogo?

Hei-Ran de repente puxou o grampo de cabelo de seu penteado e arremessou contra a parede da carruagem. O grampo caiu no chão, torto.

Pela primeira vez naquele dia, Jianzhu ficou realmente tenso. Para uma nativa da Nação do Fogo, desamarrar seu cabelo, seu coque, dessa forma, significava que ela sentia que estava perdendo sua honra. Ele esperou calmamente que ela dissesse algo.

— Jianzhu, eu pressionei aquele garoto até o limite — ela disse, sua voz rouca. — Ele podia não ser um dominador de fogo, e podia não ser o Avatar, mas Yun ainda era o meu aluno. Eu tinha uma obrigação com ele, e falhei.

Ficar ouvindo o nome dele a noite toda deve ter acabado com ela. O Avatar, mesmo ausente, ainda era o assunto da festa; sua conquista frente aos piratas se transformando em uma lenda passada de boca em boca.

— Nós ainda podemos consertar as coisas — Jianzhu afirmou. — Só precisamos encontrar Kyoshi. Tudo ficará bem depois disso.

— Se esse é o caso, e eu não acho que seja, você incendiou o tempo que nos restava e espalhou as cinzas. Assim que a festa acabar, Hui vai direto aos outros sábios contar o que você disse. Pode ser que ele nem espere o fim da festa. Esse pode ser o assunto da conversa durante a sobremesa.

— Vai demorar mais do que isso — afirmou Jianzhu. — Hui não vai deixar a pressa prejudicar uma oportunidade dessas. Se soltar a informação de forma apressada e descuidada, ele vai prejudicar a si mesmo. E ele é um homem que sabe bem de autopreservação.

Hei-Ran se acomodou no canto da carruagem, e seu vestido amarrotado a transformou em uma massa disforme.

— Eu gostaria de poder dizer o mesmo sobre você.

Para ter a última palavra na conversa, ela foi dormir, ajeitando-se bruscamente. Jianzhu notou que ex-militares podiam cochilar em qualquer lugar, a qualquer momento, em um estalar de dedos. Depois de uma hora de silêncio, ele também começou a pegar no sono, despertando vez ou outra com os solavancos da estrada, com ideias e pensamentos aleatórios que ele nem tentou manter.

Não adiantaria traçar tantos planos. Às vezes, a melhor opção era sentar-se em silêncio até que o próximo movimento chegasse, como um dominador de terra faria. *Jing* neutro.

Quando eles chegaram à mansão em Yokoya, havia uma entrega muito valiosa esperando por eles. Jianzhu não se incomodou em acordar Hei-Ran e saltou da carruagem, revigorado pela vista.

Mais distante, nos estábulos, havia duas caixas extremamente grandes de madeira, cada uma do tamanho de uma cabana pequena, salpicadas com pequenos buracos. Nas laterais das caixas, as palavras "Perigo!" e "Mantenha distância!" estavam pintadas de maneira desleixada. Ao redor delas, havia um grupo de estudantes universitários mal pagos, segurando lanças de forma cautelosa. Eles apontavam as armas para dentro das caixas. O roubo do que estava ali dentro não era exatamente sua principal preocupação.

À frente do grupo, estava um senhor corpulento, com túnicas finas, usando um capacete feito de cortiça. Ele parecia estar preparado para uma aventura como um acadêmico que não tem ideia de como a experiência pode se tornar suja e sangrenta.

— Professor Shaw! — Jianzhu gritou.

O homem acenou de volta. Atrás dele, as caixas começaram a sacudir e pular de repente, assustando os que estavam em volta. Um fio comprido como um chicote saiu de um dos buracos da caixa e atingiu dois estudantes no rosto e no pescoço antes que pudessem reagir. Eles gritaram e desabaram no chão, empilhados, como bonecas de pano.

O professor Shaw olhou para os estagiários atingidos e, em seguida, deu um grande sorriso a Jianzhu, fazendo sinal de positivo.

Isso devia significar que os shírshus estavam saudáveis após a jornada. Excelente. Jianzhu precisava deles nas melhores condições. O olfato impecável dos animais permitia que rastreassem um alvo em qualquer lugar do continente. Até no oceano, se os rumores fossem reais.

Jianzhu enviou uma mensagem aos seus subordinados em toda a nação, os magistrados e prefeitos que ele havia passado anos subornando, dizendo-lhes para estarem atentos a duas garotas que escaparam de sua propriedade. Mas não faria mal ter um segundo plano que não dependesse da lealdade inconstante e da ganância crescente dos homens.

De um jeito ou de outro, ele cumpriria sua promessa ao Avatar. Não haveria esconderijo para Kyoshi. Não neste mundo.

A CIDADE

AS MONTANHAS TAIHUA, que ficavam ao sul de Ba Sing Se, eram extremamente traiçoeiras. Conhecidas por terem engolido exércitos na época em que a cidade foi fundada. Nevascas uivantes podiam congelar os pés de um viajante, arrancando-os dos tornozelos. Uma vez a cada década, os ventos mudavam de direção, levando a poeira vermelha de Si Wong para os picos de Taihua, poluindo a neve com um tom de sangue assustador, transformando as montanhas em punhais cravados no coração do mundo.

Peng-Peng voou tranquilamente sobre o terreno perigoso. Por causa da vista privilegiada, Kyoshi e os outros podiam ver qualquer mudança repentina no tempo, e agora o céu estava limpo em todas as direções.

— Isso é que é vida — comentou Lek. Ele virou para o outro lado, alcançando a sela, e fez um carinho no pelo do bisão. — Ela é uma boa menina. Quem é uma boa menina?

Sempre que surgia a oportunidade, ele tentava fazer Peng-Peng gostar mais dele do que de Kyoshi e Rangi. Mas Kyoshi não se importava muito. Isso significava que Lek cuidaria da comida e da água do bisão. Como se ela tivesse seu próprio serviçal.

— Ah, que bom que você lembrou de esperar por mim — Lao Ge disse. — Eu nunca conseguiria chegar aqui sozinho. — O velho bocejou e se espreguiçou, pegando o máximo que conseguia da brisa entre seus braços. — Tenho que me lembrar de não vagar sozinho por muito tempo.

Seu comentário fez o estômago de Kyoshi contrair. O diário dizia que Lao Ge sempre voltava dos seus passeios com sangue nas mãos. Ela imaginou se sua mãe já havia estado tão perto assim dele enquanto viajavam, temendo um dia se tornar mais uma de suas vítimas.

— Já passamos do último posto avançado mapeado — Rangi disse, do assento do condutor. — Mas as montanhas não estão no mapa.

— Sim, uma cidade fora da lei não estaria em um mapa — disse Kirima. — Essa é a mesma rota de voo que costumávamos seguir com a Jesa. Vá em frente.

Enquanto eles voavam seguindo uma fileira de picos salientes acinzentados, as montanhas se separavam, ganhando profundidade. Elas não tinham a forma de um cume, mas de um anel que encobria toda uma cratera. A depressão nas montanhas guardava um pequeno lago raso, que, à primeira vista, Kyoshi pensou ser marrom e poluído. Mas conforme se aproximavam, ela viu que a água era tão límpida e pura quanto podia ser. Ela tinha olhado para o fundo do lago, que era repleto de terra.

Próximo ao lago, construído na encosta como uma plantação de arroz, havia um acampamento um pouco mais ajeitado que as favelas da Baía Camaleão. Algumas casas foram construídas com madeira retirada nas florestas abaixo das montanhas. Várias delas estavam apoiadas em pilastras improvisadas, travando uma batalha perdida contra a erosão. Exibindo suas armas com orgulho, as pessoas se acomodavam entre as casas e ao longo das ruas.

— Bem-vindos a Hujiang — falou Kirima. — Um dos poucos lugares no mundo onde os Seguidores do Código vivem livremente.

— Todos lá embaixo são *daofei*? — perguntou Kyoshi.

— Sim — respondeu Wong, franzindo o rosto. — Mas parece mais agitado que o normal.

Eles se aproximaram do local pouco antes do pôr do sol, apenas por precaução. Lek olhou para Rangi e apontou para a caverna onde a mãe de Kyoshi costumava esconder Longyan. Eles aterrissaram lá, esconderam Peng-Peng atrás de alguns galhos e arbustos, depois seguiram a longa caminhada até a cidade.

Os membros mais antigos da Companhia Ópera Voadora estavam mais preparados para lidar com a poeira fina que cobria o caminho sinuoso e estreito. Eles cobriram a boca e o nariz com os lenços que levavam amarrados no pescoço, e riram baixinho quando Kyoshi e Rangi os encararam desconfiadas, com os olhos avermelhados. O grupo ainda estava pensando quais itens poderia compartilhar com as duas. Aparentemente, máscaras contra a poeira não estavam na lista.

Dando a volta na montanha, o grupo entrou em Hujiang por cima, descendo com cuidado os degraus grosseiros e enormes, provavelmente construídos às pressas. A cada passo que davam, Kyoshi se perguntava por que não tinham usado dominação de terra para melhorá-los.

Chegando a uma das maiores ruas da cidade, todos baixaram os lenços.

— Tente evitar brigas desta vez — disse Rangi a Kyoshi —, em vez de invadir o lugar como se fosse seu.

O fracasso na Baía Camaleão ainda pesava em sua mente.

— Não! — sussurrou Kirima. — Se você agir de forma pacífica aqui nesta cidade, todos vão achar que você é fraca! Sigam a gente.

Enquanto eles acompanhavam o fluxo, a dominadora de água parecia ganhar mais presença. Kirima normalmente mantinha um ar de elegância em seus movimentos, mas agora ela andava pela multidão exagerando no propósito e na delicadeza. Lançava olhares desafiadores enquanto caminhava com sofisticação, uma espadachim se movendo como uma lâmina afiada. Interromper seu caminho significaria ser cortado em pedacinhos.

— Tem que parecer que você vai cortar a cabeça de alguém a qualquer momento, por qualquer motivo — explicou Wong. — Ou então você será desafiada.

O homenzarrão seguiu Kirima com passos raivosos, abandonando a agilidade que Kyoshi sabia que ele tinha. Seus pés causavam estrondos altos no chão.

— A Coque Alto já entendeu — Lek disse a Kyoshi, apontando para Rangi. — Olhe para ela, mostrando sua ira de dominadora de fogo. Veja se consegue fazer igual.

— Eu não estou fazendo nada! — Rangi protestou. — Essa é minha cara normal!

— Você também pode tentar fazer como eu! — disse Lao Ge. Ele se curvou dentro de suas roupas surradas, escondendo os músculos, e botou seu sorriso maníaco e desdentado na cara. Parecia o avô maluco que havia escapado do sótão.

— Arrumar briga com você seria um grande erro — disse Lek.
— Exato!

―――

Eles seguiram rumo ao bazar no centro da cidade. A passada era lenta, para lhes dar um aspecto de durões. E não só eles. Os outros fora da lei desfilavam pelas ruas, de peito estufado e cotovelos para fora. Alguns preferiam a abordagem de Kirima, mais refinada e carregando pequenas espadas para completar a imagem.

Praticamente todos estavam armados até os dentes. A maioria com espadas e lanças. Porém, armas mais exóticas, como bastões de três níveis, lâminas de chifre de cervo e martelos de meteoro, também eram bastante comuns. Kyoshi encontrou algumas pessoas empunhando armas com as quais parecia ser impossível lutar. Um homem tinha uma cesta com facas na borda amarrada a uma corda.

— Aquele cara está carregando um ancinho? — sussurrou Rangi, inclinando a cabeça em direção a um homem com nariz arrebitado que passava por eles.

— Aquele é Zhu Captor da Lua, e não encare o ancinho — disse Lek. — Eu já o vi afundar o crânio de dois homens em um só golpe com aquilo.

A Companhia Ópera Voadora tinha, de longe, muito menos armas do que os demais *daofei*.

— A maioria dessas pessoas não parece ser dominadora — Kyoshi comentou.

— E daí, está tentando trocar a gente por professores melhores? — perguntou Kirima. — Mas você está certa, eles não são dominadores. A maioria dos fora da lei vive e morre apenas com as armas que tem. Nosso grupo é uma exceção.

— Por isso, acho que você devia dar mais valor a nós — disse Wong.

Kyoshi se distraiu com um barulho de metal a seu lado. Dois homens, ambos carregando espadas, tinham esbarrado um no outro ao dobrar uma esquina em direções opostas. A rua parecia ter se tornado pequena para os dois. O estômago de Kyoshi se revirou, antecipando uma onda de violência que resultaria em sangue correndo pelas sarjetas.

Mas nada aconteceu. As espadas continuaram nas bainhas, e os homens se desculparam profundamente um com o outro, agindo como dois gentis mercadores planejando o casamento dos seus filhos. Eles até trocaram promessas de pagar um chá ou vinho um para o outro antes de seguirem seu caminho. E continuaram com um sorriso no rosto depois do ocorrido.

— Eles vão se encontrar na plataforma de desafios hoje à noite — explicou Lek. — Provavelmente durante a distribuição de armas ao fim da tarde. — Ele fez um som imitando sangue derramado, deixando bem claro o que iria acontecer.

— O quê? — exclamou Kyoshi. — Mas aquilo não foi nada!

— Você não entende — ele disse. — Neste mundo, a única moeda que uma pessoa tem é seu nome e sua força para defendê-lo. Se algum daqueles homens mostrasse medo ou se descontrolasse, nunca mais seria respeitado. Eles não tinham outra opção.

— Eles poderiam deixar de ser *daofei* — murmurou Rangi.

— Como se fosse tão fácil! — retrucou Lek, seu rosto cheio de amargura. — Você acha que trabalho honesto cai do céu? É por isso que vocês duas são pessoas ainda piores! Ninguém entra nessa vida por vontade própria!

— Lek — Kirima o alertou.

Os gritos dele tinham chamado atenção. Olhos começaram a observá-los das janelas e da frente das casas, esperando um segundo ato para o show da noite.

Lek se acalmou.

— Continuem andando — ele disse a Rangi e Kyoshi. — Mostrem que estamos juntos e vai ficar tudo bem.

Kyoshi não hesitou em segui-lo dessa vez. Ela arrumou sua postura, retomando a agressividade. Eles continuaram seguindo o caminho pela cidade.

— Tem uma expressão usada por aqui — disse Wong, seu timbre baixo pondo fim à discussão. — "Quando a Lei não te dá o que comer, você se volta para o Código." Assim, pelo menos, você pode alimentar-se de seu orgulho.

O bazar de Hujiang era... um bazar. Não muito diferente do da Vila Qinchao, que era vizinha de Yokoya. Vendedores sentados de pernas cruzadas, próximos às suas mercadorias dispostas em lonas no chão, reclamavam de quem passava levantando poeira ou de quem olhava demais e não comprava nada. O som das pechinchas preenchia o ar. Aqui as discussões pareciam ser permitidas. Aparentemente, havia uma distinção entre os guerreiros e os comerciantes do mercado ilegal que lhes forneciam produtos.

Kyoshi percebeu que a maioria dos ambulantes vendia comidas próprias para viagens. Carnes secas e defumadas, feijões e lentilhas. O arroz era caro para comprar; para produzi-lo, mais ainda. Os vegetais "frescos" eram marrons e murchos, e as raras frutas enrugadas do local pareciam decorações antigas.

— Como essas coisas chegaram aqui? — ela perguntou. — A propósito, como essas pessoas vieram parar aqui?

— Existem caminhos não mapeados pelas montanhas — respondeu Kirima. — Mais um segredo de nossos negócios. Os topógrafos reais em Ba Sing Se não fazem ideia.

Esse devia ser um dos principais motivos que dificultavam o extermínio dos *daofei*. Kyoshi refletiu sobre o que Jianzhu havia falado para ela, sobre o Reino da Terra ser grande demais para vigiar. Se redes clandestinas como essa podiam prosperar tão perto da capital, então, a podridão devia ser bem maior no resto do continente. Uma comunidade inteira existia embaixo do Reino da Terra.

O apelido da frota pirata da Quinta Nação agora tomava um significado desafiador. *Estamos aqui,* Kyoshi imaginava a formidável líder dizendo com um olhar gelado. *Sempre estivemos aqui. Pode nos ignorar por sua conta e risco.*

Wong acertou o pé numa lamparina. O vendedor soltou um palavrão antes mesmo de olhar para cima, mas, depois de vê-lo, acalmou-se por vontade própria. Com o tamanho que tinha, o Pardal Esvoaçante nem precisava ser reconhecido e temido pelo nome. Sua aparência já era assustadora o suficiente.

— Está lotado — Wong repetiu a frase que disse quando eles estavam aterrissando.

Desta vez, Kirima e Lek lhe deram ouvidos. Eles ergueram a cabeça bem alto, checando o bazar. Kyoshi tentou ajudar, mas não sabia para onde olhar.

— Na direção nordeste — disse Rangi —, estão ouvindo alguém falar.

De fato, em um canto do bazar, um grupo de pessoas estava de costas, mostrando suas grandes espadas e outras armas presas na cintura. Eles acenavam com a cabeça, concordando com seja lá o que estavam dizendo a eles. Alguém dera um banquinho ou uma caixa ao líder, porque ele ficara mais alto, revelando sua cara feia e dividida ao meio por uma faixa de couro.

Lek e Kirima exclamaram um palavrão.

— Temos que sair daqui agora — alertou Lek. — Agora!

— Qual o problema? — perguntou Rangi.

— O problema é que nem deveríamos ter vindo pra cá — respondeu Kirima. — Temos que deixar a cidade. O mais rápido possível.

— Não faça contato visual! — exclamou Lek quando Kyoshi tentou dar uma última olhada no homem. A faixa parecia segurar o nariz dele no lugar. Sua fala havia chegado a um tom fervoroso, seu maxilar subia e descia como se ele estivesse mastigando um pedaço grande de carne. O homem tinha uma flor de pêssego-da-lua presa em seu colarinho.

Kyoshi não teve tempo de observar mais detalhes. Eles voltaram com pressa pelo mesmo caminho de antes. Foi quando esbarraram em alguém exatamente no mesmo ponto em que todos tinham presenciado o encontro anterior. Aquela esquina era uma armadilha mortal.

O rosto de Lek foi tomado por puro desespero. Ele deu alguns passos para trás e se curvou usando o mesmo sinal que fez quando cumprimentou Kyoshi pela primeira vez. Kirima e Wong fizeram o mesmo.

— Tio Mok — eles disseram em coro, mantendo a cabeça abaixada.

O homem que os três cumprimentaram estava vestido com roupas simples de comerciante. Sua aparência impecável se destacava na imundície empoeirada da cidade. Ele era extremamente bonito, com olhos estreitos acima das maçãs do rosto. Também tinha uma flor de pêssego-da-lua em sua lapela.

Ele não poderia ser mais velho que Kirima. Kyoshi não entendeu por que o chamaram de "Tio".

— Lek Bala — respondeu o Tio Mok —, e amigos. Vocês fizeram uma longa jornada da Baía Camaleão até aqui.

— Fazia muito tempo que não sentíamos o abraço de nossos irmãos — disse Lek, tremendo. No pouco tempo em que se conheciam, Kyoshi nunca tinha ouvido o garoto falar com tanto respeito. Ou medo.

— E você trouxe novos amigos? — Os olhos de Mok recaíram sobre as duas novas integrantes do grupo.

Rangi já havia seguido os outros e se curvado, pensando que, em alguns momentos, o melhor a fazer era ficar quieta e seguir o ritmo. Kyoshi tentou fazer o mesmo, mas não sem atrair o olhar de Mok, que a pegou usando a mão errada de primeira.

— Peixe fresco — explicou Kirima, erguendo bem pouco a cabeça.
— Ainda estamos ensinando nossos costumes a elas. Kyoshi, Rangi, esse é nosso ancião, Mok, o Contador.

Não havia menção de nenhum "ancião" Mok no diário. Até onde Kyoshi sabia, seus pais eram os anciões do grupo.

— Pois ensinem mesmo — disse Mok, com o que ele considerava um sorriso caloroso. — Sem nossos códigos, não somos nada além de animais, implorando para serem aprisionados. É ótimo que estejam aqui, pois tenho assuntos para tratar com vocês.

— Que sorte a nossa — disse Wong. Se para o grandalhão era horrível se curvar para um homem mais novo, ele conseguiu disfarçar bem.

Kyoshi percebeu que Lao Ge havia conseguido desaparecer de novo. Ela se perguntou se tinha sido só para não ter que chamar o tal de Mok de "Tio".

— Discutiremos isso à noite — o ancião disse. — Por que não me acompanham na plataforma de desafios como meus convidados? Quando a cidade está lotada, rola muito mais sangue. Vai ser divertido!

— Seria uma honra e tanto, Tio — respondeu Rangi, antecipando-se aos outros. — Agradecemos o convite.

Mok sorriu.

— Nação do Fogo. É incrível como o respeito brota deles com tanta naturalidade. — Ele removeu o turbante de Lek e o jogou no chão, para poder despentear o cabelo do garoto. Lembro de quando conheci este aqui — disse, fixando os olhos em Kyoshi. Seus dedos apertavam a cabeça de Lek, puxando e torcendo-a, de forma dolorosa. — Ele era um pirralho desbocado. Mas aprendeu a se comportar.

Lek aguentou o rude toque sem dar um pio. Mok o jogou para o lado como um caroço de maçã.

— Espero que você aprenda tão rápido quanto ele — disse o ancião a Kyoshi, fazendo um clique com os dentes.

Depois que Mok saiu, ninguém disse uma palavra. Esperaram Lek pegar seu turbante do chão e colocá-lo no cabelo. Seus olhos estavam vermelhos, não só pela poeira.

Kyoshi tinha perguntas, mas estava com medo de fazê-las em voz alta no meio da rua. Ela sabia exatamente que tipo de homem o Contador era.

Uma vez, Jianzhu havia implantado uma política na mansão que permitia a todos os empregados, por mais humildes que fossem, falar diretamente com ele sobre qualquer assunto da casa. Kyoshi viu o gesto de bondade gerar inimizades, com empregados dedurando uns aos outros por coisas irrelevantes, a fim de receberem algo em troca. Ela sabia que essa tinha sido a intenção dele desde o começo.

As longas casas alinhadas nas ruas de Hujiang lembravam as paredes da mansão. Kyoshi não tinha dúvida de que qualquer palavra dita chegaria aos ouvidos de Mok. Ela seguiu o grupo até uma estalagem toda corroída por cupins, que parecia ter sido pintada na época em que Yangchen estava viva. Muitos dos fora da lei com quem eles cruzavam no caminho tinham uma flor de pêssego-da-lua presa em algum lugar das suas roupas. Ela não acreditava que não tinha reparado nisso antes.

Eles pagaram por um único quarto e subiram as escadas, como num cortejo fúnebre. Dentro dos aposentos, as tábuas do assoalho pareciam ter sido enceradas pelo suor dos hóspedes ao longo dos anos. Não havia camas suficientes caso eles quisessem passar a noite ali.

— Essa é uma casa com paredes mais grossas — Kirima disse depois de fechar a porta e se encostar na parede. — Será seguro falar aqui, contanto que ninguém grite.

Wong pôs a cabeça para fora da janela e fez uma varredura completa na rua abaixo e depois acima, no telhado. Ele voltou para dentro, fechando a janela e as persianas.

— Suponho que você queira uma explicação — disse o homem.

— Aqueles tempos difíceis que mencionamos na Baía Camaleão — explicou Kirima — foram muito difíceis. Depois que seus pais morreram, o bisão da Jesa escapou, e nunca mais o vimos.

Kyoshi entendia bem isso. A conexão entre os Nômades do Ar e seus companheiros voadores era tão intensa que, quando perdiam seus dominadores, os animais simplesmente fugiam e se juntavam a rebanhos selvagens. Era um milagre que Peng-Peng ainda continuasse ao seu lado, ajudando-a.

— Estávamos presos numa cidade errada e tínhamos muitas dívidas com pessoas erradas — continuou Kirima, ignorando a ironia de que, para todos os efeitos, *eles* eram as *pessoas erradas*. — Estávamos desesperados. Por isso, aceitamos a Sociedade Flor de Outono como nossos anciãos em troca de alguns favores e de dinheiro.

— Os caras da flor de pêssego — disse Wong.

Os pêssegos-da-lua normalmente floresciam na primavera, mas, como eles eram criminosos *daofei*, e não agricultores, certamente não sabiam desse detalhe.

— Então este grupo agora está em dívida com a Sociedade Flor de Outono? — perguntou Rangi.

— Parecia uma boa saída na época — disse Kirima. — Depois que os Pescoços Amarelos se dissiparam, surgiram muitas sociedades menores sedentas por ocupar o lugar deles. Mok e a Flor de Outono começaram como algo pequeno, mas depois passaram a pressionar as outras gangues.

— E com "pressionar" queremos dizer "esmagá-los e sugar cada gota de sangue deles" — explicou Wong.

— Eles não estavam preocupados em lucrar — disse Kirima, balançando a cabeça com a maior indignação de todas. — A lei ainda não os pegou porque eles ainda não fizeram grandes estragos na superfície.

— Bem, posso garantir que isso está prestes a mudar — disse Rangi. — O que vimos no bazar foi uma reunião. Uma campanha de recrutamento. Mok tem grandes planos pela frente.

— E agora nós fazemos parte disso — constatou Kirima. — Se desobedecermos à convocação de nossos anciãos juramentados, nosso nome valerá menos que lama. Estaremos numa situação pior do que antes de termos conhecido a Sociedade Flor de Outono.

— Além disso, bem, você sabe, ele vai nos matar — concluiu Wong.

Lek bateu a cabeça contra a parede.

— Mok é nosso dono agora — disse, em tom vago. — Nossa independência era o orgulho de Jesa e Hark. E jogamos isso fora. Por minha causa.

— Lek — exclamou Kirima, bruscamente. — Você estava ferido e teria morrido sem tratamento. Já conversamos sobre isso.

— Picado por uma vespa-urubu — Lek explicou para Kyoshi e Rangi. Ele riu com uma amargura que devia ter crescido ao longo de muitas noites sem dormir. — Dá para acreditar? Como se eu estivesse destinado a ser a ruína deste grupo.

— Jesa e Hark teriam tomado a mesma decisão em um piscar de olhos — disse Kirima, pondo fim ao assunto.

Kyoshi respirava pelo nariz. Lentamente a princípio, depois mais e mais rápido. Parecia que seus pulmões iam escapar pelos furos de seu crânio.

Ela se lembrou de ter arrastado a cabeça no chão congelado quando era pequena, tentando aliviar a febre que ardia dentro de seu corpo. Lembrou também que tinha tentado voltar a andar, depois que a doença não tratada enfraquecera seus músculos, sem saber se o tremor iria desaparecer.

Seria possível entrar no Estado Avatar por sentir puro desprezo? Ela olhou para os *daofei*, perdidos em suas próprias histórias. O que eles sabiam, hein? *O que eles sabiam?* Eles tinham um ao outro. Uma família disposta a fazer sacrifícios. Ela não tinha dúvida de que Jesa e Hark teriam feito qualquer coisa por sua gangue. Mas não fizeram por sua filha. Os juramentos superaram laços de sangue. E foi essa a lição que ficou gravada nos ossos dela.

— Ah, quanto mimimi — Kyoshi estourou. — Como vocês são patéticos.

Eles viraram a cabeça na direção de Kyoshi, que se recusou a olhar para qualquer um deles, encarando um ponto na parede onde um pedaço da madeira havia caído, deixando um buraco na tábua.

— Então suas escolhas tiveram consequências — disse Kyoshi. — Isso não é um acordo infeliz. Isso faz parte da vida. Vocês se envolveram com Mok, e eu me envolvi com vocês. *Eu* que deveria estar reclamando.

Ela desejou ter o hábito de cuspir no fim das conversas para dar mais ênfase ao que estava dizendo.

— Se ele quer que a gente apareça hoje à noite, então nós vamos aparecer hoje à noite. Nós faremos o que ele quiser. E depois *pegaremos o que viemos buscar*.

Ela terminou a sua declaração quase a ponto de gritar. O silêncio pairou.

— Kyoshi tem razão — disse Kirima. A parede rangeu quando ela desencostou seu ombro. — Não temos escolha a não ser fazer as coisas um passo de cada vez.

— Mas ela não precisava ser tão má — Wong murmurou.

Depois da explosão de Kyoshi, Rangi pediu aos outros um momento a sós com ela. Eles saíram como crianças tristonhas. O quarto, que antes parecera minúsculo, tornou-se grande demais.

— Não grite comigo — pediu Kyoshi se antecipando. — Não tinha nada sobre essa Flor de Outono no diário.

— E ainda assim, aqui estamos do mesmo jeito — disse Rangi. Ela parecia não saber o que dizer, apontando em direções diferentes para enfatizar os sermões que viriam. Então, acabou por se contentar com uma pergunta.

— Sabe como é ter que ver você afundando ainda mais nessa imundície?

— Estou fazendo o que é necessário — respondeu Kyoshi. — Se você quer que eu aprenda mais rápido, então vamos a um local isolado para praticar dominação de fogo.

— Kyoshi, você não está me ouvindo — Rangi instintivamente baixou a voz para proteger o segredo delas. — Você é o Avatar.

— Eu me lembro disso, Rangi.

— *Lembra*? — perguntou ela. — Lembra mesmo? Porque, pelo que sei, o Avatar deveria estar guiando o mundo para o bem dos humanos e dos espíritos, não arriscando o pescoço para ajudar um bando de ladrões de segunda categoria a quitar suas dívidas!

Rangi se segurou para não socar a parede mais próxima.

— Você sabia que o Avatar é capaz de se reconectar com suas vidas passadas para acessar a sabedoria de séculos? Pelos meios certos, você poderia pedir orientação à própria Yangchen neste momento. Mas não! Você não tem essa opção, pois meu palpite é que deve ser bem difícil encontrar sábios espirituais em nosso círculo social atual!

Rangi sinalizou com as mãos a sala, Hujiang e as Montanhas Taihua. E continuou:

— Ver você aqui está me matando. O fato de estar presa neste lugar onde ninguém sabe quem você é me faz morrer um pouco a cada momento que passa. Você está destinada a ter o melhor de tudo e, em vez disso, você tem *isso*. — Ela esfregou as rugas que se formaram na testa com os dedos. — Uma cidade *daofei*! Um Avatar normal teria varrido este acampamento da face da terra!

Então ela estava chateada por Kyoshi negligenciar seus deveres. E nada mais. Rangi queria um Avatar normal. E não como Kyoshi.

Ela tem uma forte crença no Avatar. As palavras de Yun voltaram como se ele estivesse parado ao lado dela, sussurrando em seu ouvido. Rangi não podia mais aguentar nenhuma desgraça em seus ombros. Kyoshi não era a pessoa mais indicada para ser um Avatar, e suas escolhas egoístas só tinham piorado ainda mais a situação.

— Rangi — o coração de Kyoshi estava mais duro do que nunca, como uma massa de metal pesando em seu peito —, o mundo esperou anos por um Avatar. Pode esperar um pouco mais. E você também.

Ela pensou ter ouvido um pequeno suspiro por trás das mãos de Rangi. Mas, quando a dominadora de fogo abaixou os braços, ela parecia tão calma e petrificada quanto a montanha.

— Você tem razão — disse Rangi. — Afinal, sou apenas sua guarda-costas. Tenho que fazer o que você diz.

<hr>

O anoitecer fez um favor para Hujiang. Ao contrário das pessoas honestas que vão dormir logo após o sol se pôr, o povoado *daofei* se iluminou com a luz das tochas, permitindo que o comércio continuasse. A encosta da montanha que se estendia para baixo da estalagem parecia ter atraído uma nuvem de vaga-lumes.

Uma refeição de mingau de arroz e batata-doce seca não os ajudou muito a relaxar. Antes de saírem da estalagem, Lek apertou as faixas de couro que cobriam as mangas de sua roupa com tanta ferocidade, que Kyoshi teve medo de suas mãos ficarem roxas.

— Você está bem? — ela perguntou.

— Estou preocupado com Peng-Peng, só isso — ele respondeu, em tom desafiador. — Não deixe escapar que temos um bisão. Mok provavelmente iria nos matar e tentar domá-lo.

Fazia cada vez mais sentido o quanto bandidos cobiçavam um bisão. O voo era normalmente um feito restrito aos puros de coração. Como uma dominadora de ar disposta a sujar as mãos com trabalhos criminosos, a mãe de Kyoshi devia ter uma alta demanda de voos para fazer contrabandos.

As ruas estavam mais vazias do que durante o dia. Os *daofei* haviam se reunido dentro de tabernas, um tipo de comércio que parecia reunir metade da cidade. Kyoshi podia ouvir risos, discussões e poesias malfeitas jorrando das janelas por onde passavam. Ela imaginou que Lao Ge estava em uma das tabernas, trapaceando para conseguir bebida. Ou se satisfazendo com seu outro hobby.

Eles chegaram a um estabelecimento maior que os outros. Um tipo de celeiro amplo e alto que tremia com o barulho vindo de dentro. Os gritos em seu interior oscilavam; algumas vezes eram de alegria, outras vezes, de decepção. Outro homem usando uma flor de pêssego no chapéu os cumprimentou na porta.

— O Tio Mok está esperando por vocês na varanda — ele disse, ao se curvar.

Ao entrar, eles foram imediatamente absorvidos por uma multidão de espectadores. No centro do celeiro, havia uma grande plataforma de madeira coberta com uma camada de lona bem esticada e amarrada por cordas, o que dava à estrutura a aparência de um grande tambor. Acima dela, dois homens circulavam cautelosamente, trocando de posições, recusando-se a piscar quando o suor se acumulava em seu rosto.

— *Lei tai* — disse Kirima a Kyoshi. — Já viu um antes?

Ela nunca tinha visto. Sabia de torneios de dominação de terra que tinham um conceito semelhante: quem derrubasse o oponente da plataforma era o vencedor. Mas esse palco era feito de um material que não permitia a dominação, e os dois homens estavam lutando descalços e de mãos vazias. Para arremessar o oponente, seria preciso encurtar a distância e agarrá-lo com as próprias mãos, coisa que os dominadores normalmente não faziam.

Lek mencionara alguma coisa sobre combates com armas à noite. Agora deviam estar acontecendo as rodadas sem armas, servindo como aquecimento. Os dois homens se atacaram. Punhos golpeando cabeças. Um deles aproveitou a troca de golpes e deu um chute devastador na lateral do oponente.

— Golpe no fígado — Kyoshi ouviu Rangi murmurar. — Já era.

Ela previu o resultado antes do perdedor, que tentou retomar a posição de luta, mas não conseguiu levantar os braços. Em um arco lento e oscilante, que lembrava uma árvore sendo cortada, ele caiu na superfície da plataforma, abraçando o próprio corpo.

Kyoshi esperava que o homem de pé se exibisse após a vitória, desfrutando da comemoração da multidão. Em vez disso, ele atacou seu oponente caído, que era claramente incapaz de continuar a luta, e começou a socá-lo na cabeça com violência.

— Aqui está uma lição para vocês — disse Wong. — A luta só acaba quando o vencedor disser que acabou.

Kyoshi precisou virar de costas. Ela ouviu batidas surdas e úmidas, intercaladas com os gritos da multidão, e quase vomitou. Estava ouvindo um homem ser espancado até a morte.

Houve uma rodada de vaias, e ela ergueu o olhar. O homem que ainda estava de pé decidiu parar o ataque, mas Kyoshi sabia que essa decisão tinha sido tomada mais para economizar energia do que por misericórdia. O vencedor se dirigiu para um canto da plataforma onde havia um banquinho para ele se sentar. Ele estendeu a mão, e uma xícara de chá apareceu sobre ela. Ser o campeão dava direito a algumas vantagens.

Dois voluntários carregaram seu oponente derrotado pelos braços e pelas pernas. Apenas uma tosse esguichando sangue indicava que o homem ainda estava vivo.

Kyoshi queria sair daquele lugar o mais rápido possível.

— Onde está Mok? — ela perguntou.

— Lá. — Kirima apontou para o segundo andar. As suspeitas de Kyoshi estavam corretas; esse lugar *era* um celeiro. A "varanda" era um palheiro adaptado. Mok estava sentado em uma cadeira gigante, semelhante a um trono, que devia ter sido levada até lá em cima com a ajuda de polias. Ao lado dele, estava o homem da faixa no nariz do bazar, aquele que vinha recrutando bandidos com um apelo espiritual.

A Companhia Ópera Voadora subiu na varanda à moda antiga, e eles tiveram que fazer isso um de cada vez. Os três membros mais experientes foram os primeiros. Kyoshi sentiu que estava sendo observada enquanto subia a longa e vulnerável escada de madeira, que balançava a cada movimento.

Ao lado de Mok, não havia ninguém além do recrutador de rua. Segundo Kirima e os outros integrantes do bando, nenhum dos dois era dominador. Ou os *daofei* não queriam "gastar" homens com proteção pessoal ou preferiam demonstrar força dessa maneira.

— Este é meu tenente, Irmão Wai — Mok disse, apontando para o homem de olhos arregalados. — Vocês devem demonstrar a ele o mesmo respeito que têm por mim.

Kyoshi curvou-se com os outros, mas Wai ficou em silêncio. Ele olhou para o grupo com grande desprezo, como se tivesse detectado algo maligno no fundo de suas almas. Naquele momento, ela se lembrou da sua perna machucada, mas já quase cicatrizada, e do pesadelo que havia escondido no fundo de sua mente. Mas Wai não deu nenhuma atenção especial a ela. Ele os desprezava por igual.

Mok, por outro lado, olhou direto para Kyoshi.

— Garota nova — disse ele. — Você me parece um pouco tímida. Não é uma característica que aprecio nos meus subordinados.

Wong e Kirima ficaram tensos. Eles a alertaram sobre a necessidade de manter uma certa máscara, mas ela não levou muito a sério. Kyoshi tentou pensar em algo para acalmar Mok.

— Ela é durona quando é preciso, Tio — interveio Lek. — Eu vi com meus próprios olhos Kyoshi confrontar um esquadrão inteiro de homens da lei na Baía Camaleão.

Mok fez um sinal com o dedo. Em um movimento tão suave que parecia ensaiado, Wai pegou uma faca, segurou Lek e cortou a palma de sua mão. Lek olhou incrédulo para a ferida vermelha.

— Engraçado — disse Mok —, acho que eu não estava falando com você.

Um respingo de sangue caiu no chão. Lek dobrou-se, apertando a mão contra o corpo, e sufocou um grito. Wong e Kirima estavam com o rosto vermelho de raiva, mas mantiveram suas posições, ombros curvados em respeito.

Kyoshi se forçou a olhar desta vez, vendo Lek sofrer. Mok a estava testando, ela notou. Sua fraqueza havia machucado seu companheiro, e esse era o preço.

Seu corpo ficou frio, quando uma visão do futuro a abraçou. Ela iria prestar contas com esse Mok algum dia. Iria colocá-lo na sua lista, logo abaixo de Jianzhu. Ele e Wai. Ambos teriam um lugar de honra no coração dela.

Mas, por ora, ela conservava um rosto de pedra. Viu Lek se endireitar e puxar a manga de sua roupa sobre a ferida, apertando a mandíbula e punho com força. Ele olhou para o espaço entre os sapatos. Se não fosse pela mancha de sangue em sua camisa, seria difícil dizer que ele estava ferido.

— Melhor você falar dessa vez — disse Mok a Kyoshi. — A menos que, por algum motivo, não goste do garoto.

Ela deu de ombros, evasiva:

— Não há muitas pessoas que eu odeie, Tio. — A verdade tornava mais fácil manter a calma.

— Ela aprende rápido, de fato! — Mok disse, notando que algo interessante acontecia abaixo na plataforma. A multidão rugiu, metade vaiando e a outra metade expressando aprovação, pelo que quer que fosse. Ele sorriu e voltou toda a atenção para o centro do celeiro. Não tão rápido quanto sua amiga dominadora de fogo.

Kyoshi seguiu o olhar dele. Usou toda a sua calma recém-adquirida para não gritar de horror.

Rangi estava em pé na plataforma de combate.

— A beleza da *lei tai* é que qualquer um pode desafiar alguém — disse Mok. — Basta fazer o que ela está fazendo.

Kyoshi teve que olhar para a escada vazia novamente para ter certeza de que não estava sonhando, e de que Rangi não a seguira dessa vez como sempre fazia. E confirmou que tinha demorado demais para perceber a ausência de sua amiga.

O campeão, ainda sentado no canto oposto da plataforma, inclinou a cabeça com interesse. Rangi encontrou o olhar dele enquanto tirava as braçadeiras e as ombreiras, jogando no chão sua armadura de herança, como uma casca de frutas. Ignorando os uivos e assobios da multidão, ela se despiu até estar somente com a túnica branca sem mangas que usava sob seu traje.

Rangi estava acima da altura média de uma garota. Os músculos dos braços e das costas eram bem definidos e fortes, graças aos muitos anos de treinamento. Apesar disso, seu oponente era um terço mais alto, ou mais. Ela parecia tão pequena e vulnerável na lona, como uma pequena flor no canto de uma pintura.

Kyoshi quase pulou do palheiro para se jogar entre os combatentes. Mas Kirima e Wong lhe lançaram o mesmo olhar e o aceno de cabeça imperceptível de quando Lek foi cortado. *Não. Você vai piorar as coisas.*

O campeão passou a mão em sua trança e olhou para Rangi com olhos apertados. Enxugou o suor com uma toalha e a jogou para trás. Assim que ele se levantou, seu ajudante retirou o banquinho da plataforma. Ele já havia descansado o suficiente. O homem ergueu o queixo e disse a Rangi algumas palavras que Kyoshi não conseguiu ouvir, mas que suspeitava quais eram.

Nada de dominação de fogo.

Rangi concordou.

Uma lança atravessou o coração de Kyoshi quando os dois se aproximaram. De início, o campeão não fez nenhuma posição. Se ele levasse o desafio de uma garota muito a sério, perderia o respeito.

Rangi mostrou que a decisão não tinha sido muito inteligente, e foi logo dando um chute no joelho em que o adversário estava prestes a se apoiar. Por puro reflexo, ele se esquivou. Puxou a perna para trás antes que ela se partisse ao meio, e tropeçou todo desajeitado pela plataforma, como um bêbado que havia perdido o equilíbrio. A multidão zombou.

— *Essa* garota — elogiou Mok, com um tom de apreço que repugnou Kyoshi.

O campeão se endireitou e assumiu uma postura mais baixa. O movimento controlado do corpo dele não combinava com a ira em seu rosto.

Para provocá-lo ainda mais, Rangi foi para a frente sem medo, até ficar perto o suficiente para que ele pudesse atacá-la. Sua expressão era fria, impassível. E não mudou quando o homem lançou uma enxurrada de golpes. Ela leu os movimentos dele como as palavras de um livro, esquivando-se com agilidade e astúcia que faziam seus pés chiarem contra a lona.

Quando o adversário errou um soco em direção ao pescoço de Rangi, ela golpeou a axila dele com o ombro, fazendo-o recuar. Ele cambaleou para trás outra vez, seus pés fazendo uma tentativa ridícula de mantê-lo em pé. A esperança de Kyoshi cresceu, forçando-a a ficar na ponta dos pés ao ver o homem se aproximar da beirada. Se ele caísse da plataforma, esse pesadelo terminaria.

Ele conseguiu se segurar. Kyoshi ouviu um xingamento, vindo de alguém que não era ela. Rangi seguiu seu oponente até a borda, mas parecia sem pressa para empurrá-lo. Ela poderia ter terminado o combate com um simples empurrão.

O homem também notou esse fato e perdeu a compostura. Atacou com um soco selvagem sem técnica alguma. Foi tão previsível que a própria Kyoshi poderia ter desviado.

Mas, naquele instante, Rangi olhou para cima e encarou Kyoshi. O golpe a atingiu em cheio no rosto. Ela deixou que isso acontecesse.

Rangi tropeçou sobre a plataforma e caiu no centro, como um pequeno monte sem vida. A diferença de peso se mostrou eficaz. O grito de Kyoshi foi abafado pelo rugido da multidão.

O campeão limpou a boca enquanto caminhava despreocupado até o corpo de Rangi. Ele tinha sido humilhado por ela. Ele não teria pressa para destruí-la.

Kyoshi gritava, invisível e inaudível naquele tumulto. Nada mais importava além de Rangi. Ela não podia perder o centro da sua vida daquela forma. Ela teria destruído o mundo só para desfazer o que estava acontecendo.

Foram as mãos de Wong, apertando os ombros de Kyoshi, que a seguraram no lugar, enquanto ela via o homem levantando o pé acima da cabeça de Rangi. Num rápido movimento, ela ouviu o som de estalos abafados.

A mente de Kyoshi conseguiu acompanhar seus olhos. Sua compreensão foi um pouco lenta, devido à velocidade em que as coisas estavam acontecendo.

Rangi girou por baixo do pé do homem, rodando sobre os ombros, e colocou todo seu corpo em volta da perna dele. Ela fez uma torção sutil, partindo a perna dele em várias partes. O campeão deitou-se sobre a lona, contorcendo-se de dor, e sua perna parecia uma meia vazia, presa ao corpo. Rangi ficou em pé ao lado dele com a boca sangrando. Com exceção do único soco que havia levado, ela estava bem. Não tinha nem suado.

Os espectadores ficaram em silêncio. Os passos de Rangi ecoaram na lona como batidas em um tambor. Ela pulou da plataforma, levando sua armadura.

Uma única pessoa batendo palmas quebrou o silêncio. Era Mok, aplaudindo furiosamente. O gesto permitiu que a multidão reagisse. Eles gritaram e aclamaram a nova campeã, avançando em sua direção. Um único olhar dela foi suficiente para que todos parassem de dar tapas em suas costas ou de tentar levantá-la sobre os ombros. Mas eles chegaram o mais perto que puderam, formando um pequeno anel em torno dela.

Rangi caminhou até a escada e subiu usando uma mão, segurando o equipamento embaixo do outro braço. Sua cabeça apareceu no topo da escada e, depois, o restante de seu corpo. Ela jogou a armadura no canto e curvou-se.

Ninguém respondeu. Todos aguardaram seu próximo passo, incluindo Mok e Wai.

Rangi encolheu os ombros, respondendo à pergunta não feita.

— Pareceu divertido — disse, calmamente.

Para Kyoshi, aquilo tinha sido uma completa e absoluta idiotice. Não havia razão para ela ter cometido um ato tão estúpido e sem sentido. Ela quis dar um soco em Rangi forte o suficiente para jogá-la até Yokoya. Queria estrangular a dominadora de fogo até que saíssem chamas de seus ouvidos.

Mok bateu nas coxas e caiu na gargalhada.

— Uma futura chefe à vista! — ele exclamou. — Jantem comigo esta noite. Vou contar meus planos para vocês.

— Como poderíamos recusar, Tio?! — Rangi respondeu com o maior, mais doce e mais falso sorriso que Kyoshi já vira.

Subordinados de Tio Mok carregaram cadeiras para todos, seguindo escada acima com grande dificuldade, depois levaram a mesa, a comida e a bebida. Ao contrário das grandes mansões da sociedade da lei, não havia serventes aqui. As tarefas eram executadas por jovens durões e espadachins, suas armas tilintando nas bainhas enquanto faziam malabarismos com bandejas, tal como empregados novatos.

Ninguém informou que eles já haviam comido. O jantar foi uma tentativa de imitar a mesa de um sábio rico, composta por mais de um prato. Foi usada uma pasta de farinha no lugar de ingredientes impossíveis de encontrar nas montanhas, e vegetais amarelados compunham o restante do cardápio. Em compensação, havia vinho de sobra.

Mok estava sentado de costas para a beira da varanda. As brigas já não lhe interessavam mais. A julgar pelo barulho de metal vindo de baixo, os desafios haviam passado de combate desarmado para armado. Os gritos e a algazarra ocasionais dificultavam a concentração.

— Algum de vocês já ouviu falar de Te Sihung? — ele perguntou, deixando de lado suas intermináveis demonstrações de crueldade e comando. Por mais imprudente que a luta de Rangi tivesse sido, não tinha como negar que ela havia mudado a energia da reunião.

Te Sihung. Governador Te. Kyoshi nunca o tinha visto pessoalmente na mansão, mas ela se lembrava dos últimos presentes que ele enviou para Yun: um exemplar original e completo de *Poemas de Laghima* e uma única e preciosa semente de dragão-branco.

— Governador das Províncias do Leste — disse ela. — Gosta de ler e beber chá. Certamente não está precisando de dinheiro.

— Muito bem — disse Mok, impressionado, embora ela tivesse acabado de descrever metade dos velhos ricos do Reino da Terra. — Te é um pouco incomum entre os líderes de governo. Ele não é tão rápido quanto os demais em degolar seus criminosos. — Ele fez um movimento de corte na própria nuca, para exemplificar. Todos estavam se dando bem.

Mok tomou um gole de vinho e sorriu quando Kyoshi encheu seu copo sem ele sequer pedir.

— Em vez disso, ele os mantém prisioneiros — Mok continuou. — Sua família herdou uma antiga mansão que remonta ao trigésimo--alguma-coisa Rei da Terra. Ela conta com um tribunal e uma prisão onde criminosos podem cumprir sua sentença em vez de enfrentar o triste fim da justiça moderna. Acho que uma noção romântica de misericórdia subiu à sua cabeça.

— Parece legal da parte dele — disse Rangi, um pouco indiferente. O rosto dela tinha começado a inchar, e as palavras saíam enroladas de seus lábios machucados.

Os outros membros do grupo tinham se retirado voluntariamente para o andar de baixo, deixando que Rangi e Kyoshi prosseguissem com a conversa. As duas estavam jogando com as peças que haviam recebido.

— Não o idolatre ainda — disse Mok. — Ele está com um dos nossos em sua prisão há oito anos.

Atrás dele, Wai reagiu, seu corpo vibrando de raiva.

— Precisamos tirar nosso homem das celas de Te — disse Mok. — É disso que se trata este trabalho. Para resgatar alguém em um lugar fortificado como aquele, vamos precisar de muita gente, muito mais do que a Sociedade Flor de Outono possui. Então, estamos convocando nossos associados. Todo favor devido será quitado em uma noite.

— Esse prisioneiro é importante? — perguntou Rangi. — Ele tem informações que você não quer que vazem?

Pela primeira vez naquela noite, Mok parecia descontente com ela.

— Essa missão é sobre *irmandade* — ele respondeu. — Acima de qualquer coisa. Meu irmão por juramento está apodrecendo nas mãos da lei há quase uma década. Foi esse tempo que levou para a Flor de Outono se tornar forte o suficiente para tentar uma missão de resgate. Porém, Wai e eu nunca o esquecemos.

Seu sentimento era real, esculpido em seu espírito com marcas profundas. Muito parecido com a maneira como Lek falava sobre os pais de Kyoshi. Ele se mantinha firme como aço, apesar de sua dor. Kyoshi se perguntava se conseguiria agir da mesma forma se um dia falasse sobre Kelsang com alguém. Ela esperava que sim.

— Desculpa, Tio — disse Rangi. — Achei que conhecer os fatos seria útil para a nossa causa.

— O único fato que você deve ter em mente é como seu grupo vai ajudar a tirar meu homem da prisão do governador Te — falou Mok.

— Nosso grupo? — Kyoshi inclinou-se, como que se desculpando por não entender. — Pensei que ajudaríamos a Sociedade Flor de Outono lado a lado nessa missão.

— O plano original era esse. Mas, depois de pensar um pouco, percebi que seria um desperdício não usar uma equipe de elite de dominadores como vocês. Um ataque em duas frentes deve dobrar nossas chances. Tenho muitos homens à minha disposição, mas nenhum deles tem agilidade ou habilidade em dominação. Enquanto meus homens derrubam as portas da prisão em um ataque frontal, quero que a Companhia Ópera Voadora trace um caminho mais sutil. Não me importa qual equipe vai libertar nosso prisioneiro, o importante é conseguir.

Ainda mantendo uma expressão profissional, Rangi tentou obter mais informações.

— Existem plantas do palácio de Te? Mapas? Horários dos funcionários? Alguém de dentro com quem possamos contar?

O rosto de Mok escureceu. Ele chutou a mesa para longe, derrubando as louças no chão.

— O que você acha que é isso? Um assalto? — ele retrucou. — Tracem uma estratégia por conta própria!

Kyoshi percebeu por que ele estava tão bravo. As perguntas de Rangi o expuseram como alguém que não entendia de tática. Ele não sabia nada sobre liderança, a não ser fazer exigências e espalhar crueldade quando elas não eram atendidas.

Controle conquistado pela disseminação do medo, Kyoshi pensou. Ela tinha percebido o modo como Mok exercia o poder.

Ele se levantou e tirou o pó de suas vestes.

— Planejo estar no palácio do governador Te daqui a trinta dias com meus homens. Sei como a Companhia Ópera Voadora costuma ser veloz, por isso, se vocês chegarem antes, terão o tempo necessário para se prepararem. Mas não quero que ajam por conta própria antes de chegarmos. Ouviram?

Já ouvi muitas coisas sobre você, pensou Kyoshi.

— Claro, Tio — ela respondeu. O barulho de metal e um grito preencheram o ar enquanto ela se curvava.

Os cinco ficaram do lado de fora da estalagem, sem saber o que dizer. Havia uma nova distância entre eles. Todos estavam mergulhados nos próprios pensamentos.

Kyoshi quebrou o silêncio.

— Todos concordam em sair desta cidade logo de manhã?

— Sim — concordou Wong. — Vou me embriagar um pouco até lá. Se eu encontrar algum de vocês, vou fingir que não conheço. Mesmo se vocês me desafiarem. — Ele franziu a testa. — *Especialmente* se vocês me desafiarem.

Wong adentrou na escuridão, desaparecendo atrás do brilho da lanterna mais próxima.

Lek não falou uma palavra no caminho de volta. A manga da roupa dele estava colada na palma da mão, já com sangue seco, o que era um bom sinal em se tratando de uma ferida. Mas ele estava tomado por uma frieza que preocupava Kyoshi.

— Lek — ela disse, antes que ele desaparecesse também. — Obrigada. Por me defender.

O garoto piscou e olhou para ela, como se eles tivessem acabado de se conhecer.

— E por que eu não te defenderia? — ele respondeu, pego de surpresa, retornando dos seus pensamentos.

— Eu preciso cuidar da mão dele — disse Kirima, olhando para Rangi. — Não sou nenhuma curandeira, então vou demorar um pouco para cuidar do seu rosto.

— Eu não preciso disso — disse Rangi. Ela se virou, indo na direção oposta de Wong, descendo a ladeira onde a cidade fora construída.

— Rangi! — exclamou Kyoshi. A dominadora de fogo não a ouviu. Ela era a guarda-costas de Kyoshi. Então era *obrigada* a ouvi-la. — Volte aqui! Rangi!

— Depois do combate de hoje, ela é a pessoa mais segura em Hujiang — disse Kirima. Havia um tom malicioso em seu sorriso. — Mas eu ainda acho que você deveria ir atrás dela.

Tendo crescido em Yokoya, Kyoshi havia percorrido colinas o suficiente para duas eternidades. Descer correndo aquela ladeira podia machucar seus tornozelos e torcer seus joelhos. Ela encontrou Rangi sentada à beira do lago raso, localizando-a mais pelo calor do que pela luz. A dominadora de fogo era uma silhueta escura perto da água. Kyoshi pensou seriamente em empurrar Rangi para dentro do lago.

— Você pode me explicar o que foi aquilo? — ela gritou.

Rangi zombou da pergunta.

— Mok estava nos tratando como esterco; agora, não tanto. Eu impressionei um *daofei*. Esse não era nosso objetivo?

— Essa gangue pertencia à minha *mãe*! Mok é um animal raivoso, não temos vantagem nenhuma sobre ele! Foi um risco estúpido!

Rangi ficou em pé. Antes, seus dedos estavam balançando na água, mas, agora, todo seu tornozelo estava mergulhado no lago.

— Claro que foi! — ela respondeu, quase batendo o dedo indicador no peito de Kyoshi por instinto, mas se conteve. Então, torceu as mãos e as manteve ao lado do corpo. — Mas fiz exatamente o que você tem feito esse tempo todo!

Rangi ainda não tinha acabado.

— Ah, e outra coisa. Eu apaguei quando fui atingida. Se eu não tivesse acordado logo, aquele homem teria me matado.

A mente de Kyoshi foi tomada pela fúria. No final da luta, ela assumira que Rangi estivera fingindo inconsciência para atrair seu oponente. Kyoshi só queria voltar para o celeiro e quebrar o resto dos membros dele.

— Sabe o que você sentiu me vendo desacordada na lona? — perguntou Rangi. — Esse desespero? Essa sensação da sua âncora sendo cortada? É o que eu tenho sentido, observando você, a cada minuto desde que saímos de Yokoya! Eu entrei naquela plataforma para que você pudesse ver o *meu* lado! Eu não sabia mais o que fazer para você entender!

Rangi chutou a superfície do lago, fazendo uma onda que separou as duas. Por um instante, pareceu uma dominadora de água.

— Eu vejo você se atirar de cabeça no perigo, de novo e de novo, e para quê? Alguma tentativa equivocada de fazer "justiça" contra Jianzhu? Você ainda sabe o que isso significa?

— Significa dar fim à vida dele — retrucou Kyoshi. — Garantir que ele não pise mais nesta terra. É isso que significa.

— E por quê? — Rangi perguntou, seus olhos implorando e lutando ao mesmo tempo. — Por que você precisa tanto fazer isso?

— Porque só assim eu não vou mais precisar ter medo dele! — gritou Kyoshi. — Eu estou com medo, entendeu? Tenho medo dele e não sei o que mais vai fazer para esse sentimento ir embora!

Suas palavras se arrastaram pela superfície do lago para qualquer homem ou espírito que pudesse ouvi-las. A obsessão de Kyoshi não era a mesma de um caçador em uma busca implacável por sua presa. Essa só era a mentira que a sustentara. Na verdade, ela era apenas uma criança assustada, correndo em várias direções e esperando que tudo desse certo. Kyoshi não conseguia se sentir segura enquanto Jianzhu estivesse livre.

Ela então ouviu de novo. Aquelas respirações suaves e curtas. Rangi estava chorando.

Kyoshi lutou contra as lágrimas. Elas não seriam tão graciosas.

— Fale comigo — ela pediu. — Por favor.

— Não era pra ser assim — disse Rangi, tentando sufocar o choro com a palma da mão. — Não deveria ter sido assim.

Kyoshi entendeu a decepção de sua amiga. A brilhante nova era da qual o mundo deveria desfrutar após tantos anos de luta estava ameaçada, o campeão que Rangi treinara para proteger o mundo havia sido roubado e substituído por... por Kyoshi.

— Eu sei — ela concordou, com o coração doendo. — Yun teria sido muito melhor...

— Não! Esquece o Yun, só uma vez! Esquece o fato de ser o Avatar! — Rangi perdeu seu autocontrole e bateu com força no peito de Kyoshi. — Não deveria ser assim para *você*!

Kyoshi ficou em silêncio, mais pelo fato de Rangi ter batido nela com tanta força do que pela surpresa.

— Você acha que não merece paz, felicidade e tudo o que há de melhor, mas merece! — gritou Rangi. — Você, Kyoshi! Não o Avatar, mas você!

Ela diminuiu a distância e passou os braços em volta da cintura de Kyoshi. O abraço foi uma maneira inteligente de esconder o rosto.

— Você tem alguma ideia de como eu estou sofrendo por te seguir nessa jornada em que você está tão determinada a se punir? — perguntou Rangi. — Observar você buscando por vingança, sendo que nos conhecemos desde que você era uma criada que não sabia dominar nem uma pedra? O Avatar pode renascer. Mas você não pode, Kyoshi. E eu não quero perdê-la. Eu não aguentaria.

Kyoshi percebeu que tinha entendido tudo errado. Rangi *tinha mesmo* uma grande crença no Avatar. Mas sua maior fé estava em seus amigos, não em seus deveres. Ela puxou Rangi para mais perto, e pensou ter ouvido um suspiro leve de satisfação vindo da amiga.

— Eu gostaria de poder te dar o que você merece — Rangi murmurou, depois de algum tempo. — Os mestres mais sábios. Exércitos para te defender. Um palácio para você morar.

Kyoshi levantou uma sobrancelha.

— O Avatar ganha um palácio?

— Não, mas você merece um.

— Eu não preciso disso — disse Kyoshi. Ela sorriu, sentindo os cabelos de Rangi, os fios macios, acariciando seus lábios. — E não preciso de um exército. Eu tenho você.

— Pfff — Rangi zombou. — Até parece. Se eu fosse melhor no meu trabalho, você nunca se sentiria assustada. Apenas amada. Adorada por todos.

Kyoshi ergueu gentilmente o queixo de Rangi. Ela já não podia evitar isso, assim como não podia evitar respirar, viver, sentir medo.

— Eu me sinto amada — ela declarou.

O lindo rosto de Rangi brilhou com o reflexo da água. Kyoshi se inclinou e a beijou.

Um calor percorreu as veias de Kyoshi. A eternidade resumida em um único encontro de peles. Ela pensou que nunca se sentiria tão viva quanto naquele momento.

E então...

O choque. As mãos a empurraram para longe. Kyoshi saiu de seu transe, horrorizada.

Rangi se encolheu com o contato. Repeliu-a. Um reflexo.

Ah, não. *Ah, não.*

Isso não podia – não depois de tudo o que elas haviam passado – não podia ser assim que...

Kyoshi fechou os olhos até doerem. Ela queria sumir dali, encolher até desaparecer entre as rachaduras da terra. Queria virar poeira e ser levada pelo vento.

Mas o som de uma risada a fez abrir os olhos novamente. Rangi estava tossindo, afogando-se com suas próprias lágrimas, e sorrindo. Ela retomou o fôlego e puxou Kyoshi pelos quadris, virando-se para o lado e oferecendo a pele lisa e imaculada da sua outra face.

— Esse lado do meu rosto está inchado, boba — ela sussurrou na escuridão. — Que tal me beijar onde não está machucado?

A FERA

O AMANHECER nunca tinha sido tão quente. Kyoshi dormiu melhor no chão duro da orla do lago, sem nenhum saco de dormir, do que em qualquer outra noite que passara acampando entre a Baía Camaleão e Hujiang. Talvez porque agora ela tinha seu próprio fogo. E não precisava dividi-lo com mais ninguém.

Rangi murmurou alguma coisa na base de seu pescoço, a sensação de uma vibração suave. Uma sombra emergiu sobre elas. Kyoshi piscou até ver um par de botas de couro perto de sua cabeça. Kirima agachou-se para ficar mais próxima delas, apoiando os cotovelos sobre os joelhos e o queixo sobre as mãos.

— A noite foi boa? — perguntou a dominadora de água, piscando de forma maliciosa. O sorriso em seu rosto era maior que o céu aberto.

Kyoshi apoiou-se nos cotovelos. Rangi deslizou do peito dela e bateu a cabeça no chão, acordando assustada. A perna que ela tinha colocado sobre o corpo de Kyoshi desenroscou com relutância.

— Deve ter sido — Kirima continuou, quase sem conseguir conter o riso. — Dormir sob as estrelas. Apenas duas amigas tendo um momento íntimo de amizade.

Kyoshi esfregou o rosto para espantar o sono. Ela podia levantar-se num pulo e negar tudo. Afinal, não tinha ideia do que iria acontecer se ela e Rangi continuassem seguindo por este caminho. Poucas pessoas do Reino da Terra reagiriam tão bem quanto Kirima.

Mas, desde aquele dia, na cozinha em Yokoya, quando descobriu seu destino com as mãos ainda sujas de farinha branca, sua vida vinha sendo uma recusa interminável, cheia de segredos que levavam a fins destrutivos. Ela estava farta de negar a si mesma.

Desta vez, não. Desta vez, seria diferente. Um pensamento firme e a batida em seu coração a fizeram perceber a verdade. Ela nunca voltaria atrás sobre seus sentimentos por Rangi.

As duas se entreolharam, e Rangi sorriu, fazendo um aceno de cabeça quase imperceptível. Era um sinal de "estou pronta se você estiver".

Ela estava. As duas estavam.

— É exatamente o que parece — disse Kyoshi. — Tem algum problema com isso?

Kirima encolheu os ombros, ficando séria por um momento.

— Eu não sou do tipo que vai julgar você por causa da pessoa que você ama — disse, seu jeito brincalhão retornando rapidamente. — Porém, sinto um *tremendo* pesar por vocês se envolverem num romance com alguém da própria irmandade. É como lavar roupa na privada. Nunca termina bem.

Kyoshi levantou-se.

— Em primeiro lugar, já nos conhecíamos antes de conhecer vocês. E, em segundo lugar, meus pais fundaram essa gangue idiota, e eles eram claramente um casal!

— Bom ver que está seguindo a tradição da família — falou Kirima. — Jesa e Hark eram loucos um pelo outro.

Para Kyoshi, nada poderia estragar mais aquele momento do que uma lembrança de seus pais. Ela se perguntava se eles ainda se beijavam, trocavam olhares, contavam piadas, depois de a terem abandonado em Yokoya. Talvez o relacionamento deles tivesse ficado ainda mais leve depois que se livraram do fardo. Ela não queria perguntar.

A escuridão de seu abandono deve ter ficado estampada em seu rosto conforme as três se arrastavam montanha acima, de volta à cidade, porque Rangi acariciou a mão de Kyoshi com suas unhas; uma distração brincalhona e provocante que agora tinha ainda mais significado. Kyoshi quase tropeçou e caiu de cara no chão.

Se essa era a sensação de mostrar quem ela era de verdade, Kyoshi nunca conseguiria voltar atrás. Seu coração se sentia nas nuvens. Ela queria segurar Rangi em seus braços e correr em direção aos céus, pisando cada vez mais alto, usando aquela técnica que ainda precisava aprender.

Kyoshi estava tão feliz que até Hujiang parecia mais bonita à luz do novo dia. Seus olhos agora enxergavam cores que não eram visíveis ao clarão das tochas da noite anterior, tons de azul e vermelho que surgiam além do Reino da Terra. Agora ela podia ver que as casas tinham toques pessoais, como santuários esculpidos e tapetes da Nação do Fogo pendurados acima das portas. Aquilo a fazia se lembrar de como os barcos também carregavam a personalidade de sua tripulação. A poeira ainda não havia levantado com a movimentação do comércio. O ar estava mais limpo, mais fácil de respirar sem a névoa de sujeira.

Passeando pela cidade – quando tinha sido a última vez que Kyoshi fez um *passeio*? Será que já tinha passeado alguma vez na vida? –, elas desviavam de corpos estirados e adormecidos por causa de ressaca, brigas, ou ambos. Kirima guiou-as até um dos maiores estabelecimentos da cidade, onde teve de se abaixar ao cruzar a porta, que estava parcialmente destruída, como se alguém tivesse sido jogado para fora, mas não de um modo muito preciso. Kirima retornou para a rua momentos depois, dominando uma grande bolha de água. A bolha rolou escada abaixo como uma lesma.

Wong flutuava dentro da bolha, sua cabeça pendendo pelo topo. Ele roncava confortavelmente.

— Acorde! — gritou Kirima. Com um movimento de seus braços, a água congelou. O homenzarrão acordou assustado por causa do frio. Ele parecia um pequeno iceberg com seu rosto saindo do cume.

— Ugh, me deixe aqui por um tempo — ele disse, com os olhos turvos.

Kirima descongelou a água novamente, e separou o líquido do corpo de Wong, deixando-o totalmente seco. Ela devolveu a bolha de água para dentro do casarão, pousando-a com um respingo gigante. Lá de dentro, alguém xingou aos gritos.

— Já vimos o suficiente dessa cidade — Kirima disse. Então, direcionou um sorriso irônico para Kyoshi e Rangi, sem tentar esconder o significado de seu olhar. — Pelo menos, *eu vi*.

Wong não teve a chance de tentar decifrar o olhar da colega. Um forte barulho vindo de algum lugar próximo ao bazar quebrou o silêncio da manhã. Soava como se uma casa tivesse desmoronado. Pássaros fugiram para o céu, voando aflitos.

Rangi franziu as sobrancelhas e voltou sua orelha na direção da confusão.

— Isso foi um deslizamento? — perguntou ela.

— Eu não sei — Kirima respondeu, cautelosamente. — Mas os pássaros fizeram a coisa certa.

Então, ouviram o som de homens gritando de horror acima dos telhados.

— Jamais espere para descobrir qual é o problema — alertou Wong, já correndo para longe da origem dos barulhos. — Se descobrir, ele já estará perto demais.

Se aquilo não era um ditado antigo, deveria ser. Elas o seguiram rapidamente rumo à estalagem. Por sorte, Lek e Lao Ge já estavam lá, prontos para fugir voando. A julgar pela velocidade do tumulto que os alcançava, eles não teriam tempo de vasculhar a cidade em Peng-Peng.

Uma bufada horrenda, um som asfixiante estendia-se pelas ruas. Em seus dias na mansão, Kyoshi vira um embaixador trazer seu macaco-poodle de estimação. Depois de tantos cruzamentos consanguíneos, tudo em nome da "fofura", ele tinha dificuldade para respirar por causa de seu minúsculo focinho. O som que o grupo escutava agora era o mesmo do macaco-poodle, só que numa escala mil vezes maior. Era a respiração de uma criatura que nunca conseguiria respirar a quantidade de ar de que precisava.

Dois homens saíram gritando de um dos barracos, correndo o mais rápido que podiam. Logo em seguida, a frente da construção explodiu, com tábuas e vigas sendo destroçadas por uma massa escura e sólida que se retorcia com fúria. Uma corda ou um chicote foi lançado, com a velocidade de um cabo sob tensão, e acertou os homens nas costas. Eles caíram no chão e bateram o rosto, dando um impulso que fez as pernas se curvarem acima da cabeça, tal como um escorpião.

— Pelas guelras de Tui! — gritou Kirima. — O que é aquela coisa?!

Atrás deles havia uma fera que Kyoshi nunca tinha visto antes, uma monstruosidade marrom e preta de quatro patas, cuja altura ultrapassava algumas das cabanas. Era grande e pesada como um bisão, mas também era ágil e flexível como uma serpente. Suas garras longas e afiadas como lâminas de foice ceifavam o chão, abrindo feridas na superfície empoeirada.

Mas a parte mais assustadora da criatura era o vazio escuro no lugar da face. O crânio peludo e alongado não tinha olhos, apenas um focinho rosa que se contorcia. Era como se um parasita de outro mundo tivesse se acoplado ao focinho de uma fera terrestre e tomado controle do animal. Dois enormes buracos, as narinas, sugavam o ar de todas as direções, até que apontaram para Kyoshi.

Ela recuou devagar, sem sucesso, e ficou surpresa por conseguir se mover. O sentimento de terror a acorrentava, roubando seu instinto de sobrevivência. Ela sentia sua pele molhada e gelada.

De novo, foi o único pensamento que passou pela sua mente. De novo, Jianzhu jogou um pesadelo sobre ela, um espectro inumano que a arrastaria de volta para a escuridão aos gritos. Tinha que ser ele. Não havia mais ninguém que pudesse lhe causar tanto terror assim. De algum modo, ela sentia em seu âmago que era ele quem estava tentando provocá-la com essa aberração viva.

Uma parede de terra subiu entre ela e o animal. Não tinha sido dominada por ela.

— O que está fazendo? — Wong rugiu, mantendo a parede de pé. — Lute ou corra! Não fique aí parada onde não podemos te ajudar!

O monstro escalou com facilidade a parede erguida por Wong, suas garras ajudando-o a escalar com velocidade. Kirima puxou mais água de um canal próximo dali e golpeou os ombros da fera, tentando desequilibrá-la. Rangi atirou pequenas lâminas de fogo nos lugares em que a criatura tentava cravar as patas dianteiras, imaginando que seria eficaz atingir a base do animal assim como fazia com um oponente normal.

É verdade, Kyoshi pensou. *Desta vez, eu não estou sozinha.*

A rua era larga o suficiente para ajudá-la com sua pouca habilidade em dominação de terra. Ela cortou o ar à sua frente, e toda a superfície da rua começou a ranger e se deslocar. Uma fissura se abriu no chão de terra, e uma das patas do animal caiu dentro dela. Se Kyoshi conseguisse fechar o espaço rápido o bastante, ela conseguiria prendê-lo pela...

O monstro, em vez de evitar a armadilha, mergulhou de cabeça na fenda. Seu corpo inteiro desapareceu abaixo do chão, deixando um rastro de destruição para trás.

— Essa coisa pode *cavar*? — Kirima soou mais descontente do que assustada, como uma jogadora experiente descobrindo que havia sido descaradamente manipulada em um jogo.

Kyoshi sentiu tremores abaixo de si. Era impossível que não sentisse, com uma criatura daquele tamanho. Mas os tremores eram vagos, o que não ajudava a distinguir qual era sua direção. Aquilo não era nada bom.

— Afastem-se! — Rangi exclamou, olhando para o chão.

— Não devíamos ficar juntos? — perguntou Kyoshi.

— Não — respondeu Rangi. — Senão a coisa vai pegar todos nós em uma única mordida.

Kyoshi até podia estar sentindo uma camaradagem recém-descoberta com sua gangue, mas parece que Wong e Kirima ainda não sentiam o mesmo. Afinal, depois de ouvir Rangi, eles imediatamente pularam no telhado da casa mais próxima, cada um com um leve rastro do seu elemento nas solas dos pés, abandonando Rangi e Kyoshi lá embaixo.

O solo cedeu em volta delas, um círculo perfeito afundando. Rangi afastou Kyoshi do centro da forma, depois se impulsionou para o lado com jatos de chama que saíram de seus pés. Elas tiveram um pouso difícil, caindo de lado e contundindo seus ombros. A criatura atravessou a superfície, voando em direção ao céu. O chão destruído dando à luz uma forma da morte, que obscureceu o sol com sua subida.

Ouviu-se o barulho de um corte, então, um baque. O animal gritou e suas garras pousaram perto de Kyoshi e Rangi. Ele balançou a cabeça, furiosamente.

Outro impacto, e desta vez Kyoshi conseguiu ver. Uma pedra lisa, do tamanho de um punho, acertou a fera com força, bem na ponta de seu focinho sensível, fazendo-a recuar cambaleante. Ela olhou para cima e reconheceu a silhueta de Lek no telhado da estalagem, com o sol atrás dele encobrindo seu rosto.

— Que tal saírem daí? — ele gritou.

Uma chuva de pedras no local exato deu a elas cobertura: cada projétil acertava exatamente no único ponto em que o bicho parecia sentir dor, por mais que ele se debatesse. Ele recuou, tentando esconder o focinho. Enquanto Kyoshi e Rangi fugiam em direção a Lek, várias flechas acertavam o animal nos quadris. A criatura se virou para enfrentar a nova ameaça.

Os *daofei* tinham se recuperado do susto e agora atacavam a fera, jogando lanças e furando seu pelo com flechas. Eles buscavam a glória de abatê-lo. O animal contra-atacou com a língua, fazendo uma fileira de homens ir ao chão, porém, mais espadachins, agora na função de caçadores, passaram por cima de seus corpos para substituí-los.

Kyoshi não quis ficar para ver a cena bizarra que estava acontecendo perante seus olhos. Ela e o resto do grupo fugiram para as montanhas.

O grupo chegou à caverna de Peng-Peng, na encosta da montanha, ofegante, com as pernas e os pulmões queimando. Lá estava Lao Ge, alimentando o bisão com uma pilha de repolhos. Ele lançava os vegetais no ar, um de cada vez, para que Peng-Peng os pegasse entre seus dentes largos e planos. Provavelmente, não adiantaria perguntar como ele conseguira o alimento.

— Valeu pela ajuda! — gritou Lek. Ele assumira, assim como Kyoshi, que Lao Ge estava a par do que acontecera.

O velho deu a ele um olhar de pouco caso.

— Lutar contra um shírshu? Isso seria um desperdício de energia. Eu saí assim que percebi que ele estava chegando.

— Você sabia que abominação era aquela? — perguntou Kirima.

— É uma lendária fera subterrânea que caça pelo cheiro — ele explicou com desdém, dando a entender que eles saberiam disso se tivessem prestado mais atenção às suas divagações. — Supostamente, pode rastrear sua vítima através de rochas, água, lama e até de ar. No passado, Reis da Terra os usavam para executar seus inimigos políticos. "Quanto aos traidores, deixe que sejam caçados por um shírshu até que eles caiam mortos onde estão, longe de casa e dos ossos de seus ancestrais."

Lao Ge deu outro repolho para Peng-Peng antes de continuar.

— Ou ao menos era assim que o ditado dizia. Shírshus não são mais vistos na natureza há pelo menos uma geração, então, eu presumo que esse também estava sendo usado para caçar um fugitivo. Assim como antigamente.

Kyoshi sentiu que o olhar de Lek a perfurava.

— Estava atrás de você — ele disse. — Eu consegui ver do telhado da estalagem. Estava rastreando seu cheiro. *Você* o trouxe aqui.

Ela hesitou. Se fosse calma como Yun, poderia ter negado de forma bem convincente ali mesmo.

Antes que ela conseguisse falar qualquer coisa, foi impedida pelo barulho metálico de lâminas sendo desembainhadas. Eles se inclinaram sobre a beira da caverna e viram um grupo de espadachins lá embaixo. Atrás do grupo, estava o Irmão Wai, incentivando os homens a continuarem em frente. Parecia que o inquisidor de Mok queria muito falar com a pessoa que estava procurando.

— Eu posso explicar — Kyoshi logo se defendeu. — Mas pode ser enquanto estivermos voando?

Todos concordaram em silêncio enquanto subiam em Peng-Peng. A sobrevivência era mais urgente do que a verdade.

OS MESTRES DO AVATAR

PENG-PENG AGRACIAVA o céu sobre as planícies de Ba Sing Se. A Cidade Impenetrável os observava passar como uma sentinela silenciosa; as paredes marrons feitas de grandes blocos eram um rosto vazio sem feição alguma.

Kyoshi observava a capital passar. Em algum lugar no meio de todas aquelas fortificações, estava o Rei da Terra, a pessoa mais poderosa no continente, com exércitos para comandar e as riquezas do mundo à sua disposição. Embora nunca tivesse mergulhado nos livros de história, ela sabia de registros dos casos em que os Avatares e os Reis da Terra ajudavam uns aos outros.

E ainda assim ela não poderia pedir ajuda para ele. Não havia meios para um camponês se aproximar do Rei da Terra que não resultassem em recusa imediata, captura ou morte. Além disso, essa era a nação de Jianzhu. Ele passara décadas fortalecendo sua influência entre os burocratas de Ba Sing Se. Entrar ali não seria melhor do que se render ao Governador Deng na Baía Camaleão.

Kyoshi olhou para a gangue de seus pais. Eram as únicas pessoas em quem ela podia confiar, por mais triste que isso fosse. Lá embaixo, estava uma cidade inteira que pertencia a seu inimigo. Seus aliados cabiam nas costas de um único bisão.

E eles não estavam felizes com ela.

— Desembucha — questionou Kirima. — Quem é esse homem que tem problemas com você? Você disse que ele é um sábio rico e poderoso. Qual deles, exatamente? Fale a verdade!

Kyoshi olhou para baixo, fitando a sela. Antes, ela sentia que tinha o direito de manter o nome dele em segredo. Só que, pensando bem, a decisão parecia ter sido bem boba.

— ... Jianzhu — Kyoshi murmurou. — Jianzhu, o companheiro de Kuruk.

— O Arquiteto? — perguntou Lao Ge, coçando a barba. — Que ambição, minha querida. Estou impressionado.

O resto deles não parecia tão animado. Eles ficaram boquiabertos.

— Jianzhu, o Coveiro?! — gritou Lek. — Você escolheu travar uma luta contra o *Coveiro*?!

— Eu não escolhi — Kyoshi protestou. — E não menti quando falei que ele matou duas pessoas que eu amava!

— Ah, sim. Nós acreditamos nisso! — Kirima berrou. — Nós acreditamos muito nisso! Esse homem matou mais gente do que a septacatapora!

— E você o irritou tanto que ele enviou uma fera mitológica para te seguir até as Montanhas Taihua — suspirou Wong. — Talvez seja melhor pularmos de Peng-Peng agora e nos livrarmos desse problema.

— Valeu mesmo, sua estúpida! — exclamou Lek. — Nós tivemos a sorte de sobreviver ao Mok, mas se o Açougueiro da Passagem Zhulu quer que você vire comida de verme, é só uma questão de tempo até que isso aconteça com você *e com a gente!*

Então Kyoshi não era a única com medo dele. Aquilo trouxe um mínimo de alívio, mas pelo menos trouxe algum alívio, e ela se sentiu mais forte. Os fora da lei eram, provavelmente, os únicos que sabiam como Jianzhu era brutal e perigoso.

Ela fechou os olhos. Conhecia aquelas pessoas fazia pouco tempo. Mas, para sua surpresa, ela teria se sentido extremamente culpada se os esforços de Jianzhu para capturá-la tivessem lhes causado algum dano grave. Eles não mereciam... ser enganados. Eles mereciam saber toda a verdade.

— Jianzhu não está tentando me matar — disse Kyoshi. — Ele não me quer morta.

— Bem, isso seria novidade vindo dele! — disse Kirima. — Como *você* pode saber tanto dos pensamentos e objetivos dele?

— Porque... — ela respirou fundo para se manter firme. — Porque eu sou o Avatar.

Foi a primeira vez que Kyoshi disse a verdade em voz alta, e de forma consciente. De algum jeito, ela conseguira evitar falar essas mesmas palavras, nessa mesma ordem, para Rangi, na noite em que as duas fugiram de Yokoya, em meio à chuva torrencial. Rangi já sabia que o Avatar era ela ou Yun, então o contexto já havia falado por si só.

A confissão de Kyoshi pairava no ar, tão visível quanto fumaça. Ela aguardou o resto do grupo se recuperar do golpe que havia desconcertado Rangi, Kelsang e todos os outros que ficaram sabendo do segredo. Talvez eles precisassem de um momento para assimilar o que tinham descoberto...

— Rá! — disse Lek. — Rá!

... Ou talvez eles apenas iriam rir da cara dela?

Lek rolou na sela, achando aquele momento de honestidade uma boa piada, o que era um alívio para os nervos dele.

— Você, o Avatar? Cara, eu já ouvi muitas bobagens, mas essa é a melhor até agora!

— Eu sei que pulamos um monte de juramentos — Kirima se manifestou. — Mas ao menos cinco deles são sobre nunca mentir para sua nova família.

— Ela *é* o Avatar! — disse Rangi. — Por que você acha que ela tem uma guarda-costas da Nação do Fogo?

— Sei lá — Wong falou, dando de ombros. Então, apontou para Kirima. — Por que você acha que ela está com a gente?

A dominadora de água deu a ele um olhar raivoso antes de continuar.

— Olha, podem acreditar nessa seita de vocês o quanto quiserem — ela disse para Kyoshi. — Só nos diga o que você roubou do Coveiro. Você não é a primeira serviçal que foi descoberta e precisou fugir do chefe irritado.

Kyoshi não podia acreditar. Tinha entendido tudo errado. Pensou que sua identidade de Avatar era um segredo que deveria ser escondido a todo custo, como um tesouro raro, trancafiado em baús até que o momento certo chegasse. Jamais considerou que, sem provas, a informação valeria menos do que o papel em que estivesse escrita. Frustrada, ela apertou um dos leques que levava em seu cinto.

— Você ao menos já dominou os quatro elementos? — perguntou Wong.

— Eu dominei fogo, uma vez — disse, percebendo como soava ridícula. — Sob pressão. Ele, hum, saiu pela minha boca. Como a respiração de um dragão.

Ela pensou em tentar a posição Punho de Fogo, mas pareceu uma má ideia, com a falta de espaço e o fracasso de sua última tentativa.

— Sim, uma vez eu tive intoxicação alimentar e fiquei cuspindo fogo também — Lek zombou. — Não significa que eu sou a reencarnação de Yangchen.

— Bom, *eu* acredito nela — disse Lao Ge, todo orgulhoso e de queixo empinado. Julgando pelas expressões do outros, seu apoio na verdade surtiu efeito contrário.

— Tá bom, tá bom — falou Kirima. — Fiquem todos calmos. Tomem um ar. Vamos pensar nisso de forma racional por um minuto. Se ela realmente é o... KYOSHI, PENSE RÁPIDO!

Ela abriu seu recipiente com um truque de mão, e uma bola de água voou contra o rosto de Kyoshi.

Kyoshi soltou um grito indigno que poderia desqualificá-la de ocupar qualquer cargo. Ela sequer podia dominar pedaços de terra menores do que uma casa, e a água apontada para seus olhos a fez estremecer, como se uma cobra-espinho tivesse entrado em seu saco de dormir. A garota protegeu o rosto erguendo os braços.

— Pelos espíritos! — Lek sussurrou.

As bochechas dela queimaram de vergonha. Claro, isso tinha sido ruim, mas *tão* ruim?

— Kyoshi! — exclamou Rangi, sem fôlego e entusiasmada. — Kyoshi!

Com o susto, o leque tinha se desprendido de seu cinto. E ela o segurava como se estivesse segurando um punhal. A arma apontava para uma pequena bolha de água pairando no ar.

— Foi você? — Rangi perguntou a Kirima. A dominadora de água, atordoada, fez um sinal de negação.

Rangi se jogou em Kyoshi. A água acertou suas costas, molhando as duas. Ela a apertou em um feroz abraço.

— Você conseguiu! — ela gritou. — Você dominou outro elemento!

Enquanto Kyoshi lutava para respirar com uma dominadora de fogo em êxtase enrolada em seu pescoço, ela olhou para o leque em sua mão. A arma de sua mãe tinha feito toda a diferença: além de dominar um novo elemento, ela finalmente conseguiu dominar uma quantidade pequena. Ela tinha certeza de que fora o leque.

Kyoshi olhou para o rosto dos colegas *daofei*. Lao Ge mantinha a calma e sua expressão de sempre, mas os demais pareciam chocados. Esse tempo todo, estavam contrabandeando a carga mais preciosa que existia.

O grupo se instalou em uma das inúmeras pedreiras abandonadas que abasteciam os anéis médio e superior de Ba Sing Se. O indicador de riqueza para a maioria dos cidadãos do Reino da Terra era o fato de sua casa ter sido construída com pedras do subsolo. Quanto mais profunda fosse a rocha, mais elegante seria a casa.

A pedreira possuía um caminho em mármore. O pequeno desfiladeiro tinha sido explorado e retalhado em blocos perfeitamente quadrados, com extremidades salientes e ângulos retos. Eles pousaram em uma superfície plana, onde o mármore tinha um desenho cinza e branco em forma de redemoinho, fazendo-os parecer miniaturas numa bacia gigante. As pedras cortadas de maneira regular e empilhadas em cima das formações rochosas naturais confundiram a visão de Kyoshi.

O primeiro sinal de que algo estava errado foi Wong. Ele desceu do bisão primeiro, depois estendeu a mão para ajudar Kyoshi a descer. Ela franziu a testa, presumindo que ele era mais propenso a roubar do bolso dela do que fazer aquela gentileza. Ela pulou pelo outro lado da sela.

Quando todos estavam em terra firme, os membros originais da Companhia Ópera Voadora afastaram-se dela.

— Precisamos conversar a sós — disse Kirima.

Kyoshi e Rangi compartilharam olhares incertos enquanto os *daofei* se reuniam do outro lado do cubo de mármore, murmurando e sussurrando. Vez ou outra, um deles levantava a cabeça como se fosse uma marmota-cantante e lançava a Kyoshi um olhar duro de avaliação antes de voltar à conversa.

— Se eles se voltarem contra nós — Rangi sussurrou, enquanto forçava um sorriso —, eu quero que pegue Peng-Peng e fuja. Eu vou ganhar tempo.

Kyoshi achou que aquele desfecho seria angustiante demais. O fim súbito da discussão da gangue forçou sua coluna a se endireitar. Eles caminharam de volta para Kyoshi e Rangi, tão sombrios, cautelosos e determinados como na noite em que se conheceram. Kyoshi prendeu a respiração quando Lek se adiantou, tal qual a noite em que eles quase chegaram a brigar.

— Tem sido uma honra viajar com o Avatar — ele disse. — Nós lamentamos que tenhamos que nos separar.

Eles se curvaram ao mesmo tempo. Não usando a típica saudação *daofei*, mas com as mãos formalmente ao lado do corpo.

Kyoshi piscou.

— Como é que é?

— Não precisa ser agora, se esse for seu desejo — falou Kirima. — Eu imagino que você queira uma noite para planejar seu próximo movimento e nos deixar pela manhã.

Essa foi a forma mais educada como alguém já a dispensara. *Como assim?*

Eles pareciam tão confusos quanto ela.

— Você é o Avatar — explicou Wong. — Não pode ficar com pessoas como nós. Seria uma ofensa aos espíritos ou algo assim.

— Sem mencionar que é perigoso demais — acrescentou Lek. Ele correu os dedos pela palma da mão onde permanecia uma cicatriz vermelha, resultado do tratamento imperfeito de Kirima. — E nós ainda temos de participar do ataque ao Governador Te. Se fugirmos, Mok vai nos encontrar, uma hora ou outra. E quando ele nos encontrar, bem... seria melhor ser morto por shírshus.

— Você estará muito mais segura longe de nós — falou Kirima.

A mente de Kyoshi ficou confusa. Eles a estavam *protegendo*? Ela estava convicta de que as primeiras pessoas que descobrissem sua identidade a tomariam como refém ou a entregariam a Jianzhu. O Avatar era uma ferramenta. O Avatar era poder. O mestre de todos os quatro elementos era algo entre uma moeda de barganha para eles conseguirem o que queriam e uma ferramenta de força bruta para combaterem as imperfeições do mundo.

Não. Você só pensou assim por causa da forma como Jianzhu tratava Yun.

— Kyoshi, eles têm razão — disse Rangi. — Se você se envolver ainda mais nos planos sujos de Mok, ficará manchada para sempre.

Isso era verdade. Se ela se importava mesmo em *ser* o Avatar, em algum dia ocupar esse cargo e desempenhar suas funções como Yun havia começado a fazer, então, ela teria que se separar da Companhia Ópera Voadora e de suas dívidas. Caso contrário, a associação com criminosos deixaria nela uma marca permanente.

Ela seria impura.

A história dos Avatares mencionava rebeldes, inimigos dos tiranos e pessoas que enfrentaram sozinhas os exércitos das Quatro Nações quando necessário. Mas, até onde ela sabia, nenhum deles havia sido um fora da lei. Seus antecessores se provaram honestos e defensores da justiça.

Yun dissera a ela que a maioria dos *daofei* respeitava o Avatar. Ela olhou para a gangue de seus pais e viu a arrogância deles desaparecer, viu seu manto de ousadia e autoconfiança ser retirado. Eles removeram suas máscaras na presença da ponte viva entre a humanidade e os espíritos.

Kyoshi não sabia explicar o que era tão familiar nessa situação, nem por que se sentiu tão compelida a ajudar. A Companhia Ópera Voadora não era um bando de vítimas inocentes, como os reféns sequestrados por Tagaka, que precisavam que um poder maior chegasse e mudasse seu futuro. Eles eram capazes de se virar sem ela, assim como...

Yun. Eles a fizeram se lembrar de Yun, de quando o garoto precisou de Kyoshi ao seu lado no iceberg. Eram seus amigos, e estavam ligados a ela.

Kyoshi não viraria as costas para eles. Ela engoliu suas dúvidas e se decidiu.

— Eu não vou a lugar algum — disse. — Vou ficar. E se eu puder ajudar vocês com a Flor do Outono, eu vou. Ainda não cumpri minha parte do acordo.

A turma se animou. Mas sua promessa não deveria ter feito diferença para eles. Ela tinha sido um peso morto desde o começo, sendo útil apenas por causa de Peng-Peng. Mas os *daofei* a encaravam com admiração no olhar, assim como ela olhou para Kelsang quando o monge a encontrou pela primeira vez e a tirou da sujeira. *Vocês se sujariam comigo?*

— Kyoshi — interveio Rangi. — Pense nisso direito. O Avatar não pode ser visto atacando a residência de um oficial do Reino da Terra.

— Os oficiais não sabem que sou o Avatar — respondeu Kyoshi. — Fiz os juramentos deste grupo. Não vou abandonar meus irmãos e minhas irmãs.

Suas palavras foram comoventes para os *daofei* e para Rangi, que estava dividida entre criticar a decisão de Kyoshi e se orgulhar dela por honrar os seus juramentos.

— Você não está preparada para uma luta real — disse Rangi. — Por enquanto, *você* é a mais fraca do grupo. Você é valiosa demais para te perdermos e ainda não tem as habilidades para se defender.

— Isso foi um pouco pesado — Lek disse o que todos pensaram.

— A Grampo de Cabelo está certa — concordou Kirima. — *Por enquanto*. Mas temos até a próxima lua cheia para nos unirmos às forças de Mok para a invasão. Até lá, podemos finalmente fazer o treinamento que você tanto esperava. Foi isso que prometemos, não foi?

— Leva anos para o Avatar dominar todos os quatro elementos! — Rangi retrucou. — E isso com os melhores mestres do mundo! Não tenho a impressão de que algum de vocês venha de uma nobre linhagem de dominadores.

Kirima sorriu.

— Não, mas eu sempre quis começar minha linhagem. Não vou perder a chance de entrar para a história como a mestra de dominação de água do Avatar.

Kyoshi praticamente podia ouvir o sangue de Rangi ferver. Por parte de mãe, sua família pertencia a uma linhagem ininterrupta de alguns dos melhores professores da Nação do Fogo. Eles ensinaram membros da família real. O plano de Kyoshi exigia que Rangi aceitasse a vergonha que elas adiaram por tanto tempo. A dominadora mais importante do mundo teria que se curvar à ralé.

Os *daofei* perceberam a agonia que tomava conta do rosto de Rangi. Eles estavam se divertindo muito.

— Anime-se! — exclamou Lek. — Nós vamos ensinar Kyoshi a sobreviver, não vamos transformá-la em Yangchen. Pensem no ataque a Te como uma prova prática.

A adoração que Kyoshi notara no grupo anteriormente parecia ter desaparecido por completo. Ela supôs que só podia culpar a si mesma por isso, afinal, praticamente pediu que pensassem nela como sua irmã em vez de seu Avatar.

— Falando em Yangchen, estamos sem um dominador de ar — Kirima adicionou. — Portanto, ou vocês duas aceitam algumas improvisações ou Kyoshi continua do jeito que é. Fraca. Indefesa. Uma desamparada, um bebê indefeso nas florestas, que não pode...

Kyoshi apontou para algum ponto atrás do ombro de Kirima e puxou um enorme cubo de pedra do outro lado do desfiladeiro. Ele desabou no penhasco, com os cantos se desprendendo, como um dado do tamanho de uma cidade sendo lançado por um espírito. A rocha atingiu o chão e se partiu em um monte de lascas e estilhaços que rodopiaram antes de cair.

Apesar do barulho, Kirima não dirigiu um único olhar para o deslizamento. Ela fitava Kyoshi, impassível, sem se impressionar.

— É exatamente disso que estou falando — disse Kirima. — Você precisa ter mais de um truque na manga.

Kyoshi sentiu a noite passar por ela como o vento lento passando pelos galhos de uma árvore. A gangue estava disposta a deixá-la em paz, por enquanto. Eles conversavam animados em volta da fogueira. O Avatar tinha se oferecido para ficar ao lado deles. Cada movimento do grupo parecia carregado de um espírito de justiça.

Kyoshi dava um dia para esse brilho apagar.

Rangi estava com um humor que era próprio dela. Após organizarem o acampamento, ela se dirigiu a uma pedra para meditar. Sozinha, seu comportamento tinha deixado isso bem claro. Elas tinham conversado sobre a angústia de precisar ver a outra assumindo riscos, mas nenhuma das duas fez promessas de parar.

Elas não poderiam. Não agora.

Kyoshi observava as estrelas aparecerem e desaparecerem do céu, escondidas e reveladas pelas nuvens, que na escuridão eram tão invisíveis quanto as mãos de atores em um teatro de fantoches. Ela aguardou até que os outros adormecessem. Esperou até uma hora em particular, que não pertencia àquele dia nem ao dia seguinte, quando o tempo parecia congelado.

Levantando-se, escalou outro bloco da pedreira, e depois mais outro. Sem o método de criar degraus de poeira, como os outros dominadores faziam, seu ritmo era mais lento. Teve que escalar e descer pelas extremidades de blocos com diferentes alturas. Ela não queria acordar os outros com uma dominação de terra barulhenta e ortodoxa.

O velho homem estava na entrada do caminho de mármore, de costas para ela. Algumas vezes, ela se perguntava se Lao Ge não era uma alucinação coletiva. Ou um amigo imaginário exclusivo dela. Talvez os outros só quisessem agradá-la, balançando a cabeça e sorrindo toda vez que ela falava com o nada.

— Eu pensei que você viria a mim em Hujiang — ele disse. — Mas acho que você tinha outras prioridades em mente.

Kyoshi fez uma reverência, sabendo que, de algum modo, ele poderia ver seu gesto, mesmo de costas.

— Desculpa, Sifu — disse ela, com desconforto. Se ele tivesse algo contra Rangi, então...

Lao Ge se virou. Havia um sorriso em seus olhos.

— Você não precisa desistir do amor — ele disse. — Matar não é uma forma de arte sagrada que requer abstinência dos prazeres humanos. Aliás, essa é a lição número dois.

Kyoshi engoliu a bola que se formou em sua garganta. Ela estava cheia de fúria na primeira noite em que foi em segredo até ele. Mas estava tão acostumada a começos conturbados e a frustrações que continuar aquela conversa com Lao Ge ainda parecia território estrangeiro. Mais dúvidas se infiltraram em suas rachaduras.

— A lição dois deve arrepiar até seus ossos — continuou Lao Ge. — É possível tirar a vida de alguém antes de o sol nascer, tomar café da manhã e prosseguir com o dia normalmente, como se nada tivesse acontecido. Quantas pessoas que cruzam seu caminho na rua você acha que seriam capazes de tal frieza? Muito mais do que você imagina.

Jianzhu certamente era. Ele a salvara, deixando Yun nas garras daquele espírito profano. Aquele foi o momento em que ele marcou seu antes valioso aluno como inútil, da mesma forma que um trabalhador portuário poderia pintar um "X" em uma carga que foi encharcada pela água do mar. Perda total, não valia a pena tentar recuperar.

E também tinha o que ele havia feito a Kelsang.

— Está pronta para fazer isso? — perguntou Lao Ge, notando sua quietude.

Ela ainda podia sentir as mãos de Jianzhu agarrando-a.

— Eu não vou saber se eu não tentar — ela respondeu.

O velho gargalhou, como um ruído único perfurando a noite.

— Acho que você vai ter uma chance em breve. O calor da batalha pode ser a desculpa perfeita. Atire uma flecha aqui, crave a espada ali. Você e sua vítima são apenas dois de muitos combatentes, agindo em autopreservação. É assim que você quer lidar com seu alvo? Encoberta pelo caos? Você quer fechar os olhos, lançar a morte em sua direção e esperar que ele esteja caído quando você os abrir?

— Não — ela respondeu. Lembrar-se do que havia sido roubado dela, aquilo que ela nunca teria de volta por causa de Jianzhu, renovou sua convicção. — Eu quero olhá-lo nos olhos enquanto eu acabo com ele.

Lao Ge franziu os lábios em diversão, como se ela tivesse feito uma piada insolente.

— Muito bem, então! — ele disse. — Nesse caso, durante o ataque, você e eu vamos nos separar dos outros. Nós vamos entrar nas profundezas do palácio. Então, assassinaremos o Governador Te.

— Espere, o quê? — A certeza que Kyoshi tinha a respeito de Jianzhu se perdeu em sua mente ao ouvir o nome de outro alvo. Ela se viu como aquele lutador de *lei tai* desferindo um soco, de tudo ou nada, em Rangi, que habilmente o utilizara contra ele. — Por que faríamos isso?

— Para você, vai ser prática — explicou Lao Ge. — Para mim, porque ele é meu alvo. O Governador Te é *brutalmente* incompetente e corrupto. Seu povo passa fome, ele desvia os impostos do Rei da Terra para enriquecer os próprios cofres e, caso você não tenha notado, ele não tem uma boa política para lidar com os *daofei*.

— Essas não são desculpas para assassiná-lo!

— Você está certa. Não são desculpas. São justificativas. Eu garanto que muitos cidadãos têm sofrido imensamente com a ganância e negligência dele, e muitos mais morrerão se ele continuar respirando.

Lao Ge abriu bem as mãos como se quisesse abraçar o mundo.

— Te e sua corja são parasitas sugando toda força e vitalidade da nação. Imagine-se como o predador que mantém a terra saudável eliminando as fontes de sua fraqueza. Dizem que Kuruk foi o maior caçador que já passou pelas Quatro Nações, mas, pelo que eu sei, ele nunca fez do homem sua presa. Eu espero que você possa ser diferente.

A ideia de se tornar uma fera livre de pensamentos e culpa deveria ajudar, mas, em vez disso, fez o corpo de Kyoshi estremecer.

— O que te dá o direito de decidir qual vida tirar? — ela perguntou. — Você faz parte de outra irmandade? Existem mais pessoas como você? Alguém está te pagando?

Ele balançou a cabeça, esquivando-se das perguntas dela.

— E não temos todos o direito de decidir? — ele perguntou. — O Avatar não é uma pessoa como eu? Alguém que molda o mundo com suas escolhas?

Ela ia dizer que não, que o Avatar era reconhecido pelos espíritos e pelas Quatro Nações, mas ficou sem palavras após o argumento dele.

Lao Ge segurou seus antebraços por trás das costas e olhou para o outro lado do desfiladeiro.

— No assunto em questão, eu compararia a decisão do Avatar com a de um camponês humilde. Todas as nossas ações têm impactos. Cada decisão que tomamos faz ondulações no futuro. E nós alteramos os acontecimentos de acordo com nossas necessidades. Para manter suas plantações vivas, o fazendeiro arranca as ervas daninhas que a natureza colocou em seus campos, não arranca?

— As pessoas não são ervas daninhas — respondeu Kyoshi. Foi o melhor argumento que conseguiu encontrar.

Ele se virou para encará-la.

— Acho que é um pouco tarde para reivindicar a moral, considerando quais são seus objetivos.

Kyoshi sentiu suas bochechas esquentarem.

— Jianzhu assassinou dois dos meus amigos com as próprias mãos — ela cuspiu. — Ele não merece ficar impune. Se você o matasse por mim, em vez de querer assassinar um governador aleatório, eu poderia me revelar como o Avatar. *Eu estaria segura*.

Seu propósito estava estremecendo. Não fazia nem um minuto que ela estava gritando sobre matar Jianzhu sozinha, fingindo ser uma alma endurecida, e agora estava implorando ao vovô que fizesse o homem mau ir embora.

Lao Ge sorriu, com malícia.

— Ninguém neste mundo é aleatório. Eu não desejo matar Jianzhu. Ele é competente e está cercado de pessoas competentes. Eu gostaria que o Reino da Terra tivesse cem Jianzhus. Nós entraríamos em uma nova era dourada.

— E mesmo assim você não está tentando me impedir de acabar com ele.

— Nesse caso, não vou intervir. Além disso, que tipo de professor eu seria se fizesse o exame da minha aluna por ela?

— Seria do tipo rico — Kyoshi resmungou. Era uma prática comum em todo o Reino da Terra os professores trocarem de lugar com os filhos de famílias ricas para passarem nos testes governamentais de empregos administrativos de prestígio. Esse tipo de golpe pagava bem.

Lao Ge desatou a rir.

— Oh, eu gosto de nossas pequenas conversas. Aqui vai uma tarefa para você enquanto isso.

Ele pulou para um nível mais alto sem a ajuda da dominação e sem muito esforço. O salto foi bem mais alto que a cabeça de Kyoshi.

— Muitos guardas pessoais do Governador Te morrerão no ataque de Mok — ele disse, desaparecendo para além da beira da pedra, sua voz já começando a sumir. — Soldados que estão simplesmente fazendo seu trabalho. Seus servos serão atingidos pela violência também. O que você fará quanto a isso, Avatar?

Kyoshi saltou no lugar, seus olhos procurando por todo o bloco, tentando pegar um último vislumbre do homem. Estava vazio. Lao Ge já tinha ido embora.

Ela deslizou de volta pela parede de mármore. O conceito de dano colateral já tinha martelado no fundo de sua mente, mas agora Lao Ge o gravou com tinta, fazendo doer, da mesma forma que Rangi apontara falhas em sua tentativa de fazer a posição do Cavalo. Ela não tinha ideia de como iria participar dessa ação, cumprir sua promessa à recém-descoberta irmandade, sem sujar as mãos.

Tinha sido tão fácil fazer a promessa antes. Ela olhou muito triste para o lado oposto da pedreira, e o sono chegou antes de uma possível solução.

Kyoshi acordou toda esparramada na superfície de mármore duro. Ela devia ter se mexido durante a noite.

Quatro figuras pairavam sobre ela, formando um arco com os rostos de ponta-cabeça.

— Vejam só, pessoal! — disse Kirima. — Nossa preciosa aluna está tentando fugir de seu treinamento.

Wong pisou forte no chão. O mármore debaixo de Kyoshi inclinou-se como uma frigideira, deixando-a de pé. Ele estendeu seus leques, apontando-os na direção dela.

— Eu vou treiná-la primeiro — ele rugiu. — Um aquecimento antes de começar a dominar.

— A Coque Alto nos contou tudo sobre sua pequena fraqueza — disse Lek, recuando com uma expressão de superioridade no rosto. — Que você não consegue dominar pequenos pedaços de terra.

— Acredito que minhas palavras foram "total falta de precisão" — disse Rangi, suspirando de desprezo. Ela ignorou o olhar penetrante de Kyoshi.

— Não se preocupe — acrescentou Lek. — Quando terminarmos o treinamento, você poderá dominar até a remela do seu olho. Pegue!

Apareceu uma pedra em sua mão, e ele a atirou no rosto de Kyoshi. Por sorte, Wong estava com os leques perto dela, e ela conseguiu pegá-los a tempo de se proteger. Ao abrir os braços, ela dominou a terra usando a arma, o que fez a pedra parar no ar. Em seguida, o pequeno pedaço de rocha reverteu seu curso na velocidade máxima e atingiu a testa de Lek.

— Aiii! — ele gritou e se encolheu de dor. — Eu estava mirando acima de você!

— Espere, então você *pode* dominar coisas pequenas? — perguntou Kirima, chateada com a descoberta. — Você mentiu para nós de novo? Olhe, eu estou ficando bem aborrecida com todos esses seus segredos.

— Eu estou sangrando aqui! Foi bem pior do que em Hujiang! — disse Lek.

— Não é assim que se abre o leque! — vociferou Wong, indignado. — Você poderia ter danificado a lâmina!

Em meio aos gritos, Rangi enterrou o rosto nas mãos. Pelo visto, sua cabeça doía tanto quanto a de Lek.

Kyoshi sabia o que ela estava pensando. O treinamento oficial do Avatar tinha começado muito bem.

PREPARAÇÃO

A JORNADA até o palácio de Te foi dolorosa. Cada parada em terra firme era dedicada a treinamentos. Os *daofei* assumiram com gosto seus novos papéis como professores de Kyoshi. Criminosos gostavam de uma hierarquia, e a Companhia Ópera Voadora acabara de estabelecer uma novinha em folha, com Kyoshi no posto mais inferior.

— Não! — Wong gritou. — É leque aberto, leque fechado, bloqueia no alto, passos graciosos para trás, ataque para a frente e, por fim, uma rasteira! O leque não é uma arma! É uma extensão do seu braço!

O homem nunca tivera o hábito de falar muito, mas quando se tratava de lutar com os leques, ele se transformava em um diretor de teatro tirano, combinando ego e perfeccionismo.

— Eu me lembraria melhor dos movimentos se você não me fizesse cantar a letra toda de Yuan Zhen enquanto fazemos isso! — disse Kyoshi, aspirando e bufando no campo aberto onde eles tinham aterrissado. O resto do grupo estava sentado à sombra de um caquizeiro, com vista para uma área vazia, mastigando a fruta e apreciando a brisa enquanto Kyoshi trabalhava sob o sol.

Wong se sentiu muito ofendido.

— O canto é uma prática que ajuda no controle de respiração! Poder e voz, ambos vêm do centro! Vamos de novo! Agora com emoção de verdade!

<hr>

Por mais difícil que o treino com leques tinha sido, ela resistiu. A recompensa foi o grande progresso com a dominação de terra. Com seus leques em mãos, ela conseguia limitar seu foco para arremessar rochas nos alvos e levantar paredes de pedra como uma dominadora de terra normal, embora com uma técnica um pouco informal e desleixada. Ainda assim, depois de todos aqueles anos com medo de destruir tudo à sua volta com o menor ato de dominação, usar as armas de sua mãe era libertador. Era tão eficiente que ela sentia que estava trapaceando.

— Mas você *está* trapaceando! — Lek disse para Kyoshi, enquanto os dois jogavam pedras de um para o outro, em frente à entrada de uma caverna, e os demais montavam o acampamento. — Claro, alguns dominadores de terra amplificam seu poder com armas, como martelos e bastões, mas o que você vai fazer se não tiver seus leques? Pedir para mudarem as regras?

— Como alguém roubaria os meus leques? — perguntou Kyoshi. A brincadeira com pedras ganhou velocidade, seus movimentos em arcos ficando mais nítidos. — Eu sempre estou com eles.

— Eles não precisam necessariamente ser roubados — disse Lek. — Você pode deixá-los para trás de propósito. A primeira regra do contrabando é "Não seja pego com a mercadoria". Seus pais sabiam disso. Deve ser por isso que eles esconderam os leques naquela cidade caipira com você.

O temperamento de Kyoshi inflamou. Primeiro porque ela vinha sentindo saudade de Yokoya ultimamente, para sua surpresa. Não das pessoas, mas da paisagem selvagem onde as montanhas arborizadas encontravam o mar e o ar salgado. O interior do Reino da Terra muitas vezes era de um marrom monótono, uma extensão plana que mudava pouco de um ponto para outro. Mas ela percebeu que não gostava que as pessoas menosprezassem aquele local único onde Kelsang a encontrara.

E segundo porque ela nunca tinha superado o ressentimento que tinha por Lek, por cada momento que seus pais passaram com ele, e não com ela. Não importava se o garoto tinha sido simplesmente um membro da gangue para eles. Seus pais o acharam útil, decidiram que ele tinha um propósito. E quanto a ela? Nem tanto.

Kyoshi poderia ter explicado seus sentimentos para ele. Em vez disso, estraçalhou as pedras voadoras com seus leques, partindo-as no meio, lançando duas vezes mais projéteis em Lek. *Você consegue fazer isso, com ou sem arma?*

Ele gritou e se jogou no chão. A rajada de pedras ricocheteou na parede da caverna acima dele e o cobriu de poeira. A brincadeira tinha ficado violenta demais.

— Desculpe! — gritou Kyoshi, cobrindo sua boca em horror com o leque aberto. Ela poderia ter acertado o olho dele, ou pior.

Ele se levantou com o rosto carrancudo. Mas, de repente, seu olhar se iluminou. Ele abriu um sorriso tão vitorioso que poderia ter clareado o resto da caverna.

— Tudo bem — ele disse, limpando a sujeira de suas calças. — Mas terei que contar a Rangi sobre sua falta de autocontrole.

Kyoshi sentiu seu remorso por Lek desaparecer na mesma hora.

— Seu ranhento de uma...

Ele pacientemente levantou o dedo indicador, como um sábio guru.

— Xiiiu. É *Sifu* Ranhento para você.

Kyoshi podia dominar fogo sem os leques.

Aquela tentativa frustrada depois de escapar da Baía Camaleão era uma lembrança distante. Desde então, algum tipo de bloqueio havia desaparecido. A chama fluía facilmente, um poder que apenas precisava ser libertado, e não manipulado ou estimulado como a terra.

Não fazia sentido para ela ter tanta dificuldade com seu elemento nativo, mas conseguir produzir chamas relativamente bem para uma iniciante. A razão poderia ser que Rangi era uma ótima professora, como seria esperado de uma descendente de grandes mestres.

— Não — disse Rangi. — É o seu estado emocional.

A pequena área de treinamento que elas construíram ficava no final de um campo isolado, longe da cidade e em um vale abaixo. Rangi a encarava de cima de um longo e estreito pedaço de terra, em forma de viga, que ela ordenara que Kyoshi erguesse do chão. Equilibrar-se ali já era difícil, mas as duas começaram a treinar diversas formas de dominação de fogo e de duelo. O exercício consistia em resistir e revidar com *jing* positivo, em vez de ficar parada ou se esquivar.

— De todas as disciplinas de dominação, a do fogo é a mais afetada pela sua turbulência interna — disse Rangi, atirando uma chama com um soco para baixo em direção ao pé de Kyoshi, o que a fez recuar e inverter sua base. — A dominação de fogo está sendo mais fácil para você agora porque você está mais solta e relaxada.

Kyoshi chutou com a perna que estava à frente. Um arco de fogo cortou o ar, e Rangi teve que reconsiderar o quanto deveria pressioná-la.

— Isso não é uma coisa boa? — perguntou Kyoshi.

— Não! Por que seria? Você por acaso vai se sentir relaxada quando estiver cercada por *daofei*, prestes a arriscar sua vida por eles, em um ato que será considerado de traição contra o Reino da Terra?

Rangi girou na ponta dos pés, perfeitamente centrada, com a graça de uma dançarina que Kyoshi jamais conseguiu reproduzir. Chamas horizontais saíram do movimento de sua cintura, numa altura que era estranha demais para Kyoshi pular e baixa demais para se agachar.

Rangi não tinha considerado a completa falta de vergonha de sua oponente. Kyoshi caiu de barriga para baixo como uma minhoca, abraçando as laterais da estrutura de terra para se equilibrar, e deixou a onda de fogo passar por cima dela. Erguendo-se novamente, encontrou o olhar de Rangi cheio de desaprovação. E não era somente pela sua fuga humilhante.

— Você está dominando fogo agora — comentou Rangi. — E até ouso dizer que você talvez seja boa nisso. Então, não há razão para continuar nesse caminho. Nós podemos ir até os sábios e provar que você é o Avatar.

Kyoshi pensou que esse assunto estava decidido, mas não para Rangi, aparentemente.

— Qual deles você tem em mente? — disse Kyoshi. — Porque os únicos sábios de que tenho conhecimento estão na lista de convidados de Jianzhu! Nós deveríamos tentar Lu Beifong? O homem que considera Jianzhu como um filho? Ou talvez alguém da corte de Omashu! Omashu é praticamente a casa de veraneio dele!

— Nós poderíamos ir atrás da minha mãe — respondeu Rangi, com a voz quase inaudível.

Kyoshi saiu de sua posição de luta. Se ela levasse uma bola de fogo no rosto, seria porque merecia. Afinal, ela tinha separado Rangi de sua mãe, sua única família. Era uma culpa incômoda que Kyoshi tinha sido capaz de ignorar, apenas por causa da força que sua amiga vinha demonstrando. Essa foi a primeira vez que Rangi mencionou sua mãe após terem fugido.

— Você acha mesmo que ela ficaria do nosso lado, e não do dele? — perguntou Kyoshi. Ela não queria que a pergunta soasse como um desafio. A amizade entre os companheiros dos Avatares era lendária. Dizem que dois amigos próximos e professores de dominação de Yangchen morreram defendendo-a dos inimigos. A perspectiva de Hei-Ran escolher Jianzhu em vez da própria filha tinha que ser considerada.

O rosto de Rangi ficou ainda mais amuado.

— Não sei — ela disse depois de um tempo. Seus ombros pesavam com o desânimo. — Não consigo ter certeza. Acho que, se não podemos confiar nem na minha mãe, não podemos confiar em mais ninguém.

Não foi nada bom vencer aquela discussão. Kyoshi caminhou com muito cuidado pelo pedaço de terra até que pudesse pôr seus braços ao redor de Rangi.

— Desculpe. Eu tirei tanto de você. Não sei como consertar as coisas.

Rangi limpou o nariz e empurrou Kyoshi para longe.

— Você pode começar me prometendo que será um ótimo Avatar. Uma líder justa e virtuosa.

O comentário desequilibrou Kyoshi mais do que um chute no joelho. Ela não conseguiria conciliar os desejos justos de sua amiga com os ensinamentos obscuros de Lao Ge. Dar ouvidos à sabedoria de um assassino já era uma traição à confiança de Rangi. O que aconteceria se Kyoshi fizesse o teste do velho homem e passasse?

Rangi preparou um grande ataque para derrubá-la da estrutura de terra, fazendo movimentos exagerados e dando brechas de propósito para permitir que sua aluna contra-atacasse. Mas Kyoshi não conseguiu tirar vantagem disso. Recuou até ficar sem espaço, acenando desesperadamente com as mãos numa tentativa de dominar o fogo, com calor crepitando dos dedos.

A sorte interveio antes que Kyoshi se humilhasse ainda mais.

— Vocês duas ficaram aqui a manhã toda! — Kirima gritou e se aproximou do local. — É minha vez de treinar com Kyoshi.

— Cai fora! — Rangi gritou. Então, pegou o fogo que estava enrolando nas mãos e direcionou acima da cabeça de Kirima.

Desde a noite na pedreira de mármore, o comportamento de Rangi com Kirima tinha ido de mal a pior. Kyoshi não sabia por quê. Ambas eram dominadoras habilidosas que combinavam inteligência com precisão. Ela poderia confiar no julgamento das duas sem pestanejar.

Kirima não recuou com a explosão de fogo. As ondas de calor agitaram seu cabelo e iluminaram seu rosto em tons dourados, dando um efeito muito bonito.

— Você não está dando um bom exemplo para o bebê Avatar, Coque Alto. O excesso de raiva vai afetar o progresso dela.

— Pare de me chamar assim! — Rangi fumegou.

Talvez fosse isso, a constante provocação. Kyoshi se perguntava como Rangi tinha suportado esse apelido por tanto tempo. Na Nação do Fogo, o cabelo era fortemente ligado à honra. Ela ouviu algumas vezes que quem perdia um importante Agni Kai deveria raspar partes da cabeça, deixando o couro cabeludo à mostra, como prova de extrema humildade pela derrota. Mas o coque alto sempre foi sagrado para eles. O penteado nunca era tocado, exceto em circunstâncias como a morte.

Kirima curvou-se em zombaria.

— Como desejar, minha querida Esquentadinha. Voltarei em cinco minutos.

Depois que ela desapareceu, Kyoshi pôs as mãos nos ombros de Rangi.

— Aconteceu alguma coisa entre vocês duas?

Rangi respondeu com sua nova forma favorita de desviar o assunto:

— Treinamento de posição.

— Nós já fizemos treinamento de posição! — protestou Kyoshi.

— Lek me disse que você ficou furiosa na caverna. Agora vamos fazer duas vezes ao dia. Posição do Cavalo. Agora.

Já no solo, Kyoshi grunhiu e pressionou os pés juntos. Afastou-os para os lados, alternando entre calcanhar e dedos, até que estivessem mais largos que os ombros. Ela se manteve quieta enquanto abaixava a cintura, caso contrário, Rangi a faria segurar um tronco ou outro objeto pesado que estivesse por ali.

Rangi a rodeou, procurando qualquer falha que pudesse mencionar.

— Não se mexa — ela disse, antes de pisar com cuidado no joelho dobrado de Kyoshi.

— Como eu te odeio! — Kyoshi gritou enquanto Rangi colocava o peso do seu corpo sobre os ombros dela.

— O exercício serve para manter a postura mediante distrações! Então, mantenha!

Kyoshi suportou a agonia assimétrica até Rangi descer de seus ombros.

— Eu não quero que ela te ensine dominação de água — Rangi disse, enquanto se movia de forma ameaçadora para o ponto cego de Kyoshi.

— Por quê? — Kyoshi sentiu Rangi saltar sobre suas costas, abraçando-a como uma mochila. — Argh! Por quê?

— Há uma ordem adequada para ensinar o Avatar — explicou Rangi. — O ciclo das estações. Terra, fogo, ar, água. Não é bom se desviar desse padrão. Você tem que dominar os outros elementos antes da água.

— E por quê?

Só havia quatro Templos do Ar no mundo. Se ela tentasse procurar um mestre em algum deles, Jianzhu a encontraria mais facilmente que em qualquer outro lugar.

— Porque sim! — Rangi rebateu. — Dizem que coisas ruins acontecem quando o Avatar tenta mudar a ordem natural da dominação. Traz má sorte.

Kyoshi não sabia que Rangi acreditava em superstições. Com a tradição, no entanto, era outra história. Ela até poderia perceber que, cada vez que quebravam uma tradição relacionada ao Avatar, uma faca se retorcia um pouco mais no coração de Rangi.

Mas Kyoshi tinha a obrigação de não fazer promessas que não podia cumprir.

— Eu usarei cada arma que tiver à minha disposição — ela disse.

Aquela era a verdade.

Rangi a soltou.

— Eu sei. Não posso impedir que você treine com Kirima. É que, quanto mais cedo você começar a aprender a dominação de água, mais cedo acabaremos com nossas chances de fazer as coisas da maneira certa. Para sempre. Não poderemos voltar atrás.

Escutar essa frase, desse jeito, deixou Kyoshi mais melancólica do que o esperado. Ela encarou o chão à sua frente. Os pés de Rangi de repente apareceram no seu campo de visão.

— Vamos lá — disse Rangi. — Relaxa, eu não quis te deixar preocupada.

— Como posso relaxar? Ainda estou na posição do Cavalo.

— Eu gosto do seu foco. Mas veja se consegue suportar isso. — Ela deslizou entre os braços de Kyoshi e deu-lhe um beijo de girar a cabeça e tremer os joelhos, tão poderoso e profundo quanto o oceano depois de uma tempestade.

Os olhos de Kyoshi arregalaram-se antes de se fecharem totalmente. Ela mergulhou numa escuridão celestial. Sua coluna dorsal virou líquido.

— *Mantenha* — Rangi murmurou, seus lábios tocando levemente os de Kyoshi antes de atacá-los novamente, com mais ferocidade dessa vez.

Kyoshi não queria que o tormento acabasse. Rangi se pressionava contra ela como metal incandescente sobre uma bigorna, queimando-a onde as peles se encontravam. Dedos correram pelo cabelo de Kyoshi, enrolando-os e puxando-os, para lembrá-la de como ela estava à mercê da dominadora de fogo.

Depois de uma eternidade, Rangi interrompeu o contato, soprando de forma suave e deliberada um pouco de ar quente no pescoço de Kyoshi, um presente caloroso de despedida que flutuou por baixo de suas roupas.

Ela se inclinou para um último sussurro sedutor.

— Ainda faltam sete minutos — disse.

Kyoshi manteve suas queixas para si mesma. Foi uma distração interessante, considerando tudo.

— Seus chacras de água e ar estão transbordando — disse Lao Ge.

Ele falou como se fosse algo constrangedor, como se Kyoshi tivesse saído nua de casa. Ela tinha tido a coragem de procurá-lo enquanto os outros ainda estavam acordados, deitados ao lado das brasas da fogueira. Rangi provavelmente estava observando o céu, vigilante em seus últimos momentos de consciência.

Lao Ge estava deitado de lado na grama, com a cabeça apoiada na mão, de onde podia ver um par de vaga-lumes voando em grupo, seguindo várias direções pelo ar. Já fazia algum tempo que Kyoshi percebera que o velho homem não tinha quase nenhuma necessidade de olhar para ela.

— Eu não sei o que são chacras — ela disse.

— Eles podem estar abertos ou fechados. Para prever as coisas com exatidão, eu prefiro trabalhar com pessoas que tenham todos os sete chacras abertos ou todos os sete fechados. Alguém que tenha apenas alguns chacras desbloqueados pode ser facilmente influenciado por sua emoção mais forte e distorcida.

Kyoshi supôs que os chacras tinham algo a ver com a energia se movendo em seu corpo. Não era tão difícil imaginar, já que controlar o *chi* interno era a base para qualquer dominação.

— Seus sentimentos de prazer e amor estão conflitando com uma parede de luto — ele explicou. — E culpa. Com o luto podemos lidar, mas a culpa a tornaria uma péssima assassina. Você tem dúvidas sobre o seu alvo?

— Não — respondeu Kyoshi. — Nenhuma.

Lao Ge rolou em sua direção. Ela esperou, deixou que ele a examinasse para ver que não estava blefando. Agora, Jianzhu estava ligado a ela. Ele era sua maior repulsa.

Mas esse tal de Te não era.

— Eu não sei se posso te ajudar a matar o governador — ela disse.

— Ajudar Mok a libertar um prisioneiro é uma coisa, mas assassinar alguém a sangue frio é outra. — Kyoshi se perguntava por que não havia dito isso a Lao Ge na outra noite. Falar aquilo em voz alta tornou-a ridícula. — Não tenho motivo para te ajudar.

O velho assoou o nariz na manga de sua roupa.

— Você já ouviu falar sobre o Guru Shoken? — ele perguntou. Kyoshi fez um gesto negativo com a cabeça. — Ele foi um antigo filósofo, contemporâneo de Laghima. Mas não era tão popular. Ele tinha um provérbio: *"Se você encontrar o espírito da sabedoria na estrada, destrua-o!"*.

Ela franziu a testa.

— Eu entendo por que ele não era tão popular.

— Sim, alguns o consideravam um herege. Mas outros o consideravam um sábio. Uma interpretação desse ditado em particular é que você não pode se prender a preocupações mesquinhas em sua jornada pessoal. Deve andar com um propósito único. O julgamento dos outros, rotulando suas ações como horrorosas ou criminosas, não deve significar nada para você.

— Não posso fazer isso — insistiu Kyoshi. — Eu me importo com o que ela pensa de mim. Não sei se eu poderia lidar com a decepção dela.

Lao Ge sabia de quem Kyoshi estava falando.

— Sua hesitação parece ter mais a ver com a moral dela do que com a sua. De fato, sem a sua dominadora de fogo te prendendo a este mundo, você poderia não sentir qualquer remorso. Talvez seja por isso que você se sente culpada. Você está apenas a um passo de seguir os ideais de Guru Shoken, e isso te incomoda.

Este era o estado infeliz de Kyoshi como Avatar. Sua falta de sensibilidade para novos ensinamentos, destruindo os meios que a levariam ao seu autoconhecimento. Se ela se revelasse ao mundo dessa maneira, criaria nos livros de história uma mancha tão escura quanto o lodo.

— Não fique tão abalada — disse Lao Ge. — Yangchen era uma leitora e admiradora de Shoken.

Kyoshi olhou para ele.

— Ela também estudava seus oponentes — ele continuou. — Mas não vamos nos aprofundar nesse assunto filosófico. Isso não serviria aos meus propósitos.

Kyoshi se lembrou das anotações no diário de sua mãe, sobre a suposta longevidade de Tieguai, o Imortal.

— É você? — ela perguntou. — Você é Shoken? — Se sua acusação estivesse certa, ele seria um homem mais velho que as próprias Quatro Nações.

Lao Ge bufou e ficou de costas, fechando os olhos.

— Claro que não. — Ele se acomodou para dormir. — Eu sempre fui muito mais bonito do que aquele idiota.

CONCLUSÕES

JIANZHU TINHA aprendido a lição. Sem caravanas. Sem estradas. Assim que recebeu a mensagem da equipe de shírshus rastreadores, entregue por um falcão, ele desembolsou uma quantidade enorme e absurda de dinheiro para comprar espécies raras de cães-enguias. O transporte mais rápido depois dos bisões voadores. Ele comprou uma matilha inteira deles.

Nos anais do Reino da Terra, antigos bárbaros nômades haviam percorrido grandes distâncias, surpreendendo exércitos a pé, montados em tais criaturas. Um único homem poderia levar vários animais em uma jornada, alternando entre eles no caminho, para mantê-los o mais descansados e rápidos possível. Entre seus guardas recém-formados, Jianzhu escolheu dois para acompanhá-lo com base em suas habilidades de montaria, e eles partiram com oito cães-enguia. Contou o mínimo possível a eles, mas, por sua urgência, era fácil adivinhar que a busca era importante.

Jianzhu e seu guardas alcançaram as montanhas de Ba Sing Se em um tempo surpreendente, e quase não havia testemunhas para notar sua passagem. Logo no início da viagem, um dos cães-enguia quebrou a pata no buraco de uma marmota e precisou ser abatido. Outro morreu de exaustão na margem distante do Lago Oeste.

Mas fora isso, a montaria constante e tranquila, com o vento em seu cabelo, havia sido boa para o espírito de Jianzhu. Por mais que sentisse falta da companhia de Hei-Ran, ele precisava se afastar do olhar vigilante dela de vez em quando. O grupo trouxera falcões mensageiros em suas bagagens, todos enjaulados e cobertos com cuidado. Jianzhu prometera enviar notícias para ela o mais rápido possível.

A localização que lhe foi indicada pela equipe de shírshus rastreadores levava a uma pequena trilha nos pés da cordilheira do sul de Taihua. O declive suave das colinas verdejantes era perfurado por penhascos de pedras vermelhas que se projetavam para cima, todas formando um ângulo uniforme. As rochas eram tão altas e numerosas quanto as árvores de uma floresta.

Jianzhu viu uma figura solitária acenando no meio das pedras e franziu a testa. A mensagem que o trouxera ali com tanta pressa explicava, com inúmeros pedidos de desculpas, que o shírshu havia seguido um rastro até aquelas montanhas. Mas, logo depois, a equipe perdeu o controle do animal, que escapou e subiu os picos em busca de sua presa. Dadas as circunstâncias, o shírshu até poderia ter comido o Avatar.

Os domadores devem ter sorteado para ver qual deles iria encarar a ira de Jianzhu pessoalmente, enquanto o resto procurava pelo shírshu. Ele atiçou seu cão em direção ao pobre porta-voz da equipe. O homem seguia acenando de forma rígida e forçada, como uma roda d'água.

— Você pode parar — Jianzhu gritou. — Estou vendo que...

Um apito e depois um baque. O rastreador solitário se inclinou, com duas flechas nas costas.

Jianzhu xingou e saltou de sua montaria, enquanto mais flechas cruzavam o ar acima da sela do animal. Ele ergueu muros de terra ao seu redor e se agachou para proteção, ouvindo os projéteis à sua volta.

Eu estou ficando velho demais para isso. Ele nunca teria caído em uma armadilha tão óbvia nos seus tempos de juventude.

Houve um cessar-fogo. Ele fechou os punhos e lançou um golpe. Os muros que o protegiam explodiram e voaram para longe em todas as direções, como estilhaços de uma bomba. Ele ouviu gritos vindo das rochas acima.

Avaliando seu entorno com agilidade, ele viu entre as rochas alguns arqueiros que haviam caído das suas posições. Mas era melhor prevenir do que remediar. Ele abaixou a postura, balançou a cintura e girou os braços. Da base até o topo da colina, em cada rocha que ele podia ver, violentamente brotaram espinhos pontudos e grandes como espadas, transformando-as em uma espécie de cacto de Si Wong.

Jianzhu ouviu mais gritos vindo dos arqueiros que permaneceram escondidos atrás das rochas. Provavelmente foi o fim daqueles adversários. Combatentes que se achavam profissionais, mas não eram, cometiam o erro de escolher locais altos sem planejar um caminho de fuga.

Seus cães-enguias haviam fugido. Mas dois deles ainda estavam perto, com as rédeas presas em algo pesado. Era o cadáver de um dos seus acompanhantes, cravejado de flechas. As rédeas estavam amarradas nos punhos dele.

Bom trabalho, seja lá qual for seu nome, Jianzhu pensou.

O outro guarda estava ocupado limpando o sangue de sua espada com um punhado de grama. Três atacantes estavam mortos aos seus pés. Tinham atacado o guarda com armas brancas bizarras, próprias para luta corpo a corpo. Jianzhu pensou ter visto um ábaco feito de ferro no chão.

Ele continuou impressionado.

— Como você se chama, filho?

O guarda se virou e olhou para Jianzhu com olhos brilhantes e jovens. Ele tinha o rosto rude dos descendentes da Península Leste.

— Saiful, senhor.

Era bem provável que Saiful não entendesse como tinha estado próximo da morte. O talento só nos ajuda a sobreviver a alguns embates. Depois disso, a probabilidade de morrer aumenta cada vez mais, como uma vingança.

— Excelente trabalho, Saiful. Há sempre uma oportunidade para combatentes ágeis em minha equipe. Eu vou me lembrar de você.

O jovem guarda conteve sua emoção como pôde.

— Obrigado, senhor.

Jianzhu cutucou um corpo que estava atrás dele. O homem morto vestia um traje comum a bandidos, geralmente qualquer roupa humilde usada em seu último trabalho. Este tinha as calças de um pescador ou de um marinheiro, consertadas várias vezes com boa costura.

Mas havia um estranho detalhe em sua camisa. Uma flor presa em sua lapela. Ela estava arruinada demais para ser identificada.

Jianzhu verificou outro corpo. Não havia aquele ornamento ali, mas ele retrocedeu ao longo do caminho percorrido pelo homem e encontrou o que procurava no chão. Uma flor de pêssego-da-lua ressecada.

Uma insígnia, Jianzhu constatou, convencido.

Ele se endireitou e olhou em volta. As montanhas se destacaram. Diziam que eram inabitadas. Praticamente intransitáveis. No entanto, aqueles homens não pareciam estar vestidos para uma expedição.

Com uma explosão repentina de energia, ele bateu a palma das mãos contra o chão. Tremores ecoaram pela terra, espalhando-se como ondas em um lago.

— O senhor está... procurando algo sob a terra? — perguntou Saiful.

— Talvez — Jianzhu disse, focando sua atenção sobre a grama. — Mas agora estou tentando preservar as pegadas deles.

Ele continuou ao longo da trilha deixada pelos oponentes de Saiful, observando as marcas que seus dedos e calcanhares haviam feito no chão, examinando onde tinham deixado marcas de lama. Há muito tempo, ele rastreara criminosos desse jeito, ouvindo a terra e lendo seus vestígios.

As pegadas os levaram a uma clareira com uma notável rocha cinza do tamanho de uma cadeira. Jianzhu a mandou para longe com um gesto de sua mão. Embaixo, havia um alçapão de madeira.

— Uma passagem secreta? — perguntou Saiful.

Jianzhu assentiu, sombriamente.

— Uma passagem secreta. Através das montanhas.

— Senhor, era para essa cidade estar aqui?

— Não — Jianzhu respondeu, com os dentes rangendo.

Embora Jianzhu não pudesse ver embaixo da terra, saber que o túnel estava ali permitia que ele fizesse várias suposições. Além disso, utilizando a dominação de terra e o conhecimento em rochas ele poderia determinar um provável caminho. Eles seguiram a rede de túneis montanha acima com seus cães-enguias, que abriam passagens bloqueadas e atravessavam obstáculos com agilidade.

Eventualmente, os bloqueios acabaram, revelando uma grande cratera, e, naquela depressão, esperando por eles, estava uma vila da qual Jianzhu e seu guarda nunca tinham ouvido falar.

Um assentamento inteiro fora do mapa, ou seja, fora do alcance da lei. A raiva de Jianzhu era quase grande demais para ele engolir. Ele parecia um comerciante que nunca conseguia afastar os insetos de seus produtos, um servo que nunca seria capaz de tirar toda a sujeira da prataria.

A cidade parecia abandonada. Eles cavalgaram pelas ruas vazias, entre longas casas que zombavam das Quatro Nações, com adornos saqueados ou imitando grosseiramente seus locais de origem. Uma placa havia sido amarrada de modo que caracteres de vários símbolos formavam desajeitados as sílabas *Hu* e *Jiang*.

Hujiang. Então esse era o nome desse monte de lixo.

— Lá está nosso shírshu, senhor. — Saiful apontou rua abaixo, onde um amontoado escuro e fedorento bloqueava o caminho.

O animal estava em repouso eterno. Apesar das moscas zumbindo em torno de seu rosto – ou da falta dele –, a criatura estava inteira. Dava para notar que seu veneno ainda corria pelo corpo morto.

Professor Shaw ficaria chateado. Jianzhu precisava inventar uma história e oferecer uma boa quantia de dinheiro para evitar que a raiva do homem levantasse suspeitas.

Um breve ruído veio da casa à sua direita. Havia alguém ali dentro. Jianzhu desmontou do animal e se aproximou da moradia escura.

— Senhor? — Saiful sussurrou. — Ir sozinho até lá não é uma boa ideia.

Jianzhu acenou para ele.

— Patrulhe a rua.

Ele entrou na casa, espremendo-se pelo batente da porta, para evitar que sua sombra revelasse sua presença. A julgar pelas largas mesas e pelos bancos sem encosto, a casa era algum tipo de estalagem ou taberna. Ele ficou furioso novamente ao saber que aqueles bandidos tinham desfrutado de tanta tranquilidade nas montanhas, que tinham tempo até para construir lugares para se reunir e ainda vender vinho uns aos outros.

Jianzhu caminhou ao redor do balcão da taberna. Ele encontrou a origem do barulho.

Era um homem sentado em uma pilha de travesseiros. Ele era musculoso e cheio de cicatrizes como um lutador, mas parecia ter se dado mal em sua última luta. Estava com uma perna imobilizada por um pano que se estendia até seu quadril.

O homem ferido olhou para Jianzhu com expressão vazia e desconfiada por ter sido pego. Jianzhu notou garrafas vazias ao alcance dele e tigelas com restos de comida. Ele juntou todas as peças. Os habitantes haviam evacuado o assentamento alguns dias atrás, provavelmente assustados pela presença do shírshu. A emboscada na base da montanha tinha sido uma retaguarda, ou um monte de oportunistas gananciosos que ficaram para trás. O homem com a perna quebrada não conseguiria fazer a viagem, então seus companheiros o deixaram ali para se recuperar.

Os olhos de Jianzhu se dirigiram para um pequeno vaso, que parecia estar fora de lugar. Havia uma flor de pêssego-da-lua nele.

— Eu estou procurando uma garota — ele disse para o homem. — Ela esteve aqui em algum momento. Uma garota bem alta, mais alta que nós dois. Rosto bonito, sardas, não fala muito. Você a viu?

As sobrancelhas do homem se contraíram. Poderia ter sido uma tentativa de esconder a verdade ou apenas sua memória tentando lembrar, mas falhando miseravelmente.

— Ela devia estar acompanhada de uma dominadora de fogo. Outra garota, cabelos pretos, porte militar...

Jianzhu interceptou o golpe de uma lança vindo em direção à sua garganta e a redirecionou para uma estante próxima, que se espatifou. O homem poderia acrescentar um punho quebrado à lista de ferimentos. Jianzhu observou-o fervilhar de dor.

O lutador ferido enfiou a mão machucada embaixo do outro braço.

— Eu sou Guan Quatro Sombras — ele rosnou com orgulho. — E não vou dizer nada. Eu reconheço um homem da lei quando vejo um.

Jianzhu acreditou nele. Depois que esse tipo de gente dizia seu nome de guerra, não havia possibilidade de uma conversa racional. Ele tentaria usar outra tática, um jogo que mexeria com as emoções do *daofei*.

Arrancou a flor de pêssego-da-lua do vaso e girou o caule entre o polegar e o indicador.

— Os tempos mudaram — ele disse. — Nos meus dias de juventude, lembro que rastreei um pequeno grupo nos arredores do deserto, de poço em poço. O Bando do Escorpião, eles se chamavam. Não deviam ter mais de uma dúzia de membros.

A tática de Jianzhu parecia estar funcionando, pois o homem bufou em escárnio para uma irmandade tão pequena. O que significava que seu grupo era muito maior.

— O mais engraçado foi que, quando os encontrei, descobri por que eles estavam se movendo tão devagar — continuou Jianzhu. — Dois de seus membros estavam com os pés necrosados e não conseguiam andar. Os outros montaram macas e os carregaram pelo deserto. O grupo teria conseguido escapar se tivesse deixado os doentes para trás, mas preferiu ficar unido. Escolheram a irmandade.

Jianzhu esmagou a flor.

— Era assim que os Seguidores do Código costumavam ser. Quando eu olho para você, abandonado pelos seus irmãos de juramento, não vejo aquela tradição. Não vejo honra alguma.

Jianzhu deixou uma gota de cuspe acertar o rosto do homem.

— Os irmãos da Flor de Outono estão dispostos a morrer uns pelos outros — o homem disse, enxugando os lábios. — Você nunca entenderá. Nossa causa nos faz...

Ele parou, percebendo que Jianzhu o estava manipulando. Guan Quatro Sombras era mais esperto do que parecia. Apertou a mandíbula e se recostou em sua cama improvisada.

Jianzhu fez uma careta e arregaçou as mangas. Não queria mais fazer as coisas do jeito fácil.

———

Jianzhu saiu da taberna e enxugou as mãos em uma manta de sela que estava esquecida no varal.

Flor de Outono, ele pensou. *Flor de Outono.*

Em nome das crianças bastardas de Oma, quem era a Flor de Outono?

Jianzhu estava mesmo ficando velho demais. Ele nunca tinha ouvido falar dessa gangue. Ele, o homem que uma vez impediu sozinho que metade do continente caísse na ilegalidade, tinha deixado um novo grupo criminoso, grande o suficiente para povoar uma vila, operar tão perto assim da capital. A Flor de Outono, fosse quem fosse, e seja lá com qual objetivo, conseguiu se organizar rápido o suficiente para evacuar o assentamento assim que suspeitou de uma invasão.

E o mais importante, *muito* mais importante, a *única* coisa importante, era que o grupo tinha colocado suas garras no Avatar. A garota esteve aqui em algum momento, isso era certo. Ela deve ter planejado se esconder nas montanhas e caído em uma emboscada, assim como ele quase caiu. Então, foi capturada e trazida para este assentamento. Os shírshus seguiam apenas rastros vivos, então o animal não teria vindo para cá se ela estivesse morta.

Jianzhu amaldiçoou os espíritos e a humanidade, amaldiçoou as linhas do destino que tinham formado esse nó. O Avatar havia sido sequestrado pelos *daofei*.

Ele jogou a cabeça para trás e olhou para o céu em busca de respostas. De canto de olho, avistou um pássaro voar para longe, sua cauda comprida deslizando como uma flâmula. Algumas culturas obscuras leem o futuro por meio dos padrões de voo de criaturas aladas. Jianzhu se perguntou se isso teria funcionado, se os pássaros poderiam ter encontrado a menina logo após seu nascimento e evitado todo esse problema. Ele soltou um grande suspiro.

Saiful surgiu virando a esquina, trotando de volta na direção de seu chefe.

— Achou alguma coisa lá dentro, senhor?

— Só um cadáver. — Ele olhou para o jovem espadachim.

Saiful, junto com alguns outros homens, tinha se reunido ao exército de Jianzhu em resposta a um chamado, solicitando mais combatentes depois que o encontro com Tagaka desfalcou sua guarda. Pensando melhor, Jianzhu achava que seu pedido tinha sido um tanto rápido e conveniente demais.

— Saiful, eu não pedi para você enviar nenhuma mensagem por um de nossos falcões — observou Jianzhu.

O jovem parecia surpreso.

— Eu estava, ahn, pedindo suprimentos — ele respondeu. Sua mão se moveu em direção à sua arma. Era um guerreiro capaz, que não tinha medo de matar em troca de dinheiro. Um mercenário que jurava lealdade desde que o salário fosse bom. Pensando por esse ponto de vista, não havia nenhuma diferença real entre ele e um *daofei*.

Mas o homem precisava aprender a mentir.

— Você é da Península Leste, não é? — perguntou Jianzhu, colocando as mãos atrás das costas. — Eu tenho um bom amigo que faz muitos negócios por lá. Seu nome é Hui. Você já o conheceu em alguma ocasião? Foi para ele que você enviou o pedido de suprimentos agora há pouco?

Essa tinha sido uma leve suspeita de Jianzhu, um blefe na verdade, mas apenas a menção do nome de Hui denunciou o rosto e os gestos de Saiful.

— Deixe-me adivinhar — Jianzhu disse, tentando cavar mais informações. — Hui enviou você para se infiltrar em minha propriedade, não foi? Com ordens para descobrir o que aconteceu ao Avatar.

O pequeno recuo de Saiful comprovou que Jianzhu acertara em cheio.

— E sendo o jovem inteligente que você é, você percebeu que as pegadas dos shírshus terminavam aqui. O Avatar – e, vamos ser claros, nós estávamos seguindo o Avatar – foi pego pelos fora da lei. Essa foi a mensagem que você acabou de enviar a Hui.

Saiful ficou surpreso que Jianzhu tivesse realizado a façanha sobrenatural de ler sua mente. Na verdade, tudo o que Jianzhu fez foi ligar os pontos de acordo com o desenrolar da situação, como qualquer bom jogador de Pai Sho.

O espadachim decidiu fazer sua jogada. Ele fora descoberto, mas eles estavam em montanhas isoladas, e o rapaz tinha sua arma e seus reflexos afiados como vantagem. Com muito cuidado, Saiful desembainhou sua espada.

Jianzhu estalou o pescoço, suas juntas rangeram mais do que nos anos anteriores. Uma curiosidade sobre Pai Sho era que a maioria dos jogos não precisava ir até o final. Os mestres geralmente reconheciam quando eram derrotados e desistiam enquanto a jogada ainda estava em progresso. Se essa partida entre Hui e ele estivesse ocorrendo em um tabuleiro, então esse seria o momento em que Jianzhu deveria se curvar e recolher suas peças em derrota.

Agora que o pássaro estava no ar, não havia como impedir que a mensagem chegasse até Hui. O mordomo logo descobriria o tamanho da confusão que Jianzhu estava escondendo e apresentaria um caso contra ele para os demais sábios do Reino da Terra. Se a garota fosse encontrada viva e sua identidade fosse comprovada, ela seria entregue diretamente nas mãos de Hui, que se contentaria com qualquer versão do Avatar, pois o mais importante era tirar esse triunfo de Jianzhu.

Seguindo esse raciocínio, que era bastante lógico, ele estava arruinado. Completamente perdido.

Mas o que só os parceiros de Pai Sho mais próximos de Jianzhu sabiam era que ele nunca havia desistido de um jogo em toda a sua vida. Nas raras ocasiões em que um adversário conseguia começar bem a partida, Jianzhu o forçava a seguir por suas armadilhas até um amargo final. Ele os fazia jogar por horas a fio, até queimar todo o pavio das velas durante a madrugada, apenas por rancor.

Jianzhu sorriu de forma sombria enquanto se aproximava do jovem espadachim. O preço de vencê-lo sempre envolvia sangue. Ele não iria abandonar esse hábito agora.

QUESTIONAMENTOS E MEDITAÇÕES

KYOSHI SEGUIA os passos de Lao Ge pelas ruas do mercado. Os dois estavam sozinhos; uma garota e seu tio idoso dando um passeio para relaxar. Nada fora do comum.

Exceto pelo fato de Lao Ge, quando não estava na presença dos outros membros da Companhia Ópera Voadora, andar com a postura de um dragão envolto em roupas de mendigo. E Kyoshi, bem... era Kyoshi. Vendedores esticavam o pescoço para fora de suas barracas para olhar quando ela passava.

— Não estamos aqui para comprar arroz? — ela murmurou, sentindo a pressão de tantos olhares. — Já passamos por dois vendedores de arroz.

— Qualquer um de nós poderia ter feito isso sozinho — respondeu Lao Ge. Ele piscou para uma mãe de família que estava varrendo a varanda. Ela fez careta e varreu um monte de poeira na direção dele. — Você está aqui para observar.

O Vilarejo de Zigan era a principal cidade fornecedora de comida e mão de obra para o palácio do Governador Te. Kyoshi ficou impressionada com a extensão do lugar enquanto andavam da periferia rumo ao centro, mas logo notou que as casas firmemente construídas e as decorações tradicionais do Reino da Terra eram apenas uma fachada. Eles não tinham encontrado ninguém até chegarem ao coração da vila. Kyoshi achava difícil de acreditar que os distritos periféricos estavam completamente vazios, mas não viu nada que provasse o contrário.

Kyoshi se atentou ao som de uma discussão. Um vendedor e seu fornecedor fazendeiro estavam quase se agredindo.

— Você não me engana! — gritou o vendedor. — Eu sei que a colheita foi boa este ano! O que você está me cobrando é um absurdo!

O fazendeiro respondia ferozmente, gesticulando com o chapéu de palha na mão.

— E eu estou dizendo que a maioria da colheita é confiscada para o governador! Eu tenho que dar o preço com base nos grãos que me restam!

— Como é que você pode continuar aumentando os preços quando há pilhas de arroz estocadas dentro dos muros dele? — perguntou o comerciante, que estava fora de si. — Pelo amor de Yangchen, dá para ver o depósito dele daqui!

— Te não abre seus depósitos há mais de cinco anos! Você deve considerar também que o alimento pode ser destinado aos espíritos! — disse o fazendeiro.

Lao Ge puxou Kyoshi, retomando a caminhada. Pelo jeito, eles não estavam ali para oferecer soluções às pessoas.

Kyoshi sabia o que ele estava tentando provar, que a morte iminente de Te era justificada.

— Guardar comida para uma emergência não me parece insensato ou corrupto — ela disse.

— Não, mas vender suas reservas secretamente para obter lucro clandestino é. Para enriquecer, Te vem comercializando os grãos que coletou desde que se tornou governador. Até mesmo durante colheitas ruins, quando seus cidadãos ficaram famintos e se viram obrigados a abandonar suas casas. Quase todas as crises de fome são criadas pelos homens, e ele está prestes a ser responsável por uma.

Lao Ge chutou uma pedra em uma janela fechada. Ninguém reagiu ao barulho.

— Diz pra mim... Jianzhu já falhou com seu povo dessa maneira?

Kyoshi foi forçada a admitir que Yokoya só tinha crescido e prosperado desde que Jianzhu se estabelecera lá. Os cidadãos de Zigan tinham o olhar deprimido e preocupado, como se sentissem que seu tempo estava se esgotando. Ainda não passavam fome, mas logo passariam. Ela reconhecia o peso da fome nos ombros deles, o mesmo que ela havia sentido em Yokoya quando batia de porta em porta, depois de ser descartada, rejeitada por cada família, suas opções diminuindo cada vez mais.

No fundo, ela sabia o que aconteceria com os aldeões. Sabia que sua humanidade seria destruída quando a fome e o desamparo apertassem. Sabia qual seria o sentimento de ver a morte se aproximar um pouco mais a cada semana. Apenas a intervenção de Kelsang a salvara desse destino.

E agora, Lao Ge queria demonstrar a mesma misericórdia de Kelsang, mas pelo povo de Zigan. Por centenas de pessoas, não só por uma garota. Ela não tinha como dizer que ele estava errado.

Foi uma longa escalada pela encosta até chegar ao acampamento deles. Ela percebeu que a Companhia Ópera Voadora preferia esconderijos mais elevados — provavelmente por influência de sua mãe. A escolha fazia todo sentido. O terreno rochoso os escondia, e dessa altura eles podiam ver a disposição do palácio de Te de forma tão clara quanto um mapa bem desenhado.

O governador é taticamente incompetente por não ter sentinelas monitorando esses pontos, Kyoshi pensou, então percebeu que estava se tornando uma estranha mistura de Rangi e Lao Ge.

Lek ergueu o olhar, enquanto alimentava a fogueira.

— Vocês conseguiram o arroz? — ele perguntou.

— Apenas batata-doce. — Ela jogou o saco de pano no chão. — Arroz é... um problema.

— Estou cansado de batata-doce — o garoto resmungou.

Kyoshi o ignorou e subiu até uma área plana onde Kirima e Rangi estavam deitadas de bruços, avaliando o palácio. Elas tinham feito uma trégua temporária em nome do gosto mútuo por buscar informações. Arquitetar a invasão era praticamente a mesma coisa que planejar um assalto.

Kyoshi sentou-se atrás delas, sem ser notada.

— Estamos olhando para uma construção tradicional *siheyuan*, que data da dinastia Hao de Reis da Terra — Rangi disse a Kirima, com olhos fixos no complexo abaixo.

Era arcaico se comparado à mansão em Yokoya. Tinha quatro pátios, em vez de dois. E, em vez de os cômodos estarem ligados de forma contínua e suave, parecia haver dezenas de casas, que variavam em largura e altura, coladas umas às outras. Os antigos donos deviam ter enriquecido ao longo do tempo, adicionando mais e mais extensões de qualquer jeito, algo muito diferente da visão singular de Jianzhu ao construir a própria casa.

Além disso, tinha uma extravagância absurda, especialmente quando comparada ao vilarejo em declínio de Zigan. Um dos jardins continha um espalhafatoso lago de patos-tartaruga, que era grande demais para estar ali. Kyoshi sabia que aquilo era uma imitação do Palácio Real da Nação do Fogo.

— Há pontos que são vigiados por vários guardas ao mesmo tempo — explicou Rangi. Ela apontou para três postos no muro mais próximo. — Provavelmente todos estarão com guardas. Então, haverá três sentinelas com os quais teremos que lidar durante a entrada no palácio.

— Lek pode derrubar dois deles a distância, mas o terceiro teria tempo para soar o alarme — disse Kirima. — Como você sabe tanto sobre arquitetura antiga do Reino da Terra?

— Na Academia, estudamos como atacar qualquer tipo de forte — respondeu Rangi. — Templos do Fogo murados, barricadas do Reino da Terra...

Kirima olhou atentamente para Rangi.

— Paredes de gelo polar? — perguntou ela.

— Sim — Rangi respondeu sem hesitar. — Preparação é a chave para o sucesso. Tinha até um plano para Ba Sing Se, mas eu teria pena das tropas que se atrevessem a executá-lo.

A dominadora de fogo evitou fazer ainda mais comentários sobre as outras nações.

— Mok vai querer atacar o portão sul diretamente — disse Kirima. — Se coordenarmos nossa invasão com a dele, é bem provável que os guardas dos outros muros sigam na direção dele.

Rangi franziu as sobrancelhas.

— Vai ser uma grande matança — constatou Rangi, ao lembrar que o piso no lado sul do complexo era todo feito de pedras, do tamanho de uma cabeça humana. — Alguns dominadores de terra da guarda de Te seriam capazes de causar muitas baixas.

— Acho que Mok nem se importa — disse Kirima. — Não sei que feitiço Wai vem lançando em seus homens, mas eles se tornaram fanáticos. Ele vai se infiltrar pelos muros usando os combatentes que tem à disposição.

Kyoshi estremeceu só de pensar no massacre que se seguiria se os *daofei* tivessem êxito. Ela nunca tinha ouvido falar de um cerco que não terminasse em sangue.

— Temos uma última opção — disse Kirima. — Como ainda não sabemos onde ficam as celas da prisão, invadir o palácio inteiro pode ser o único modo de encontrarmos a pessoa que queremos libertar. Então, em vez de tentarmos invadir o complexo, podemos apenas eliminar os vigias do muro sul, abrir o portão por dentro e deixar Mok entrar.

— Isso não vai acontecer — interveio Kyoshi.

— Ahh! — Kirima se pôs de joelhos, quase despencando do lugar em que estavam. — Como você consegue ser tão sorrateira com todo esse tamanho?

— Servos têm que ser silenciosos. — Kyoshi examinou a dupla de dominadoras, que eram mais parecidas do que qualquer uma delas admitiria. Ela precisava com urgência de alguns conselhos. Do jeito convencional, e não dos joguinhos mentais de Lao Ge. Naquele momento, aquelas duas eram suas melhores opções. Precisamos conversar — Kyoshi disse a elas.

— Não podemos deixar que Mok chegue perto do palácio — falou Kyoshi. — Ele matará todos que estão lá dentro.

Rangi e Kirima olharam para ela de suas posições no rochedo. As duas precisavam de uma pausa do que estavam fazendo, de qualquer forma.

— Não vamos conseguir impedir que ele faça isso em algum momento — respondeu Rangi. — Você quer mudar para o lado de Te e lutar contra os homens de Mok?

Kyoshi negou com a cabeça.

— Eu não acho que assassinar as forças de Mok seja a resposta.

— Mas se Mok não iniciar seu ataque, nosso grupo vai ser um alvo tão fácil quanto patos-tartaruga — disse Kirima. — Você está dizendo que precisamos encontrar um jeito de atacar o palácio com um exército, impedir que o exército morra, preservar a vida de todos do palácio e, ainda por cima, resgatar um prisioneiro de dentro daqueles muros?

Lao Ge nunca tinha dito que ela não podia procurar ajuda para resolver suas charadas. Trapacear num teste com a ajuda dos amigos era uma respeitada tradição do Reino da Terra.

— É exatamente o que estou dizendo.

— Não podemos inventar planos mirabolantes quando temos tão poucos dominadores — respondeu Rangi.

Kyoshi fez uma careta. Ela teria que se acostumar a usar seus direitos e poderes de Avatar, então era melhor começar a fazer isso naquele momento.

— Que tipo de planos vocês fariam se tivessem a ajuda do Avatar? — perguntou.

As últimas horas de luz do sol foram dedicadas a mais treinamento. O treino não acabava nunca. Iria invadir os sonhos de Kyoshi. Ela até tinha certeza de que o próximo Avatar do Fogo nasceria com a memória muscular dela em seu pequeno corpo de bebê.

— Vamos logo! — gritou Wong. — Foi você que quis aprender a andar sobre o pó.

— Você tem certeza disso? — perguntou Kyoshi, nervosa por um motivo bastante justificável. — O movimento que eu vi vocês fazendo começava no chão e ia subindo cada vez mais alto. Aquilo parecia ser muito mais seguro.

Kyoshi estava empoleirada numa coluna de pedra, uma de muitas fincadas num barranco. A distância entre cada pilar era de no mínimo três metros e meio. Do outro lado do barranco, Wong esperava por ela.

— O treino tem que ser mais difícil do que a realidade — ele disse. — O objetivo é chegar até mim sem diminuir a velocidade. Se tropeçar, precisa voltar do início e tentar de novo. Você vai fazer isso três vezes.

Kyoshi olhou lá para baixo. Não tinha nada para amortecer sua queda no duro chão rochoso.

— Eu posso ao menos usar meus leques?

— Não sei — respondeu Wong. — Pode?

Ela tirou suas armas do cinto. O peso dos leques em suas mãos a reconfortava. Ela pensou que, talvez se os agitasse forte o suficiente, poderia sair voando como um pássaro.

— Ou você atravessa ou passa fome! — Lek berrou.

Kyoshi devia ter ido sem hesitar. Agora, tinha atraído a atenção de uma plateia. O grupo todo, incluindo Lao Ge, assistia sentado ao redor do acampamento.

Precisão, ela pensou. *Ritmo. Precisão. Ritmo.*

Kyoshi saltou no ar. No mesmo instante, cascalhos e poeira se elevaram do barranco, empilhando-se um no outro e formando uma estrutura rígida que precisava aguentar seu peso apenas por tempo suficiente para ela dar o próximo passo. Kyoshi sentiu a ponta do pé pousar graciosamente na estalagmite improvisada, uma frágil torre de terra.

E então, a estrutura se desfez e ela despencou. Caiu como... bem, uma pedra.

No desespero, Kyoshi largou seus leques e tentou agarrar-se na coluna com as mãos, como uma vítima de afogamento tentando puxar o bote salva-vidas para baixo junto com ela. Ela bateu na lateral e ricocheteou, procurando pelo topo da coluna com os dedos, mas não achou nada. Suas costas colidiram com a formação rochosa atrás, que ela havia dominado, fazendo-a rodopiar e dar de cara com o piso do barranco.

Kyoshi ficou ali deitada, uma mancha junto ao chão. Ouviu dois baques, seus leques caindo depois dela. Teve uma leve impressão, principalmente porque ainda estava viva, de que alguém tinha realizado uma dominação para cobrir a rocha com uma camada de areia, para tornar mais macia a sua queda. Seu palpite era que tinha sido Lao Ge.

— Zero! — ela ouviu Wong berrando. — Comece de novo.

Todas as tentativas falharam. Dolorosamente. Foi tão ruim que Rangi cedeu e permitiu que Kirima a ensinasse a usar a água como suporte no lugar da terra. Mas Kyoshi continuava se espatifando no chão, só que desta vez ela se molhava.

— Talvez seja melhor você ficar de fora da missão — disse Lek, após presenciar uma queda bem brutal. Desta vez, ele estava falando com uma preocupação genuína, e não em tom de provocação.

— Não será possível — respondeu Kirima. — Os únicos planos decentes que bolamos precisam de todos nós trabalhando juntos.

— Eu acho que há maneiras de usarmos o poder bruto da Kyoshi — disse Lao Ge. Ele não havia dado nenhuma opinião sobre o assunto até aquele momento. — Ela até pode ser um martelo num time de bisturis, mas, às vezes, uma abordagem mais brutal é necessária. Eu posso tomar conta dela durante o ataque.

Kyoshi quase admirava o modo como o velho conseguia adequar as situações de acordo com as próprias necessidades, um tecelão olhando para o linho bruto e prevendo o tecido que iria se tornar.

— Talvez seja melhor — ela concordou. — Assim podemos manter um ao outro longe de problemas.

Cada noite, Kyoshi observava que a lua ficava cada vez mais cheia, como se estivesse se alimentando de seu medo. O dia do ataque se aproxima, e o clima no acampamento se tornava mais sombrio. As funções tinham sido determinadas, e os ensaios, feitos com cascas de nozes e moedas dispostas em diagramas desenhados no chão. O estômago de Kyoshi se corroendo não tinha nada a ver com fome, e o suor frio a mantinha acordada, por mais que ficasse longe da fogueira ou por mais que dormisse perto de Rangi.

O lado bom disso era que Kyoshi e Lao Ge tinham muito mais tempo para conversarem a sós, principalmente porque agora formavam a dupla mais inútil do grupo.

— Você já parou pra pensar por que o objetivo de Mok não é matar o Governador Te? — perguntou Lao Ge, poucos momentos depois de ordenar que ela se sentasse e meditasse com ele.

O pensamento tinha passado pela cabeça de Kyoshi.

— Ele sabe que você vai fazer isso? — ela perguntou.

Lao Ge riu.

— E eu achava que você não tinha senso de humor. Não, a razão é que ele tem a mesma informação que eu. Palácios construídos na dinastia Hao geralmente têm um abrigo de ferro escondido em suas profundezas. Em caso de ataques, o lorde da propriedade fugiria para lá e se trancaria atrás das portas impenetráveis de metal. Os cofres têm suprimentos para durar um mês, que é tempo mais que suficiente para chegarem reforços. Mok sabe que tentar matar o governador seria desperdício de energia.

Quanto mais sabia sobre esse tal de Te, mais Kyoshi o detestava. Ela abriu os olhos e perguntou:

— Ele vai abandonar seus súditos para enfrentar um exército *daofei*?

— O que você esperava de um oficial rico? — retrucou Lao Ge. — Você parece decepcionada. Por acaso esperava que Te marchasse para o campo de batalha, colocando-se em grande perigo, e lutasse sozinho contra as forças de Mok, numa incrível demonstração de dominação de terra, para proteger inúmeras vidas inocentes? Não sei de onde tirou essa ideia.

Os pelos do corpo dela se arrepiaram. Parecia que o velho nunca deixava passar uma oportunidade de exaltar Jianzhu. Ela tentou se acalmar retornando para sua meditação.

Kyoshi nunca teve acesso a essa prática de treinamento em Yokoya, mas Rangi encontrara momentos para lhe ensinar o básico em sua jornada. Com uma missão sangrenta pairando sobre sua cabeça, ela tinha achado essa prática tranquilizadora. Ela era como uma pedra fria abaixo da...

— Então, é sério que você nunca quis saber a minha idade? — perguntou Lao Ge. Agora ele estava tentando provocá-la de propósito. Era impressionante a facilidade com que ele passava de uma figura terrível e hipnótica, que ela sabia que ele era, para uma criança estúpida com rugas e cabelo grisalho. Kyoshi se enganou ao pensar que chamá-lo de "Sifu" algumas vezes lhe daria mais abertura com um guru da morte.

— Na verdade, não — ela murmurou por entre os dentes.

Ele parecia um pouco magoado pela falta de interesse da menina em seus segredos.

— É que... as pessoas que me confrontaram no passado com o nome "Tieguai, o Imortal"... todas elas me imploravam pelos segredos da longevidade. As únicas que não fizeram isso foram você e sua mãe.

Primeiro, ela não acreditava nem um pouco que ele fosse tão velho quanto dizia ser. E segundo, cobiçar mais poder e controle sobre a vida era o que pessoas como Jianzhu fariam. E Te também, provavelmente.

— Sifu — ela disse, devagar. — Oh, por favor, me ensine os mistérios da imortalidade, pois eu desejo ver muitas eras passarem por meus olhos como os grãos de uma ampulheta.

— Claro! — Lao Ge disse, com alegria. — Qualquer coisa para minha querida aluna. Veja, tudo se resume a manter a ordem. Manter as coisas simples, limpas e arrumadas.

— Como é que é? — Aquilo foi um tanto ofensivo para Kyoshi, que costumava trabalhar com serviços domésticos. Ela deixou de lado sua preocupação com limpeza na primeira manhã fora de Yokoya, depois de acordar coberta de pelos de Peng-Peng. Mas o próprio Lao Ge, com sua bebedeira e aversão a trocar de roupas, tinha um cheiro desagradável. O que ele sabia sobre limpeza?

— Envelhecer nada mais é que o seu corpo caindo aos pedaços, nos menores e mais invisíveis níveis, recusando-se a se recompor — ele explicou. — Com um trabalho mental adequado, você pode fazer um inventário de seu corpo e colocar no devido lugar cada parte que estiver onde não deveria.

Kyoshi percebeu que ele estava adaptando as lições para que ela entendesse, e que o verdadeiro processo deveria ser muito mais complexo.

— Do jeito que você descreve, parece que teria que decidir em qual versão de si mesmo você gostaria de ficar, para sempre.

— Exatamente! "Aqueles que crescem vivem e morrem. O lago estagnado é imortal, enquanto o rio límpido que flui morre inúmeras vezes."

— É mais um dos provérbios de Shoken? Porque não parece nenhuma lição espiritual que eu já tenha ouvido.

— É *meu* provérbio — Lao Ge se queixou, magoado novamente. — Quanta inquietação por causa de espíritos. Estou tentando dar uma lição sobre a *mente*. Um mundo infinito que foi negligenciado por tantos e tantos exploradores.

A mente. A mente de Kyoshi viajou para outra existência, uma em que ela se sentava feliz diante de Kelsang em um campo verde, enquanto ele lhe contava sobre as maravilhas do Mundo Espiritual. A voz gentil e acolhedora dele guiando sua consciência até que ambos cruzassem a fronteira, de mãos dadas, para uma terra onde preocupações mundanas não os afetariam.

Ela perdera aquilo. Ela o perdera, e essa ferida nunca se fecharia por completo. A falta de Kelsang a paralisava. Se Lao Ge quisesse que ela se sentisse estagnada e presa para sempre, ela já teria uma nota dez.

Kyoshi olhou para o substituto de seu amigo monge sentado à sua frente, o estranho que tomara o lugar de seu verdadeiro professor. Era uma troca péssima que a deixava muito mal.

— Até as criaturas espirituais são mais interessantes do que charadas mentais — ela falou.

— Minha querida — Lao Ge disse, gentilmente. — Como você descobrirá um dia, a mente tem seus próprios fantasmas.

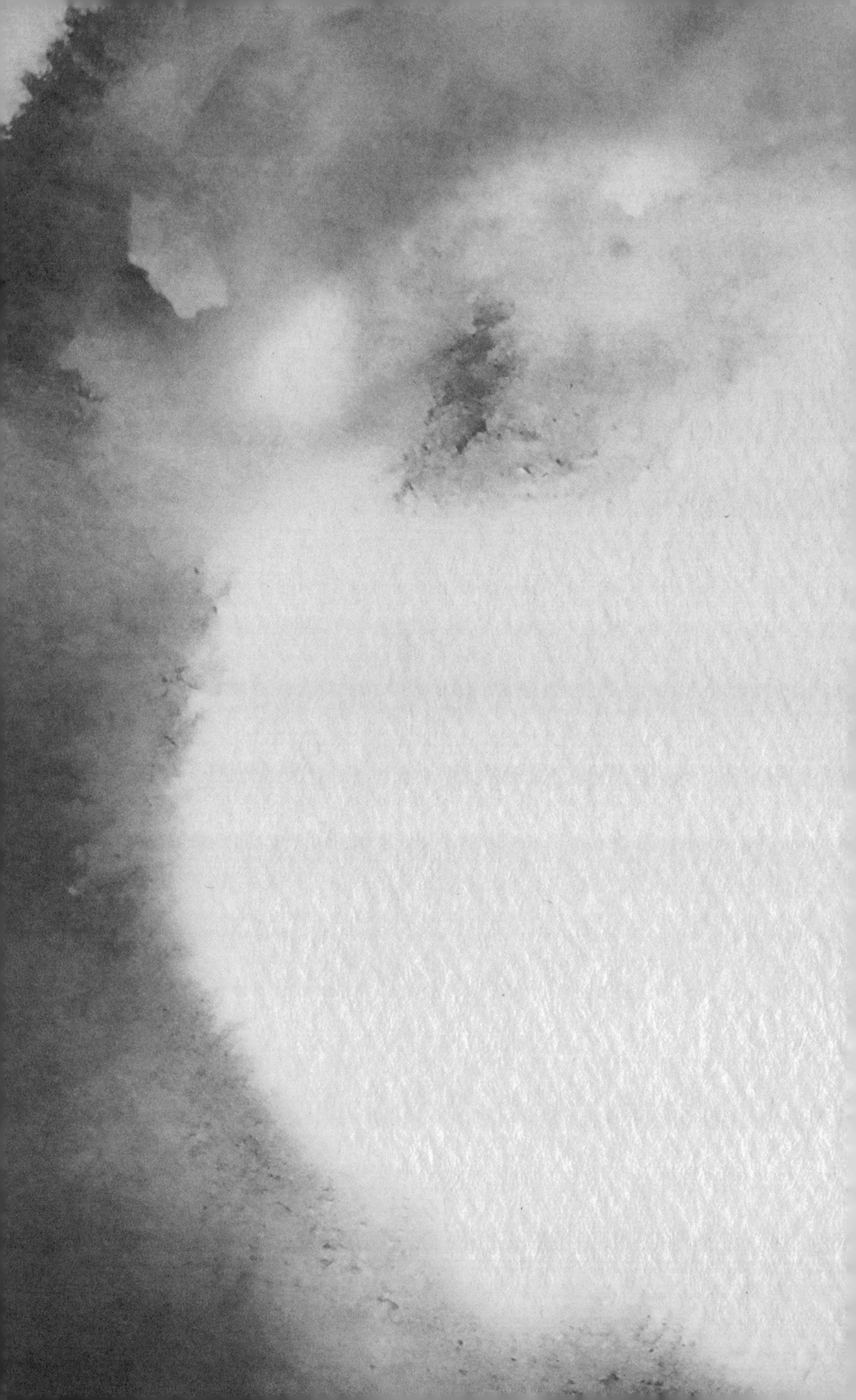

O ROSTO DA TRADIÇÃO

A HORA tinha chegado. A lua estava totalmente cheia. Ela derramava sua luz sobre os campos ao redor do palácio de Te, destacando alguns pontos e criando sombras fantasmagóricas. Mok programara o ataque para um período em que seus homens pudessem enxergar o que estavam fazendo.

A Companhia Ópera Voadora escolheu o caminho pela encosta rochosa.

— Todos lembram o plano? — questionou Rangi.

Ela só estava perguntando como uma mera formalidade. Rangi havia treinado cada um para que todos soubessem o plano de cabeça. Tinha sido uma grande satisfação para ela dar aos outros um pouco da disciplina da Nação do Fogo, como forma de vingança pela situação em que colocaram Kyoshi.

Encontrar Mok antes da invasão era parte do plano. Se ele os deixasse operar por conta própria, sem permitir que seu temperamento e sua vaidade interferissem, então, com a sorte ao lado deles, a Companhia Ópera Voadora traria exatamente o que ele tanto queria. Um prisioneiro ileso.

A ingenuidade de Te ficou bem evidente quando o grupo de Kyoshi se aproximou do acampamento de Mok ao sul do palácio. Kyoshi contou pelo menos quinhentos *daofei* se preparando para a batalha, afiando suas espadas e treinando golpes com lança. Nenhum dos guardas de Te tinha notado todos aqueles homens armados indo em sua direção? Jianzhu teria sufocado essa pequena rebelião antes que...

Ela balançou a cabeça. Por uma noite, só por uma noite, Jianzhu era irrelevante.

Na ponta dos pés, eles passaram por um grande grupo de homens sem camisa dispostos em fileiras, todos na posição do Cavalo, cantando sons inarticulados em uníssono. Seu capitão andava entre eles, com um maço de incensos acesos na mão. Em um ritual, ele passou as pontas fumegantes sobre seus torsos, deixando trilhas de cinza em suas peles. Kyoshi olhou mais de perto e viu que cada homem tinha na testa os caracteres que significavam "impenetrável".

— Quem são eles? — ela sussurrou para seus companheiros.

— São os membros da seita Kang Shen — explicou Kirima. — Eles são não dominadores que acreditam que as cerimônias de purificação os tornarão imunes aos elementos. Mok deve ter recrutado um grupo deles para servir em sua linha de frente.

— Isso é loucura! — exclamou Kyoshi. — Se eles confrontarem uma formação de dominadores de terra, serão massacrados!

Os homens que ela viu não tinham armadura, nem escudos. E muitos deles pareciam estar de mãos vazias, sem nenhuma arma.

— É incrível como a mente pode ser levada a acreditar em certas coisas — comentou Lao Ge.

— Principalmente para quem está desesperado — resmungou Lek. — Dizem que as pessoas entram para a seita Kang Shen após presenciarem um amigo ou ente querido ser morto por um dominador. Depois de se sentir impotente assim, uma pessoa é capaz de fazer qualquer coisa que lhe dê coragem.

Kyoshi e seu grupo chegaram ao centro do acampamento. Foi fácil encontrar Mok. O homem havia montado uma mesa extravagante ao ar livre, que não servia para nada, só para mostrar seu poder. Ele estava sentado atrás da mesa com os dedos esticados, como se fosse o governador daquela região em vez de Te. Wai estava próximo a ele, como uma imitação péssima de um secretário.

— Meus queridos associados — disse Mok, depois que eles se curvaram. — Aproximem-se.

O grupo se entreolhou com nervosismo e caminhou até a mesa.

— Mais perto — enfatizou Mok.

Todos se aglomeraram ao redor dele. Kyoshi notou que Lek estava no flanco de Mok, no lugar mais perigoso. Sua cabeça estava baixa e imóvel. Ela lamentou não ter ficado entre o garoto e o líder *daofei*.

— Eu não tive a chance de me despedir de vocês em Hujiang — disse Mok. — Vocês perderam a agitação.

Ele encarou Rangi e Kyoshi. Não havia evidências que as ligassem ao ataque dos shírshus, mas um homem como ele não precisaria disso. Elas eram peças que não se encaixavam ali, e isso bastava.

— Uma grande fera apareceu na manhã em que vocês nos deixaram — ele continuou. — Ela matou muitos dos meus melhores homens. O que vocês duas têm a dizer sobre isso?

Wai sacou uma faca antes que Kyoshi pudesse responder. E foi Lek, o corajoso e estúpido Lek, que nunca aprendia a lição ou era altruísta demais para o seu próprio bem, quem respondeu por ela outra vez.

— Nós não sabemos nada sobre aquilo, Tio. Kyoshi e Rangi não são culpadas.

Wai avançou.

Uma repentina segurança deu a Kyoshi uma agilidade que ela não sabia que tinha. Em um movimento rápido, a garota segurou a mão de Wai antes que a faca alcançasse Lek, prendeu-a na mesa pelo punho e puxou um leque com a outra mão. Ela manteve a arma pesada fechada enquanto a batia como um martelo nos dedos de Wai, quebrando-os em um único golpe.

A faca caiu no chão. Os olhos dos membros da Companhia Ópera Voadora estavam tão arregalados e grandes quanto a lua cheia. Todos estavam chocados, em silêncio, incluindo Wai, que parecia entorpecido pela descrença e pela dor subindo em seu braço.

— Peço que me perdoem, tios — disse Kyoshi, achando extremamente fácil falar agora. — Eu vi um inseto venenoso e pensei em salvar as suas vidas.

Wai segurou a mão quebrada e apertou os dentes olhando para Kyoshi, como uma cobra prestes a cuspir.

Ela ainda estava calma.

— Mas se o Tio Wai acredita que minhas ações foram inapropriadas, ele pode me ensinar sobre disciplina no *lei tai* depois que nossa missão estiver acabada.

Mok inclinou as costas para trás em sua cadeira e soltou uma gargalhada.

— Tanto progresso em apenas poucas semanas! Essa é a influência que eu tenho sobre as pessoas. Vamos, Kyoshi. Já que a língua dos seus irmãos e irmãs foi roubada por um espírito, conte pra mim o que vocês planejaram para a invasão.

Kyoshi continuou como se nada tivesse acontecido, ignorando a surpresa de seus amigos e a fúria de Wai. Ela ouvira a estratégia de Rangi e Kirima inúmeras vezes para ser convincente.

— Acreditamos que a prisão onde o seu, *o nosso*, irmão de juramento está escondido fica abaixo do pátio nordeste. Supondo que tenha sido construída na mesma época em que a parte mais antiga do palácio, devemos ser capazes de derrotar os guardas sem problemas.

Ele notou sua pausa.

— Mas?

— Mas precisamos de tempo. Se os guardas de Te escolherem defender a prisão, nosso grupo pode não ser capaz de alcançar nosso homem. Há também uma chance de que, se nos notarem cedo demais, eles percebam o que estamos fazendo e matem o refém.

— Então é como eu tinha previsto — disse Mok, acariciando o queixo como um sábio. — Vamos precisar de um ataque direto em conjunto com seus esforços clandestinos.

Kyoshi tinha que lhe dar algum crédito. Ele tinha mesmo previsto esse desfecho em Hujiang.

Mok tirou da gaveta da mesa dois incensos para cronometrar a invasão. Kyoshi observou-o pegar a faca de Wai do chão e cortá-los cuidadosamente no mesmo comprimento antes de entregá-los a Rangi.

— Se puder fazer a gentileza, minha querida.

Ela acendeu as duas pontas com um dedo e entregou um de volta a Mok.

— Em suas posições! — ele disse. — Nós vamos atacar em uma hora.

A Companhia Ópera Voadora fez uma reverência e saiu de lá o mais rápido que pôde. O primeiro passo foi dado. Rangi cuidou do incenso temporizador quando eles deixaram o acampamento, tentando protegê-lo da brisa que podia acelerar a sua queima e fazê-los perder a sincronia do ataque.

Uma hora, Kyoshi pensou. Ao longe, era possível ver algumas luzes brilhantes do palácio. As fogueiras tinham sido acesas por empregados como ela, para cozinhar ou aquecer o ambiente. Lanternas eram carregadas por guardas como os que sempre a cumprimentavam gentilmente nos portões da mansão de Jianzhu. Ela olhou para os membros da Kang Shen, preparando-se eufóricos, vulneráveis e protegidos apenas pela fé. Uma hora até o sangue ser derramado.

— Aguente firme — Lao Ge sussurrou para ela.

Suas palavras, que deveriam ser reconfortantes, apenas a lembraram de que faltava uma hora até ela se tornar a assassina que estava tentando ser.

Lek, Kirima e Wong os apressaram de volta ao acampamento.

— Por que a pressa? — perguntou Rangi, cobrindo o incenso. — Não tem por que se afobar neste momento.

Ela e Kyoshi já estavam de armadura.

— Temos que pintar nosso rosto — disse Kirima. Ela vasculhou seus pertences limitados. — É tradição antes de um trabalho.

Lek não conseguia encontrar o que procurava e grunhiu:

— Esqueci que saímos com pressa da Baía Camaleão. Estou sem nada. Alguém tem alguma maquiagem para emprestar?

Kyoshi piscou, com dificuldade de entender.

— Eu... tenho. Acho que tinha algumas no baú da minha mãe, junto com os leques.

Wong vasculhou a mochila de Kyoshi até encontrar o grande kit de maquiagem que havia sido completamente esquecido até agora.

— Seria vergonhoso para uma trupe de ópera se apresentar sem maquiagem. Também seria uma estupidez para ladrões não esconderem sua identidade.

Kyoshi se lembrou. A ópera clássica era executada por atores que usavam certos estilos de maquiagem correspondentes às características do seu personagem. O espírito do tigre-macaco, um herói popular, sempre teve uma fenda preta de tinta descendo pelo rosto laranja. Roxo significava sofisticação e cultura, e aparecia bastante em mentores sábios. O diário de sua mãe havia mencionado a maquiagem, mas ela tinha ignorado aquilo e se concentrado nos leques, pois eram mais práticos. E no cocar. Ela também não tinha um cocar?

Wong trouxe o kit para ela e o abriu.

— Parece um produto de qualidade, de Ba Sing Se, então não secou — ele disse. — Eu faço a sua primeiro. Precisa de prática para maquiar o próprio rosto corretamente.

Kyoshi estremeceu só de pensar na pasta oleosa em sua pele, mas decidiu não reclamar.

— Espere aí — ela interrompeu. — Não tem nada aqui além de vermelho e branco.

Os lugares do estojo que deveriam conter uma variedade de cores tinham sido preenchidos várias vezes com um vermelho-escuro e um pigmento cor de casca de ovo. Havia uma pequena quantidade de delineador preto também, mas não o suficiente para cobrir todo o rosto.

— Essas são as nossas cores — explicou Wong enquanto mergulhava o polegar na tinta e começava a aplicá-la suavemente nas bochechas de Kyoshi. — O branco simboliza a traição, o lado sombrio, a suspeita e a vontade de cometer maus atos.

Kyoshi ouviu Rangi bufar tão alto que Te devia ter escutado do palácio.

— *Mas* — continuou Wong, pegando a tinta do outro lado da caixa com o dedo indicador. — O vermelho simboliza honra. Lealdade. Heroísmo. Este é o rosto que mostramos para os nossos irmãos e as nossas irmãs de juramento. O vermelho é a confiança que temos um no outro, enterrada numa superfície branca, mas sempre transparecendo em nosso olhar.

Kyoshi fechou os olhos e o deixou colocar mais tinta.

— Pronto — disse Wong. Ele suavizou o último delineado preto na sobrancelha dela e deu um passo para trás para examinar sua obra. — Eu não posso prometer que a pintura vai parar uma pedra ou uma flecha, mas posso garantir que você vai se sentir mais corajosa. É o que ela sempre faz comigo.

— Abaixe-se — disse Kirima. Ela pegara o cocar da bolsa de Kyoshi enquanto seus olhos estavam fechados. — Você está usando a pintura de sua mãe, então também deveria usar a coroa dela.

Kyoshi abaixou a cabeça para que Kirima pudesse amarrar o acessório. Ela nunca tinha colocado o cocar antes. Encaixou como se tivesse sido feito para ela.

Kyoshi se levantou, perguntando:

— Como estou?

Wong levantou um pequeno espelho que havia na tampa do kit de maquiagem e Rangi aproximou o brilho do incenso para que Kyoshi pudesse ver. O espelho não era largo o suficiente para mostrar seu rosto inteiro, mas apenas uma parte por vez. Então, ela o passou pelo arco de ouro acima de sua testa, por seus olhos brilhantes e, depois, pela boca avermelhada.

O espelho estreito lembrava um rasgo no véu do universo, e, do outro lado dele, Kyoshi via um ser poderoso, imperturbável e eterno olhando de volta para ela. Um ser que poderia se passar pelo Avatar algum dia.

— Eu não estou feliz por vê-la usando cores *daofei* — disse Rangi, mordendo o lábio enquanto sorria. — Mas você está linda.

— E assustadora — acrescentou Lek.

Em toda a sua vida, Kyoshi nunca imaginara que pudesse ser alguma dessas coisas.

— Então está perfeito.

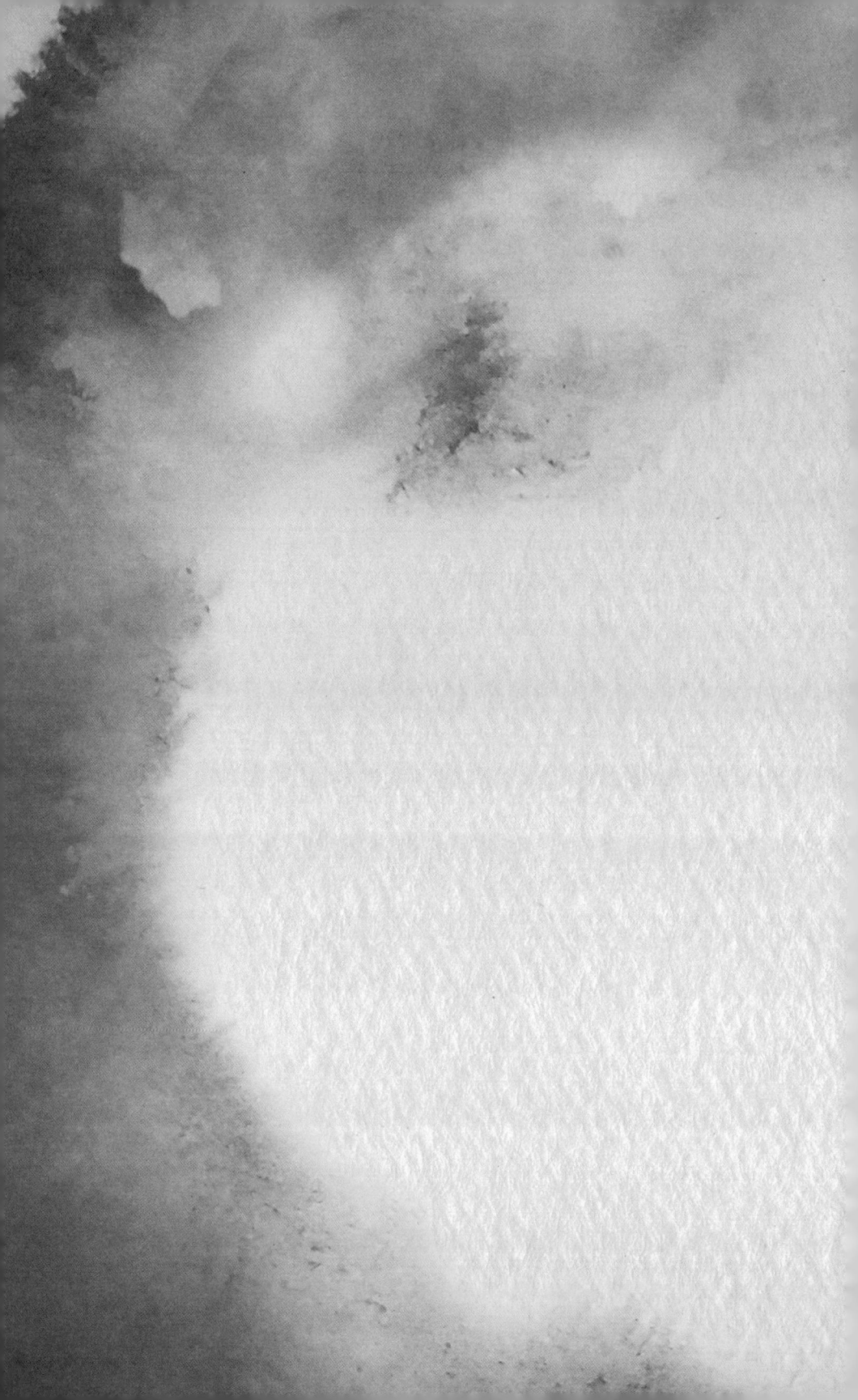

O ATAQUE SURPRESA

ELES RASTEJARAM até o local onde tudo começaria, uma rocha a alguns metros de distância dos muros do palácio. Amontoaram-se ao redor de Rangi e observaram quando o incenso, que cronometrava a hora do ataque, se apagou nos dedos dela, com as últimas brasas iluminando seus rostos pintados. Kyoshi olhou para o grupo, suas feições apagadas ou exageradas por traços vermelhos no branco. Até Rangi e Lao Ge estavam usando as cores. As marcas os uniam.

O incenso se desfez em cinzas até que Rangi não pudesse mais segurá-lo.

— Vai — ela sussurrou para Lek.

O garoto subiu até o topo da pedra que estavam usando como esconderijo. Pegou a manga de sua roupa e puxou-a até o ombro, expondo um braço longo e amarrado fortemente com várias tiras finas de couro, mais numerosas do que Kyoshi tinha imaginado.

Ele balançou o cotovelo para a frente, e as amarras se desfizeram, revelando uma funda, uma arma própria para arremessar pedras, parecida com um estilingue.

Rangi, Kirima e Wong partiram correndo para o palácio.

Sem desacelerar seus movimentos, Lek chutou do chão uma pedra do tamanho de um punho e a apanhou com a funda. O projétil chiou com a velocidade enquanto contornava sua cabeça, acelerado pela dominação. Em cima do rochedo, com as pernas tensionadas para conter o impulso poderoso da pedra, seu rosto tranquilo e concentrado, ele aparentava ser mais velho aos olhos de Kyoshi. Menos como um garoto e mais como um jovem homem usando seu elemento.

Ele deixou a pedra voar. Kyoshi mal conseguia ver o guarda no telhado em que ele tinha mirado, e supôs que tal alvo seria difícil de acertar. Mas os talentos de Lek – físicos, de dominação, ou ambos – geraram um pequeno barulho metálico a distância. A figura embaçada do guarda caiu, sumindo do campo de visão.

Lek já estava preparando seu próximo arremesso antes da queda do primeiro alvo. Rangi e os outros chegavam mais perto do palácio. Já estavam em um ponto onde poderiam ser notados pelos guardas. Ele lançou a segunda pedra.

Porém, no exato momento do lançamento, um alarme quebrou o silêncio da noite. O som vinha do sul. As forças *daofei* tinham anunciado sua presença.

O barulho inesperado atrapalhou o arremesso de Lek. Ele xingou e imediatamente abriu as mãos em uma posição de dominação. Kyoshi assistia incrédula enquanto ele aplicava um tipo de pressão invisível na pedra voadora. Ela não sabia qual era o objetivo, mas, pelo sopro de alívio que ele deu quando ouviu um barulho semelhante ao do arremesso anterior, tudo indicava que o garoto tinha acertado. Tudo aconteceu num instante. O controle que ele tinha sobre o elemento a distância parecia ser tão bom quanto o de Yun. Talvez melhor.

— Vá! — Lek gritou para Kyoshi, nada interessado em sua admiração. — Mok e aqueles idiotas estragaram nossa entrada surpresa! Vá!

Kyoshi e Lao Ge começaram a seguir a parte deles do plano. Os dois correram colina abaixo em direção aos campos no sul do palácio. Pelo canto do olho, Kyoshi viu três vultos subindo pelo ar para saltar sobre o muro leste, um deles com pés cintilando como se estivesse pisando em estrelas.

A planície em frente ao portão principal estava cheia de espadachins tentando invadir o palácio. Assim como Rangi tinha previsto, as linhas de frente eram presas fáceis para os dominadores de terra de Te, que não tinham a precisão de Lek, mas que nem precisavam dela. As primeiras pedras voaram do palácio fazendo um movimento de arco no ar, jogando para longe os membros desprotegidos da Kang Shen. Houve mísseis que voaram mais longe, derrubando alguns *daofei* que vinham atrás. Gritos de dor e raiva preencheram o ar.

Os criminosos ignoraram suas baixas e avançaram mais rápido. Kyoshi e Lao Ge estavam se dirigindo exatamente para o campo de matança entre os invasores e o palácio.

Lao Ge se colocou atrás de Kyoshi e tocou nos ombros dela duas vezes.

— Agora! — ele gritou.

Ela respirou fundo, ainda correndo, e abraçou a terra totalmente.

Kyoshi correu afundando o chão e criando uma rampa de uns quinze metros de largura. O solo escancarou-se para aceitá-la, abrindo um sulco gigantesco e espalhando a terra restante nas laterais. Aoma e Suzu ficariam boquiabertas se vissem o que ela estava fazendo agora. Kyoshi tinha crescido em Yokoya assim como elas. Ela tinha aprendido muito sobre agricultura. E, neste momento, estava arando o solo com mais força que todos os dominadores de terra da vila juntos.

Flechas e pedras voavam inofensivas por cima da cabeça deles. Ela nivelou todo o caminho na profundidade de quinze metros – por que não deixar tudo padronizado? – e continuou correndo pelo campo sul, seguida por Lao Ge, criando uma trincheira intransponível atrás dela.

Observando o palácio de Te, ficou claro para o grupo que o complexo tinha uma grande falha de segurança. Faltava um fosso. Kyoshi estava providenciando um para ele, sem cobrar nada.

— Você consegue fazer isso mais rápido? — gritou Lao Ge, sua voz mais alta que o barulho dos ossos sendo esmagados na batalha.

Ela acenou com a cabeça. Não sentia fadiga. Nenhum desgaste. A dominação dela havia mudado. Se libertar desse modo, usando todo seu poder em vez de tentar liberá-lo aos poucos, era energizante. A sensação era a mesma que dar grandes mordidas em uma tigela de arroz em vez de comer um grão de cada vez.

Lao Ge dominou uma parte do chão ao redor deles e, de repente, os dois estavam surfando em uma plataforma de terra. Enquanto isso, Kyoshi continuava cavando a passagem no solo.

— Não faz sentido ir a pé quando não precisamos — ele disse.

Com aquela ajuda extra, não demorou quase nada para eles contornarem o palácio de Te, mantendo-o protegido pela trincheira. Kyoshi não conseguia ver o que estava acontecendo acima deles, mas podia imaginar a surpresa dos guardas e dos *daofei*, especialmente de Mok e Wai, vendo o fosso recém-construído. Ela só esperava que a segunda etapa do plano os acalmasse. A Companhia Ópera Voadora ainda tinha um trabalho a fazer.

— Deixe comigo, agora — Lao Ge avisou. — Eu sei que você ainda não consegue andar sobre a poeira.

Ele ergueu as mãos, e a plataforma se distanciou da trincheira. Alcançando o telhado da parte leste do palácio, o suporte se desfez sob os pés deles, deixando-os no ponto exato onde Kirima, Wong e Rangi os aguardavam, banhados pelo luar.

— Bem na hora — disse Kirima.

— Os guardas estão concentrados no muro sul? — perguntou Kyoshi. Ela criara um obstáculo entre eles e os *daofei*, e precisava que os vigias ficassem naquele lugar.

— A maioria — respondeu Rangi. — Mas você precisa se apressar.

Esse ponto de encontro os deixava temporariamente expostos, mas tinha sido escolhido por uma razão. Ficava bem em cima do extravagante e profundo lago de patos-tartaruga. E eles tinham uma vista perfeita da lua cheia acima deles.

Kyoshi deixou-se invadir pela lua, alimentando-se da luz que a empurrava e puxava, assim como Kirima havia lhe ensinado. Seus músculos foram se liberando, da rigidez da dominação de terra para o tranquilo e fluido estado da água. Ela tomou uma posição e acenou para o lago.

As formas avançadas de dominação de água não eram muito conhecidas por Kyoshi, mas elas não eram necessárias naquele instante. A garota também não precisaria de seus leques ainda. Para aquela façanha, Kyoshi forneceria o poder, total e bruto, e Kirima se encarregaria de controlá-lo. Como dominadoras de água, ambas teriam seus poderes aumentados pela lua cheia, como a maré subindo na baía.

Os patos-tartaruga, que estavam dormindo, acordaram grasnando em pânico e fugiram quando a superfície da água começou a se elevar. Kyoshi formou uma bolha de líquido e a ergueu cada vez mais alto. Quando a bolha ameaçava se distanciar ou se desfazer, Kirima a movia de volta ao seu lugar com uma precisão cirúrgica. A massa de água parecia uma anêmona-viva gigante, pulsando e flutuando com a corrente de ar.

Kyoshi sentiu um impacto contra suas costelas e quase perdeu o controle sobre a água. Olhou para baixo e viu um rasgo em sua jaqueta e uma pequena ponta de metal quebrada, presa à sua cota de malha. Uma flecha a tinha acertado de raspão.

Alguns guardas brotaram do lado oposto do jardim.

— Nós te daremos cobertura! — exclamou Rangi. — Vamos!

Com exceção de Kyoshi e Kirima, todos pularam do telhado.

— Certo, Kyoshi! — gritou a dominadora de água. — Solte a bolha!

Kyoshi relaxou e abaixou seu centro de gravidade com tanto vigor que parecia que seu esqueleto ultrapassaria os músculos. A pesada massa de água atingiu o interior dos muros do lado sul do complexo, escorrendo através das barreiras rompidas. Tinha água suficiente para inundar todos os corredores, de um muro ao outro, do chão ao teto. Havia pequenas janelas e aberturas nas paredes que lhes ajudavam a visualizar o percurso da água, embora, com todo aquele volume, seria difícil não perceber por onde ela passava.

O local de onde vinham os gritos mostrou que o plano estava funcionando. Os guardas, que antes pareciam concentrados no ataque dos *daofei*, nas fortificações ao sul, estavam sendo arrastados violentamente de seus postos.

Kyoshi e Kirima varreram a onda da esquerda para a direita e, depois, fizeram a água dobrar a esquina na direção oeste, antes de diminuírem a pressão. Elas queriam derrubar os soldados, não queriam afogá-los. Com um empurrão sincronizado, estouraram uma parte do muro oeste, deixando a água fluir para o outro pátio. Pilhas de corpos grunhindo e tossindo passavam pela brecha.

No breve momento em que Kyoshi passou checando se os homens estavam vivos, um grito de batalha a pegou de surpresa. Ela se virou e viu um soldado solitário, que subira por um dos postos de ataque, surpreendendo-a com uma lança, seus pés tinindo sobre as telhas. Ela tentou pegar seus leques, mas acabou se atrapalhando na hora de sacá-los.

Pouco antes de ser atingida, Kyoshi ouviu um zunido familiar. Um projétil de pedra acertou o guarda na região do quadril, e ele caiu gritando do telhado. Kyoshi olhou em direção à escuridão da noite. Em algum lugar distante, Lek lançou um sorriso presunçoso para ela.

— O que está fazendo? — vociferou Kirima. — Mexa-se!

Era o momento da última fase do plano, a que Kyoshi mais temia.

Kirima e Kyoshi desceram apressadas os degraus dos túneis de serviço. O destino delas era subterrâneo. Ambas chegaram a uma bifurcação onde Lao Ge as aguardava.

— Rangi e Wong precisam que você destrua a tranca na porta da cela — ele disse a Kirima, apontando para o corredor que seguia à direita. — Kyoshi e eu vamos verificar o outro lado para o caso de haver algum guarda à espreita.

Seus amigos tinham explicado a Kyoshi que "destruir uma tranca" significava injetar água no buraco da chave, com pressão suficiente para forçar os pinos para cima, liberando o mecanismo de trava. Era uma técnica mais ágil e elegante do que tentar congelar o metal a ponto de ele se estilhaçar. E também estava além da habilidade de dominação de água de Kyoshi, com ou sem os leques.

Kyoshi mordeu o lábio enquanto Kirima descia o túnel à direita sem hesitar, deixando-a sozinha com Lao Ge. O velho observava a dominadora de água partir com grande determinação. Ele estava encostado contra a parede numa posição relaxada, como se não tivesse nenhuma preocupação no mundo.

— Vamos — ele disse à Kyoshi, sem qualquer urgência em sua voz.

Ela o seguiu pelo corredor. Era mais bem acabado do que os túneis embaixo da mansão de Jianzhu, iluminado com cristal incandescente e pintado em um branco límpido. Por mais que seu cocar a deixasse ainda mais alta, ela não precisava se inclinar.

O mal-estar que Kyoshi sentia algumas vezes na presença de Lao Ge quando ambos estavam sozinhos voltou com força. Cada passo parecia levá-la quilômetros pelo túnel que parecia não ter fim. Ela perdeu seu senso de localização.

Kyoshi não fazia ideia da distância que tinham percorrido quando chegaram ao fim do corredor. Em um primeiro momento, achou que o local estava coberto de corpos, que a violência tinha de algum modo os ultrapassado. Mas as dezenas de pessoas deitadas no chão ou encostadas nas paredes estavam vivas e tremendo. Não eram guardas. Usavam trajes comuns a damas de companhia, ou simples vestes de mordomos. Um pouco mais à frente deles, havia uma sólida porta de ferro, bloqueada por um pino grosso que não tinha nenhum mecanismo de abertura visível.

Lao Ge deu um passo à frente. Todos se esconderam e cobriram o rosto.

— Seu mestre se salvou e deixou vocês trancados do lado de fora — ele constatou com um humor perverso. O corredor estreito fez a voz dele ecoar com um timbre grave, ou talvez ela sempre tivesse sido assim tão profunda. — Vocês foram deixados à mercê do destino.

A serviçal que estava mais perto dele começou a chorar. Lao Ge tinha pintado o rosto tal como a figura maliciosa e horrível de um bobo da corte. Sem contar que muitas pessoas já consideravam Kyoshi uma torre ameaçadora. Ela se lembrou do efeito que causara nos servos da mansão de Jianzhu naquele dia chuvoso em que ela os deixou, e eles a conheciam fazia muitos anos. Para os servos de Te, que ouviam a agonia da batalha do lado de fora, ela e Lao Ge deviam se parecer com encarnações da morte.

Um cheiro amargo incomodou seu olfato. Ela olhou para baixo e encontrou um camareiro se balançando e murmurando para si mesmo, com os olhos cheios de terror.

— Yangchen, proteja-me. Os espíritos e Yangchen, protejam-me. Os espíritos...

Lao Ge gargalhou, e os serviçais gritaram de pavor.

— Saiam — ele disse. — Hoje, vocês viverão.

Os funcionários passaram por eles engatinhando, tomando o caminho que os levaria para a superfície do palácio. Kyoshi observou os infelizes homens e mulheres indo embora. Ela não disse nada para aliviar o medo deles ou ajudá-los a dormir melhor naquela noite.

— A tranca — Lao Ge a lembrou.

A maior parte dela ficava do outro lado da porta, como ele já tinha explicado. Mas havia uma falha em sua engenharia que deixava parte da grossa barra de metal exposta. Bastava destruí-la e eles poderiam entrar.

Kyoshi segurou o pino com as mãos. Ele começou a brilhar com sua dominação de fogo. Ela o puxava e empurrava num ritmo constante, e o metal esquentava cada vez mais. Kyoshi e Lao Ge tinham planejado três passos necessários para que desse certo. Calor suficiente para amolecer o ferro. Movimentos oscilantes para afrouxar e enfraquecer a estrutura. E, por último, pura força bruta. A especialidade dela.

A cada puxão, o metal cedia um pouco mais. Uma vez, Rangi a avisara que esquentar um objeto como aquele sem se machucar exigia muito, muito mais habilidade do que impedir as próprias chamas de chamuscar sua pele, um ato tão instintivo para dominadores de fogo que sequer precisava ser ensinado. Esse truque com o ferro exigia um contato prolongado e perigoso com uma superfície quente. Kyoshi sentia suas mãos começarem a queimar.

— Você está quase lá — disse Lao Ge, com uma pitada de admiração. — Preciso admitir, eu não tinha tanta certeza de que isso era possível.

O metal continuava cedendo, até que, pouco antes de a dor se tornar demais para Kyoshi suportar, ele se rompeu. As pontas do pino foram ejetadas como brasas vermelhas e quentes. A porta pesada rangeu em suas dobradiças.

Kyoshi apertou os dedos doloridos por causa do calor excessivo e abriu o cofre com o ombro. Era mais claro lá dentro do que no corredor. Ela piscou tentando se adaptar à claridade.

O interior da grande sala não era o que ela esperava. Lao Ge tinha descrito o local como se fosse um abrigo de emergência para fins de sobrevivência. Ela esperava encontrar reservas de água, comida em conserva, armas.

Mas ele tinha sido redecorado. Alguém tinha removido os mantimentos para se sobreviver a um cerco e, em seu lugar, colocado carpetes luxuosos e travesseiros de seda. Uma das paredes possuía prateleiras repletas de jarras de vinho, e não de água. Qualquer tolo que se trancasse ali dentro morreria em poucos dias.

Havia uma figura solitária em pé e encostada na parede mais distante. Um garoto vestindo roupas de dormir. Kyoshi deduziu que o filho de Te havia transformado aquele quarto, feito para guerra, em um clube.

— Onde está seu pai? — ela perguntou, as palavras saindo como um grunhido hostil. — Onde está o Governador Te?

O garoto a encarou, com seu rosto redondo e suave, em tom desafiador.

— Eu sou Te Sihung — ele disse. — Eu sou o Governador.

Kyoshi olhou para Lao Ge. Ele sorriu para ela, intencionalmente. Era *esse* o teste. Ver se ela tinha sangue frio o suficiente para ajudá-lo a matar um garoto que sequer tinha idade para se barbear. Ela xingou o velho, xingou o menino estúpido na frente dela, xingou a corrupção e incompetência de sua nação, que permitiu que um erro tão grotesco acontecesse.

— Quantos anos você tem? — ela perguntou a Te.

— Eu não tenho que responder a uma *daofei* — ele zombou.

Kyoshi avançou rapidamente, pegou o garoto pela nuca e jogou-o porta afora. Ele quicou no chão e deslizou pelo corredor. Kyoshi o rodeou e cutucou a mandíbula dele com a bota.

— Quantos anos você tem? — ela perguntou de novo.

— Quinze... em breve — ele choramingou. Sua atitude tinha mudado drasticamente depois de ter sido lançado e ter sofrido a dolorosa queda. — Por favor, não me mate!

— Ele tem a idade de Lek — Lao Ge disse a Kyoshi. — O bastante para distinguir o que é certo e o que é errado. O bastante para fugir de suas responsabilidades, administrar mal uma nação, roubar. Você viu o estado de Zigan. Mais uma vez, eu garanto que você salvará muitas vidas tirando a dele.

Ele notou que Te começou a rastejar para fugir e colocou o pé sobre o tornozelo do menino, aplicando pouca força para não quebrar, mas deixando claro que podia quebrá-lo quando quisesse.

Te desistiu de se mover.

— Por favor — ele choramingou novamente. — Meu pai era governador antes de mim. Eu só agi de acordo com o que ele me ensinou. Por favor!

Era isso que todos neste mundo faziam. O que viam seus predecessores e professores fazendo. O Avatar não era o único que pertencia a uma corrente inquebrável.

— *Você* não é muito mais velha que ele — ela ouviu Lao Ge dizendo. — Você é imune a consequências?

Não. Não era. Ela pegou Te pela lapela, e ele desandou a chorar, as lágrimas escorrendo por seu rosto.

— Desculpe — ela disse. — Mas isso é algo que eu decidi muito antes de conhecer você.

Kyoshi impulsionou um de seus braços para trás e lançou Lao Ge pelo túnel com uma rajada de vento.

— Rangi, eu não consigo dominar o ar. E você não é uma professora de dominação de ar.

Foi um dia antes de Kyoshi começar o treinamento com Kirima, para ver se juntas elas conseguiam levantar uma quantidade de água suficiente para encher um lago. Rangi e Kyoshi estavam sozinhas em uma pequena clareira, debaixo de uma solitária e retorcida árvore que havia espalhado suas folhas secas sobre o chão. As duas andavam em círculos, seus braços estendidos, quase se tocando no centro. Com certeza, não estavam fazendo os movimentos direito.

— Eu não estou tentando te ensinar dominação de ar — Rangi disse. — Só quero que você tente criar uma rajada de vento, ao menos uma vez, antes de começar a dominar a água pra valer. Não precisa ser perfeito. — Ela girou e trocou a posição de suas mãos. — Acho que você tem que... fazer uma espiral? Sentir sua energia como em uma espiral?

Kyoshi precisou se esquivar para que Rangi não colidisse com ela.

— Como você pode aceitar uma dominação de ar amadora e autodidata?

— Não aceito. Eu só... Só tenho esse medo sem lógica de que, se você aprender a dominação de água antes de dominar o ar, nem que seja ao menos uma vez, você irá interferir no ciclo dos elementos. No outro dia, quando você usou seus leques para dominar água, no começo eu fiquei animada, mas depois entrei em pânico. Comecei a ter pesadelos com você bloqueando para sempre sua dominação de fogo e a de ar. Tinha medo de você se tornar um Avatar incompleto.

Rangi desabou no chão e pôs a cabeça entre as mãos.

— Eu sei que não faz sentido — ela disse. — Nada mais faz sentido. Estamos fazendo tudo errado. Ao contrário, de trás para a frente.

Kyoshi ajoelhou-se por trás de Rangi e colocou os braços ao redor dela.

— Mas o meio continua o mesmo.

Rangi soltou um risinho.

— Sabia que eu também sinto falta dele? — ela murmurou. — Mestre Kelsang. Ele era tão gentil e divertido. Algumas vezes, eu me pego com saudades dele e me sinto culpada por não estar pensando no meu pai. Eu queria que os dois estivessem aqui. Eu queria que todos que perdemos pudessem estar aqui conosco, pelo menos uma última vez.

Kyoshi a abraçou mais forte. Ela imaginou a energia de Rangi se entrelaçando com a sua, formando uma linha grossa, feita de dois fios.

Algo fez cócegas em sua testa. Ela e Rangi olharam para cima e viram um redemoinho de folhas dançando, girando em círculo, ao redor delas. Kelsang costumava fazê-la rir no jardim daquele jeito, fazendo o ar circular, deixando-a tocar as correntes de ar e sentir o vento passar por entre seus dedos.

Kyoshi deixou a brisa tocar sua pele antes de dar um impulso gentil com a mão. O vento girou mais rápido com seu comando. Ela podia sentir Kelsang sorrindo carinhosamente para ela, um último presente de amor.

— Eles sempre estarão conosco — ela disse para Rangi. — Sempre.

⌒

Lao Ge caiu dentro do abrigo, que por acaso estava cheio de almofadas. Por causa disso, Kyoshi tinha uma vantagem menor do que esperava. Ela jogou Te no ombro e correu pelo corredor.

— Garota! — Kyoshi ouviu Lao Ge berrar atrás dela, ecoando pelo túnel. Ela tinha a sensação de que o velho poderia alcançá-la a qualquer momento, por mais que ela corresse.

O medo a deixou mais veloz. Ela subiu as escadas cinco degraus por vez, até que alcançou a superfície.

Te sentiu dificuldade para respirar por causa do aperto que Kyoshi fazia contra o quadril dele.

— O que você está...

— Calado — ela o interrompeu. Eles estavam cercados pelos muros do pátio. Os estábulos ficavam no lado oposto do complexo. Um assassino imortal certamente estava poucos passos atrás deles.

Kyoshi correu até o muro mais distante. Então, correu mais alto. E mais alto. A terra tremulava nas solas de seus pés, impulsionando-a para cima. Ela continuou a pisar na poeira até chegar ao topo do telhado.

Dando uma olhada para trás, Kyoshi viu Lao Ge nas escadas. Ele decidiu que não a seguiria pelo ar, por enquanto.

— Ora, ora! — ele bradou. — Você me enganou direitinho, não foi? E pensar que você fingiu que não sabia andar sobre a poeira.

— Nem todas foram fingimento! — ela gritou enquanto fugia.

Kyoshi correu sobre o palácio, com as telhas quebrando sob seus pés. Ela seguiu pela direção norte até achar os estábulos. Pulando no chão com Te ainda em seus ombros, ela achou um cavalo-avestruz adormecido e o despertou.

Lao Ge ainda estava brincando com ela, ou talvez ele não soubesse pisar sobre a poeira. Kyoshi nunca o vira fazer isso. De qualquer maneira, eles não tinham muito tempo. Ela pôs o menino no animal que havia roubado.

— Obrigado — disse Te, escorregando sem uma sela para se apoiar. — Eu te darei o que que quiser. Dinheiro, gabinetes...

Kyoshi golpeou a boca dele com as costas da mão.

— Você deveria ter morrido esta noite — ela rugiu. — Eu te darei uma chance de se redimir como governador destas terras. Você vai abrir as portas de seus armazéns e vai garantir que seu povo seja alimentado. Vai devolver o que roubou, mesmo que tenha que vender as posses de sua família. Se eu retornar e você não tiver feito isso, você vai desejar ter sido capturado por aqueles *daofei* lá fora.

Kyoshi deu um prazo indefinido, sem a menor ideia de quando conseguiria cumprir a ameaça. Mas sabia que a cumpriria se tivesse a chance. Estava explicando para Te que haveria consequências. *Jianzhu estaria orgulhoso*, ela pensou sombriamente.

O rosto ensanguentado de Te franziu em confusão.

— Você... Você dominou a terra e o ar. Eu vi. Como isso é possível? A menos que... não pode ser. Você é o Avatar?

Ela podia ver a confusão na cabeça do garoto. Ele devia saber de Yun, talvez até o tivesse encontrado pessoalmente. Revelar sua identidade era um risco nessa missão. Mas Te era uma ponta solta, uma que corria nos mesmos círculos que Jianzhu.

Kyoshi mordeu o lábio. Ela escolhera, desde o início, salvar a vida miserável do garoto em vez de guardar o segredo que poderia mantê-la em segurança. Não fazia nenhum sentido se arrepender agora.

— Mais um motivo para fazer o que eu mandei. — Ela bateu no flanco do cavalo-avestruz, fazendo o animal se dirigir, ágil e descontrolado, para o fosso. Te partiu gritando, enquanto ela dominava uma ponte no último minuto para que ele atravessasse. O garoto cavalgou para a escuridão, agarrando-se no pescoço do animal para salvar sua vida.

Assim que o jovem governador desapareceu de vista, Kyoshi desfez a ponte. Ela não queria que os homens de Mok se infiltrassem no palácio com tantas pessoas indefesas lá dentro. Em seguida, atravessou o fosso pisando sobre a poeira, depois caminhou em direção ao norte, para o ponto onde seus amigos estariam esperando.

Em algum ponto da caminhada, Lao Ge apareceu ao lado dela.

— Você não é uma boa aprendiz — ele disse, sem emoção em sua voz.

Várias respostas vieram à cabeça de Kyoshi. Te era jovem demais para morrer e ainda tinha tempo para se redimir. Ela até podia ter falhado naquela missão, mas isso não interferia em seu desejo de acabar com Jianzhu.

— Fazia um bom tempo que eu não falhava em derrubar um alvo — Lao Ge continuou. — Meu orgulho está em ruínas.

Kyoshi estremeceu. Ela nunca tinha visto Lao Ge realmente com raiva, então ela nem conseguia imaginar como o velho reagiria agora que as coisas não tinham saído como ele queria.

— Te é sua responsabilidade agora — ele disse. — De agora em diante, os crimes dele serão seus. Além disso, estou chateado por você continuar se prendendo às pessoas deste mundo. É como se não tivesse prestado atenção nas minhas aulas.

Ela supôs que ser tratada como uma criança desobediente, que levara um animal de rua para casa, era o melhor que podia esperar.

— Sinto muito, Sifu — lamentou Kyoshi. — Estou disposta a aceitar as consequências das minhas ações.

— É fácil falar isso agora. — O lábio superior de Lao Ge curvou-se com desdém. — A piedade tem um preço mais alto do que a maioria das pessoas pensa.

Kyoshi se manteve em silêncio. Não havia necessidade de provocar ainda mais um homem que poderia fazer o ciclo do Avatar começar novamente na Nação do Fogo. Todas as suas esperanças de que poupar Te fosse a coisa certa, ou de que Lao Ge, por sua experiência adquirida com a idade, interpretaria a traição dela como uma piada do destino, foram sufocadas pelo seu grande aborrecimento com ela. Não havia mais nada a se discutir a respeito.

O silêncio entre os dois continuou até que alcançaram os outros. A Companhia Ópera Voadora obteve sucesso. Wong e Kirima seguravam um homem amarrado entre eles, vestido com uma simples túnica esfarrapada. Ele tinha um saco de batata-doce amarrado sobre sua cabeça.

— Conseguimos! — Rangi comemorou. Ela correu em direção à dupla que acabara de chegar e abraçou Kyoshi. — Não acredito que conseguimos! Você dominou como um... — Ela se impediu de falar "Avatar" na presença de um desconhecido. — Como um grande mestre!

— Vamos fazer nossa entrega — disse Wong. Ele pegou o prisioneiro e jogou-o sobre os ombros, assim como Kyoshi fizera com Te. — Desculpe o tratamento rude, irmão. Em pouco tempo, você poderá respirar o ar da liberdade.

— Não tem nenhum problema — o homem encapuzado respondeu, educadamente.

⁓

Os *daofei* quase os encheram de flechadas quando eles se aproximaram do acampamento ao sul.

— Estamos com seu homem! — berrou Kirima.

Wong largou o prisioneiro. Com o saco por cima do rosto, ele não conseguiu ver seus salvadores se amontoarem atrás dele para usá-lo como escudo humano.

Mok caminhou até o grupo, pasmo.

— O que foi aquilo?! Não combinamos aquele plano!

Kirima levantou as mãos.

— Nós o tiramos da prisão — ela disse, informando que, tecnicamente, a missão tinha sido cumprida. — A trincheira foi uma improvisação necessária de último minuto.

Aquilo não era verdade. Descobrir como manter os *daofei* fora do palácio tinha sido o principal desafio de Kyoshi a Rangi e Kirima. Ver a dominadora de água mentir por ela fez Kyoshi se sentir ainda pior por ter escondido sua missão extra com Lao Ge e Te. Ela havia posto seus amigos em um risco desnecessário.

— Eu devia esfolar suas peles e colocá-las embaixo de minha sela! — berrou Mok. Wai estava atrás dele, mas Kyoshi notou que o homem não parecia disposto a sacar sua espada dessa vez. Em vez disso, ele a encarava atentamente, esfregando a mão enfaixada.

— Mok, é você? — perguntou o prisioneiro, inclinando a orelha em direção ao barulho. — Se for, pare de dar sermão nos meus salvadores e tire esse saco da minha cabeça.

Wong soltou o capuz dele, enquanto Kirima cortava as cordas de seus punhos com uma pequena lâmina de água. Rangi recomendara as amarras como precaução, já que eles não queriam um prisioneiro confuso resistindo a seus salvadores. A máscara de pano caiu da cabeça dele, revelando um rosto belo e pálido embaixo de um cabelo escuro desgrenhado.

— Grande irmão! — disse Mok. O líder *daofei* de repente demonstrou um comportamento reverente e submisso. — Mal posso acreditar que é você. Depois de tanto tempo!

— Vem cá — disse o homem, abrindo os braços. Os dois se abraçaram e deram tapas nas costas um do outro.

— Oito anos — o prisioneiro recém-liberto disse. — Oito anos.

— Eu sei, irmão — Mok soluçou.

— Oito anos — o homem repetiu, apertando mais o abraço. — Oito anos! Você demorou *oito anos* para me resgatar?

Mok ofegou, incapaz de respirar.

— Perdoe-me, irmão! — ele tentava falar com o pouco ar que lhe restava. — Fizemos o nosso melhor!

— Melhor? — seu irmão mais velho berrou na orelha de Mok. — Seu melhor durou quase uma década! Qual seria seu segundo melhor, então? Esperar a prisão desmoronar com a ferrugem?

A julgar pelos grunhidos de dor que Mok soltava, a prisão não tinha deixado o homem fisicamente fraco. Ele jogou Mok para o lado e observou os *daofei*. Wai não tinha feito nenhum movimento. Os seguidores sobreviventes de Kang Shen ajoelharam-se perante o homem e abaixaram a cabeça, enquanto os demais combatentes mantiveram a formação. Os olhos de Kyoshi perceberam as flores de pêssego-da-lua ainda colocadas com cuidado nas roupas deles. Agora era óbvio que seu grupo não havia libertado um fora da lei comum da custódia de Te, mas havia algo pior pairando no ar, um alerta sombrio na mente dela.

— Tios — Kyoshi pronunciou-se de repente. — Se a dívida da Companhia Ópera Voadora está paga, devemos seguir com nossa jornada.

Os instintos de Kyoshi gritavam que ela e seus amigos tinham que sair daquele lugar. Imediatamente.

— Paga? — o homem que eles salvaram exclamou, com um grande sorriso no rosto. Não com um sorriso falso como o de Mok, mas com um calor genuíno vindo de seu coração. — Meus amigos, vocês fizeram mais do que pagar uma dívida. Criaram a possibilidade de um novo futuro. Vocês terão, eternamente, a amizade e irmandade de Xu Ping An. Fiquem e celebrem conosco!

Os alarmes soaram na cabeça de Kyoshi, um aviso assustador que ela não podia ignorar. Porém, antes que ela e seus amigos pudessem recusar o convite, Xu Ping An se virou para suas tropas. Os homens de Mok tornaram-se dele, e não houve protestos.

— Irmãos! — ele disse, sua voz agradável ecoou pelo acampamento. — Vocês mantiveram a fé por muitos anos. Vocês são verdadeiros Seguidores do Código! Eu morreria alegremente neste mesmo instante, sabendo que ainda há honra e lealdade neste mundo!

Os *daofei* reunidos rugiram e balançaram suas armas. O sol começou a raiar dramaticamente atrás de Xu, como se ele fosse favorecido pelos espíritos.

— Mas eu acho que já sofremos baixas suficientes, vocês não acham? — disse Xu. — Cinco mil. Cinco mil compatriotas exterminados como vermes. Eu não os esqueci, nem depois dos oito anos que passei apodrecendo na prisão de um homem da lei. Eu não os esqueci! E vocês?

Com os gritos de êxtase dos *daofei*, Xu levantou os braços para saudar a luz da manhã.

— Eu digo que há um preço a ser pago! Uma dívida a ser paga! E a cobrança começa *hoje*!

A cabeça de Kyoshi girava. Eles tinham sido enganados. Distraídos por questões irrelevantes quando o real perigo que ameaçava o reino emergia diante deles. Ela era tão estúpida.

— Agora — disse Xu, com uma casualidade teatral —, onde estão minhas cores? Eu me senti terrivelmente desnudo sem elas.

Mok apressou-se e entregou-lhe uma peça de tecido. Ao mesmo tempo, os *daofei* retiraram de dentro dos bolsos e das mochilas outras peças parecidas, ou levantaram a camisa, revelando tecidos amarrados à cintura. Eles soltaram as amarras e depois as colocaram em volta do pescoço.

O sol nasceu por completo, deixando Kyoshi ver as cores que adornavam os corpos de todos os criminosos presentes. A flor de pêssego-da-lua tinha sido um truque, uma fachada para passarem despercebidos. A Flor de Outono era um nome temporário para uma velha organização. Um gigante tinha surgido das profundezas da terra para alimentar-se mais uma vez.

— Bem melhor — disse Xu, acariciando o lenço amarelo brilhante amarrado em volta de seu pescoço. — Eu estava ficando com um pouquinho de frio.

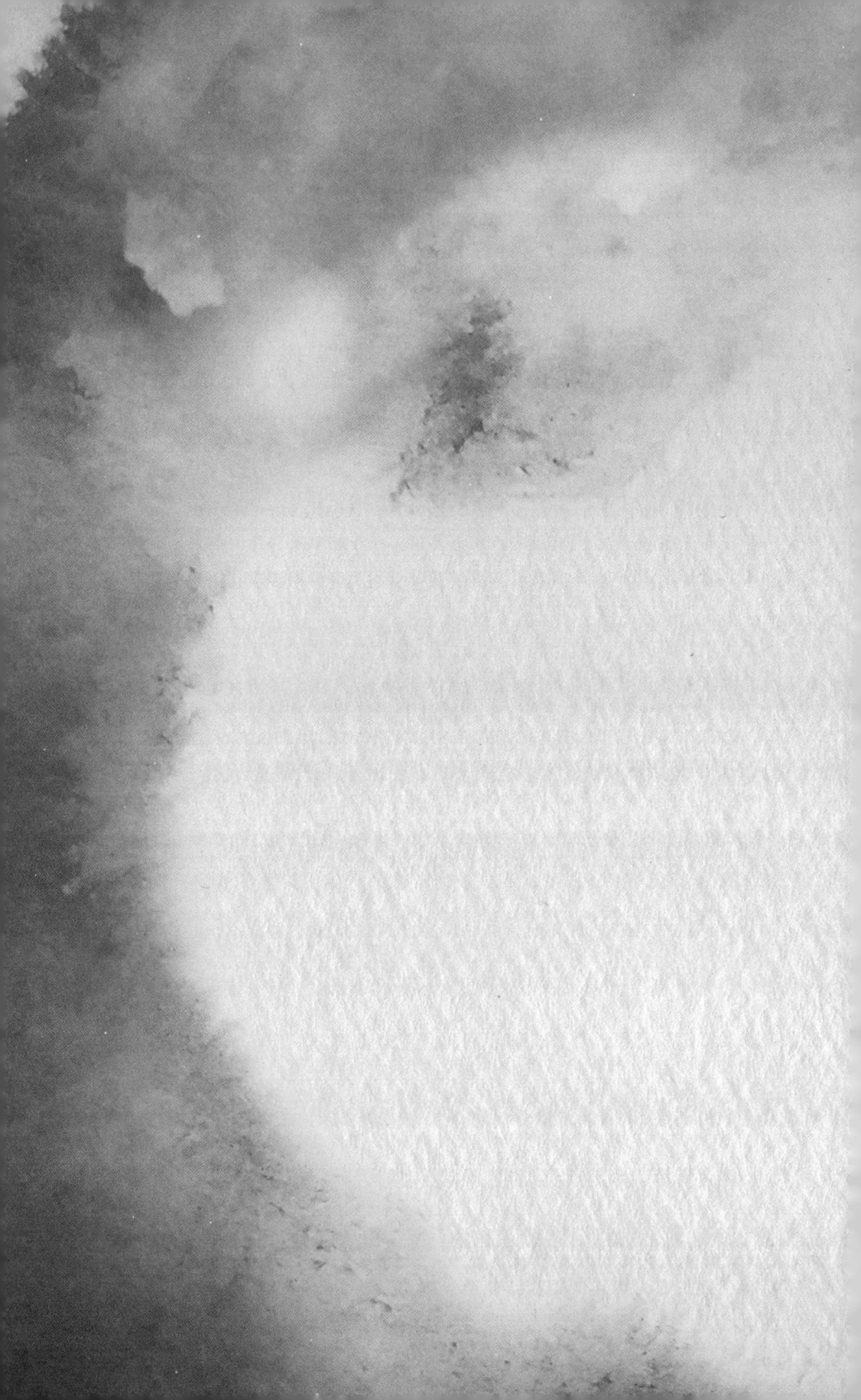

O DESAFIO

— **PRECISAMOS FAZER** alguma coisa — exclamou Rangi. — Isso é nossa culpa!

— Pode até ser nossa culpa, mas definitivamente não é problema nosso — murmurou Kirima, enquanto empacotava às pressas seus pertences do acampamento. — Não é problema nosso — ela repetiu como um mantra que os mantinha a salvo.

— Eu não entendo — disse Lek. — Quem é esse Xu Ping An? Quem são os Pescoços Amarelos? Achei que estivéssemos lidando com a Flor de Outono.

— Os Pescoços Amarelos são pessoas com as quais não queremos nos envolver — respondeu Wong, enrolando os sacos de dormir com movimentos precisos e nervosos. — Eles não estão nessa vida por dinheiro ou liberdade. Sua alegria vem de saques e destruição. São como assassinos cruéis. E Xu Ping An é o cérebro, o coração e a alma do bando.

— Ele já era um sanguinário *antes* de ter passado os últimos oito anos preso e sonhando com vingança — disse Kirima. — Nós ouvimos as histórias. Ele costumava chamar a si mesmo de General de Pandimu e dizia que todos lhe deviam a vida pela proteção que ele oferecia.

Confuso, Lek coçou a cabeça e perguntou:

— Onde fica Pandimu?

— Em lugar nenhum! — respondeu Kirima. — É o nome para o mundo que ele mesmo inventou. O que eu quero dizer é que o homem é completamente desequilibrado!

Mais cedo naquele dia, quando o grupo deu desculpas para não se juntar aos Pescoços Amarelos, Xu se mostrou descontraído, em contraste com a atitude desprezível de Mok e os surtos de violência de Wai. Ele garantiu que, por mais que quisesse realizar um banquete para homenageá-los, dando uma pequena amostra de seu apreço, eles estavam livres para ir embora, e suas dívidas com a Flor de Outono e os Pescoços Amarelos estavam totalmente quitadas.

Kyoshi sabia que aquele vislumbre de civilidade não significava nada. Homens como Xu simplesmente esperavam o momento certo para mostrar o monstro por trás das cortinas.

— Eu não sei como ele está vivo — comentou Rangi. Ela andava em círculos em volta do que restou da fogueira do acampamento. — Eu li cópias dos relatos enviados para o Rei da Terra pelo próprio Jianzhu. Xu estava listado entre os mortos na Batalha da Passagem Zhulu. Isso não faz sentido!

Kirima argumentou direcionando-se a Kyoshi.

— Olha, eles têm o quê? Algumas centenas de homens, no máximo? Um pouco menos agora, já que os Kang Shen decidiram se lançar contra as pedras? Eles não são o exército que costumavam ser. Podemos simplesmente esperar os governos levantarem uma milícia para lidar com o bando. Aposto que o próprio Te irá cavalgar para encontrá-los.

O Governador Te estava cavalgando, numa tropa de um homem só, vestindo apenas seu pijama. Não estava claro se Kirima e os outros sabiam a idade dele. Mas o garoto poderia ter cem anos e, ainda assim, não saberia lidar com um homem que havia dado tanto trabalho a Jianzhu.

— Para mim, parece perfeito — disse Lek. Seu rosto estava irreconhecivelmente sombrio. — Quanto mais homens da lei forem mortos, melhor.

Ele se afastou do acampamento para preparar Peng-Peng para a viagem, satisfeito com sua contribuição ao debate.

— No passado, Xu começou com menos homens do que tem agora — disse Rangi. — Se mais Pescoços Amarelos saírem de seus esconderijos e se juntarem a ele, voltaremos aos dias sombrios que sucederam a morte de Kuruk.

— *Nós* não voltaremos para nada disso! — gritou Kirima. — Xu é problema dos homens da lei! No que diz respeito a *nós*, ele é um serviço terminado! E para serviço terminado não se volta!

— Anos atrás, eu passei por uma cidade que estava em meio a uma revolta dos Pescoços Amarelos — disse Lao Ge, lembrando-se com calma do episódio, como se tivesse sido uma viagem medíocre de férias. — Eu vi o que aconteceu com os habitantes. Eles foram...
— O velho comprimiu os lábios, tentando decidir que palavra usar.
— Empilhados. — Ele fez um movimento com as mãos, alternando uma em cima da outra.

Kirima ainda não estava convencida.

— Nós sempre corremos para longe do perigo — ela disse —, não em direção a ele. É assim que fazemos. Deu certo na Baía Camaleão e nos ajudou a sobreviver em Hujiang. E será melhor fazermos isso aqui também.

— O que você acha que deveríamos fazer, Kyoshi? — perguntou Lao Ge. — Considerando seu novo gosto por tomar decisões de vida ou morte.

A pergunta estava carregada de sarcasmo. Mas o resto do grupo não sabia sobre seu assassinato interrompido. Eles estavam pensando na decisão dela de preservar a vida dos funcionários da mansão de Te durante a invasão. Ninguém tinha se oposto à escolha dela naquela hora.

E parecia que eles não iriam se opor agora também. O grupo ficou em silêncio e esperou a resposta de Kyoshi, dando a ela a chance de avaliar a situação.

Sua cabeça girava. Uma lua atrás, ela era o elo mais fraco, e não a tomadora de decisões. Os outros estavam apostando muito alto no fato de ela ser o Avatar. Confundindo versatilidade de dominação com liderança. Ela vinha se tornando mais habilidosa nos dias que se passaram desde Hujiang, mas não mais sábia.

Kyoshi se deixou levar pela filosofia que ela conhecia bem como dominadora de terra. *Jing* neutro.

— Vamos esperar para ver o que acontece — ela disse. — Mas façamos isso de um ponto mais alto. Carreguem Peng-Peng.

Rangi e Kirima, as duas vozes opostas do grupo, entreolharam-se preocupadas.

Eles alçaram voo vagarosamente, a indecisão de Kyoshi ainda estampada no céu azul e branco. Peng-Peng flutuava dentro de uma nuvem criada por Kirima. A dominadora de água estava em pé na sela, movendo os braços para impedir que a névoa de vapor se dissipasse e revelasse a localização deles.

Lek os levou lentamente até um ponto acima dos Pescoços Amarelos, para que pudessem monitorar os movimentos das forças de Xu. Kyoshi sabia muito bem que eles estavam indecisos sobre ficar e fugir, e que esse impasse poderia estragar suas chances em qualquer um dos casos. Ela afastou a dúvida em sua cabeça e espiou o local abaixo.

O batalhão de homens se afastava lentamente do palácio de Te como formigas marchando. Eles formavam uma massa sólida, e Xu com certeza ia na frente, recebendo relatos do seu batedor, que corria à frente e retornava para o grupo com alguma informação.

— Espero que eles encontrem um posto militar — disse Lek, ainda conservando algumas brasas de ódio pela lei. — Assim poderíamos ver uma briga boa daqui de cima.

— Eles pararam em um campo de arroz — observou Rangi. — Será que estão tentando colher? Mas a segunda colheita não está pronta ainda. — O conhecimento de agricultura havia ficado marcado nela por causa de Yokoya.

Kyoshi ficou observando para descobrir qual seria a reação dos *daofei* diante das plantações. Anos atrás, quando ainda não tinha um teto sobre sua cabeça, ela costumava ver seus amigos insetos cavarem a terra em busca de comida. Os movimentos dos insetos sempre começavam devagar, parecendo aleatórios, cheios de passos hesitantes para trás, até que, num estalar de dedos, eles se transformavam numa massa concentrada, como um enxame. O exército esperou perto dos grãos verdes e florescentes como se tivesse farejado um alvo de interesse.

Linhas escuras começaram a se formar pelo campo. Kyoshi teve dificuldade para entender o que eram, até ver os batedores de Xu se infiltrando pelos longos talos de arroz, quebrando e pisoteando as plantas. Seus olhos se moveram para o lado oposto do campo, onde havia uma pequena casa e um celeiro. Uma fumaça da fervura da água pela manhã subia gentilmente pela chaminé.

Kyoshi estava tão preocupada com os funcionários do palácio de Te que havia se esquecido das pessoas do lado de fora do fosso. Em grandes propriedades particulares, geralmente os próprios arrendatários cuidavam de suas terras. Naquela pequena casa, havia uma família. Um alvo para a raiva que Xu acumulou por longos oito anos. Tentar resolver as coisas com *jing* neutro tinha sido a decisão errada.

— Eu cometi um erro — disse Kyoshi. — Temos que descer até lá agora!

Kirima fez um barulho engasgado e indignado.

— E o que exatamente vamos fazer? — ela perguntou.

Os soldados já tinham quase terminado de cruzar o campo de arroz.

— Não sei! — respondeu Kyoshi. — Mas não posso mais ficar aqui e assistir! Me deixem lá e vão embora se quiserem!

Um grito veio de dentro da casa. Os ocupantes haviam visto os *daofei* se aproximando. A lembrança de homens usando lenço amarelo no pescoço provavelmente ainda assombrava aquela região do Reino da Terra.

Kirima xingou e bateu o punho contra o forro da sela.

— Não. Se você for, nós vamos. — Ela abriu seu cantil e colocou o vapor da nuvem lá dentro, a fim de usá-lo como munição.

— Assim que chegarmos ao solo, seguiremos sua deixa — disse Wong para Kyoshi.

Lek resmungou, mas fez Peng-Peng dar a volta, descendo tão rápido quanto era seguro. Os demais se seguraram nas laterais da sela com toda a força que podiam.

— Muito obrigada! — Rangi gritou para Kirima, com o vento encobrindo suas palavras. Foi a atitude mais legal que ela havia tido com a dominadora de água até então. — Vocês são verdadeiros companheiros do Avatar!

— De que adianta isso se estivermos mortos? — Kirima gritou de volta. Mas suas bochechas ficaram coradas, só um pouco.

Por favor, que não cheguemos tarde demais, Kyoshi rezava enquanto sua equipe mergulhava na direção do celeiro. Ela tinha escolhido aquela construção em vez da casa, por causa de sua lembrança de Hujiang. Aquela pequena cabana não acomodaria gente o bastante para os gostos arrogantes de Xu e Mok.

Um grupo de *daofei*, que havia ficado do lado de fora do celeiro, levantou-se assustado, mas relaxou conforme eles se aproximaram. A tinta endurecida ainda em seus rostos tornava a Companhia Ópera Voadora facilmente reconhecível. Os fantasmas em vermelho e branco eram convidados de honra de seu chefe. Kyoshi prosseguiu. Ela podia ver por cima da cabeça da multidão um espaço vazio onde Xu provavelmente estava, e foi abrindo caminho até encontrá-lo.

O líder dos Pescoços Amarelos estava calmo, sentado num banco, lendo um livro. Ele deve ter sentido falta de literatura na prisão, por isso, havia roubado um livro da casa. Na parede atrás dele, Mok e Wai montavam guarda diante de uma mulher e de seu filho, que não devia ter mais que sete ou oito anos, ambos se escondendo e choramingando, vestidos em roupas simples de fazendeiros.

Eles tinham apanhado, estavam com o rosto machucado e ensanguentado. O fato de Xu ter colocado as mãos numa criança fez brotar a raiva de Kyoshi, mas ela empalideceu ao perceber o que ele havia feito ao pai do garoto.

Os *daofei* haviam amarrado o fazendeiro e o pendurado pelos punhos sob as vigas do celeiro com uma longa corda. Segurando a outra ponta dela, vários homens o levantavam e abaixavam ao comando de Xu. Embaixo do fazendeiro, havia uma fogueira e um caldeirão com água fervente. Era grande o suficiente para que ele ficasse completamente submerso caso os soldados o soltassem. Os pés do fazendeiro tocaram na água, e ele gritou através da mordaça.

Kyoshi correu e chutou o caldeirão pesado, derramando água nos *daofei* que seguravam a corda. Eles soltaram a corda, e ela pegou o fazendeiro em seus braços. Ela ouviu o silvo de lâminas sendo desembainhadas assim que colocou o homem no chão seco, contorcendo-se de dor, mas ainda vivo.

Xu não levantou os olhos de seu livro.

— Você derramou meu chá — ele disse, antes de lamber o dedo e virar a página.

Kyoshi havia chegado à conclusão de que a indiferença de Mok era uma imitação barata da de seu irmão mais velho. Xu provavelmente havia aprendido com outra pessoa. Assim como Te, todos estavam sempre copiando seus antecessores, em um ciclo que se repetia de novo e de novo. Kyoshi se sentia mais forte, sabendo que suas próprias conexões eram de gerações antigas, as mais justas da história.

— Xu! — ela gritou. — Pare com isso! Deixe-os ir!

Kyoshi ouviu um movimento atrás dela e sentiu um calor familiar e reconfortante. Rangi e a Companhia Ópera Voadora estavam ao seu lado.

Xu fechou o livro com força e encarou Kyoshi. Ele havia penteado seus longos cabelos e cortado a barba da melhor maneira que pôde.

— Primeiro, é "Tio Xu" para você — ele disse. — E, segundo, esse é um homem da lei. Ele trabalhava para aqueles que me prenderam. Cultivou seus grãos e recebeu seu pagamento, o que o torna mais um peso na balança que eu preciso equilibrar. Se você não consegue lidar com isso, não vai gostar do que eu vou fazer com a cidade de Zigan.

Kyoshi apertou mais os punhos. Já que eles estavam interpretando papéis, então ela imitaria o mais forte, o mais corajoso, o melhor.

— Você não terá Zigan — grunhiu. — Não terá nenhuma cidade do Reino da Terra, nem sequer esta fazenda, diga-se de passagem. Você terá o ar que cabe nos seus pulmões e nada mais.

Ela sentiu seus amigos ficarem tensos. Xu dispensou os *daofei* que estavam prontos para cortá-la em pedaços.

— Kyoshi, certo? — ele disse. — Kyoshi, eu sou eternamente grato a você e seus companheiros por me resgatarem. Mas você é jovem e é por isso que não entende. Oito anos da minha vida foram roubados de mim. Milhares dos meus seguidores. Na sua pouca idade, o que você saberia sobre injustiça?

Eles são todos iguais, pensou Kyoshi. *Cada um deles. Sempre encobertos por negócios ou irmandades ou por um chamado que só eles podem ver, não importa. Eles são todos iguais.*

— Um homem mais fraco poderia desistir diante de um contratempo tão grande — continuou Xu. — Mas eu não. Eu me importo com o trabalho, não com a recompensa. Eu terei o que me é devido.

Eles se enxergam como forças da natureza, como fins inevitáveis, mas não são. Distorcem o significado de justiça para aliviarem sua consciência.

Xu sorriu com benevolência e tentou reencontrar o trecho do livro em que havia parado.

— O mundo está quase esquecendo meu nome. Isso significa que eu não deixei cicatrizes profundas o suficiente da última vez. Eu farei melhor com a segunda chance que você me deu, Kyoshi.

Ele gesticulou na direção de Wai, que ainda pairava sobre a mãe e o filho. Wai empurrou a mulher, que caiu de joelhos com as mãos no chão, e puxou a cabeça dela para trás, expondo sua garganta. Ela gritou.

Eles são humanos, como nós, feitos de pele, vísceras e dor. Eles precisam ser lembrados desse fato.

— EU MANDEI PARAR! — Kyoshi gritou. Havia uma força em sua voz que atravessava o ar. Wai hesitou, lembrando-se da última vez que havia sacado sua faca na presença dela.

Kyoshi apontou para Xu.

— Xu Ping An! Eu te desafio a me enfrentar em um *lei tai*, agora mesmo!

Era a única maneira de impedir que tanto ele quanto seu exército partissem para a violência. Talvez Xu não pensasse grande coisa de Kyoshi, mas ele tinha que respeitar o desafio. O Código que lhe dava poder aos olhos de seus seguidores o obrigava a isso.

Houve um silêncio na multidão enquanto as palavras dela eram absorvidas, mas Xu respondeu como se fosse o pedido mais normal do mundo.

— Desafios servem para resolver desentendimentos — ele disse, molhando a ponta do indicador com a língua novamente. — Que insulto eu fiz a você?

— Sua existência — Kyoshi cuspiu.

Ela nunca vira um grupo de assassinos rudes engasgar coletivamente. Agora Xu estava lhe dando atenção. Ele guardou o livro e levantou-se. Seus homens se separaram para formar um corredor entre ele e a porta do celeiro. Apenas Kyoshi e a Companhia Ópera Voadora ficaram no meio, barrando a passagem.

— Com dominação ou sem? — perguntou Xu, totalmente tranquilo.

— Com — respondeu Kyoshi. Era a única forma de ela ter uma chance. Então, lembrou-se dos leques em seu cinto. — Com armas. Com qualquer coisa. — Ela sentiu o calor e o borbulhar das emoções de Rangi ao seu lado, mas não ouviu nenhum protesto.

— Muito bem, então. — A ideia do combate incomodava Xu tanto quanto uma mosca pousando em seu nariz. Talvez ele já tivesse medido as habilidades dela e determinado o tamanho da ameaça que ela representava. — Vamos acabar logo com isso.

Era um arranjo desigual. Seis de um lado do campo de arroz, centenas do outro. No meio, um grupo de Pescoços Amarelos havia usado algumas pás do celeiro para construir uma plataforma elevada. Em um *lei tai* com dominação de terra, a plataforma tinha que ser feita do mesmo elemento, não de madeira como em Hujiang.

Kyoshi tinha se recusado a ajudar com a construção, na esperança de que, com a demora, aparecesse uma milícia do governo, um exército do Reino da Terra ou qualquer tipo de ajuda. Na situação em que se encontrava, ela teria até aceitado a ajuda de Te ou de alguns servos irritados armados com vassouras.

— Esse era o seu plano? — perguntou Kirima, enquanto elas observavam pilhas de terra sendo jogadas no ar.

— Não foi um plano. Foi algo que poderia ter acontecido e aconteceu — respondeu Kyoshi. — Percebi que nenhum de vocês tentou me impedir.

— Não há mais quase nada a se fazer — disse Wong. — Especialmente se você quiser impedi-lo de destruir Zigan por completo. A cidade fica logo à frente, e o posto militar do Reino da Terra mais próximo está a cinco dias de distância.

Kyoshi se colocou atrás de Rangi e a abraçou, sentindo o calor dela. Nenhum dos outros comentou sobre a proximidade das duas.

— Desculpe por eu continuar fazendo isso com você — Kyoshi sussurrou no ouvido da dominadora de fogo.

Rangi recostou o corpo no dela.

— Hoje eu vou relevar. Como Avatar, você enfrentaria horrores como Xu regularmente. Esta talvez seja a primeira vez que você cumpre seu dever desde que saímos de Yokoya.

Ela sentiu prazer ao tomar uma decisão correta, apesar de não saber por quanto tempo viveria para aproveitar a sensação.

— Kyoshi, posso falar com você um segundo? — perguntou Lao Ge.

— Em particular?

Os outros franziram o rosto, confusos. Para eles, não havia nenhuma relação particular entre Kyoshi e o velho que justificasse uma conversa antes de sua morte iminente. Era mais provável que Lao Ge lhe servisse algumas doses de vinho para lhe dar coragem do que um discurso motivacional.

Kyoshi o seguiu para trás de uma cortina de talos de arroz.

— O que você pensa que está fazendo? — ele exclamou, assim que os dois ficaram sozinhos. O homem nunca tinha usado aquele tom com ela, mesmo depois de Kyoshi ter salvado a vida de Te.

— Você acha que é errado lutar contra o Xu? — Kyoshi perguntou. Se Lao Ge iria argumentar que os Pescoços Amarelos fariam bem para o Reino da Terra, então ele era, de fato, tão maluco quanto fingia ser.

— Não, sua tola! O que eu quero dizer é que, se você queria o Xu morto, era melhor tê-lo abatido sem aviso! De surpresa! É *assim* que um predador age!

Ele parecia enojado de verdade pela ideia de um duelo limpo.

— Enfrentá-lo no *lei tai* e esperar que ele perca é a mentalidade de um herbívoro zurrando e sacudindo os chifres para parecer forte na frente do resto do bando. Eu queria que você bebesse sangue, não que comesse grama.

Kyoshi deu um passo para trás. Depois, curvou-se diante dele, total e formalmente, mantendo a postura por um bom tempo. Não era um simples gesto de um aluno para seu professor, mas uma rara reverência de desculpas, somente usada no Reino da Terra em momentos de verdadeira sinceridade. Kyoshi manteve a posição até ouvir Lao Ge bufar de surpresa.

— Sinto muito, Sifu — ela disse. — Mas não vou derrotá-lo como uma assassina. Farei isso como o Avatar. Mesmo que o mundo não saiba disso.

Lao Ge suspirou.

— Pare com isso. Está envergonhando nós dois.

Ela se ergueu e se deparou com sua expressão de desprezo. Mas a preocupação genuína de seu olhar dizia outra coisa.

— Quando eu finalmente encontro uma pupila de que gosto, ela vive se colocando em perigo — ele lamentou.

— Bom... talvez Xu possa sofrer uma morte súbita... nos próximos cinco minutos?! — Kyoshi disse, torcendo para que qualquer espírito ou criatura lendária que estivesse por ali sentisse pena dela e realizasse seu desejo.

— A morte não funciona assim — explicou Lao Ge. Ele ergueu a mão e deu tapinhas no ombro dela. — Você terá que se virar sozinha.

Os *daofei* terminaram de erguer a plataforma. Era menor que a de Hujiang. Teria menos espaço para onde correr.

Xu subiu no *lei tai* primeiro, balançando os braços para relaxar os ombros. Estava usando um colete e calças que se prendiam aos tornozelos. Mok e Wai estavam num canto do lado dele, a elevação da plataforma escondendo seus corpos do peito para baixo.

— Se alguma coisa acontecer, peguem Peng-Peng e deem o fora daqui — ironicamente, Kyoshi repetiu o que Rangi havia dito a ela uma vez. — Encontrem alguém poderoso que consiga interferir antes que os Pescoços Amarelos se fortaleçam de novo.

— E se for o Coveiro? — Kirima perguntou.

Kyoshi fez uma pausa. Ela se perguntava se seu ódio a seguiria depois da morte, se a força de sua vingança era tão importante a ponto de ela recusar a ajuda dele para salvar muitas vidas.

Ela não respondeu. Apenas deu um abraço em Rangi e subiu na plataforma. Ainda vestia a armadura da noite anterior. A tinta em seu rosto já estava começando a sair.

Kyoshi firmou os dedos trêmulos em seus leques. A natureza teatral do *lei tai* trazia ao duelo a tensão de um espetáculo. Será que Rangi tinha ficado tão assustada assim antes de lutar? Enfrentar Tagaka havia sido menos estressante. A batalha no gelo fora rápida demais para ela pensar direito em cada passo.

Você não estava com tanto medo naquele dia porque Jianzhu estava lá, ao seu lado, o pensamento era uma verdade cruel demais para ela engolir. Kyoshi sacou suas armas.

Xu grunhiu e suspirou enquanto abraçava um joelho contra o peito e depois o outro. Então, perguntou:

— Pela última vez, Kyoshi, tem certeza disso?

Você e sua simpatia podem ir direto para as profundezas do oceano.

— Você deveria se fazer essa mesma pergunta. Acho que pessoas do seu tipo tendem a ser convencidas demais.

Em vez de Mok ou Wai, um jovem *daofei* aleatório se colocou entre eles com as pernas trêmulas e a mão levantada. Kyoshi abriu seus leques e ficou na posição Sessenta-Quarenta que Wong lhe havia ensinado, que era tão boa para atacar quanto para dominar. Xu se ergueu levemente sobre as pontas dos pés, preferindo não sinalizar qual dominação de terra usaria.

— Prontos?! — perguntou o juiz.

Kyoshi lambeu uma gota de suor dos lábios. Tinha gosto de graxa. Ela colocou um pouco mais de peso sobre o pé dianteiro. Xu começou a inalar pelo nariz.

— Comecem! — o jovem gritou, antes de saltar para fora da plataforma.

Kyoshi invocou sua energia, começando por sua conexão com a terra e a estendendo para as suas armas. Ela iria surpreender seu oponente com uma barreira de terra.

Mas Kyoshi foi lenta demais. E estava jogando de forma completamente errada. Xu esticou os braços para a frente, dois dedos se estenderam em cada mão, acertando seus leques com um raio.

DÍVIDAS

SUA COLUNA quase se partiu em duas. Cada gota de sangue parecia ter sido sugada por uma víbora-morcego. Suas mãos estavam dormentes e pegajosas. Estavam em carne viva.

Houve um baque e uma sacudida em seu corpo. Depois de uma eternidade, Kyoshi percebeu que eram os seus joelhos acertando o chão enquanto ela desabava. O resto do corpo os seguiu. Seu cocar caiu quando seu queixo bateu contra a plataforma.

Com um lado de seu rosto pressionado contra o chão, os sons foram ampliados. Ela escutou várias pessoas gritando. Rangi gritou, com certeza. Os outros estavam entristecidos? Era difícil dizer. Ela teve um vislumbre deles, estavam aterrorizados, incapazes de entender com qual elemento ela havia sido atingida.

Xu caminhou até Kyoshi e parou em sua frente, cobrindo sua visão. Ela nunca tinha ouvido falar em dominação de raios, e nunca havia sido atingida por eles, mas aquela era a única explicação para o que tinha visto: zigue-zagues azuis e crepitantes saindo dos dedos dele até o corpo dela. Ela tentou se levantar, mas desabou novamente, seu peito contra o chão.

"Lembre-se", Wong havia dito em um passado distante, uma lembrança nebulosa, "só acaba quando o vencedor disser que acabou".

Xu ajeitou os pés e atirou outro raio diretamente nas costas de Kyoshi.

— Não precisava ser assim — ele gritou, dando ênfase à sua frase com uma terceira e uma quarta rajada de raios no corpo dela. Ele pretendia fritá-la até que seu cadáver ficasse irreconhecível. — Você tinha o maior presente do mundo. Meu respeito. E jogou isso fora. Para quê?

Ele a chutou no ombro, em um ato que só serviu para mostrar seu desdém.

— Não pense que eu não percebi como você me olhou depois da noite passada — ele continuou. — Ficou me encarando e condenando com os olhos. O que você não sabe é que homens como eu estão acima de qualquer julgamento! Eu faço o que eu quiser, e o mundo deve aceitar isso com submissão e gratidão!

Um quinto raio veio, para dar mais ênfase às suas palavras.

Mas Xu não sabia que os raios disparados depois do primeiro não tinham machucado Kyoshi da mesma maneira. Ela estava se fingindo de morta enquanto recuperava os sentidos. Ainda havia um calor abrasador que envolvia a metade superior do corpo dela. Sua sobrevivência poderia ter algo a ver com a cota de malha em sua jaqueta, que estava exposta devido aos rasgos e arranhões da invasão da noite anterior. Era melhor ficar de bruços contra o chão até que ele lhe desse alguma abertura.

Xu inspirou novamente e disparou raios contínuos no alvo que ele tinha dado como morto. Kyoshi podia sentir o cheiro de sua roupa fumegando enquanto era queimada. Ele estava profanando o corpo dela.

— Pare! — ela ouviu Rangi gritar, ao longe. — Por favor, pare!

Foi o desespero na voz de Rangi que levou Kyoshi ao seu limite, a total rendição de uma garota que seria invencível se não fosse pelo amor que sentia. Ela era a causa daquela fraqueza em Rangi, e Xu estava se aproveitando disso. Torturando a pessoa que Kyoshi mais amava no mundo.

E por cada espírito de cada estrela no céu, ele pagaria por aquilo.

Kyoshi estendeu a mão e agarrou o tornozelo de Xu. O repentino percurso do raio em seu corpo o fez gritar, um ruído estridente e indigno que era música para os ouvidos dela. Ele interrompeu o fluxo do raio e caiu de costas quando Kyoshi o soltou por completo.

Os olhos dela pareciam estar vazando. Não com lágrimas, mas com luz. Por um instante, ela pensou em balançar Xu sobre sua cabeça e arremessá-lo contra o chão ou torcê-lo com as próprias mãos como um pano molhado. Ele era muito mais frágil que uma barra de ferro.

Não. Ele precisava sentir como era a verdadeira força da natureza. Seus homens tinham que vê-lo ser derrubado não pela força bruta, mas por uma retaliação dos próprios elementos. Ela soltou o tornozelo dele e agarrou seu colarinho.

Ela se elevou no ar, sem a técnica de pisar na poeira, mas com um vórtice que a sugou para o céu. Xu gritava e balançava, pendurado pelo tornozelo. O tornado criado por ela soprou os *daofei* para longe. Da altura a que estava, eles eram tão pequenos, tão patéticos e tão humanos.

Kyoshi estendeu a mão livre, palma para cima, e os campos de arroz em volta dos homens de Xu foram incendiados. Ela dobrou um pouco os dedos, e as chamas, atiçadas por seus ventos, cercaram-nos. Muitos dos bandidos gritaram e se jogaram no chão, rolando para apagar o fogo em suas roupas.

Kyoshi olhou para baixo, em direção ao seu outro braço, que segurava Xu. Ele protegia seus olhos dos dela, pois a luz que eles irradiavam era forte demais para ele suportar. A boca dele se abriu largamente e fechou como um peixe. O vento estava rápido demais, dificultando sua respiração.

— **Você se esqueceu, Xu** — ela disse, em uma legião de vozes sincronizadas no olho da tempestade —, **de que sempre haverá alguém acima de você para julgá-lo.**

Era possível que outras pessoas mais poderosas estivessem falando por meio dela nesse momento. Havia uma chance de que ela fosse simplesmente uma marionete, usada de acordo com a vontade delas. Mas uma sensação indiscutível de controle mostrava a Kyoshi que isso não era verdade. As vozes até podiam lhe emprestar discernimento, eloquência, mas não podiam assumir o controle. Inclusive, muitas das vozes pareciam desaprovar o que ela estava fazendo.

Deixe-os para lá, Kyoshi pensou. Ela estava no comando. Então, aproximou o rosto de Xu ao seu.

— **O que você vai fazer agora?** — ela perguntou. — **Sabendo que todos os seus passos terão consequências?**

Kyoshi nem precisava perguntar. Por trás do terror nos olhos de Xu, havia uma forte e profunda indignação. Sua alma parecia fechada, e a chance que ela estava disposta a lhe dar com tanta generosidade se desvaneceu, como se tivesse sido levada pela chuva.

Como ela ousa? Era o único pensamento que passava pela mente dele. *Como ela ousa?* Consequências eram para as vítimas dele! *Ele* era um homem que fazia tudo o que seu poder lhe permitisse!

Imaginando que o olhar severo de Kyoshi era uma brecha na guarda dela, Xu cuspiu uma gota de fogo em seu rosto.

Então, ele é um dominador de fogo, ela pensou, desviando a chama com uma inclinação de cabeça. Para o azar de Xu, ele já tinha deixado bem claras suas intenções, e o sopro de dragão tinha sido o primeiro ataque de fogo de Kyoshi, que não ficou tão surpresa quanto ele esperava.

Por outro lado, a criação de raios foi uma estratégia ímpar. Um refinamento da arte? Um talento singular? Ela tinha tantas perguntas para Xu sobre isso. Pena que nunca teria a chance de fazê-las.

Tanto Lao Ge quanto Jianzhu estavam certos até certo ponto. Homens de pouca visão como Te e Xu eram parasitas que sugavam as vítimas de sua estrutura, em busca de poder e sobrevivência. Eles não conseguiam enxergar o fato de que não existiam por mérito próprio, mas devido à forma distorcida de caridade que o mundo decidira dar a eles.

E Xu havia esgotado todas as suas chances. Kyoshi era a única coisa que o mantinha vivo. Ela abriu a mão e observou sua queda.

No momento em que ela voltou ao chão, a parede de fogo que rodeava os *daofei* já havia se apagado. A maioria dos espadachins tinha aproveitado a oportunidade para se dispersar. A julgar pelas trilhas pisoteadas ao redor da plantação, eles fugiram em todas as direções, como um exército derrotado sem líder. Mok havia ido embora. Ele e alguns outros homens arrastaram o corpo de Xu antes de desaparecerem nos campos de arroz.

Para a surpresa de Kyoshi, Wai permaneceu. Ele a encarava, paralisado e boquiaberto. Reverente. Ela não sabia o que fazer com o homem cruel e incomum. Parecia que ele sempre precisaria de uma figura poderosa para lhe dizer o que fazer.

— **Vá embora** — ela disse, com o último eco das vozes na garganta.

Wai fez o gesto típico do punho sobre a mão aberta e curvou-se para ela. Ele e os *daofei* que restaram, quase todos eles sobreviventes do massacre dos Kang Shen, desapareceram pelos campos.

Kyoshi procurou por seus amigos, mas não conseguiu avistá-los.

— Você, hum, ainda está possuída? — ela ouviu Lek dizendo. Sua voz abafada, como se falasse através de um buraco. — Ou você é você de novo?

— Vocês podem aparecer, por favor? — ela rebateu.

Houve um barulho de destroços quando eles surgiram. Wong tinha dominado um abrigo para eles se esconderem abaixo da superfície, da mesma forma que Jianzhu fizera quando ela perdera o controle e entrara no Estado Avatar. Kyoshi queria dizer a eles que, desta vez, ela não tinha perdido o controle. Ela tinha plena consciência de que seus poderes aumentaram com as vastas reservas de energia a que o Avatar tinha acesso.

Ela tinha plena consciência de ter matado Xu.

Se Rangi queria abraçá-la, ela se conteve bem. A dominadora de fogo e os demais do grupo ficaram diante de Kyoshi, imóveis e hesitantes. Eles a conheciam, haviam se acostumado com a ideia de que sua amiga inexperiente podia dominar todos os quatro elementos, mas nunca tinham visto o Avatar, não até agora.

— Não façam isso — Kyoshi disse. — Por favor, se vocês agirem assim eu não vou ser capaz de...

Os joelhos dela se dobraram.

Não desta vez, ela pensou. *Fique acordada. Esteja presente para lidar com o que fez. Olhe para as suas ações em vez de dar as costas.*

— Kyoshi, suas mãos — disse Rangi, horrorizada.

Kyoshi as colocou na frente do rosto. Suas mãos estavam cheias de queimaduras, de quando os raios atingiram seus leques.

— Temos que levá-la a um curandeiro! — Kirima gritou, e seu rosto de contornos bem definidos foi perdendo a nitidez conforme a visão de Kyoshi ficava embaçada.

— Kyoshi — Lek disse, de repente perto dela, erguendo-a da melhor maneira que conseguia, segurando por baixo do braço. Era a última pessoa do grupo que deveria ter tentado segurá-la, considerando seu tamanho. — Kyoshi!

Ela durou menos de dois minutos antes de sucumbir à dor.

MEMÓRIAS

ELES A LEVARAM de volta para Zigan. Os detalhes não lhe eram tão claros.

A princípio, Kyoshi tentou recusar a medicação que lhe deram enquanto ela se contorcia na cama de madeira em alguma construção escura. Ela se lembrava do inebriante e doce estado em que Jianzhu a deixara antes de invocar um terror das profundezas, antes de matar Yun, e resistiu a todas as tentativas de nublar sua consciência.

Mas suas mãos a traíram mandando ondas de agonia que cobriram o resto do corpo. Sua determinação se desfez, e ela engoliu as amargas misturas das tigelas de madeira sem questionar sua procedência. A medicação separava sua mente da dor, assim como ela havia separado o palácio de Te dos *daofei*. O ferimento ainda estava ali, rangendo os dentes, mas ela agora podia observá-lo a distância.

Os acontecimentos seguintes apareceram para Kyoshi como atos de uma peça. Wong admirando a luz do sol e os móveis do quarto dela, incapaz de fazer qualquer outra coisa. Rangi encolhida como uma bola de tristeza. Por diversas vezes, aparecia uma senhora do Reino da Terra que Kyoshi não reconhecia, sua cabeça enrugada flutuando acima de uma nuvem de saias volumosas. A senhora guiava Kirima em sua cura amadora por dominação de água, consultando prontuários médicos e indicando nas mãos queimadas de Kyoshi os locais por onde a água refrescante deveria passar. A falta de confiança e a preocupação no rosto de Kirima, durante as sessões, eram cativantes.

Após algum tempo, Kyoshi percebeu que o efeito da última dose de medicamento tinha passado e ela não sentiu a necessidade gritante de tomar mais. Sua consciência começava a voltar. Seus pensamentos já eram capazes de focar na única pessoa que estava no quarto agora, o resto do grupo tinha se retirado para descansar. A roleta de turnos tinha girado e escolhido Lek.

— Você está aqui? — ela perguntou, sua língua dormente na boca.

— Bom te ver também, sua grande idiota — ele se sentou em uma cadeira refinada que não combinava com aquele lugar.

Ela suspeitava que aquele quarto ficava na parte abandonada da cidade e tinha sido montado como um hospital improvisado. O armário de um herborista, repleto de pequenas gavetas, fora trazido para dentro do quarto, deixando marcas na poeira do chão.

— Quanto tempo se passou?

— Só uns três dias, mais ou menos. — Lek folheava um livro sobre acupuntura. Kyoshi imaginava que ele estava procurando ilustrações anatômicas. — Você está se recuperando rápido. Tivemos sorte. A Senhora Song é uma das melhores médicas de queimaduras do Reino da Terra. Ela mora a algumas quadras daqui, descendo a rua.

Devia ser a senhora que entrava e saía dos sonhos lúcidos de Kyoshi.

— Então o que ela faz em um lugar como Zigan? — perguntou ela.

Médicos hábeis eram de grande valia, e geralmente eram mantidos dentro dos muros de mansões, como a de Te.

Pelo jeito, Kyoshi nunca conseguiria falar muito tempo sem deixar Lek irritado.

— Tentando construir um lar — ele respondeu, erroneamente interpretando a surpresa dela como desdém. — Ela está presa aqui, vendo sua vila mudar e decair ao seu redor. — Ele se levantou, bufando. — Vou buscar Rangi. Aí você pode ter alguém com quem vale a pena conversar.

— Lek, espere.

Os dois já tinham passado muito tempo como rivais. Ela havia decidido que não iria mais deixar que seus pais possuíssem qualquer tipo de controle sobre sua vida, começando por ser civilizada com o garoto de quem eles escolheram cuidar no lugar dela.

Ele realmente a ouviu dessa vez, cruzando os braços e esperando.

Não esperava por essa, Kyoshi pensou, e ficou sem palavras. Eles não tinham motivo algum para se desculparem formalmente um com o outro. Ela pensou em uma lista de coisas para dizer.

— Você é... muito bom em lançar pedras — falou com ímpeto.

Que articulada. Se suas mãos não estivessem enroladas em bandagens, ela estaria roendo as unhas. Kyoshi não tinha escolha a não ser continuar.

— O que quero dizer é... Você me salvou no palácio de Te, e eu nunca tive a chance de agradecer. Você foi incrível lá. Onde aprendeu a lançar pedras assim?

Ela esperava que os elogios, que eram completamente genuínos e merecidos, fizessem Lek sorrir. Mas a expressão dele pareceu envelhecer diante de Kyoshi. Ele deixou o livro de lado.

— Você sabe o que é uma gaiola da morte? — Lek perguntou, após uma tensa pausa.

Ela balançou a cabeça.

— É uma forma de punição que os oficiais usam no Deserto Si Wong — ele disse. — Eles trancam a pessoa em uma gaiola elevada para exibição, como um tipo de aviso a outros criminosos. Durante o período de seca, é uma sentença de morte. Ninguém consegue durar mais de dois dias sem morrer de sede.

— Lek, eu não quis trazer à tona...

— Não — ele a interrompeu gentilmente, levantando a mão. Pela primeira vez, o garoto não parecia zangado com ela. — Você precisa saber.

Ele afundou de volta na cadeira, jogando as pernas sobre os apoios de braço, e encarou a janela.

— Eu estava vivendo nas ruas do Bosque das Tamareiras, uma colônia perto do Oásis das Palmeiras Nebulosas. Junto com meu irmão; não um irmão de sangue. Ele era meu amigo. Nós fizemos um juramento de irmandade só nosso. Estávamos imitando os durões e espadachins que iam e vinham da cidade em busca de trabalho. Éramos uma gangue de dois, comandando nosso pedaço da sarjeta.

Não era de admirar que ela e Lek não se dessem bem. Eles tinham muito em comum, o mesmo histórico sujo.

— Qual era o nome dele? — ela perguntou.

— Chen — respondeu Lek. Ele balançava o pé, a cadeira rangendo com o movimento. — Um dia, Chen foi pego roubando algumas sementes de lichia que já estavam apodrecendo. Tínhamos feito aquilo centenas de vezes. Até em plena luz do dia. Os aldeões nunca se importaram. Até que um dia passaram a se importar. O bastante para aprisionar meu amigo Chen em uma dessas gaiolas.

O tremor de seu pé aumentou.

— Deve ter sido um novo governador tentando demonstrar seu poder. Ou talvez os aldeões tenham se cansado de nós. Eles o trancaram atrás daquelas barras, antes de percebermos o que estava acontecendo.

— Lek — disse Kyoshi. Ela não conseguiu dizer nada além do nome dele.

— Mas eu mantive a esperança! — ele continuou, dando um pequeno soluço. — Veja bem, a gaiola era velha e enferrujada. Possuía uma dobradiça fraca, pelo que eu reparei. Eu juntei todas as pedras que pude encontrar e as atirei o mais forte que conseguia naquele ponto fraco, tentando derrubar a estrutura. Os aldeões e os homens da lei riam de mim o tempo todo. Especialmente quando eu errava. Eu poderia ter arrancado alguns dentes deles, mas na hora não tive essa ideia. Eu não podia desperdiçar uma pedra sequer. Passados alguns dias, Jesa e Hark me encontraram desmaiado embaixo da gaiola. Chen deve ter morrido antes da chegada deles, porque eu acordei nas costas de Longyan quando voávamos para longe. Não consegui mover o braço por duas semanas depois daquilo, meu ombro e meu cotovelo estavam muito inchados.

Lek tirou as pernas da cadeira, incapaz de ficar na mesma posição enquanto aquela memória o alcançava.

— O mais engraçado é que o Bosque das Tamareiras não existe mais. A água estava se esgotando, estava em suas últimas gotas quando eu ainda morava por lá. O lugar foi engolido pelo deserto. As pessoas da cidade mataram meu irmão para honrar uma lei, e no fim isso não significou nada. Se a lei existia para proteger a vila, e a vila não resistiu, o que eles ganharam com isso?

Lek parou por um instante.

— Sempre me perguntei se aquelas pessoas se sentiram satisfeitas por terem condenado um único garoto, uma única vez, enquanto corriam da tempestade de areia que soterrava suas casas. Sempre esperei que a morte do Chen tivesse algum valor para alguém.

Kyoshi mordeu o interior de sua bochecha até sentir o gosto de sangue.

— Enfim, Jesa e Hark me salvaram, aprendi a dominar a terra e fiz um juramento de que nunca mais erraria um alvo — continuou Lek. — E é por isso que sou tão bom em lançar pedras.

Não havia uma resposta certa para esse discurso. O certo mesmo seria desfazer, voltar no tempo e reconstruir o destino para chegar a um desfecho diferente daquele em que ambos estavam.

Lek abriu um sorriso indiferente após o silêncio dela.

— Você já considerou que talvez seus pais tenham te deixado para que você não tivesse que viver aquele tipo de vida? — ele perguntou. — Que talvez eles estivessem protegendo você?

Ela já tinha pensado naquela possibilidade, mas não havia dado tanto crédito até agora.

— Provavelmente, Jesa e Hark presumiram que os aldeões poderiam cuidar melhor de você do que eles — Lek limpou o nariz. — Você era família, sangue do sangue deles. Inestimável. Quanto a mim? Eu era útil. Tão bom quanto qualquer criança com mãos ágeis, e tão substituível quanto. Era o suficiente.

— Lek. — Ela ponderou o que poderia lhe dizer. — Eu acho que, como sempre, você está enganado sobre isso.

Kyoshi o viu contrair o canto da boca, e continuou:

— E estou feliz que, se meus pais não puderam ficar comigo, ao menos estavam com você.

Um longo tempo se passou antes de Lek suspirar e levantar-se.

— Vou dizer para Rangi que você está acordada e consciente. — Ele parou na porta. Sua expressão tornou-se hesitante. — Você acha que... quando tudo se acalmar, eu talvez tenha alguma chance com ela?

Kyoshi o encarou, espantada.

Lek manteve o contato visual o máximo que conseguiu. E então desatou a rir.

— A sua cara! — ele zombou. — Você devia ter visto a sua... Ah, é essa expressão que você deve fazer em seu retrato de Avatar! Olhos esbugalhados e furiosa!

E pensar que, minutos antes, eles tiveram um momento comovente.

— Ah, vai tomar banho, Lek! — exclamou ela.

— Pode deixar, irmã. Senão você vai fazer isso por mim? — Ele agitou as mãos em gozação, imitando a dominação de água, e fez barulhos de afogamento enquanto saía do quarto.

As bochechas de Kyoshi ardiam pela frustração. Então, tal como uma geleira se quebrando, elas lentamente derreteram formando um sorriso. Kyoshi percebeu que ele a tinha chamado de irmã pela primeira vez.

A EMBOSCADA

PARA JIANZHU, era bom estar de volta a Yokoya. Não importava quantas perguntas seus funcionários fariam sobre a equipe que havia partido com ele. Onde estavam Saiful e os outros? O que acontecera com eles? Estavam bem?

Morreram cumprindo seus deveres. Emboscada *daofei*. E não. Definitivamente, não.

No entanto, ele devia respostas melhores a Hei-Ran. A mentira dele estava tomando proporções grandes demais, e ele precisava das ideias de sua velha amiga. Depois de fechar a porta de seu escritório na cara de seus servos perturbados, ele jogou a correspondência na mesa enquanto ela esperava sentada no sofá.

— A trilha esfriou em Taihua, e nós perdemos um shírshu — ele explicou, retirando um lacre de cera de uma das correspondências. — Mas é por isso que temos mais de um, não é? A precaução é a chave para o sucesso.

— Jianzhu — disse Hei-Ran. Ela parecia um pouco fria e arredia, sentada no sofá dele.

— Ba Sing Se fica perto de Taihua. — A carta vinha daquele pirralho do Te. — Eu aposto que elas estão em algum lugar seguro atrás daqueles muros. Terei que reunir todos os meus contatos dentro dos três anéis.

— Jianzhu!

Ele olhou por cima do pergaminho.

— Pare — ela disse. — Acabou.

Jianzhu olhou para ela com atenção. Sua fala poderia ter algumas interpretações. Dependeria do que ela sabia. Ele esperou que Hei-Ran continuasse.

— Eu fiquei de olho nos movimentos de Hui enquanto vocês estavam fora — disse ela. — Há pouco mais de uma semana, uma série de atividades se desenrolou nos escritórios dele. Cartas, mensagens, ouro e prata começaram a ser transferidos.

Há um pouco mais de uma semana... Deve ter acontecido após a mensagem de Saiful ter chegado às mãos de Hui. O mordomo sabia uma parte da verdade, ou seja, que o Avatar teria sido levado pelos *daofei*. Mas ele ainda pensava que Yun era o Avatar. Hei-Ran sabia que era Kyoshi, mas ela não estava ciente dos resultados da missão de rastreamento, nem do assentamento de fora da lei nas montanhas.

Um deles tinha as últimas notícias, o outro, as mais corretas. Ele precisava considerar essa diferença.

— Hui está agindo pelas suas costas com base no que *você* disse a ele na festa — Hei-Ran continuou. — Está tramando com outros sábios para manter o Avatar longe de você. Se ele obteve todo esse progresso acreditando que Yun partiu por causa de uma discussão que vocês tiveram, como acha que as pessoas vão reagir ao saber sobre Kyoshi?

Até então, essa revelação não tinha sido bem recebida por ninguém que a tivesse ouvido.

— E o que você acha que devemos fazer quanto a isso? — disse Jianzhu.

Hei-Ran se encolheu no sofá, abraçando os joelhos. Ela parecia tão jovem ao fazer aquele gesto.

— Não quero fazer nada — ela disse. — Eu só quero dizer a Hui e aos sábios a verdade para que eles possam nos ajudar a estender a busca. Jianzhu, eu não me importo mais com essa história do Avatar. Eu quero minha filha de volta.

Ele ficou surpreso por ela se deixar abater. Até onde Hei-Ran sabia, sua filha e o Avatar não estavam em perigo. Mas é claro, a verdade é que elas poderiam estar em perigo, considerando que estivessem, de fato, nas mãos de fora da lei. Mas Hei-Ran não sabia disso.

Jianzhu suspirou. A filha dela nunca voltaria sem o Avatar, e o Avatar nunca voltaria sem... sem o que exatamente? Os pensamentos giravam em sua cabeça. Isso era muito cansativo.

— Talvez você esteja certa — Jianzhu disse. — Talvez esteja acabado. Essa farsa já durou tempo demais.

Hei-Ran ergueu o olhar, esperançosa.

— Você disse que Hui começou a mover os pauzinhos há uma semana. — Jianzhu coçou a parte de baixo do queixo, onde havia uma cicatriz feita pela lâmina de Saiful. — Ele vai demorar pelo menos mais duas semanas para enviar mensagens e receber as respostas de todos os sábios importantes do Reino da Terra. Eles se reunirão em Gaoling ou Omashu, depois me convocarão para responder pelos meus erros; isso será na outra semana. Temos tempo mais do que suficiente para preparar uma declaração com a verdade.

Ele encolheu os ombros e finalizou:

— Podemos até encontrar Kyoshi antes disso. As notícias se espalhariam imediatamente nesse caso. Eu perderia o Avatar, mas você reencontraria sua filha.

Hei-Ran ficou animada. Ela se levantou e colocou a mão no rosto não barbeado de Jianzhu, acariciando-o gentilmente com o polegar.

— Obrigada — ela sussurrou. — Sei que você está fazendo um sacrifício. Obrigada.

Ele se inclinou na mão dela, pressionando-a brevemente em seu rosto, e sorriu.

— Eu tenho um monte de cartas fechadas para ler.

Seu sorriso desapareceu quando a porta do escritório se fechou. Sozinho, ele pegou a carta de Te novamente. Jianzhu estava certo ao não contar a história completa a Hei-Ran. Ele sempre esteve sozinho neste jogo.

A mensagem do jovem governador foi escrita de forma desleixada e apressada, desprovida dos floreios que normalmente acompanhavam as correspondências de alto nível. A única autenticação na carta era o selo pessoal, que oficiais costumam manter consigo em todos os momentos. Era como se Te tivesse escrito a mensagem sob grande aflição e de outro lugar que não o seu palácio.

A princípio, Jianzhu havia sido contra a nomeação de um governador tão jovem de uma família com histórico de corrupção, mas acabou achando útil a maneira como a criança o enxergava impressionada. Jianzhu conseguiria convencer o jovem Te a fazer qualquer coisa para ele, incluindo reportar-lhe ameaças ao Reino da Terra antes de alertar os outros sábios. Como agora.

Jianzhu começou a amassar o pergaminho enquanto lia sobre a fuga de Xu Ping An. Suas veias ameaçaram explodir de sua pele.

Contrariando o próprio desejo, Jianzhu tinha mantido vivo o líder dos Pescoços Amarelos, como um favor a seus aliados da Nação do Fogo, que queriam estudar como o homem era capaz de dominar raios. Era uma habilidade tão rara que alguns pensavam ser um conto folclórico ou um segredo que se perdera com o passar das eras. De qualquer maneira, isso fazia de Xu um espécime valioso e perigoso. E Te, dono de uma das prisões mais seguras da região, conseguiu deixá-lo escapar.

Jianzhu lia furiosamente o relato de Te sobre os acontecimentos, desejando morrer de raiva. Em vez disso, mais abaixo na página, ele encontrou salvação.

Também tinha ocorrido um atentado contra a vida de Te, a carta continuou, como se Te não fosse substituível. Dois assassinos quase o mataram, mas, no último minuto, decidiram mostrar misericórdia. Um homem velho, cuja descrição Jianzhu não reconheceu, e uma menina.

A garota mais alta que Te já tinha visto.

E, a menos que o pânico tivesse confundido sua mente, ele a vira dominar a terra e o ar.

Jianzhu se recostou na cadeira. Ignorou os detalhes supérfluos que terminaram a carta, algo sobre rostos pintados, sobre como Te precisava acabar com o ciclo de trapaças no qual sua família estava envolvida, como ele necessitava de algumas lições de sabedoria e liderança com o Mestre Jianzhu e blá, blá, blá.

O Avatar estava vivo. O alívio tomou conta dele como água gelada num dia quente.

Mas que diabos ela estava fazendo? Havia deixado Taihua e chegado ao palácio de Te antes da lua cheia, o que significava que se movia a um ritmo razoável. Suas ações não soavam como as de uma prisioneira.

Jianzhu deixou de lado a pergunta sem resposta enquanto abria outra carta. Era de um capitão de província em Yousheng, um território que fazia fronteira com o de Te. O homem da lei tinha capturado um grupo de *daofei*, todos assustados e com uma história inacreditável. Seu líder, Xu Ping An, tinha sido assassinado por um espírito com olhos brilhantes, encharcado de sangue e cinzas brancas, que levou Xu para o céu antes de sugar a chama vívida de seu corpo e consumi-la. O capitão pensava que o temido Xu Ping An tivesse morrido anos atrás na Passagem Zhulu. Sendo ele o estimado sábio que derrotou o repugnante líder *daofei*, Jianzhu teria alguma informação que pudesse esclarecer a situação?

Olhos brilhantes, pensou Jianzhu. Ele tinha visto aqueles olhos de perto antes e quase perdera a vida. Fazendo um rápido mapa mental de Yousheng, constatou que os bandidos em fuga poderiam bem ter visto o Avatar entre o palácio de Te e o vilarejo de Zigan.

Muito bem. As coisas estavam melhorando. Com pequenos ajustes, ele teria o Avatar de volta sob seu teto. Jianzhu não entendia o que ela estava fazendo ou por quê, mas não se importava. Ele tinha a localização dela e tinha tempo.

Somente na manhã seguinte ele descobriu que tempo era algo que ele já não tinha mais.

Algo que divertia muito Jianzhu e Hei-Ran nos seus dias de juventude era conversar entre eles em meio a sorrisos e gargalhadas falsas. Tal prática tinha sido útil para quando ambos precisavam participar de reuniões com oficiais de alto escalão, enquanto Kuruk cochilava devido às festanças da noite anterior, ou quando ele ficava de olho nas belas representantes.

Jianzhu estava na frente de seu portão, com os pés molhados pelo orvalho da manhã, e acenou alegremente para a caravana que se aproximava, adornada com o javali voador dos Beifong.

— Você sabia disso? — Jianzhu perguntou a Hei-Ran. Ele pensou que seus dentes iam se espatifar de nervosismo.

— Juro que não sabia — Hei-Ran estava tão zangada com Jianzhu quanto ele estava com ela. — Pensei que você tivesse dito que nós tínhamos semanas.

Devia ter demorado mais tempo. O aprendizado do Avatar da Terra dependia somente do seu mestre. Mas revogar esse vínculo exigia um conselho com os sábios do Reino da Terra. Reunir um número considerável de sábios de todo o continente deveria ter demorado o tempo que eles haviam estimado no dia anterior, ou mais. No entanto, julgando pelo tamanho das caravanas e pelas bandeiras voando no topo das carruagens, parecia que Hui tinha reunido cabeças suficientes da noite para o dia. Ele devia estar preparando essa tomada de poder desde antes do incidente em Taihua.

Jianzhu havia subestimado o mordomo. Enxergou apenas o que o homem exibia na superfície, sem considerar o que estava abaixo dela.

A primeira carruagem parou na frente do portão da mansão. O javali incrustado nas portas se abriu ao meio revelando Hui, que viajava sozinho.

— Mordomo! — Jianzhu disse, com um sorriso nada amigável. — Mas que agradável surpresa! — Ele queria estrangulá-lo na frente do resto da caravana. Ele poderia ser perdoado. Sendo negócios de Avatar ou não, aparecer sem aviso prévio ainda era tão rude quanto em qualquer outra situação. — Lu Beifong está com você?

— Mestre Jianzhu — Hui disse, em um tom sombrio. — Diretora. Eu gostaria de dizer que estou aqui por circunstâncias melhores. Lu Beifong não se juntará a nós.

Jianzhu notou que Hui não disse se tinha ou não aprovação do velho homem para essa ação. Ele observou os outros sábios saírem de suas carruagens e analisou quem tinha vindo. Herborista Pan, de Taku, carregando seu gato de estimação nos braços. General Saiyuk, o lorde comandante do Forte Do Hwan, que era outro político nomeado como Te, imensamente desqualificado para liderar aquela fortaleza. Sábio Ryong de Pohuai...

Pelos espíritos, Jianzhu pensou. Hui havia vasculhado toda a costa noroeste do Reino da Terra em busca de aliados?

Parece ter sido o caso. Não havia ninguém de Omashu, ou Gaoling, ou de Ba Sing Se, onde o apoio a Jianzhu era mais forte. Hui havia escolhido a dedo os participantes desse conselho surpresa, sábios que ele poderia influenciar. Promessas e grandes somas de dinheiro devem ter fluído como a água para trazê-los até aqui.

Zhang Dakou estava lá também, Jianzhu notou, secamente. Nenhum Zhang que se preze deixaria passar a oportunidade de humilhar um ganjinês.

Os números eram surpreendentes. Até então, ele não havia percebido quantos sábios tinham ficado de fora de sua esfera de influência. Cerca de um quinto das pessoas mais importantes do Reino da Terra tinha chegado à sua porta com intenções hostis.

— Bem! — disse Jianzhu, alegremente, juntando as mãos. — Vamos todos entrar e nos refrescar!

Os funcionários estavam agitados. Eles não haviam sido avisados sobre a chegada de convidados. Além disso, a importância da visita repentina ficou ainda mais aparente com Jianzhu entrando na cozinha para supervisionar pessoalmente os preparativos. Mais do que isso, para *ajudar* nos preparativos.

— Acalmem-se, todos — disse, tentando amenizar a situação, enquanto ele mesmo colocava uma enorme chaleira no fogão. — Vocês não precisam entregar seu melhor trabalho. Não é culpa de vocês; simplesmente não temos tempo.

— Mas, Mestre, tantos colegas seus de uma só vez? — perguntou Tia Mui, quase chorando. — Seria vergonhoso entregar um serviço inferior! Nós temos que... Temos que preparar o almoço, o jantar e, ah, não temos lenha o suficiente!

Jianzhu abriu a tampa de uma chaleira para verificar o nível da água antes de se virar e colocar as mãos nos ombros da mulher.

— Minha querida — ele disse, olhando nos olhos dela —, eles estão aqui a negócios. Eu duvido que você tenha que alimentar todos, ou qualquer um deles. Concentre-se em preparar o chá. Isso é tudo.

Mui ficou ainda mais vermelha.

— Cla-claro, Mestre — ela gaguejou. — Seria impossível discutir assuntos importantes sem chá.

Ela apressou-se para gritar com os empregados encarregados de preparar o chá. Com cuidado, Jianzhu limpou a poeira das mãos e soltou um suspiro cansado.

Assim que entrou no grande salão de recepção, Jianzhu teve uma vista difícil. Os sábios estavam sentados em três lados da sala, atrás das fileiras de mesas compridas. Hui estava no centro, onde o dono da casa normalmente estaria. Ele estava sentado na cadeira de Jianzhu.

Hei-Ran estava à sua esquerda. Ela trocou um olhar assustado com Jianzhu. *O que você vai fazer?*

O que Jianzhu iria fazer era sentar-se, sozinho, atrás da mesa restante, e esperar. Ele sentiu olhares que o fuzilavam de todas as direções.

— Mestre Jianzhu — disse Hui. — Você poderia pedir para o Mestre Kelsang e o Avatar se juntarem a nós?

Os empregados abriram a porta e entraram com bandejas fumegantes de chá. Jianzhu se aproveitou de cada segundo daquele momento, esperando para responder só depois que cada sábio tivesse uma xícara diante de si. Ele fez gestos de agradecimento à empregada que lhe deu uma xícara de chá, e bebeu um gole, elogiando a escolha das folhas preparadas por Tia Mui.

Quando os funcionários saíram, ele se pronunciou.

— Você sabe tão bem quanto eu que não posso. O Mestre Kelsang e o Avatar ainda estão em sua jornada espiritual.

Hui sorriu com firmeza, um movimento que esticou o seu rosto quadrado para os lados.

— Sim, a jornada deles. Os abades dos Templos do Ar não os viram mais desde que você fez essa afirmação. Não é estranho que o Mestre Kelsang não tenha levado o menino a nenhum dos templos, para visitar os locais sagrados ou simplesmente para se reabastecerem?

— Eu não desejo falar mal do meu amigo, mas ele tem uma relação complicada com os líderes mais convencionais dos Templos do Ar. E lugares sagrados para os Nômades do Ar existem ao redor do mundo inteiro. Eles são nômades.

— E quais lugares sagrados estão em Taihua? — Hui rebateu. — Talvez um assentamento *daofei* desconhecido?

Jianzhu continuou calmo.

— Mordomo, o que você quer dizer?

— Estou dizendo que o último paradeiro conhecido do Avatar é em um ninho de criminosos, traidores e fora da lei, e que ele não foi visto desde então! Estou dizendo que temos que imaginar o pior! Que ele e seu companheiro estão em perigo mortal, isso se já não estiverem mortos!

Houve o barulho de uma xícara sendo derrubada. Hei-Ran sabia que ele havia rastreado o Avatar até Taihua, mas não que as montanhas estavam cheias de perigo. Além disso, nenhuma das cartas que ele havia lido na noite passada mencionava uma dominadora de fogo. O destino da filha dela era desconhecido.

Hei-Ran olhou para Jianzhu como se ele a tivesse esfaqueado no coração. Aquele era o único olhar que ele não conseguia encarar. Em vez disso, ele concentrou-se em Hui, aquele pequeno sapo-texugo usurpador que se achava um jogador. Hui não tinha provas em mãos, mas poderia consegui-las prontamente. Não havia como esconder uma cidade inteira, nem os túneis secretos dentro dela.

— Você tem demonstrado, no mínimo, uma negligência imperdoável, e isso pode ter custado ao Reino da Terra sua parte do ciclo Avatar! — disse Hui.

E as pessoas que eu subornei para virem aqui hoje vão apoiar minha declaração, Jianzhu pensou. Hui finalizou:

— Você não está mais apto a servir como Mestre do Avatar!

Ele escolheu usar *aquelas* palavras. Jianzhu ficou agitado.

— E *você* está? — ele berrou para Hui, ficando em pé. — Você que quer esse poder e status por nenhuma outra razão a não ser a de poder ostentá-los?

Hui tomou um tempo para cheirar e saborear seu chá, sabendo que tinha ganhado.

— Este conselho ainda não decidiu por quem o Avatar, se ainda estiver vivo, será treinado — ele disse, presunçoso.

Jianzhu sentiu-se enjoado. Sua testa ficou úmida.

— Este *conselho* — ele zombou. — Este não é um conselho de sábios apropriado. Você identificou meus inimigos entre os líderes do Reino da Terra e os trouxe para a minha porta como uma gangue de bandidos! O que ele prometeu a vocês, hein? — Jianzhu gritou para os rostos ali reunidos, quase girando no lugar. — Dinheiro? Poder? Por séculos, homens como Hui despedaçaram esta nação e ofereceram fatias a qualquer um que pagasse! Eu sou aquele que quer torná-la mais forte!

Eles piscaram lentamente, tossiram forte, mas não responderam.

Hui fungou, seu nariz começando a escorrer.

— Temos o número mínimo necessário para destituí-lo de suas funções. Se você... se você terminou com sua arrogância, nós vamos votar.

Jianzhu quase vomitou. Suas entranhas se agitaram dentro dele, e sua visão ficou borrada.

— O que está acontecendo? — ele gritou para Hui. — O que você fez comigo?

— O que você quer dizer? — perguntou Hui, tentando se levantar, mas desabando de volta em sua cadeira. Espantado, ele colocou a mão no nariz, que estava coberto de sangue.

— O que está acontecendo? — alguém gritou. Sons de vômito percorriam toda a sala. Um servo abriu a porta atrás de Jianzhu para ver do que se tratava a agitação e gritou.

Jianzhu desmoronou para a frente, a parte superior do seu corpo caindo sobre a mesa. Ele não podia ver Hei-Ran. Mas, tal como a agulha de uma bússola, sua mão se ergueu na direção dela enquanto ele apagava.

DESPEDIDAS

KYOSHI DEU um pulo quando Lao Ge entrou no quarto, sozinho. Na hora, ela assumiu uma postura defensiva em sua cama, pensando que o motivo da visita era puni-la tardiamente por ter poupado sua vítima. Ele não estava melhorando a situação ao entrar ali brandindo uma pequena lâmina.

— Hora de tirar as bandagens — disse o homem.

— E por que é você quem vai fazer isso?

— Eu sou muito convincente quando quero — ele respondeu, sentando-se ao lado da cama dela e gentilmente usando a faca para cortar as ataduras de seu braço esquerdo.

O barulho ríspido da ponta afiada no tecido e das fibras cedendo a fez tremer.

— Você parecia perdida em pensamentos quando eu entrei. Está arrependida de ter matado Xu?

Ele cortou a primeira camada da atadura, e Kyoshi cogitava gritar por socorro.

— Não — ela respondeu. — Eu me sinto mal por ter deixado Te viver.

Lao Ge lançou-lhe um olhar exasperado e balançou a faca.

— Sabe, nós podemos corrigir isso facilmente.

— Não foi isso que eu quis dizer. Eu disse que aceitava a responsabilidade por salvá-lo, e não vou voltar atrás na minha decisão — ela explicou, mordendo os lábios. — É que isso fez eu me sentir...

inconsistente. Injusta. Como se eu devesse ter matado os dois ou deixado ambos viverem.

Lao Ge começou a enrolar o pedaço da bandagem que havia cortado.

— Um general manda algumas tropas para morrer num ataque e mantém outras guardadas como reserva. Um rei cobra impostos de metade de suas terras para sustentar a outra metade. Uma mãe tem apenas uma dose de remédio para dois filhos doentes. Eu não diria que sua situação seja muito incomum.

Seu mentor sempre tinha uma maneira de silenciá-la.

— Pessoas de todos os tipos, de classes altas e baixas, escolhem ferir algumas pessoas e ajudar outras. Posso garantir que, quanto mais você abraçar seus deveres de Avatar, pior vai ficar — continuou ele.

— Pior? — ela perguntou. — Não deveria ficar mais fácil com o tempo?

— Ah, não, minha querida. Nunca vai ficar mais fácil. Se você tivesse uma regra rígida, ou seja, de sempre mostrar piedade ou sempre punir, poderia usá-la como um escudo para proteger o seu espírito. Mas isso seria se distanciar do seu dever. Determinar o destino dos outros, caso a caso, considerando as infinitas circunstâncias, vai te desgastar, assim como a chuva faz lentamente com a montanha. Depois de algum tempo, você estará cheia de cicatrizes.

Lao Ge falava com bondade e pena, contrariando seu jeito habitual de ser.

— Você nunca será totalmente justa, e nunca estará totalmente certa. Esse é o seu fardo.

Continuar decidindo, de novo e de novo. Kyoshi não sabia se iria aguentar.

Lao Ge começou a mexer no outro braço dela.

— O que eu estou curioso para saber é o que você fará agora — ele disse. — Já se sente forte o suficiente para matar o seu alvo?

Kyoshi estava distraída com o cheiro que vinha de sua mão suja.

— Quê? — ela perguntou.

O velho a encarou.

— Que grande buscadora de vingança você é. Sua jornada. Seu maior objetivo. Você derrotou o mesmo inimigo que Jianzhu derrotou. Já se sente forte o bastante para derrotá-lo agora?

Kyoshi não tinha imaginado sua luta com Xu daquele jeito, nem que o líder dos Pescoços Amarelos poderia ser uma maneira de medir suas forças em relação às de Jianzhu. Parecia uma comparação simples demais.

E ainda assim...

Ela não lhe deu uma resposta. Lao Ge terminou de desenfaixar seu outro braço. Ela moveu os dedos pálidos e enrugados. A dor tinha ido embora, mas suas mãos estavam manchadas, com algumas linhas e impressões digitais faltando em determinadas áreas.

— Vá — disse Lao Ge. — Veja seus amigos. Eu tenho alguns negócios para resolver sozinho.

— Não mate o governador Te — avisou Kyoshi. Ela tinha certeza de que o garoto havia cavalgado até um local seguro, longe do alcance de Tieguai, o Imortal, mas era melhor avisar, de qualquer forma. — Não depois de todo o trabalho que eu tive.

Lao Ge fez uma expressão inocente e guardou a faca que estava segurando.

— Eu estou falando sério! — ela exclamou.

Kyoshi lavou as mãos em uma bacia e foi para o quarto ao lado. A Companhia Ópera Voadora vinha dormindo ali, com os sacos de dormir espalhados no chão vazio. Rangi e Lek eram os únicos membros presentes, e estavam jogando uma partida de Pai Sho. O garoto analisava o jogo com tamanha concentração que parecia entediar Rangi. A julgar pela posição das peças, ela vinha brincando com ele, cometendo erros de propósito.

Rangi ergueu o olhar e deu um sorriso a Kyoshi que poderia derreter os polos.

— Você está de pé de novo — disse Rangi.

— Já tinha muito tempo que eu não fazia isso — respondeu Kyoshi. Ela tinha adquirido o hábito do grupo de ficar sempre em movimento para se manter em segurança. — Não parece certo ficar tantos dias na mesma cidade.

— O resto de nós concordou que não iríamos a lugar nenhum até que você estivesse totalmente recuperada — disse Lek. — Kyoshi, você levou vários... raios?! Sinceramente, nem sei como você está viva.

Ele se virou para Rangi como se fosse culpa dela não saber que Xu era capaz daquilo.

— Quer dizer, eu nunca conheci um dominador de fogo, além de você. Aquilo é algum tipo de truque sujo que vocês usam para vencer Angi Koi ou algo assim?

— Não! — exclamou Rangi. — Dominação de raios é uma habilidade tão rara que não há quase nenhuma testemunha viva que possa confirmar sua existência! E os relatórios não mencionavam que Xu era da Nação do Fogo. Você acha que eu teria deixado Kyoshi entrar numa luta sem contar tudo que eu sabia sobre o oponente dela?

Kyoshi observou a discussão sobre a técnica secreta de Xu. Ela não tinha reparado na cor dos olhos dele, se bem que nem todo dominador de fogo tinha íris douradas. Se tinha algo que ela havia notado e aprendido recentemente, era que a irmandade *daofei* não era composta apenas de laços de sangue. Mok e Wai poderiam ter jurado lealdade a Xu sem terem qualquer grau de parentesco com ele.

Um dominador de fogo havia se tornado o líder de uma gangue criminosa do Reino da Terra. Assim como sua mãe, que era uma Nômade do Ar. Talvez seu parentesco misto a ajudasse a ver que isso não era algo tão raro como as pessoas acreditavam.

— Ah, Kyoshi! — Rangi exclamou, com uma surpresa repentina. — Suas mãos!

As mãos de Kyoshi tinham chamado sua atenção logo depois do duelo também. Ela as ergueu para mostrar que estavam curadas.

— Parece que está tudo certo.

— Mas as cicatrizes... — Rangi entrelaçou seus dedos com os de Kyoshi e trouxe suas mãos para perto do próprio rosto. Kyoshi ficou feliz por tê-las lavado bem.

— Você tinha mãos tão bonitas — ela disse, acariciando a palma dela. — Sua pele era tão macia e...

Lek tossiu bem alto.

— Eu tenho uma ideia quanto a isso — disse ele. — Vamos, pombinhas. Vamos fazer compras.

Zigan não tinha sido receptiva com estranhos na primeira vez que eles haviam entrado para comprar comida. Agora, à luz de um novo dia... parecia ainda pior.

Os habitantes da cidade encaravam Kyoshi com medo e hostilidade em vez da simples grosseria de antes. Portas e janelas se fechavam bruscamente conforme eles passavam. Os moradores que não tinham o luxo de ter portas ou janelas balançavam tapetes e cortinas vigorosamente para dar ênfase à hostilidade.

— Eu ainda estou com tinta no rosto? — perguntou Kyoshi. — Por que eles estão nos olhando assim?

— Bem, pra começar, muitas pessoas de Zigan viram os raios e o redemoinho de vento e fogo do seu duelo com o Xu — disse Lek. — Depois, alguns *daofei* passaram pela cidade enquanto fugiam, contando histórias de uma gigante com olhos de sangue que sugou a alma do líder deles. Esses idiotas não devem ter se tocado que você é o Avatar. Eu ouvi um vendedor dizendo que você era um dragão em forma humana, o que explicava sua habilidade de voar e soprar fogo.

— Mas eu os salvei dos Pescoços Amarelos!

Lek riu.

— Kyoshi, se nos basearmos pelo Código, *você* é a líder dos Pescoços Amarelos agora. A doutora Song não é boba, e tivemos que implorar muito para que *ela* te ajudasse. Para ela, você era só uma garota *daofei* que havia derrotado o irmão mais velho dela e adquirido controle sobre a gangue deles. Admita, irmã. Você é perigosa.

Kyoshi ficou surpresa e irritada com a informação. Seu primeiro ato heroico e altruísta como Avatar estava manchado. O contexto havia sido distorcido, fazendo com que ela não fosse melhor que Tagaka, a rainha pirata.

Mas ela já não havia entendido isso desde o começo? Seu legado era parte do preço que ela teria de pagar para fazer justiça contra Jianzhu. Sempre tinha sido. Só que era... um preço mais alto do que ela havia imaginado.

Essa foi a história que ela repetiu para si mesma enquanto Lek as levava para dentro de uma loja pequena. O roçar de uma mão em seu rosto a fez chiar. Era uma luva, pendurada no teto por um gancho.

Um velho, tão seco e esticado quanto as peles que ele vendia na loja, estava sentado no chão. Ele acenou para eles, sem o medo ou o desdém dos outros cidadãos.

Kyoshi achava que sabia o motivo. Artesãos de couro e tintureiros, plebeus que ganhavam a vida fazendo produtos de origem animal, eram considerados sujos em muitas partes do Reino da Terra. Era parte da hipocrisia que Kyoshi tanto odiava. Pessoas de todas as castas da sociedade dependiam desses produtos e imploravam por eles, mas desprezavam seus vizinhos que os faziam. Ela se lembrou das belas botas que Yun havia vestido naquele dia na mansão, e seu coração doeu por ele.

— Estamos procurando um par de luvas para minha amiga — anunciou Lek. — Elas têm que ser grandes, claro.

O vendedor gesticulou para uma parede onde estavam penduradas as luvas maiores. Kyoshi colocou a mão sobre uma que havia no final da coleção e balançou a cabeça.

— Eu tenho mais uma ou duas, ainda maiores, nos fundos — disse o homem sem pressa. — Mas elas não são indicadas para o dia a dia. A menos que você pretenda travar uma batalha todo dia.

— Eu acho... — disse Kyoshi — que vale a pena dar uma olhada nelas.

Ele procurou em volta, sem se levantar, escavando uma pilha de produtos. "Os fundos" da loja, na verdade, ficavam bem atrás dele. O comerciante encontrou um saco de couro rasgado e desamarrou o cordão.

— Fiz estas luvas para um coronel em ascensão no exército há muito tempo — ele disse. — Mas o pobre rapaz morreu antes que pudesse buscá-las.

As luvas se pareciam mais com manoplas. O couro grosso e maleável ficava preso a braceletes de metal reluzentes que protegiam os punhos. Kyoshi as colocou e afivelou as alças. Os dedos ficaram confortáveis, como uma segunda pele, e a parte blindada era pesada e passava segurança.

Aquelas luvas nunca seriam vistas com bons olhos. A própria aparência delas era agressiva, uma declaração de guerra.

— São perfeitas — anunciou Kyoshi. — Quanto eu te devo?

— Fique com elas — respondeu o vendedor. — Considere como um presente pelo que você fez.

Ele não disse mais nada. Kyoshi curvou-se antes de saírem da loja, sentindo-se profundamente grata.

Havia pelo menos uma pessoa que via a verdade.

Eles andaram animados pelas ruas. Kyoshi puxou um de seus leques e levitou uma pedra. Ela conseguia dominar perfeitamente com suas novas luvas.

— Ah, se fosse tão fácil assim encontrar sapatos que servissem — ela resmungou.

— É melhor do que ser pequeno e magrelo — rebateu Lek. — Se eu fosse do seu tamanho, já estaria liderando minha própria nação.

Rangi riu e apertou o braço dele.

— Ah, anime-se, Lek! — ela disse, pressionando o bíceps do garoto. — Você vai crescer logo. Sua estrutura óssea é ótima.

Lek ficou mais vermelho do que a tinta que eles haviam usado no dia do ataque.

— Sai fora! Não é engraçado quando... Argh!

De repente, Rangi o puxou para baixo, segurando-lhe o braço. Os joelhos dela se arrastavam pela terra. Foi como se todo o seu corpo tivesse se tornado flácido.

— O quê... — ela murmurou, suas pálpebras batendo rápido como asas de inseto.

Lek gritou novamente e tentou dar um tapa nas próprias costas. Enquanto ele se contorcia, Kyoshi viu um tufo de penugem nele. Eram penas de um dardo. Por instinto, ela cobriu o rosto com as mãos e ouviu ruídos metálicos vindos de seus braceletes. Mas a parte de trás de seu pescoço estava desprotegida, e ela sentiu uma picada ardida ali.

A sensação do líquido se espalhou por seu corpo. *Veneno*, sua mente gritava enquanto seus músculos sucumbiam. Lek tentou pegar uma pedra para atirar em seus agressores, mas ela caiu de suas mãos e rolou para o chão. Ele e Kyoshi caíram de cara no chão como os *daofei* que haviam sido açoitados pelo shírshu.

Era diferente do incenso com o qual Jianzhu a havia drogado. Ela ainda conseguia ver e pensar. Mas o veneno estava tendo outras reações em seus amigos. Rangi parecia quase inconsciente. Já Lek começou a tossir e engasgar.

Pés passaram por cima deles. Pares de mãos fortes rapidamente pegaram Rangi e a arrastaram para longe.

Apenas Rangi.

Kyoshi tentou gritar, mas o veneno tinha tido mais efeito em seu pescoço, o primeiro local a ser atingido pelo dardo. Seus pulmões forçavam o ar para fora, mas a boca não conseguia emitir nenhum som. Ela podia ver Lek. Seu rosto estava ficando vermelho e inchado. Ele pôs as mãos na garganta inchada. Estava tendo algum tipo de reação. Não conseguia respirar.

Lágrimas escorreram pelo rosto de Kyoshi, deitada a centímetros de distância, imóvel, incapaz de salvar outro garoto dos venenos de Jianzhu. A poeira se transformou em lama sob seus olhos.

Levou mais de meia hora até que ela conseguisse rastejar para cima de Lek e procurar por um batimento cardíaco que não estava ali.

Ela chegou ao hospital improvisado deles ao mesmo tempo que Lao Ge, Wong e Kirima. Eles viram o corpo de Lek nos braços dela e cambalearam como se tivessem sido atingidos. Wong se jogou no chão e começou a chorar, seus gemidos graves fazendo o solo tremer. Lao Ge fechou os olhos e começou a sussurrar uma prece várias vezes, sem parar.

Kirima estava tão pálida quanto a lua. Ela entregou algo para Kyoshi, sua mão tremendo descontrolada.

— Isso estava preso em um poste na praça da cidade — ela disse, com a voz crua e cheia de dor.

Era um bilhete.

"Avatar, venha me encontrar na Vila Qinchao, sozinha."

Preso ao bilhete estava um coque de cabelos pretos e sedosos, cruelmente cortado da cabeça de sua dona.

O RETORNO

JIANZHU SE SENTOU ao lado da cama de Hei-Ran na enfermaria. Ela estava viva, mas ainda não havia acordado.

Se ele fosse contar sua história no futuro, para documentar suas jornadas e seus segredos, esse momento certamente se destacaria como o caminho mais difícil que ele já percorrera. Assassinar Hui e os outros sábios em sua própria casa não tinha sido nada. Beber ele mesmo o veneno para desviar suspeitas, confiando no treinamento que tanto ele quanto Yun haviam recebido do falecido Mestre Amak, não era nada. Um bom número de serviçais também estavam mortos, pois usaram a sobra da água envenenada para servirem as próprias xícaras.

Nada. Nada comparado a ver sua última amiga no mundo deitada entre a vida e a morte. Esse sacrifício tinha sido o mais difícil.

Haveria consequências secundárias, do tipo que alterariam o cenário do Reino da Terra. A costa oeste fora dizimada de sua liderança, especialmente perto do Mar Mo Ce. Certamente, alguns dos sábios que tinham bebido seu chá envenenado eram corruptos ou incompetentes, mas muitos outros estavam tão empenhados quanto ele em fortalecer e fazer a nação prosperar. Levaria tempo até que os efeitos do seu ato atingissem a população comum, mas as áreas mais distantes de Ba Sing Se tinham, sem dúvida, sido muito enfraquecidas.

Haveria um alarde vindo da capital. Investigações. Acusações. Mas Hui, sem saber, tinha construído as bases para que Jianzhu saísse limpo dessa bagunça. O mordomo identificou e reuniu os sábios que não estavam totalmente do lado de Jianzhu, incluindo alguns que foram uma grande surpresa para ele. Mas esse tinha sido o intuito de Jianzhu desde o começo, ao dizer a Hui que havia perdido o Avatar.

Se Hui sentiu que os sábios da outra metade do reino não o apoiariam nesse conselho, mesmo com as provas contundentes da fuga do Avatar com os *daofei*, significava que aqueles oficiais em particular eram leais a Jianzhu. Então, quando chegasse a hora de revelar o verdadeiro Avatar, ele estaria em uma posição melhor e mais segura, tendo testado seus limites.

O mordomo havia feito exatamente o que Jianzhu queria que ele fizesse. Só que rápido demais e de forma muito agressiva. Esse erro de cálculo o obrigou a transformar a própria casa em um cemitério. Havia lhe custado Hei-Ran. Ele iria desenterrar os ossos de Hui para dar de comer aos porcos-touro.

Jianzhu se levantou, os joelhos ainda tremendo um pouco pelos efeitos prolongados do veneno, e tirou uma longa mecha de cabelo do rosto adormecido de Hei-Ran. Seu físico forte, seu fogo interno, havia salvado a vida dela, mas foi por pouco. Assim que tivesse tempo, ele dedicaria todos os recursos que possuía para curá-la por completo.

Se bem que, se ela tivesse estado acordada nos últimos dois dias, certamente o teria matado pelo que ele havia feito com sua filha.

Ele lidaria com esse assunto depois. Agora, precisava se preparar para um encontro importante.

⁂

Eles enterraram Lek do lado de fora do cemitério de Zigan, em vez de reivindicar um dos espaços vazios que havia dentro do local. De acordo com Kirima, ele não iria querer descansar muito perto dos homens da lei que estavam ali enterrados.

Cada grupo de túmulos parecia um pomar de árvores acinzentadas e sem frutos, cada uma marcada com o nome de seu dono. Kyoshi contou as fileiras, memorizando a distância aproximada para poder voltar àquele lugar no futuro. Seguindo a tradição de Si Wong, eles evitaram fazer qualquer outra marcação, tomando cuidado para cortar a grama em tiras que pudessem ser recolocadas no mesmo lugar.

O povo do deserto considerava que aquele simples abraço da terra era a única honra que os que partiam mereciam, e que o silêncio era o tributo mais adequado.

Parada em frente ao túmulo invisível de Lek, Kyoshi não teria conseguido falar nada sobre ele de qualquer maneira. Ela tinha a língua de um animal dentro da boca, o uivo de uma fera em seu peito. Lao Ge estava certo sobre a piedade ter seu preço.

Ela tinha mostrado piedade a Jianzhu em cada pensamento seu que não fora dedicado à destruição dele. Cada sorriso e momento de diversão que havia compartilhado com seus amigos havia sido um ato descuidado. *Esse* era o preço de esquecer Jianzhu, de não sussurrar o nome dele antes de cada refeição, de não ver a forma dele em cada sombra. E Kyoshi nunca deixaria de pagar esse preço até confrontá-lo.

— O que você vai fazer? — perguntou Kirima.

Kyoshi levantou o olhar da grama que encobria seu irmão por juramento. Kirima estava com os olhos vermelhos e inchados. Wong e Lao Ge também esperavam a resposta dela.

— Vou acabar com isso — respondeu Kyoshi, com uma voz capaz de quebrar galhos e rasgar tecidos. — Vou acabar com *ele*.

— E quanto a nós? — perguntou Wong. Ele tinha o mesmo olhar recolhido e melancólico de quando aguardava para saber se o Avatar iria continuar com o grupo depois da fuga de Hujiang.

Dessa vez, Kyoshi teve que dar uma resposta diferente a ele. Ela ergueu a mão.

— É aqui que teremos que nos separar.

<hr />

Na Vila Qinchao, muitos visitantes se sentiam desconcertados. Mais da metade dos habitantes pertencia ao clã de Chin, e isso causava nos forasteiros a sensação de estarem falando ou sendo vigiados pela mesma pessoa, em qualquer parte da cidade onde estivessem. Havia certa riqueza avarenta no local que desviava a atenção de costumes bizarros, além de feriados que não existiam em nenhum outro lugar do Reino da Terra. Muitos deles envolviam bonecos e esculturas, em tamanho menor dentro das casas e imponentes nas praças onde se realizavam os festivais públicos.

O povo de Qinchao era bem intolerante às outras culturas, ainda mais que os yokoyanos. Eles exaltavam sua vila com declarações que eram quase uma traição contra o próprio reino, dizendo frases como "Um cidadão de Qinchao e um súdito do Reino da Terra", deixando claro quais eram suas prioridades.

Há muito tempo, Kyoshi e outras serviçais haviam ganhado alguns dias de descanso em Qinchao. Jianzhu havia lhes avisado severamente para não descumprirem a lei ali, pois coisas ruins poderiam acontecer antes que ele pudesse resgatá-las. As outras serviçais riram e largaram Kyoshi com Tia Mui enquanto corriam em grupo, de rua em rua, experimentando vinho pela primeira vez e flertando com atores de um teatro a céu aberto.

Nada fora do comum acontecera. Elas haviam retornado sãs e salvas.

Mas Kyoshi se lembrou da sensação de mau presságio que sentira quando entrara pelos portões rodeados de muros circulares e seguira seu caminho até o centro da cidade, que tinha a forma de uma lágrima. Havia uma escuridão que pairava sob as ruas varridas e cores fantasmagóricas da vila que, ela sentia, algum dia romperiam a superfície.

Ela devia estar olhando para o futuro. Aquele dia era hoje. E aquela escuridão vinha do interior dela.

Kyoshi andou pela rua principal, sem se preocupar com os olhares que atraiu. Com o cocar se somando à sua altura, a maquiagem feita com uma camada fresca de vermelho e branco e os pesados braceletes de metal em seus punhos, ela se parecia em parte com uma artista que havia se separado de sua trupe, e em parte com um soldado sem seu pelotão. Ela chamava atenção, abertamente e sem hesitação, como nunca havia feito na vida.

Agora, essa era ela. Essa era sua pele. Esse era seu rosto.

A joia da coroa do clã Chin era a grande casa de chá feita de pedra no centro da cidade. Diferente da Madame Qiji, que estava em ruínas e tinha quartos de dormir que se elevavam sobre a área comum, o estabelecimento sem nome possuía três andares dedicados ao serviço de comidas e bebidas, à maneira de grandes cidades como Omashu e Ba Sing Se. Moradores da vila passavam manhãs inteiras ali, aproveitando o chá e as fofocas. Era o lugar mais óbvio para Jianzhu ou para ela aguardar o outro.

Kyoshi abaixou a cabeça e entrou. Dentro do restaurante, o primeiro e o segundo andar foram construídos como mezaninos, permitindo que ela avistasse de lá de baixo as mesas e seus ocupantes barulhentos nos andares de cima. Garçons carregavam vaporeiras de bambu pelos corredores, anunciando seu conteúdo e servindo aos que se manifestavam pequenas porções de bolinhos luminosos.

O homem atrás do balcão, boquiaberto, acenou na direção da área de jantar. Ou havia uma mesa vaga ou ele estava assustado demais para negar a entrada dela. No térreo, Kyoshi viu uma mesa que ainda estava sendo limpa e caminhou até ela. Cadeiras rangeram contra o chão quando as pessoas se viraram de seus lugares. Um serviçal vindo do lado oposto do corredor quase derrubou sua bandeja e tentou se recompor o mais rápido que pôde.

Kyoshi escolheu uma posição de onde pudesse observar quem entrava e quem saía pela porta. Os pratos sujos à sua frente sumiram como se ela fosse o espírito de um templo que ficara insatisfeito com as oferendas já consumidas. Assim que a mesa foi limpa, ela colocou uma pedra pequena e lisa em sua frente. E então esperou.

Eventualmente, sua quietude permitiu que os outros clientes retomassem seus assuntos. A conversa nas mesas retomou o rumo. O cantarolar de passarinhos podia ser ouvido no último andar; um grupo de idosos havia trazido gaiolas ornamentadas para mostrar as novas espécies de suas coleções uns aos outros.

Novos clientes foram ocupando o lugar ao longo da manhã. Ela analisava sua estatura, o modo de andar e o rosto, esperando que algum deles fosse Jianzhu. Era só uma questão de tempo até que ele viesse.

Seu antigo empregador por fim entrou e imediatamente a viu, sentada na mesa distante. Ele parecia levemente curvado. Seu belo rosto estava pálido, abatido, como se ele não tivesse comido ou dormido por dias. Seu cabelo e sua barba estavam penteados, mas não no estilo impecável de sempre. Ele parecia mais velho do que ela se lembrava. Muito mais velho.

Jianzhu sentou-se na cadeira em frente a Kyoshi. Um garçom corajoso, ao ver que uma pessoa normal havia se juntado a ela na mesa, aproximou-se para ver o que eles queriam. Jianzhu o mandou embora com um olhar.

Os dois se encararam, saboreando o momento.

— Você está horrível — comentou Kyoshi.

— Você também — ele respondeu. — O veneno de shírshu ainda não saiu totalmente do seu sistema. Percebo pelo jeito como você está piscando devagar. — Ele apoiou os cotovelos na mesa e se inclinou sobre as mãos, dando-lhe um meio-sorriso exausto. — Em algum momento, você cogitou que os animais podiam não estar rastreando você, para início de conversa? — ele disse. — Eu dei a eles o cheiro de Rangi, não o seu.

— Você estava atrás dela esse tempo todo, não de mim? — murmurou Kyoshi. A crueldade do homem ia muito além da compreensão dela.

Jianzhu esfregou o rosto.

— Trazer você de volta sem algum tipo de barganha teria sido em vão — disse ele. — Você nunca teria me ouvido. Deixou isso bem claro antes de fugir.

— Eu devia ter percebido — comentou Kyoshi. — Você trafica reféns. Não é melhor que um *daofei*.

Jianzhu franziu a testa.

— O fato de você pensar assim mostra que precisa de treinamento e educação adequados mais do que qualquer coisa. É hora de acabar com essa loucura, Kyoshi. Volte para casa.

— Onde está Rangi?

— Ela está... em... CASA! — ele gritou. — Onde *você* deveria ter ficado esse tempo todo!

Seu surto quase não atraiu a atenção das pessoas mais próximas. Era obviamente um pai enfurecido com a filha por ter se disfarçado e fugido. Nada que já não tivessem visto centenas de vezes.

Kyoshi duvidava que Rangi estivesse passeando pelos jardins da mansão, esperando por ela. Jianzhu havia desonrado a dominadora de fogo ao cortar seu cabelo. Para evitar a vingança de Rangi, ele teria que aprisioná-la. Ou coisa pior.

Ela lutou contra a raiva que percorria seu corpo. Em uma situação com reféns, ela tinha que se manter o mais calma possível. Mas seu joelho tremia um pouco, em contato com a mesa, fazendo a pedra se mover.

O barulho chamou a atenção de Jianzhu. Ele olhou para a pedra redonda.

— O que é isso? — ele perguntou. — Outro brinquedo de criança que você pegou enquanto estava fora?

Kyoshi balançou a cabeça.

— Isso pertenceu a alguém que deveria estar aqui participando da minha missão de destruir você.

— Estamos perdendo tempo aqui com seus joguinhos — ele retrucou. — O que você vai fazer, se não o que eu digo?

Ela não podia falar de sua vingança em voz alta. Não agora que estava perto o suficiente para colocar as mãos no pescoço de Jianzhu e para lhe dizer que o desejo pela morte dele era como um feitiço reverso que minava seu juízo. Temia que, se desse voz ao seu ódio, ele se transformaria em pó como um remédio que havia ficado guardado por tempo demais.

— Está vendo? — Jianzhu continuou. — Você veio aqui sem um plano. Já eu, eu vou dizer exatamente o que vai acontecer se você não se levantar, sair daqui e me seguir para casa. — Ele aproximou o rosto do dela. — Eu vou destruir este lugar e matar todos aqui dentro.

Os olhos de Kyoshi se arregalaram. Ela pensou se ele seria capaz disso, e teve certeza de que sim. Ela sabia que ele não estava blefando.

— Esse é o problema desses estabelecimentos feitos de pedra — Jianzhu prosseguiu. — Eles se desfazem em vez de apenas balançarem. O que os torna terrivelmente vulneráveis a terremotos.

Kyoshi olhou em volta. O restaurante estava cheio de moradores alheios ao fato de que estavam sobre um chão de pedra, de costas para paredes de pedra e sob um teto de ardósia. Nas mãos de Jianzhu, aquilo seria uma armadilha mortal. Esperando para se tornar um túmulo coletivo.

A ameaça era tão real quanto possível.

— Você faria jus ao nome que tem entre os *daofei* — disse Kyoshi.

Jianzhu congelou. Kyoshi pensou tê-lo insultado a ponto de fazê-lo esquecer que precisava do Avatar, e achou que ele poderia alcançá-la do outro lado da mesa e simplesmente acabar com a vida dela. Mas Jianzhu colocou a mão sobre a própria boca e começou a tremer.

Lágrimas saíram de seus olhos. Demorou um tempo para Kyoshi entender que ele estava rindo histericamente. Ela nunca tinha visto a verdadeira risada dele, que não passava de um espasmo silencioso que se espalhava por todo seu corpo. Ela se assustou quando o viu bater os punhos contra a mesa.

Com muita dificuldade, Jianzhu se recompôs.

— Você quer saber como eu ganhei esse nome anos atrás? — ele sussurrou, aproximando-se dela com a confiança de um conspirador. — É uma história engraçada. Primeiro, eu usei de exemplo alguns dominadores de terra que havia entre os Pescoços Amarelos. Não tive pressa com eles. Então, eu disse ao restante que quem conseguisse cavar uma trincheira funda o suficiente para se esconder até o pôr do sol seria poupado e estaria livre para voltar para casa. Só os que ficassem para trás seriam mortos.

Ele riu com satisfação.

— Você precisava ter visto. Cavaram mais rápido do que suas mãos podiam aguentar. Alguns mataram outros por causa de uma pá. Eles pularam dentro dos buracos e olharam para cima com sorrisos confiantes de que *eles* seriam os sobreviventes, não seus companheiros.

Kyoshi queria vomitar. Não havia palavra para definir Jianzhu.

— E lá estavam — ele continuou —, cinco mil covas frescas cavadas por seus próprios ocupantes. Eu só joguei a terra por cima. Como um dia eu disse a um pupilo, a força está em dominar as pessoas, não os elementos.

Jianzhu suspirou enquanto deixava a lembrança ir embora.

— Você é muito difícil de dominar, Kyoshi. Mas se não me der nenhuma outra opção, depois de matar todo mundo aqui, eu talvez tenha que ir para casa e cortar a garganta de Rangi...

A pedra que era de Lek cruzou o ar na direção da testa de Jianzhu. Porém, parou antes de acertá-lo. Jianzhu se mexeu na cadeira com o esforço de conter o ataque dela, uma mão curvada no ar. Com extremo esforço, ele colocou a pedra de volta na mesa e a empurrou de volta para ela.

Ele estava muito interessado nessa reviravolta.

— Como? — perguntou, enquanto ambos brigavam pelo controle da pedra. — Quando foi embora, não tinha a precisão necessária para dominar uma porção tão pequena.

Kyoshi abriu seu leque por baixo da mesa, longe da visão dele. A tensão era muito maior para ela.

— Encontrei um grupo diferente — ela respondeu.

— Hmm. — Jianzhu parecia um pouco impressionado. — Bom, espero que esteja feliz com o que aprendeu, pois você acaba de condenar todo mundo aqui. — Ele ergueu a mão e puxou o telhado para baixo.

Kyoshi o impediu, erguendo seu segundo leque acima da mesa. Um tremor chacoalhou o estabelecimento, mas parou antes que pudesse ser notado pelos clientes. Talvez uma carroça muito pesada tivesse passado por ali. O telhado de pedra ficou onde deveria, embora tenham caído punhados de poeira sobre algumas mesas, causando gritos irritados no segundo andar.

Àquela altura, algumas pessoas já estavam olhando para eles, atraídas por suas posições de dominação. *Corram*, ela queria gritar aos espectadores boquiabertos. Mas não conseguia. Seu corpo inteiro estava tenso até o limite, sua garganta imóvel. Ela estava usando toda sua força para conter Jianzhu.

Porém, quando seus olhos encontraram os dele, Kyoshi percebeu que Jianzhu estava bastante tenso também. Seus ombros tremiam, assim como os dela.

— Eu tenho que elogiar seus... — ele disse, antes de interromper a si mesmo. Provavelmente iria dizer que tinha que elogiar os novos amigos de Kyoshi. Mas não conseguia falar sob tanta tensão.

Jianzhu percebeu que ela havia notado seu pequeno momento de fraqueza. Num surto de raiva, ele apontou a perna para o lado e tentou derrubar uma das paredes. Kyoshi suprimiu um grito quando seu esforço para se manter intacta rasgava um músculo do seu corpo, ao longo do tórax.

Ela lutou contra a dor e conseguiu reduzir a destruição a uma única rachadura, que foi do chão ao teto. A parede aguentou.

A mandíbula de Jianzhu se contraiu. Ele mostrou os dentes. Jianzhu e Kyoshi duelavam parados, ambos travando uma batalha silenciosa; era como se estivessem em *jing* neutro, mas só parecia que eles não estavam fazendo nada. Vibrações começaram a percorrer o restaurante novamente, o leve tremular das xícaras sobre os pires. Os clientes no térreo pareciam suspeitar que a culpa era daquela garota e daquele homem, mas sua hesitação em sair dali os manteve na zona de risco.

Os sons de conversa diminuíram, como se o próprio ar tivesse congelado. Homens e mulheres que estavam na linha de visão de Kyoshi viraram a cabeça com a velocidade de uma lesma. Suas falas nada mais eram que grunhidos.

Kyoshi, por estar lutando contra Jianzhu tão arduamente, já não sabia mais o que era real. Ela ouviu um passo ecoando em sua orelha, e então outro.

Uma figura encapuzada andou com firmeza até a mesa deles. Nem ela nem Jianzhu podiam se mover. Foi como se aquele terceiro membro tivesse se juntado àquela batalha silenciosa, colocando as mãos sobre a dominação de ambos e esmagando-a.

A pessoa parou diante deles, com toda a familiaridade do mundo, e jogou o capuz para trás.

Era Yun.

Se Kyoshi tivesse a habilidade de respirar naquele momento, certamente teria engasgado. Chorado. Aquilo era um sonho e um pesadelo, sua maior esperança e seu maior tormento, misturados em um líquido horrível e jogados em seu rosto. Como ele havia sobrevivido? Como os havia encontrado? Por que ele havia retornado justamente agora?

O choque de Jianzhu ao ver Yun quase acabou com o domínio volátil que ele tinha sobre a estrutura de pedras ao redor deles. Kyoshi não conseguia mais dizer quem estava no controle do quê, com as dominações misturadas daquela forma, mas tinha certeza de que, se ela se mexesse, falasse ou piscasse, o prédio todo iria desmoronar. Os três estavam mergulhados em um delírio privativo, uma prisão criada por eles mesmos.

Yun não disse nada. Ele os encarou com um sorriso fraco e sereno. Sua pele tinha o brilho de um vigoroso aventureiro que retornava de uma viagem bem-sucedida, a barba por fazer cobrindo seu queixo. Seus olhos travessos eram os mesmos de que Kyoshi se lembrava tão bem.

A feliz surpresa de rever o amigo não impedia que uma sensação ruim e nauseante emanasse do corpo de Kyoshi. As pessoas sempre eram atraídas por Yun, assim como o metal pelo ímã, e ela não era exceção. Mas ele havia mudado. Faltava algo essencial no ser de outro mundo que estava na frente dela. Algo humano.

O garoto que ela amava tinha sido substituído por uma figura oca, com o vento passando pelos buracos. Os clientes próximos, que até então tinham tolerado a estranheza dela, afastaram-se de Yun como se ele fosse um cadáver em decomposição, arrastando cadeiras pelo chão na pressa de manter certa distância. Eles não suportavam ficar perto dele.

Yun notou a pedra sobre a mesa. A presença dela ali o encheu de prazer e seu rosto se acendeu como se ele já tivesse visto o objeto antes. Ele esticou o braço e lentamente libertou a pedra do controle de Kyoshi e Jianzhu, arrancando-a da dominação de um grande mestre e do Avatar. A sensação para Kyoshi foi como se ele tivesse aberto um buraco no espaço vazio, removido a lua do céu. Ela quase pôde ouvir o barulho da pedra sendo sugada do controle dela e de Jianzhu.

Ainda sem dizer nada, Yun segurou a pedra, certificando-se de que tanto Kyoshi quanto Jianzhu pudessem vê-la. Então, enfiou a mão no peito do seu mestre.

Os olhos de Jianzhu se arregalaram. Kyoshi sentiu a dominação dele se desfazer e teve que compensar. Devagar, Yun enfiou sua outra mão, ainda manchada de tinta preta, nas costas de Jianzhu. Depois de um momento, ele mostrou aos dois o que havia passado de uma mão para a outra.

A pedra, agora coberta de sangue.

Yun não esperou para ver seu mestre morrer. Ele piscou para Kyoshi e se virou para sair. Jianzhu cambaleou em seu assento, engasgando-se com o próprio sangue, uma mancha vermelha escura saindo do buraco em seu peito. Os garçons gritaram.

Tudo o que Kyoshi podia fazer era conter os espasmos de dominação de Jianzhu enquanto ele morria. Mais rachaduras percorreram as paredes, grandes o suficiente para chamar a atenção dos clientes. Na porta, Yun parou e olhou para Kyoshi, notando sua luta, e como ela mal conseguia manter a casa de chá no lugar. O garoto sorriu com ironia.

E, então, ele bateu na mesa.

Os alicerces do estabelecimento se ergueram e caíram ao seu comando. O impacto derrubou as pessoas no chão. Kyoshi perdeu o controle de parte do edifício, o que fez o teto desmoronar. Yun desapareceu.

Um bloco de pedra do tamanho de uma janela caiu no térreo, quase acertando um garçom. Kyoshi podia ver as pessoas começando a se debandar. Tudo estava em colapso em volta dela. O mundo estava se despedaçando diante dos seus olhos.

Lao Ge tinha insistido.

Apesar de Kyoshi protestar que não precisava desvendar os segredos da imortalidade, ele a fizera se juntar a seus exercícios diários de longevidade. Mesmo depois de ela ter dito que achava o conceito ridículo.

— Isso não é espiritualidade — ele havia explicado. — Você não precisa acreditar. Só tem que praticar.

Lao Ge a levara aos mesmos lugares onde um guru meditaria: curvas de rios correntes, tocos de árvores que um dia haviam sido enormes, cavernas formadas em penhascos. Mas ele também havia enchido os ouvidos dela com absurdos que iam contra sua intuição.

— Em vez de afastar tudo ao seu redor, como você faria numa meditação normal, absorva tudo — ele disse, enquanto descansavam em uma campina no caminho para Taihua. — Perceba cada folha da grama no mesmo tempo que você levaria para observar apenas uma.

— Eu precisaria ter mil olhos para fazer isso! — ela retrucou.

Ele riu.

— Ou uma quantidade infinita de tempo. Os dois funcionariam.

Enquanto se preparavam para assassinar o governador Te, as adivinhações entre eles nunca cessavam.

— Divida seu corpo em dois — ele disse, enquanto ela tentava esquentar e quebrar um pedaço de metal velho. — Depois, divida de novo, e de novo, e de novo. O que sobraria?

— Uma bagunça ensanguentada. — Ela queimou a mão e resmungou.

— Exatamente! — disse Lao Ge. — Coloque as partes de volta, depois coloque de novo, e de novo; assim você estará completa novamente.

— O ser humano não é um bloco de pedra — exclamou ela, mostrando seu polegar avermelhado para enfatizar.

— É aí que você se engana. A ilusão de que o ser humano é separado do resto do mundo é o fator determinante que limita nosso potencial. Quando você perceber que não há nada de especial no seu ser, mais facilidade terá para se manipular.

Para Kyoshi, aquela havia sido a lição mais fácil de aprender. Ela não era nada de especial. Ela nunca havia sido "nada de especial". Aquele era um mantra no qual acreditava.

Seus olhos brilharam, mas foi apenas um breve pulsar. Ela não precisava dominar os quatro elementos como no duelo contra Xu. Apenas um. A pedra era ela, ela era a pedra.

Sua mente estava em todo lugar, com Kyoshi totalmente no controle. Ela havia largado os leques, pois, naquele momento, eles não eram necessários. Kyoshi sentia a forma de cada peça e como elas se encaixavam umas nas outras, e era tão fácil juntá-las novamente. Ela não sabia dizer se estava pensando nas partes da casa de chá ou de si mesma. De acordo com Lao Ge, não havia diferença.

Sua mente teve uma breve ruptura, tão pequena quanto um grupo de formigas subindo por seu braço. Os clientes de cada andar do estabelecimento corriam em direção à saída. Ela os observou passar pelos destroços, que estavam sendo mantidos no lugar apenas pela sua dominação. Cada passo da multidão em pânico tinha um som distinto, sendo mais um peso para ela suportar. Mas isso não foi problema algum para ela.

Quando o último dos ocupantes saiu, Kyoshi se levantou, sustentando a posição Ponte Cheia com apenas uma mão levantada, enquanto a outra se ocupava em colocar seus leques de volta no cinto. Ela olhou para Jianzhu, caído. Sua vingança concentrada em um único corpo.

Tudo parecia tão pequeno e finito. Como um frasco como ela poderia ter guardado tanta angústia, tanta raiva? Se algum sentimento entorpecia sua harmonia com a terra, era a ira que ela sentia, tal qual a de uma criança enganada, que havia recebido a promessa do final de uma história de ninar, mas que foi surpreendida pelas velas se apagando e pela porta se fechando. Ela era uma garota sozinha no escuro.

Kyoshi decidiu deixar Jianzhu onde ele estava. Não por desprezo, mas simplesmente porque o caminho que a levava até ele havia terminado.

Ela saiu para a praça. Havia meio círculo de pessoas em volta dela, bastante afastadas e encarando-a horrorizadas. Elas não sabiam sua identidade ou como havia salvado suas vidas. Isso não importava para ela.

Kyoshi interrompeu sua dominação, e a casa de chá se desfez atrás dela. A multidão se assustou quando o estabelecimento desabou, espalhando uma onda de poeira sobre suas cabeças.

Os cidadãos de Qinchao começaram a fugir. Ao mesmo tempo, ela ouviu o bater de sinos e viu alguns homens da lei correndo em sua direção por entre a multidão. Os oficiais sacaram suas espadas quando se aproximaram.

— Não se mova! — o capitão gritou. — Largue suas armas e fique no chão!

Ela olhou para os rostos nervosos e avermelhados dos homens, agarrando-se a suas armas. Sem dizer nada, foi dominando e pisando sobre a poeira cada vez mais alto, ignorando as ameaças e os gritos de espanto, até que voou por cima de suas cabeças, passando pelo telhado mais próximo e seguindo em direção ao céu.

Havia uma árvore na encruzilhada que levava a Qinchao. Ela tinha um único ramo dominante que se estendia na lateral, com uma corrente enferrujada e esquecida presa a ele. Kyoshi se perguntou o que havia sido pendurado ali antes de a corrente se quebrar.

Peng-Peng rolava na grama, enquanto os integrantes da Companhia Ópera Voadora estavam sentados em círculo, após terem voltado de uma missão à qual Kyoshi os havia enviado. Uma figura de cabelos curtos ficou em pé e correu na direção dela.

Rangi enterrou o rosto no peito de Kyoshi. Ela tremia e chorava, mas não estava machucada.

Kyoshi havia trapaceado no teste de Jianzhu. Ele não tinha considerado que uma mera serviçal teria aliados tão experientes e habilidosos em arrombamento e invasão. Enquanto Kyoshi enfrentava Jianzhu em Qinchao, o resto da Companhia Ópera Voadora invadiu sua mansão em Yokoya, seguindo as instruções que ela tinha fornecido para resgatar Rangi.

Mas havia mais uma pessoa na sombra da árvore. Ela reconheceu Hei-Ran, envolta em cobertores. A mulher mais velha tinha uma palidez fantasmagórica em seu rosto, que era difícil de encarar. Com tal semelhança familiar, Kyoshi só conseguia pensar em Rangi num estado parecido de desamparo.

— Kyoshi, minha mãe — Rangi murmurou, tremendo em seu toque. — Nós a encontramos na enfermaria desse jeito. Não sei o que aconteceu com ela. Eu abandonei a minha mãe! Eu a deixei, *e isso aconteceu*!

— Ela vai ficar bem — disse Kyoshi, tentando transmitir a convicção de seu corpo para o de Rangi. — Eu prometo que ela vai ficar bem. Vamos fazer o que for preciso para ajudá-la.

Ela permitiu que Rangi se confortasse no seu abraço, os soluços diminuindo até que seus corações pulsaram juntos.

Kyoshi acariciou o ponto no cabelo de Rangi onde o coque tinha sido arrancado. A dominadora de fogo recuou como se ela tivesse tocado em uma ferida aberta.

— Eu devia estar usando um saco na cabeça para você não me ver assim — resmungou Rangi.

Não havia um bom jeito de explicar a Rangi que Kyoshi não ligava nem um pouco para seu cabelo ou sua honra, contanto que a dominadora de fogo estivesse viva. Aliás, era até mais fácil apoiar a bochecha na cabeça dela agora, sem todos aqueles grampos pontudos atrapalhando.

Depois de dar algum tempo para as duas, Kirima, Wong e Lao Ge se aproximaram.

— A operação foi um sucesso, obviamente — comentou Kirima. — Depois de resgatar uma pessoa da masmorra pessoal de um oficial poderoso do Reino da Terra, é possível resgatar qualquer um. Você tinha razão. Jianzhu não parecia esperar que estivéssemos do seu lado. Isso facilitou bastante.

— Talvez eu tenha pegado alguns itens valiosos na saída — disse Wong. Seus dedos grossos estavam cobertos de anéis dourados, com selos oficiais, inclusive um que lhe permitia manter contato direto com o Rei da Terra.

Kyoshi não via problema naquilo. Mas notou os dedos dele machucados e ensanguentados.

— Vocês encontraram resistência? — ela perguntou.

— Ninguém morreu — Wong disse rapidamente. — Mas eu tive que conseguir informações do jeito antigo com alguns mercenários vestidos de guardas. Eu posso ter passado um pouco do ponto. Não me arrependo.

Ele olhou para Rangi nos braços de Kyoshi e deu um sorriso.

— O Coveiro levou um de nós. Eu não podia deixar que levasse outro.

— Falando nisso, onde ele está? — perguntou Kirima. — Está... Está acabado?

Jianzhu estava morto. Mas Yun estava vivo, como um relâmpago incontrolável. Kyoshi não tinha ideia do que havia acontecido com a mãe de Rangi, nem do que seria do futuro de Yokoya sem seu sábio para guiá-la.

E, apesar de todas as suas tentativas de manchar sua reputação, e de sua dedicação para cometer todo tipo de atrocidades e atos desqualificados, ela ainda era o Avatar.

Está acabado? Kyoshi percebeu que não tinha a resposta para essa pergunta.

ASSOMBRAÇÕES

O TEMPLO DO AR do Sul era diferente de qualquer lugar que Kyoshi já tinha visto. Torres brancas estendiam-se acima de névoas espiraladas. Longos caminhos serpenteavam o local como labirintos, subindo pelas encostas até alcançar as entradas, bem no topo. Filhotes de bisão divertiam-se no ar, fofos, grunhindo como se fossem pequenas nuvens de pelo com chifres. Ela não entendia como um povo poderia escolher ser nômade quando tinha um lar tão cheio de beleza e paz.

Kyoshi aguardava em um jardim que se destacava por sua simplicidade e por seus espaços abertos, muito diferentes dos detalhes caros e extravagantes encontrados nas mansões com as quais ela estava acostumada. A brisa, que soprava de forma desimpedida, era um toque fresco contra sua pele. O jardim terminava em uma parede do templo que sustentava enormes portas de madeira. Cada entrada era coberta por tubos de metal torcidos com uma saída larga e aberta que parecia um chifre de tsungi.

Ela estava sozinha.

Seus amigos tinham seguido por caminhos diferentes. Kirima e Wong queriam fazer uma pausa na vida de contrabandistas e descansar por um tempo, vivendo do saque que fizeram na mansão de Jianzhu. Eles prometeram manter contato e visitar Kyoshi, assim que ela tivesse se estabelecido. Eles eram os companheiros do Avatar, afinal. E, sem dúvida, ela os perdoaria de qualquer encrenca em que os dois se envolvessem.

Lao Ge recusou-se a ir com eles, alegando que precisava descansar seus ossos desgastados. Em particular, ele disse a Kyoshi que, como o Avatar e uma importante líder mundial, ela também seria observada por ele. Seu mentor falou em tom de brincadeira. Porém, mesmo que não fosse, Kyoshi já não se importava. Estava convencida de que conseguiria derrotar o velho em uma luta até a morte.

Hei-Ran havia acordado. Rangi, lutando para pronunciar cada palavra, dissera a Kyoshi que precisava levar sua mãe ao Polo Norte, onde viviam os melhores curandeiros do mundo. Se existia uma chance de ela se recuperar por completo, seria entre os especialistas da Tribo da Água.

Isso significava que elas ficariam longe, e não sabiam por quanto tempo. As duas se encontrariam novamente no futuro. Porém, como Lao Ge havia previsto, elas não seriam as mesmas pessoas quando se reencontrassem. Por mais que Kyoshi quisesse ficar com Rangi, e congelar todos os momentos ao seu lado, a corrente que as impulsionava a seguir em frente era forte demais.

Kyoshi esperou seus amigos irem embora para dar o próximo passo, na tentativa de poupá-los do caos que viria depois que ela se revelasse. Os Nômades do Ar costumavam aceitar peregrinos das outras nações, deixando-os ficar em seus mosteiros e conventos temporariamente. Sem Jianzhu prejudicando sua vida, ela simplesmente se juntou a um grupo de viajantes maltrapilhos que subiam a montanha para o Templo do Ar do Sul.

Chegando ao templo, ela se apresentou aos sábios e pediu que todos se afastassem. Então, na frente dos monges, produziu um tornado de fogo e ar. O vórtice ardente de dois elementos provou sua identidade sem sombra de dúvidas – mas o fato de quase ter queimado uma árvore sagrada a lembrara de que seria uma boa ideia usar seus leques por mais um tempo.

Assim como ela já esperava, houve comoção. Muitos dos abades mais velhos conheciam Jianzhu e Yun. A existência dela causou uma reviravolta nos acontecimentos. Ela não era o garoto prodígio do Reino da Terra, que tinha sido publicamente creditado por destruir a ameaça dos piratas da Quinta Nação.

Mas ela não tinha ido à toa até os dominadores de ar em vez de ir a um sábio de sua nação. O isolamento e a santidade do templo forneciam alguma proteção enquanto a tempestade de sua revelação se espalhava para fora daquelas paredes. Apesar de ser uma dominadora de terra nativa, os Nômades do Ar tomaram seus relatos chocantes como a mais simples verdade, contada pelo Avatar. Agora, eles receberiam mensagens de raiva e violência dos sábios da terra, que a veriam como ilegítima, como se ela de algum modo tivesse usurpado tal posição apenas por ter nascido, e as transmitiriam com serenidade e graça para Kyoshi.

O conselho de anciãos no Templo do Ar do Sul não tinha interesse em lucrar com a presença dela, ou em ditar o que ela deveria fazer a seguir. Eles pareciam contentes em escutá-la e atender aos seus pedidos.

Além disso, Peng-Peng gostou de estar de volta ao bando de bisões. Kyoshi devia a ela uma folga com sua espécie.

— Avatar Kyoshi! — alguém gritou, interrompendo seu devaneio. Ela olhou para cima.

Bem acima dela, em uma sacada, um monge alto e jovem acenou. Ela deu um passo para trás a fim de lhe dar espaço para pousar. Então, ele saltou do parapeito. Uma rajada de vento abrandou sua queda, ondulando suas vestes laranja e amarelas. Ele aterrissou ao lado dela tão suavemente quanto Kirima na casa de chá da Madame Qiji!

— Perdão, Avatar — disse o Monge Jinpa. — As escadas da torre levam uma eternidade.

— Entendo. Também já peguei muitos atalhos — comentou Kyoshi. Ela e Jinpa começaram a passear pelo jardim enquanto conversavam.
— Quais são as novidades?

O Monge Jinpa tinha sido designado a ela como um tipo de mordomo. Ele era responsável pela parte administrativa do templo, cuidando da logística e das finanças quando os Nômades do Ar eram obrigados a lidar com o mundo material. Até os monges precisavam de alguém para cuidar do pouco dinheiro que acabava na posse deles.

— As novidades são... bem, tudo ainda está uma bagunça — disse Jinpa. — A tragédia em Yokoya é pior do que temíamos. Cerca de quarenta líderes do Reino da Terra foram mortos por envenenamento. E alguns serviçais também.

Kyoshi fechou os olhos mediante a dor profunda. Ela tinha acabado de saber o que acontecera na mansão.

— Tem mais detalhes?

— Os investigadores enviados pelo Rei da Terra acreditam que foi um ato de vingança de algum grupo *daofei*. De algum modo, os criminosos descobriram sobre uma reunião importante entre os sábios e decidiram atacar com uma ousadia jamais vista antes.

A mãe de Rangi devia ter sido uma das vítimas do envenenamento. E Kyoshi não sabia quem, dentre seus antigos colegas de trabalho, ainda estava vivo. Ela não sabia se Tia Mui estava viva. Era preciso voltar a Yokoya o mais rápido possível.

— O que você ouviu sobre Qinchao? — ela perguntou.

Jinpa franziu o rosto. O pobre monge estava sobrecarregado por ouvir tantas más notícias. Como um pacifista, ele não estava acostumado a lidar com a morte e o caos.

— Os oficiais encontraram o corpo do Mestre Jianzhu. Algumas testemunhas corroboraram sua história, de que um jovem o matou a sangue frio. Mas muitos dos cidadãos não estão convencidos de sua inocência. A maioria alega em depoimento que você destruiu a casa de chá.

Kyoshi não tinha contado a ninguém que fora Yun quem vingara a própria morte. Pensando bem, nem ela mesma tinha certeza daquilo. O encontro havia sido tão surreal quanto aquele na cidade mineradora onde, para ela, Yun tinha morrido. Em ambos os casos, Kyoshi havia presenciado uma entidade que lhe parecia impossível de compreender.

— Tudo bem — ela respondeu. — Duvido que voltarei a incomodar os Chin tão cedo. Essa é a última das novidades?

— Ah, não. A morte do Mestre Jianzhu trouxe uma complicação.

Por mais que fosse totalmente inapropriado, Kyoshi quase caiu na gargalhada. Claro. Que mal faria mais uma complicação naquela pilha de confusão?

— Aparentemente, vários associados próximos, incluindo o Rei da Terra e o Rei de Omashu, possuíam cópias seladas do testamento dele, que deveriam ser abertas no caso de sua morte. O testamento nomeou o Avatar como o herdeiro de toda a sua propriedade.

Kyoshi não deu muita importância à revelação.

— Ele estava treinando Yun para ser seu sucessor, como protetor do Reino da Terra. Faz sentido.

O monge sacudiu a cabeça.

— O testamento se referia a você, Avatar Kyoshi. O Mestre Jianzhu enviou as cópias por falcões mensageiros faz algumas semanas. Nos documentos, ele confessou seu grande erro na identificação do Avatar e suplicou aos colegas dele que dessem a você todo o apoio que pudessem, assim como ele fez, mesmo após a morte. As terras, as riquezas e a casa dele, tudo isso pertence a você agora.

Kyoshi teve que admirar o modo como Jianzhu operava, até mesmo dentro do túmulo. Era tão típico dele virar o jogo a seu favor, como se corrigir um erro fosse o mesmo que fazer as pazes. Em seu testamento, Jianzhu esperava que, ao seu comando, o mundo visse os últimos eventos da maneira que ele via.

— Deixe-me adivinhar — disse Kyoshi. — Embora esses documentos acabem com qualquer dúvida sobre minha legitimidade como o Avatar, agora as pessoas pensam que eu o matei para herdar sua fortuna.

Jinpa apenas levantou seus braços, em impotência.

— Não faz sentido que ele estivesse com você em Qinchao, e não na casa dele, tão pouco tempo depois do envenenamento.

Os outros membros da Companhia Ópera Voadora teriam achado aquilo hilário. Ao menos conseguir a mansão como herança não violava os juramentos *daofei* que ela fizera. Kyoshi tinha a intenção de seguir o mesmo Código que seus irmãos por juramento, vivos ou mortos.

Ela ficou em silêncio enquanto os dois retomavam a caminhada. Diziam que cada Avatar nascia nos tempos em que ele se fazia mais necessário, em uma era que precisava dele.

Julgando por seu começo, a era de Kyoshi seria marcada por incerteza, medo e morte, os únicos presentes que ela parecia ser capaz de dar ao mundo. O povo nunca iria reverenciá-la como fez com Yangchen ou sorrir para ela como fazia com Kuruk.

Então, que assim seja, ela pensou. Kyoshi lutaria contra seus infortúnios, seus dias ruins, e protegeria aqueles que a desprezariam até o fim de seus dias.

Jinpa e Kyoshi chegaram ao alojamento dela. Kyoshi dissera aos monges que ficaria perfeitamente bem dormindo nos mesmos quartos simples que os outros peregrinos, mas eles insistiram em dar um quarto mais reservado para a encarnação atual do Avatar. Para os padrões dela, estava mais para uma sala bem vasta. Colunas alaranjadas sustentavam o teto, dando a impressão de um bosque coberto, e o chão de madeira escura era acarpetado com lã fina de bisão, que caía naturalmente dos animais e era trançada em espirais ao estilo dos Nômades do Ar. Havia locais destinados às práticas de meditação, incluindo um espelho d'água e uma superfície de pedra branca rodeada por frascos de areia colorida.

— Precisa de algo mais, Avatar Kyoshi? — perguntou Jinpa.

Na verdade, precisava.

— Eu notei o nome do Mestre Kelsang em vários registros ao redor do templo — ela comentou. — Mas em um lugar de honra inferior, considerando sua experiência e atuação.

— Ah, minhas desculpas, Avatar, mas essa é uma política dos Nômades do Ar. Sabe, é do nosso costume estabelecer uma separação entre aqueles que tiraram uma vida, direta ou indiretamente, e aqueles que se mantiveram espiritualmente puros. E isso se aplica a nomes e registros também.

Então eles consideravam Kelsang impuro. Foi assim que os Nômades do Ar interpretaram seus esforços para salvar os aldeões das regiões costeiras do ataque de piratas. Ela se perguntou onde o nome de sua mãe estaria no Templo do Ar do Leste. Talvez enterrado sob o chão, com o lixo.

Kyoshi olhou para o rosto redondo e inocente de Jinpa. Suas façanhas em Zigan ainda não tinham chegado aos ouvidos dos monges dali. Ela se lembrou de como se sentiu totalmente no controle da situação quando deixou Xu cair.

— Eu gostaria que o nome do Mestre Kelsang fosse restaurado para seu status estimado — Kyoshi disse. Sua autoridade veio com muita facilidade. Ela odiava que seus direitos e deveres a obrigassem a se portar cada vez mais como Jianzhu. Mas era uma ferramenta eficaz em seu grande arsenal, reforçada por sua apavorante reputação.

— O conselho de anciãos não ficaria satisfeito — respondeu Jinpa, esperando que ela compreendesse.

— Mas eu ficaria — retrucou Kyoshi. — Aliás, uma estátua dele seria uma ótima ideia.

Jinpa era jovem e sagaz o suficiente para entender quando um pedido deveria ser acatado sem questionamentos. Ele riu em resignação.

— Como desejar, Avatar Kyoshi. E, se tiver mais algum pedido, é só me avisar. É o mínimo que meus compatriotas e eu podemos fazer depois de falharmos em apoiá-la por tanto tempo. Infelizmente, estávamos no escuro, assim como o resto do mundo.

Kyoshi inclinou a cabeça.

— Os Nômades do Ar não tiveram culpa pelos meus infortúnios.

— Eu, ahm, não me referia exatamente a esse "nós" — Jinpa coçou a nuca. — Por acaso, você joga Pai Sho?

Kyoshi fez uma careta após o comentário enigmático e a mudança súbita de assunto.

— Não jogo — respondeu. — Não gosto do jogo.

Jinpa entendeu sua afirmação como um sinal para sair. Ele se curvou e a deixou em sua solidão.

Kyoshi suspirou profundamente e andou até o espelho d'água, onde havia uma almofada na beirada. Ela se sentou na pose que Lao Ge a ensinara e semicerrou os olhos, os cílios formando uma cortina sobre sua visão. Ela passara grande parte de seu tempo meditando naquela parte do Templo do Ar.

Parecia errado chamá-lo de seu lugar favorito. "O único lugar onde ela se sentia relativamente em paz", seria mais apropriado. Ninguém a avisara sobre o vazio que ela sentiria ao ter apenas um objetivo na vida e alcançá-lo. O reaparecimento de Yun, sua ajuda, seu novo e total desprezo pela vida inocente, estava corroendo-a e impedindo-a de dormir.

Era mais fresco ali perto da água do que no resto do quarto. Kyoshi sabia que isso se devia à evaporação, mas hoje ela sentia que o ar estava mais gelado do que de costume. Sua pele se arrepiou e a fez sentir calafrios.

— Kyoshi — ela ouviu um homem falar.

Seus olhos se abriram. No local onde deveria aparecer seu reflexo na água, ela viu a silhueta de uma pessoa se transfigurando em dezenas de formas, como se ela tivesse batido na superfície do líquido.

— Kyoshi — ela ouviu a voz novamente.

Uma rajada de vento fez seu cabelo esvoaçar. Um manto de névoa subiu do espelho d'água. Ela piscou e viu um homem sentado sobre a água, olhando para ela, copiando sua pose.

Ele tinha cerca de trinta anos e uma feição rude e bonita. Vestia os adereços de um grande chefe da Tribo da Água, como peles azul-escuras que compensavam a palidez de seus olhos. O corpo dele era adornado com troféus de um poderoso caçador, com dentes afiados de feras amarrados em seu pescoço e em seus punhos.

— Kyoshi, eu preciso da sua ajuda — ele suplicou.

Kyoshi encarou o espírito do homem que ela sabia estar morto. O homem que tinha sido amigo de Jianzhu, de Hei-Ran e de Kelsang. O homem que a precedera no ciclo do Avatar.

— Kuruk?

CONTINUA...

LEIA TAMBÉM, DA NICKELODEON

AVATAR: A LENDA DE AANG,
*série de enorme sucesso da Nickelodeon, retorna
aos quadrinhos com novas aventuras, risadas
e respostas a perguntas que deixaram fãs do mundo todo
com a pulga atrás da orelha!*

Onde se escondeu o último dominador de ar?
Quando Zuko e Mai se beijaram pela primeira vez?
Quem levaria a melhor em um duelo de dominação de terra: Toph ou o rei Bumi?
Por que o Rei da Terra decidiu viajar disfarçado pelo mundo?
Tudo isso e mais: os segredos da dominação de espada, o jogo mais "quente" da Nação do Fogo e uma das primeiras aventuras de Aang... quando ele e seu amigo saíram à caça de dragões!
Nesta coletânea estão reunidas todas as histórias publicadas em *Nickelodeon Comics*, *Nickelodeon Magazine* e *Nick Mag Presents*, além daquelas que acompanharam os DVDs de A lenda de Aang e de mais de 70 páginas inéditas. São 28 histórias complementares às três temporadas de *Avatar: A lenda de Aang*, muitas delas criadas pela equipe que desenvolveu a série original!

A SABEDORIA DA FENDA DO BIKINI
Se sentindo como um Balde de Lixo?
Está na hora de comer um hambúrguer de siri!

Bob Esponja sempre enxerga o lado bom das coisas, e ele pode ajudar você a encarar o mundo de forma diferente!

Aqui você encontrará frases de sabedoria, esperança e muita, mas muita diversão, tudo direto do fundo do mar! *Coração de esponja: como é viver na Fenda do Bikini* é o guia perfeito para quem quer navegar rumo à felicidade.

O LIVRO DO FILME!
Gary foi sequestrado...
e há apenas uma esponja capaz de resgatá-lo!

Junte-se a Bob Esponja Calça Quadrada em uma jornada épica até as ruas selvagens da Cidade Perdida de Atlantic City e relembre sua infância no Acampamento Coral. Viva esta aventura incrível que é metade história de origem, metade missão de resgate e total adrenalina!

**Acreditamos
nos livros**

Este livro foi composto em Excelsior LT STD, FT Brush
e Burford e impresso pela gráfica Santa Marta para a
Editora Planeta do Brasil em março de 2024.